丁晨 著

延跪之魂

陕西新华出版

太白文艺出版社·西安

图书在版编目（CIP）数据

丝路之魂 / 丁晨著. -- 西安：太白文艺出版社，
2024.4（2025.1重印）
ISBN 978-7-5513-2568-4

Ⅰ. ①丝… Ⅱ. ①丁… Ⅲ. ①散文集－中国－当代
Ⅳ. ①I267

中国国家版本馆CIP数据核字(2024)第018288号

丝路之魂
SI LU ZHI HUN

作　　者	丁　晨
责任编辑	刘　乔　胡世琳
封面设计	梁　涛
版式设计	梁　涛
出版发行	太白文艺出版社
经　　销	新华书店
印　　刷	三河市嵩川印刷有限公司
开　　本	787mm×1092mm　1/16
字　　数	330千字
印　　张	21.5
版　　次	2024年4月第1版
印　　次	2025年1月第2次印刷
书　　号	ISBN 978-7-5513-2568-4
定　　价	68.00元

读丁晨散文集《丝路之魂》

朱　鸿

　　在陕西，丁晨是一位在新时期文学领域涉足较早的作家。他 1947 年出生，小陈忠实五岁。不过，他属于知识青年，曾经在宝鸡的固川公社插队落户，所以与莫伸熟悉。他也写小说，然而散文作品多，似乎以写作散文为主。

　　此书内容很是丰富，涉及生活的各个方面。显然，这位作家广有体验，感受亦丰。凡小巷生活的采撷，交通领域——包括丝绸之路、河桥、关道的钩沉，天下行迹的叙述，人情物理的抒发，仿佛是龙王之撒，要一网打尽。

　　有一种散文观，是大散文。我以为丁晨的散文便是大散文，既有审美性的作品，也有实用性和知识性的作品，也有其游记和随感。

　　关于散文，我曾经有一些思考。我以为，凡实用性文章、新闻性文章、知识性文章，或具论证特点的求索性文章，不以文言写作，语言上也不求对偶，也不求声韵，句子散而参差，这种作品是散文，属于文章体制的散文。

那么文学形式的散文是什么样的呢？我以为，散文是兼容审美性、情感表现、智慧之光和人格意象于一体的文学形式，其格调是至诚的。它可以从容地叙述、抒情和议论，并以彼此杂糅为妙。散文基于作家自己非凡的体验和感受，言必出心，语能跨俗。

总之，散文有文章体制的散文，也有文学形式的散文。

我饶有兴致地读了这部散文集的全部作品，因为不读就没有权利评价。读写作小巷生活的一组作品时，我读得尤其细致。

《小院婚礼》叙述自己的婚礼，令人动容。父母已经逝世，举办婚礼靠谁？尽是兄妹、同学、工友和邻居张罗，凡吃的、用的和展示的，一样不缺，然而皆是援助而来。邻居待他如待自己的孩子，帮他遂是全心全意，不想让他有一点儿遗憾。此文情感真挚，人物皆栩栩如生，温暖之处令人动容。

《在困难的日子里》叙述自己和兄妹之间常常为一碗饭、一个馍推来让去。虽然饥饿捣胃，不过礼存手足。

《我在城墙上卖大碗茶》叙述了自己想为父母减轻负担，要挣学费而卖大碗茶。由于羞涩，他不敢吆喝，经验多了也就轻松了。然而也有一伙青年喝了大碗茶不付钱的，令人委屈。此文闪光之处是有人站出来批评这一伙青年，且要了一碗大碗茶喝，接着，他连几个青年所赖之账也一并付之。此文对恶不怨，对善尽扬，蕴含着一种普通而高尚的精神。

《小巷里的年味》叙述过年之礼，凡小孩要给父母拜年，给长者拜年，给邻居拜年；反之，父母、长者和邻居也会还小孩以礼。这似乎是一种形式，不过细推此礼，会发现这正是一种文化，且充满了温馨的人情和人性。也许生活的欣慰就在这种礼之中。

《寻根老巷子》叙述自己所住的巷子，竟有几种变化。现在是大吉昌巷，之前是大吉厂巷，再前是隋唐的斗鸡厂或斗鸡场。此地在书院门以

2

东，那时候是非常热闹的娱乐之地。此文不仅在表现历史的变迁，更以巷子名称的改动，表现对社会的一种吉祥和昌盛的向往。

读其书，丁晨的语言给我留下了清晰的印象。他的文学是经过训练的，其语言硬朗、干净，且力求准确。

2023 年 5 月 28 日，窄门堡

朱鸿，著名作家，陕西省作家协会副主席，陕西师范大学长安笔会中心主任、文学院教授。有 30 余部散文集行世，具有代表性的有思想求索类散文集《夹缝中的历史》、文化表现类散文集《长安是中国的心》、心灵倾诉类散文集《吾情若蓝》和长安叙述作品"朱鸿长安文化书系"等。

道路以远　文字纵横

邓康延

丁晨先生的散文，信马由缰，又收放自如，或是因了他的生涯贯穿着公路交通。道路以远，可以文字纵横。

我父亲曾任陕西公路局总工程师，一生修桥铺路，于2021年年底病逝。时正值疫情封城，我奔回公路大院，寒风凛冽，暮色沉沉，我在楼下花圈前，内心悲凉，身后有人拍拍我肩说，"你爸是个好人"，霎时我的眼眶一热。后来我得知他是丁晨，《陕西交通报》的前副总编，编写过我父亲的报道。得悉他著述颇丰，翻阅其文，觉得流淌着深情和悲悯。我父亲算是典型的中国知识分子，想远离而无法远离政治，前三十年属于"臭老九"，后二十年因科学风光而风光。在翻覆不停的运动里安分守己，始终保持着做人的良知和做技术的严谨。同为知识分子的丁晨先生应是感同身受，同病相怜。"一个好人"是一种泠冽跨世的标准，低调的奢华。

个人的生活感知，个性的民间叙事，直抵人间社会的真实肌理，犹如搭建古城的一块块城砖，堆砌起城市风景的高度。在丁晨众多的在地观察

4

随笔中，有一篇从勿幕门到小南门又到勿幕门的门名更迭记，记录下了时代的对冲，令人怅然。

百年前胡适先生倡导民众写史，写自家史、家族史、家乡史，实乃真知灼见，"真实的历史都是靠私人的记录保存下来的"。

一个人与他的故地，直接的是物理关联，间接的有化学熏染，终究依附着精神上的牵挂。书院门大吉厂巷（今大吉昌巷）院子，培植了丁晨的民间文学爱好，又让他反哺故土，追索变迁，这是让我深有共鸣的。我的童年活跃在距他家不远的南关正街，我们中间横亘着大南门。穿过城门，我总会鼓掌或喊一声，拱形门便会发出悠悠的回响；再去城墙下的碑林，徘徊于有回响和叠影的文字丛林。那是长安对她的孩子们独有的馈赠。

丁晨先生几度嘱托我写序，委实难应，又盛情难却，若老父健在，想必也会督促于我。在相似的文字道路和情感交通上，故有此相逢。

随附多年前写给故乡的一首诗《关中》，与丁晨先生同守心灵家园和道路以远。

出皇帝也出百姓　关中
出小麦也出红杏　关中
出秦腔也出皮影　关中
出红颜也出弟兄　关中
关中的兵马俑驮着唐三彩
关中的太白雪扬着灞柳风
关中的西凤酒就着羊肉泡
关中的西安事变远咧唐僧取经

乐游原上忆秦娥
云想衣裳花想容
大雁塔远望无字碑
晨钟暮鼓谁心动

杜甫碰上《兵车行》

李白醉卧兴庆宫

白居易吟罢《长恨歌》

骊山温泉已变冷

长安一片月

万户捣衣声

关中关中关中

关得住西风关不住红中

关得住渭水关不住秦岭

关得住往事关不住旧情

关得住关中

关不住关中

我亲亲的父母一样

兄弟一样

妹子一样的关中

2022 年平安夜于深圳梅林一村

邓康延，生长于西安，1992 年南下深圳，曾任《深圳青年》策划总监、《凤凰周刊》主编、深圳影视家协会副会长，现为香港中文大学（深圳）驻校艺术家。已出版多部获奖著述，创作了远征军系列、先生系列、老课本系列、深圳民间系列、教育和文化系列等纪录片，促动民国文化热潮。

目　录

小　巷　往　事

史　话　交　通

游 侠 履 痕

生 活 杂 品

交 通 文 学

小巷往事

葡萄树下听故事

在我居住过的老街巷大吉厂巷[①]13 号院里，有一口水井，水井旁栽着一棵葡萄树，弥漫着岁月的风尘，给我的童年时代留下了美好的印记。

20 世纪 50 年代至 60 年代初，小巷里，家家都一样，电还没有通上，没有空调，没有冰箱。小院里谁家买了肉啦、西瓜啦，有剩菜、剩饭啦，就吊在桶里，放在井下，坏不了。

在没通上自来水的日子里，全小院里的人家都吃井水，井水还挺甜的。要打井水时，吊上桶，锁上钩，放下绳，用辘轳往上绞水。我们小孩子是不许动辘轳把儿的。

我们小院上房的房东李荣城爷爷，在我上小学时已 60 多岁了。李爷爷上过私塾，读过不少古书，什么《三侠五义》《封神榜》《隋唐演义》《薛家将》《水浒传》等古典通俗小说都读过。他待人和蔼可亲，喜欢娃娃。李爷爷最喜欢讲《薛仁贵征东》的故事，他讲起来口若悬河，手舞足蹈，有板有势。

我和小巷及我们小院里的四五个小学生娃娃，一放学，书包一扔，就拿个小板凳，围坐在葡萄树下，嚷着要李爷爷讲《薛仁贵征东》的故事。

---

① 大吉厂于 1991 年修整改造后更名为大吉昌。

李爷爷每次都把脸先板着，手摇着芭蕉扇，说："作业都做完了吗?"

"先听故事，完了再做作业吧?"我和小伙伴们异口同声地嚷着。

"不行! 咱们定个规矩，谁做完了作业，谁再往这儿坐，我才讲故事。讲完了《薛仁贵征东》，还有《薛仁贵征西》呢!"

李爷爷这规矩还真管用。那时的小学生作业，哪像现在这样，一做就做到半夜。小伙伴们有的在学校就把作业做完了，有的一回家，三下五除二赶紧做完作业，就是害怕错过了听李爷爷的故事。

看见李爷爷泡了一壶茶，小伙伴们立马都围着李爷爷坐好。有的给爷爷端椅子，有的给爷爷倒茶，有的给爷爷扇扇子，大眼瞪小眼，就等着李爷爷张口讲故事。

只见李爷爷呷了一口茶，突然开口说道：

"龙门县将星降世，唐天子梦扰青龙。诸位小看官，听好了，《薛仁贵征东》第一章开讲了：

"话说唐天子李世民平定北番，凯歌阵阵，班师驾返长安。次日，徐懋功上奏道：臣启陛下，臣昨夜三更时候望观星象，只见正东上一派红光冲起，少停又是一道黑光，实为不祥! 臣想起来，才得北番平静，只怕正东外国又有事发了。

"李世民说：寡人也得一梦兆，所梦甚奇。朕骑在马上独自出营游玩，并无一人保驾。只见外边世界甚好，单不见自己营帐。不想后边来了一人，红盔铁甲，青面獠牙，雉尾双挑，手中执赤钢刀，催开一骑绿马，要杀寡人。朕叫救不应，只得加鞭逃命。被追到一派波浪滔天大海，没有旱路去处，朕纵下海滩，直叫：救驾! 哪晓后面又来了一人，头上粉白将巾，身上白绫战袄，坐下白马，手提方天画戟，叫道：陛下，我来救驾了! 追过来，一戟刺死青面汉。朕满心欢悦问道：小王兄英雄，未知姓甚名谁，为何救寡人? 且随朕回营，加封厚爵。他说：名姓不便留，有四句诗在此，就知小臣名姓——家住遥遥一点红，飘飘四下影无踪。三岁孩童千两价，保主跨海去征东。说完，只见海内浮起一个青龙头来，张开龙口。这个穿白绫战袄的连人带马往龙嘴内跳下去，就不见了。寡人惊醒，却是一梦。

"懋功说：据臣看来，这一道红光乃是杀气，必有一番血战之灾，只怕不出一年半载，这青面獠牙就要在正东上作乱！看来必须得这个救陛下的穿白绫战袄之人来为陛下东征。

"李世民却说：这个人无影无形，何处寻觅？

"懋功说：陛下有梦，必有应验。臣详这四句诗，名姓乡坊都是有的。'家住遥遥一点红'，那太阳沉西只算一点红了，家必住在山西。他纵下龙口去的，乃是龙门县了。山西绛州府有一个龙门县，若去寻他，必定在山西绛州府龙门县住。'飘飘四下影无踪'，乃寒天降雪，四下里飘飘落下没有踪迹的，其人姓薛。'三岁孩童千两价'，那三岁一个孩子值了千两价钱，岂不是这个人贵了？……那么'仁贵'二字是他名字了。其人必叫薛仁贵，若去征东，必得要这薛仁贵征东来。"

……

李爷爷开篇第一讲，就给我们这些娃娃们引出了唐太宗李世民、辅佐经历了唐王朝三代皇帝（唐高祖李渊、唐太宗李世民和唐高宗李治）的名将徐懋功和为李世民东征立下汗马之功的薛仁贵。

其实，当年我和这些娃娃们什么都不懂，根本不知道李世民、徐懋功和薛仁贵是谁。后来天长日久，听得多了，听的人就上了瘾。每天下午放学回家，做完作业，书包一扔，听李爷爷讲薛仁贵征东的故事，成为我童年最重要、最开心、最美好的一件事情。

也是从那时起，慢慢地，忠勇纯朴的元帅尉迟恭、莽撞骁勇的"混世魔王"程咬金、武功才智双全的薛仁贵、奸臣张士贵和其女婿何宗宪，不惜牺牲一切跟薛仁贵在破窑成亲的柳金花等小说里的人物形象，以及薛仁贵惯用的方天画戟兵器，都在我幼小的心灵里，深深地刻下了印记。

遗憾的是，正当我和小伙伴们听故事的兴趣越来越浓、瘾越来越大时，一部41章的《薛仁贵征东》，还没讲完第39章"唐天子班师回朝，张士贵欺君正罪"，李荣城老爷爷就病故了。那一年，李爷爷整73岁。

虽然从此我再也不能听李爷爷讲薛仁贵征东的故事了，但那葡萄树下美好的记忆，为我长大成人后阅读中国古典文学，起到了很好的启蒙作用。

（载于2018年10月19日《西安晚报》）

小 院 婚 礼

　　坐落于古城西安书院门南侧的大吉厂巷，是一条和这座城市一样，有着悠久历史的老街巷。我在那里度过了难忘的童年、少年和青年时代。虽然昔日的大吉厂巷早已淹没在城市老街巷改造的浪潮里，名存实亡了，但它可是我魂牵梦绕的故土。

　　印象中最早的大吉厂巷 13 号是一座破旧的四合院，是父母、兄嫂、小妹和我生活、居住的老屋，是我曾经的家。今日已荡然无存了。40 多年前，我们兄妹在这里分别送走、安葬了病魔缠身、含辛茹苦一生的父亲、母亲。

　　这个小巷老屋里，留下了我永远也抹不掉的苦难与幸福、艰辛与温馨、悲痛与欢乐的记忆。

　　昔日小巷里的居民们，年复一年、日复一日，过着清贫、简单、祥和、平静的日子。小巷子民风淳朴，居民和睦相处。谁家有红白事或其他难事了，大家都会主动出一把力，相互帮助。

　　1976 年 4 月，一个春寒料峭的日子，我结婚了。

　　当时，我父母已相继去世好几年了，大哥、二哥和小妹也都已相继成家，并且二哥当兵，大哥、小妹都在外地工作。我是我们家四个孩子里最后一个成家的。

那是一个物质生活和文化生活都极度匮乏的年代，蔬菜、水果、肉、蛋、糖果和烟酒等供应都奇缺且紧张。

当年在河南洛阳工作的大哥，给我买了大肉，专门让人送来。

在部队军部当兵的二哥，专门让人给我捎来了糖果、蔬菜和烟酒。

在大荔上班的小妹，给我带来了花生、黄花菜等土特产。

一个在蒲城插队、后又留在县城工作的老同学，给我买了一筐子鸡蛋。由于他赶不回来，他的老母亲拄着拐杖，挎着一筐子鸡蛋，一大早急匆匆步履蹒跚地从小车家巷送到我所在的大吉厂巷 13 号。我双手接过鸡蛋，激动又感动地说："快坐下来喝口水歇息一下。"可老太太只说了一句话："没耽误事吧?"一口水也没喝，便转身还是迈着那步履蹒跚的小脚走了。

在那个困难的年代，父母病逝，我一个月薪 40 多元的青工，无力到酒店办婚宴。最让我感动的是我的兄妹牢记母亲临终前的嘱咐，在关键时刻伸出了援助之手，加上同学和工友们主动热情帮忙，我又借了 200 多元，那一天像过节一样，大吉厂巷 13 号院全院总动员，在这古老破旧的四合院里，为我办了一场风风光光的婚宴。

那一天，13 号院的人家都起得特别早，叔叔们提前把院子打扫得干干净净。天不亮，我就排队到东大街"白云章"饺子馆买了几斤饺子馅。院子里的婶婶和女同伴们，人人动手和面包饺子。年轻一点儿的晚辈们洗菜、洗肉、摆桌子、端盘子。院里的齐叔和我的一个同学当大厨，炒菜、做拼盘，一个跟我同辈的把我称哥的小伙子豆豆负责拉风箱。同学和工友们帮我布置婚房。

当婚房和婚宴一切准备停当，我穿着一件当年时髦的、我二哥退下的四个兜的的确良上衣军装，在我二哥一位要好的战友陪伴下，去接新娘和她的家人。没有婚车，也没有自行车，我们徒步把新娘和她的家人从小车家巷接到大吉厂巷 13 号。婚房里没有一件时兴家电，也没有像样的家具，更没有什么现代通信工具。

院子里一共摆了 3 桌酒席：我家街坊一桌，宴请新娘、新郎家人；房东上房一桌，宴请院里、小巷里的邻居；院子中间一桌，宴请同学和工友们。

就是在这个老屋里，专门从部队赶回来的二哥，拿起酒杯发话了："各位长辈、各位乡亲、各位嘉宾，我的父母都不在了，请让我代表我们丁家全家，感谢新娘和新娘家人大度宽容，感谢13号全院叔叔、婶婶和发小们辛苦操劳，感谢晨弟的同学、工友们热心帮忙，感谢我的战友和同学的关心支持。今天这个婚房虽显简陋，婚宴也很简单，但这里有亲情、友情和爱情的温馨和真挚、喜庆和欢乐。来，请为这对新人祝福，为各位嘉宾祝福！干杯！谢谢了！"

按照当地当时的习俗，婚礼包括两部分：白天的婚宴，晚上的闹洞房。

白天忙碌折腾了一天的婚宴结束了。还是在这个老屋里，夜幕降临，华灯初上，幽暗的灯光下，一群青年男女围坐在一起，簇拥着我和妻，打闹着、说笑着、戏耍着。闹洞房无非是拥抱接吻，两人啃苹果、吃糖，把新娘、新郎双手绑起来，让自己解开，等等。

当一个个热闹的节目玩完结束，各路年轻的学友、工友都撤退走人了，新房里只剩下疲惫不堪的我和妻时，老屋霎时间寂静下来。

我不知怎的，遽然热泪夺眶而出，是激动、感动，还是喜悦、伤感？一场婚礼，惊动了这么多人，父母在天会高兴吗？此时此刻，我想念含辛茹苦一生的父母。

感恩大吉厂巷13号院这个老屋，虽然破旧却布置一新，虽然这个小院婚礼简单、婚房简陋，却给我带来了温暖，带来了幸福，是我新生活的开始。

小院婚礼，我生命中挥之不去的永恒记忆！

（载于2018年11月23日《西安晚报》）

在困难的日子里

20 世纪 50 年代末 60 年代初，国家经历了前所未有的困难时期。一些大工程都停工了，一些农业学校、文艺团体、体育院校也停办，让学员都回家了。由于粮食歉收，饿肚子成为人们的生活常态。

我当时刚上初二，正是长身体、长知识的年龄，可由于经常饿肚子，身体虚弱，面黄肌瘦，双腿浮肿。学校的体育课和一些大的文体活动统统都取消了。每次上午上到最后一节课，肚子饿得咕噜噜叫，光盼着赶快下课。下午只上两节课就回家了。

我家有兄妹四个，大哥早年就在外地上学、工作，我、二哥和小妹在一所学校上中学。家里吃的不是满锅萝卜、白菜帮子汤面，就是玉米面饼子、窝窝头、发糕。能吃上一顿白面馒头夹红烧肉，或者一碗捞面加油泼辣子，是我们最大的奢望，也只有在过年时才能吃上一顿肉馅饺子。

二哥嫌在家里吃不上馒头，也吃不饱，就在学校上灶了。学校虽能吃上馒头，但那时的粮食定量根本无法使一个高中男生填饱肚子。常常是我们正在吃午饭，二哥就从学校吃过饭回来了，想看看家中有没有剩饭可蹭。母亲知道二哥在学校没吃饱，总要盛饭让二哥吃。

也就是从那时起，我养成了不想说话、不爱说话的习惯。我那时只是想，哥哥年长饭量大，妹妹还小，身体弱，应该尽他们先吃饱。于是我就不再盛饭了。母亲常夸奖我能挨饿。其实，在那困难的日子里，我们兄妹三个，为了一碗饭、一个馒头，总是你推我让的。

母亲为了让我们三个孩子吃好、吃饱，绞尽脑汁，想着法子、变着花样做饭。小巷居委会也组织居民进行做饭比赛，看谁家的饭花样多、做得好。那时白面很少，母亲就在面里掺和了一些麸皮，多揉几遍，再擦些萝卜丝、加些虾皮，做成菜卷卷，还很好吃，我们都很爱吃。居委会还把母亲做的菜卷卷评了奖，让小巷居民们学。

一天早上，母亲给了我几毛钱，让我在巷子口买甑糕当早点吃了再上学。当我刚坐到甑糕摊上付了钱准备吃时，只见一个衣衫褴褛、蓬头垢面的中年男子，从我身旁一个中学生手中一把抢过一碗甑糕，吐了两口。这位中学生眼疾手快，上前拉住这个中年男人就要打。我看到这情景，心里很不是滋味，立马挡住中学生说："算了吧，他是饿了，就给他吃吧！我这一份甑糕还没动，归你了。"说完我头也不敢回就直奔学校了。

那时候，我跟小巷里的几个发小，整日不是打个麻雀、掏个鸟蛋，就是到城外拿弹弓打个野兔子，打打牙祭，想着法子改善伙食。

一个周末的晚上，二哥很神秘地对我说："想吃个好饭不？"

"当然想啊！"我不假思索地回答。

"早点儿睡觉，明儿起早，有人请吃羊肉泡馍。"

第二天星期日，6点多天微微发亮，我、二哥和我的发小凯歌、静宇四人，悄悄地、急匆匆地直奔西安钟楼西南角"一间楼"餐馆。这是一家回民开的牛羊肉泡馍馆，在当时的西安小有名气。尽管我们去得较早，但店门口早已有人在排队。排队的人们都不说话，也没人插队加塞，都静静地等待餐馆赶快开门。

餐馆正点开门，静宇的年龄比我们三个都大，他做东买了四碗煮好的泡馍。我们四人谁也不说话，只顾低着头，狼吞虎咽地咥完了。我起身准备离开餐馆走人时，看到餐馆里吃泡馍的人都是低着头不说话，满屋子里只听到"吸噜、吸噜"的吃饭声，而且吃饭的人是清一色的男士。

回家的路上，我正有些纳闷，二哥对我说："泡馍香不？吃饱了吗？"

"香，我还想吃！"

二哥附在我耳旁，小声说："你知道你吃的是啥？"

"啥？"

"是人家吃剩下的饭，回锅一煮又端上来卖了！"

"啊？！"我差点儿没呕吐出来。

我默默地走着，不想说一句话。我在想，人常说"人穷志短"，实际上，"民以食为天"。当一个人饿得饥肠辘辘、四肢无力时，常会饥不择食，能吃上一顿饱饭，那是难得的享受啊！哪顾得上去考虑什么脸面、尊严！

在我们饱食终日的今天，每当回忆起这些恐怖的往事，我就思绪万千、五味杂陈。我常想，在那挨饿的困难日子里，人们到底是靠什么坚持下来的？原来人们虽在挨饿，但那时的人们心里总有个信念，坚信这是国家暂时的困难："面包会有的，牛奶会有的，一切都会有、会好的！"

让我们乐不忘忧、饱不忘饥，珍惜当今的日子，永远不忘那困难的日子，好好生活！

（载于《文谈》2019年5月下）

我在城墙上卖大碗茶

我原居住的老街巷——大吉厂巷南侧院子的后门，直通马道子，也叫顺城巷，紧挨马道子的就是有名的西安明城墙的南段。

我们这些从小在城墙根长大的娃娃们，不论男娃还是女娃，没有不会、不敢爬城墙的。我从小也练就了从城墙排水道爬城墙的本领。一放学，若没有人讲故事，没有作业，我就和一帮小伙伴们爬城墙玩耍。特别是夏天，城墙上风大，戗凉快，是乘凉的好地方。

13 岁那年，我刚上初中。

初中的学费比小学的学费要高。我们家里兄妹四人，大哥在外地上的中专，管吃管住，好像还不要学费。我的母亲没有工作，我们兄妹三个人的学费，全靠父亲每月不到 50 元的工资，这远远解决不了问题。

二哥上高中时，在学校申请了助学金。每年放暑假，他都要和几个同学给人家打小工挣学费。打小工很辛苦，给盖房子的东家干和泥、搬砖、递瓦等杂活。他嫌我小，从不带我。

我想，咱人小干不了大活、重活，干点儿轻活总行吧？总得想法给父母减轻些经济上的负担啊！

我发现，夏天在城墙上乘凉，大家都是铺个凉席，放个躺椅，拿副扑

12

克牌、象棋什么的，说着、聊着、玩着，嗑着瓜子，但也需要喝水呀！城墙上倒是有卖冰棍的，但卖茶水的很少。

于是，二哥他们暑假去打小工挣学费，我便一手拎个装着茶碗的笼子，肩膀上背一个装满茶水的水壶，在城墙上卖起了大碗茶。一开始，我没有经验，也拉不下面子，不敢吆喝，好多天也卖不了几块钱。时间长了，我有经验了，胆子也大了，我一天要在城墙跑上跑下四五趟呢！虽然累些苦些，但一个暑假下来，我的学费就挣得差不多了。

记得一个傍晚，我拎着一笼子茶碗，背着灌满茶水的暖水壶，在城墙上叫卖茶水，中途听见四五个打牌、嗑瓜子的小青年喊我："小伙子，给我们来五碗茶水！"

我给他们倒了五碗茶水，看着他们喝完，正准备收钱时，只听一个小青年说："小伙子，今天我们没带钱，明天给你可以吗？"说完就要走。

"我又不认识你们，明天在哪儿找你们？"我说。

"老地方！"说着他们就要扬长而去。

这时，只见一个中年男子伸手拦住他们："把钱给人家，欺负一个小孩子算啥本事！"

"关你什么事！"

我看这几个小青年似乎要对中年男子动手，忙说："叔叔，您不管了，让他们走吧！"

几个小青年走了，中年叔叔却说："孩子，你一傍晚也辛苦了，来，你给叔叔倒碗茶水，这些茶水钱我就替他们都付了！天也快黑了，你快回家吧！"说着他就要掏钱。

我忙给这位叔叔倒了一碗茶水，看着他喝完，我说："谢谢叔叔，不用付钱了，我就回家了！"

天色已黑。

当年城墙上也没有电灯，黑咕隆咚，我背着水壶，拎着笼子，摸黑沿着城墙的阶梯一步一步往下挪。快要到家时，我突然觉得右手疼痛难忍，回到家，在煤油灯下一看，我的右手又红又肿。原来是下城墙时，我的右手让蝎子蜇了。二哥赶快拿来肥皂蘸了水，往我右手红肿的地方涂抹。过了一会儿，我的右手不太疼痛，也不太肿了。二哥说这就叫中和反应。肥皂是碱性，蝎子的毒液是酸性，一中和便会起化学反应，生成盐和水，蝎毒就排出来了，手慢慢也就不疼不肿了。

这次在城墙上卖大碗茶，我不但没卖到钱，还在下城墙时让蝎子蜇了手。爸爸、妈妈和小妹知道后，都坚决不让我再到城墙上去卖大碗茶了。

打那以后，我虽然再也没有上城墙卖过大碗茶，可西安城墙在我小小的年纪里，给我留下了永不磨灭的印记。少年时代就初尝人世间的酸甜苦辣，也给我的人生增添了多样的色彩和经历，更是我一生成长过程中难得的财富啊！

（载于 2018 年 11 月 30 日《西安晚报》）

小巷里的年味

在我的童年记忆中，印象最深、最难忘的莫过于原来居住的古城西安的老大吉厂巷小巷里的年味。

在儿时的记忆里，过年是我最快意、最盼望的莫大事情。母亲常说：年好过，日子难过。

过去，我们家境贫寒，生活拮据，加之市场上物资匮乏，平素的日子就过得紧紧巴巴。但是日子再怎么紧巴难过，年都是正儿八经、不惜一切地过得有滋有味、红红火火。

农历腊八一过，父母和小巷小院的长辈们就谋划张罗过年的事了。

快到年边，出了小巷可以看到：大街上裁缝店铺里，给小孩量身做新衣的人络绎不绝；理发店里，排着长队剃头、刮胡子的人往来不息；澡堂子里，等着洗澡的人摆开了"长蛇阵"；糖果店铺，买水果糖的人多了起来；花炮摊上，买花炮的人熙熙攘攘。

古老的鼓乐也不时响起来。年味从大街飘进了小巷，从小巷又飘进了我居住的大吉厂巷 13 号小院里。

大年三十前，父母让我把家里大小瓮都挑满水，此外，我还要帮着母亲拉风箱，蒸包子、蒸馒头，洗菜、剁馅。包子全是豆沙包子和菜包子。

那时肉很少，只好留着大年初一做肉馅饺子了。到了大年初一，孩子们就不干活了，光等着吃和玩。

儿时的我对过年的期盼是：穿新衣服、放鞭炮、吃平常根本吃不上的好多好吃的，得到父母的和跟着大人拜年而获得的压岁钱，见到远在外地上学、工作的大哥，全家团圆。

最让人快意的是过年这几天，大人不让干活，我不用做作业，可以肆无忌惮地疯玩，那种喜庆和快乐劲儿就别提了！

每到大年三十，小院上房的李荣城老爷爷都要给小院每家写春联，让我们小朋友帮着张贴。

李爷爷写的春联大都是什么"福禄寿喜财"和"仁义礼智信"的内容。

记得有这样两副，我印象很深："家和万事兴阖家欢乐，福禄寿喜财五福临门""仁义礼智信，忠孝节德行"。那时我们年幼无知，不懂意思，李爷爷就讲：福星、禄星、寿星、喜神和财神，是中国民间信奉的五路神仙，也是老百姓的一种朴素的幸福观；"仁义礼智信"是董仲舒教诲大家做人的五常之道，你们娃娃从小就要记住。

那时小巷里没有通电，每逢过年，父亲都会找一块软绸缎，把煤油灯罩擦得锃光明亮，他说这是细活，是他的专利，我们小孩子干不了。

老人们兴除夕守夜，儿时的我们熬不到深夜就都瞌睡了。可父母挑灯熬夜，在我们三个孩子都进入梦乡时，把省吃俭用攒下的钱和给我们做好的新衣服都放到我们每个人的枕边。

大年初一不许睡懒觉，一大清早，母亲把我们捥醒。当我们三个孩子起床，人人都穿上崭新的衣服时，第一件事就是，饱含虔诚的心，给父母磕头拜年，感恩父母。

当然，父母也都给了我们每人压岁钱。压岁钱也都是崭新的毛毛票和块块钱。我小妹总是要抽出几张新票子放到我兜里。

母亲把藏着的、我们平常吃不上的花生、糖果、糕点和其他坚果都摆出来让我们吃，并告诫我们少吃点儿，一会儿邻居客人来拜年，要有礼貌，请客人吃。我总是忍不住先挑一块给小妹吃，她也总是挑块大的，塞到我嘴里。

大年初一给父母拜完年，父亲便领着我们挨家挨户给小院里的爷爷奶奶、叔叔婶婶们拜年、祝福。而后，母亲领着我们到小巷庙里，在凝重、哀婉的鼓乐声中，上香祭祖。同院的邻里也轮流到我们家，给我父母拜年送祝福。

正当我们小院春意浓浓、邻里相互拜年之时，小巷居委会陈主任带领居委会的人也来到我们小院拜年了。这使这个六户人家的小院像一家人那样亲热，也体现出和睦的氛围和友好的邻里关系。我们这些小孩子，也都欢天喜地地走东家、串西家，借着给长辈们拜年，顺便也从长辈们那里获取一些糖果、坚果之类的好吃的。有的长辈还给了我们压岁钱，我们当然也都表达了谢意和敬意。

拜完年，一家人难得地围坐在一起吃大肉馅饺子团圆饭。这是儿时家里过年最重要的项目。

母亲说："过年就是吃饺子，团圆。"

父亲说："过年就是祭祖、拜年和祝福，不忘祖宗、亲朋和邻里。"

儿时的过年，年货虽少，但阖家欢乐，邻里温情，年味浓。如今物资丰富了，饺子是啥时候都可以吃上了。但生活在城市钢筋水泥丛林中的人们，似乎成了陌生人，邻里之间没人相互拜年、走动，人情淡漠了。年货确实多了，年味却没了。年味似乎早已拌进了每一天寻常的日子里！

呜呼，儿时小巷里的年味，成了我挥之不去的眷恋！

（载于 2019 年 1 月 25 日《西安晚报》）

赴固川山村插队（外一首）

1968 年的寒秋，"文化大革命"进入了第三个年头。全国的大、中专学校停止招生，社会上停止招工，被称为"老三届"知青的六六级、六七级、六八级三届初、高中毕业生，都面临着响应国家的号召，上山下乡，到农村去插队落户的局面。

1968 年 9 月的一天，学校已停课两年多了。无事无聊，早已成了逍遥派的我，回家对父母说，我要去宝鸡山村插队落户了。家人都感到有些突然，妹妹问："学校并没有动员咱们下乡，只是让自愿报名，你为什么要第一批去呢？"我说："你想想，我们现在既不能上大学，又不能参加工作，天天无所事事，到什么时候是个头呢？国家号召我们到农村去，我俩都是'老三届'知青，我是高六六级，你是高六七级，我看咱家'两丁必抽一'，我先下去，你好留在家中照顾父母。"

西安火车站和小巷子突然一下热闹起来了。

有学校和家人敲锣打鼓欢送知识青年上山下乡的；有知识青年和家人哭哭啼啼，难舍难分的；也有不哭不笑，没有家人欢送，自个儿扛着行李上车的。

我就是那个不让家人送行，不哭不笑，自个儿扛着行李，哼唱着当时

18

流行的俄罗斯民歌《共青团员之歌》，于 1968 年 10 月 25 日乘坐着西去的火车，浑浑噩噩地去学校早已联系好的小山村——宝鸡县固川公社插队落户的。

我们再见吧

亲爱的妈妈

请你吻别你的儿子吧

再见吧，妈妈

别难过，莫悲伤

祝福我们一路平安吧

再见吧，亲爱的故乡

胜利的星会照耀我们

再见吧，妈妈

别难过，莫悲伤

祝福我们一路平安吧……

1968 年 12 月，毛泽东主席的"知识青年到农村去，接受贫下中农的再教育，很有必要……"发表后，一夜之间，全国学校和街巷都大规模地开展了知识青年上山下乡的宣传动员活动。上山下乡运动席卷全国。

此时，我下乡插队刚刚两个月，学校"工宣队"的人就到我家"动员"我妹妹下乡。小妹无助地给我写信求助。我扒火车回来跟"工宣队"的人争辩。我对他们说："我父母年龄大了，又多病，总可以留一个子女在他们身边吧？""工宣队"的人坚持说，"最高指示"已经发表，必须无条件地执行，年底都要下去。我又恳求道："我们不是不响应号召，我第一批已经自愿下乡插队了，我们家大哥长年在外地工作，二哥是现役军人，也应该照顾一下军属，让我妹妹留下吧？"

可在那个年代，我的这个想法是多么幼稚和天真啊！无奈，我只好给妹妹联系了离西安近一些的大荔县插队落户。我又专门把她送到大荔，安顿妥当后，才返回我插队的小山村固川。

那天，正值寒冬腊月，天气格外阴冷。我把妹妹送到她们队上，又住了一晚上。一切都安顿好后，我才离开。妹妹和同学一直把我送到村口，我嘱咐她们要相互团结、相互关照，还说有什么困难就给我写信。沿着村外的小路，我越走越远，但猛一回头，看到妹妹还一直站在那里向我挥手，我心里不禁有些酸楚。

世界上的事情忒复杂。上山下乡，这是一种剪不断、理还乱的青春苦乐年华。

我插队的村子——宝鸡县固川公社枣园四队，是西秦岭的贫穷山区，没有电，没有自来水，不通公路，连架子车能走的路都没有。烧柴靠上山砍树，吃水靠下山沟几人接力赛式挑水，磨面要到山外遥远的地方。干活靠一根棍和背篓，整天背啊背！如此艰苦的环境和繁重的劳作，使我们见了世面，经了风雨。也算如孟子"苦其心志，劳其筋骨，饿其体肤"之说，淬炼了身心、思想和意志。当然，我们也和最贫苦、最敦厚善良的农民乡亲们结下了深厚的情谊。

固川两年的农村插队生活，虽然艰苦、劳累，但是我们年轻，不知道什么是害怕，不知道叫苦、叫累。两年，在人一生的漫漫长河中，只是短暂的一瞬。但是，固川农村插队这两年，却是我作为一名中学生迈进社会的第一步。对我们这些"初生牛犊不怕虎"的学生娃，"固川农村"给人的印象太强烈、太深刻了，是我——中国"老三届"知青的一员，从蒙昧走向成长、成熟的起始。

两年来，我们父子、兄弟和兄妹书信不断，相互鼓励。在那蹉跎的岁月里，对我们来说，读书，读着彼此的来信，那是极大的精神支撑。但是，我最担心、惦念的还是年迈多病的父母，家中没有一个儿女在他们身边照顾。

还好，我和小妹都下乡插队后，小巷的街巷居委会很关心我的父母，经常去嘘寒问暖，帮忙解困。居委会主任说得好："因为你们家的大门口挂着'革命军属'的牌子，'拥军优属'是我们街巷居委会的责任和义务啊！"

在我和小妹插队落户的日子里，我们小巷同院的学生娃们也主动地帮我父母干一些担水、买粮、买煤、倒垃圾等重活。

　　小巷邻里们对父母的关照、帮助，使我能安心地度过固川山村插队落户的艰难岁月。

　　啊，忘不了我的遥远的西秦岭偏僻小山村！忘不了在我插队落户的日子里，小巷邻里们对我父母的照顾、关爱！

十月的秋天

——为知青上山下乡运动五十周年而作

秋天，十月的秋天
秋风飒飒、秋雨绵绵
五十年前十月的秋天
蹉跎的岁月，难忘的年代
被称为知青的我
浑浑噩噩背着行装离开城市、告别校园
奔赴陌生的穷乡僻壤——固川

插队的生活：青涩苦乐
农友情知青结，剪不断啊理还乱
"苦其心志，劳其筋骨，饿其体肤"
把我倔强的意志淬火锤炼
改天斗地的征战
让我经风雨见世面
和处于中国最底层的农民结下特殊的情缘

我吮吸母亲的乳汁
也喝过狼奶
铭刻母亲的告诫刚直仁善
牢记父亲的教诲宽容景贤

一半欢悦、一半苦难
不懂埋怨
只会一路长啸昂扬向前

时间一年又一年
往事不堪回首，往事并不如烟
芳华不再，春去秋来，月缺花残
脸颊刻满了岁月的容颜
不经意间已步入人生晚年
但"廉颇老矣，尚能饭否"
瘦竹挺而向上，劲松老而弥坚

知青——中国大地的特有群体
五十个风雨春秋弹指一挥间
失落，懵懂，醒悟
历练，磨难，奉献
苦涩，酸辣，咸甜
担当，忠诚，坦然
锻铸了沉思倔强负重的一代人员

秋天，五十年后十月的秋天
秋高气爽天高云淡
怀揣一颗千里共婵娟的心愿
我们今天欢聚团圆
共诉衷肠，畅叙友情，追忆当年
不忘昨天，珍重今天，祈愿明天
让历史去评说知青为共和国做出的贡献

我曾是"老三届"知青中的一员

十月秋天里的一片秋叶
已没有富裕时间去计较岁月的艰险
更没有充沛精力去论证无悔还是无怨
苦难莫要赞美
苦难终将成为岁月的沉淀
悲剧决不能重演

走不完行进的是我的路线
放不下捡起的是我的信念
黄昏时也要歌咏慢生活
夕阳里更得活好每一天
每一天都是一个阶梯
淌写自由自在真实的我
静悄悄走向我心中的"伊甸园"

秋天，五十年前十月的秋天啊！
一代中国老三届知青成长、成熟的起源

2018 年 11 月 30 日改写

小巷鼓乐传千年

我曾经生活过 30 个春秋的西安老街巷大吉厂，在拆迁改造前，一直叫大吉厂巷。经过多次的老街巷改造，它早已面目全非：昔日的居民住宅四合院小巷子，已变成飞甍重檐，古色古香，经营书画、文房四宝的商业一条街；昔日的"丁"字形小巷子，东西两端巷子已不复存在，仅剩下了书院门南侧纵深 90 多米的一段，现叫大吉昌。

但是，就是当今这个平日里显得祥和宁静的小巷子，其实自古就是一条充满着文化气息和民俗氛围的喧嚣热闹的巷子。

溯源大吉厂巷的历史可知，唐时大吉厂斗鸡风靡一时，官员、贵族子弟多参与其中。每到晚上，这里便热闹非凡，成为一个喧嚣的娱乐场。

初唐诗人宋之问《长安路》诗曰：

> 绿柳开复合，红尘聚还散。
> 日晚斗鸡场，经过狭斜看。

这就是对斗鸡场的生动描述。唐时，大吉厂除了斗鸡外，还是演奏鼓乐、表演舞蹈的娱乐场所，有鼓乐社流传至今。因"鸡场""吉厂"谐音，名字就演变、雅化为大吉厂，后来为图个祥瑞之意，改为今天的"大吉昌"了。其实，大吉厂巷一点儿也不大，只是一条狭窄的小巷子。

老的大吉厂巷曾有三座古庙，即东头的观音庙、丁字路口的黑虎庙和西头的娘娘庙，过去一直保留着过庙会的传统。每逢春节，小巷庙里就鼓乐声声。每年农历四月初一，巷子里祭拜财神要过会；六月十九是观音成道日，拜菩萨要过会；七月初七乞巧节，娘娘庙还要过会。鼓乐是庙会的重头戏，乐声还未响起，爱听鼓乐的长辈们就蜂拥而至，而且不听完演奏决不散去。我当年还是个学生娃，听不懂，看一会儿热闹就溜了。遗憾的是三座庙内的诸神塑像不知毁于何时了！

鼓乐社创始人裴玉杰

大吉厂鼓乐闻名遐迩，其表演也是从唐朝一直流传至今。大吉厂巷表演鼓乐的是成立于1918年的大吉厂鼓乐社。鼓乐社曾活动于大吉厂巷三座古庙中，其主要创始人傅振中、裴玉杰、周鼎山都是当时西安响当当的鼓乐高手，为大吉厂鼓乐社的组建和传播做出了重大贡献。

当年有一面印着"大吉厂鼓乐社"几个字的大红旗，旗长2米、宽0.8米，两边用木棒支撑，四周镶着金边，有劲儿的棒小伙才能扛得起。这面大旗一扛，后面就哗啦啦地跟满了人。

鼓乐社创始人周鼎山

从艺术风格上看，大吉厂鼓乐社属僧派，该社早期曾拜师于西仓鼓乐社名家谢青莲、程金林，不但接受了西仓鼓乐社的传统、风格，而且在鼓乐艺术上有新的发展。为了加强交流，大吉厂鼓乐社的周鼎山等艺师常与三义庙、风火洞等兄弟乐社合作演奏，并传授行乐的技艺。鼓乐社现存有清朝双云锣以及民国时期购买的枕梆子、匀孔笛、笙等文物，著名古筝演奏家曲云和笛师周志礼都是该社成员。

半个多世纪以来，大吉厂鼓乐社以其清新明丽、古雅纯净的艺术风格传承下来。原大吉厂15号的著名音乐人杨家祯等演奏的《双云锣八拍坐乐》及商调《游月宫》《满园春》等曲目，在继承和发展传统方面，体现出该乐社古雅清新、结构严谨的特点。如在传统鼓乐的用调方面，该乐社仍能以六、尺、上、五四个调分别演奏出不少不同情趣的古老乐曲，如六调行乐《玉娇枝》，尺调《绣裙儿》《青天歌》，上调《步步娇》，五调《乱八仙·满园春》，等等。

作者与现大吉昌鼓乐社社长苗捷（左）、
鼓乐社老师苗永泰（右）合影

杨家祯先生最大的贡献，就是把最早的祭祀音乐改编成好听的雅乐。杨老先生1980年去世，享年77岁。当年陕西广播电视台专门发讣告，悼念著名民间音乐家杨家祯同志。

大吉厂鼓乐社一直活跃在古城西安和其他地方。每逢重大节日，或有大的活动，都会以精湛的演奏参加礼乐仪仗。

1946年，大吉厂鼓乐社曾在西安东大街陕西国民党党部为蒋介石秘书等高官演奏鼓乐。

1947年7月，在长安县南五台庙会演出结束后，又应邀在常宁宫举行了演出活动。

1948年，大吉厂鼓乐社在西安南院门西安广播电台成功演出，并现场直播。

1952年，奉西安市政府命令，鼓乐社为杨虎城将军送灵。

1959 年，鼓乐社参加西安市国庆十周年彩车游行活动。

1985 年，鼓乐社参加西北音乐周《长安音乐会》演出活动。

1987 年 6 月，大吉厂鼓乐社同周至县南集贤乐社、长安县何家营乐社等，一道参加了在北京举行的"第五届华夏之声"音乐会及"亚洲及太平洋地区传统音乐讨论会"的演出，受到了中外音乐界的好评。随着我国音乐界对民族民间音乐的发掘，近年来，根据大吉厂鼓乐社的保留曲目《玉明伞》及清吹曲编创的弦乐四重奏、古筝独奏等曲目分别在国内和国际上赢得了荣誉。

西安鼓乐之所以好听，是因为其乐谱脱胎于唐代燕乐，后融入宫廷音乐，又在安史之乱中随乐师传入民间，被誉为"盛唐余响""中国古代音乐的活化石"。西安鼓乐在 2009 年被联合国教科文组织收入人类非物质文化遗产代表作名录，大吉昌鼓乐社就是西安鼓乐的传承者之一。

西安鼓乐的演奏形式有坐乐、行乐两种。

坐乐即室内演奏的鼓乐艺术形式。我们小孩子根本坐不住，看个热闹就走了。

行乐比坐乐简单，它的演奏以曲调为主，吹吹打打，节奏乐器只起伴奏、击拍作用，多用于街道行进和庙会的群众场合。我们娃娃一有机会，就跟在行乐队伍后边，喊着、嚷着、疯着，好不热闹啊！

著名民间音乐家杨家祯（吹笛者）在领奏

西安鼓乐是我国古代音乐的遗存之一，它特有的复杂曲体和丰富的特性乐汇、旋法及乐器配置形式，成为破解中国古代音乐艺术谜团的珍贵佐证。它大量的曲目丰富了中华音乐文化宝库，为进一步发展我国民族音乐发挥了重要作用。

由于现代音乐的强势迸发，原西安鼓乐赖以生存的民间人文环境——民间庙会，正在逐步消亡，生存土壤逐渐消失，加之老艺人相继谢世，后继乏人，相传千年的西安鼓乐，亟待抢救和保护。

2016 年 9 月，由西安音乐学院策划、监制的《西安鼓乐传统曲牌演奏珍赏集》，2018 年成功入选"十三五"国家重点音像制品出版规划骨干工程《中国音乐文化遗产典藏——世界非遗篇》，一下扩大了西安鼓乐在中国乃至世界范围的影响力，而这部《西安鼓乐传统曲牌演奏珍赏集》就辑选了大吉昌鼓乐社的一些作品。

古曲新作，老树新枝，小巷鼓乐，名声再振！

鼓乐社精湛的演奏，优美的旋律，不但在群众中享有良好的口碑，也吸引了一些国内外艺术家的好奇和好评。英国钟斯迪和英国琵琶演奏家程玉、日本东晓子，以及我国台湾和香港的学者，还专访了周鼎山之子周志礼老艺人。

2019 年 5 月的一天，我造访了原大吉厂巷 14 号、曾管理过大吉昌鼓乐社钱财、时年 92 岁的伊彩萍老人和一些大吉厂巷的原住民，获悉新中国成立后刘江泉、郑义以及原大吉厂 21 号马保泉、周鼎山之子周志礼，原大吉厂 16 号苗德泰、苗冬泰等人，都不辞辛劳，热心为鼓乐社操劳服务。他们中有的人被鼓乐社成员称为"会头"。所谓会头，即开会议事的召集人。他们都是西安大吉昌鼓乐社的功臣，为西安鼓乐的传播与发展做出了特殊的贡献。

今日，原大吉厂 16 号 30 多岁的苗捷是现在大吉昌鼓乐社的社长，他的叔叔——时年 71 岁的苗永泰，是鼓乐社老师。叔侄俩不畏艰难，一直坚守着这块流传千年的传统文化阵地，带领鼓乐社人员学习、排练、演出，高擎着大吉昌鼓乐社的大旗。

（原载于 2019 年 1 月 11 日《西安晚报》，2019 年 6 月 2 日又做修改）

在没有暖气的日子里

20 世纪 50 年代至 60 年代初，我居住的老的大吉厂巷还没有通上电，更谈不上暖气。就是 20 世纪八九十年代，西安老街巷被改造为居民住宅楼，也没有取暖设施。

老屋的窗户又少又小，都是用白麻纸糊的，根本就不保暖。小时候的天，还真是冷的出奇。房檐下结的冰溜子，一根接一根。小孩子们敲打着冰溜子，觉得好玩。殊不知，每到数九寒冬来临，就是巷子里居民们最煎熬、最忙碌的日子。

首先，要囤大白菜、白萝卜。那个年代，冬天很难吃上新鲜蔬菜，哪像现在，有大棚，有反季节的各种蔬菜。城里人家要保障能在寒冷的冬天有热乎乎的炖白菜、熬白萝卜吃，囤大白菜和白萝卜就是家家过冬的重大任务。

当然，最重要的还是囤煤炭。当年没有现在的什么电褥子、电暖气、空调和五花八门的"过冬神器"，只有烧煤取暖。

煤炭是凭本定量供应。

最初是用煤面掺些黄土，加水拌和成煤饼，切成块，晾干。这是体力活，小女孩干不了，也干不动。在我家，每次都是我和二哥和煤饼，二哥当兵走了，这活我就独自承担了。干这活，要出一身汗，小妹在一边给我送水、擦汗。后来有了煤球，不用和煤饼了，省时省力多了。再后来，有了蜂窝煤，也有了专烧蜂窝煤的炉子。

虽然烧蜂窝煤很方便，不用了也好封火，但也存在很多不便之处。一是买煤麻烦。每次我出巷子，都要提前到安居巷煤场租好架子车，然后排队购煤。煤用架子车拉回来，还要一块一块地搬回家，很辛苦、很累人；二是每天要清理、倒炉灰，麻烦。家家都有装煤灰的垃圾筐，垃圾筐满了，洒上水，等运垃圾的汽车来了，就排队到巷子口书院门街去倒。

记得有一次，星期天，我早早租好架子车，到安居巷煤场排队。整整一个上午，我好不容易排到跟前了，煤场却没货了。

没买上煤，第二天我还要上学，没办法一直守在家等。好在那时小巷邻里和睦，大家相互帮衬、相互体恤，母亲借了邻居两簸箕蜂窝煤，省着烧，才算应付了一礼拜。母亲也经常看谁家煤接不上了，就主动叫我送去。

我记得，我上初中时，民政部门给我家颁发了"军属优待证"。自有了这个"军属优待证"小红本，我买煤买粮买啥东西都不用排队了。

我家嫌带烟筒的铁炉子忒贵，最初取暖做饭的火炉，是父亲请人用青砖和麦秸泥盘砌而成，炉膛大，口径小，炉子下边砌有煤渣坑。烧蜂窝煤取暖，为防煤气中毒，专门在老屋纸糊的窗子上留有排气孔。后来我们省吃俭用，购置了带烟筒的铁炉子。有了烟筒，屋里暖和多了，也不怕煤气中毒了。这种炉子不仅能取暖，还能烤红薯、土豆、发糕、馒头和包子。

每到晚饭后，一家人围着火炉，嗑着瓜子，喝着茶，聆听着父母讲述老一辈的故事，聊着不知从哪儿听来的笑话、新闻，其乐融融地把亲情和温暖嵌入每个家人的心里。

但是，最煎熬的是放学回家做作业和冬季夜读。

虽然屋里生着炉子，但是屋里纸糊的窗子，四下透气，人长时间一个姿势，就会腿脚发麻。我们虽然穿着臃肿的棉袄、棉裤和厚厚的棉鞋，但还是觉得寒冷，只能缩着脖子，使劲儿往棉衣领里藏。

由于我一开冬防冻措施没做好，两只小手冻得红肿、溃烂。母亲说，手一旦没保护好，头一年冻，以后就年年冻。可真应了母亲的话，在那没有暖气的寒冬里，我的两只小手年年受罪！这也给我留下了难以磨灭的童年记忆。

晚上睡觉，被窝冷如冰窖，爸妈总是先让我们用橡胶暖水袋和输液用的玻璃盐水瓶装满热水，把被窝暖热，再让我们钻进去。盐水瓶子不保温，睡到半夜就冰凉，还得把它取出来。暖水袋既能暖被窝，还能抱在怀里暖肚暖手。睡觉时盖上厚厚的棉被，再把脱下的衣服搭在被子上，就暖暖和和、不知不觉地进入梦乡了。

在那物资和文化生活匮乏的年代，没有暖气，人们生活得虽艰难简单，却顽强自信。如今，物资和文化生活相对丰富，也有了暖气，人们该有怎么样的物质和精神生活呢？

（载于 2019 年 2 月 15 日《西安晚报》）

夏 日 乘 凉

在老的大吉厂巷 13 号门院墙外东 12 号、西 14 号之间，有一处不大不小的开阔地带。

20 世纪 50 年代至 60 年代初，小巷子还没通电，家里当然也都没有电扇、空调。小巷老屋窗户又少又小，都是纸糊的，天井巴掌大，屋内空气又不对流，房内冬天冷的出奇，夏天闷热难耐。

每到夏日，特别是三伏天的傍晚，小院及四邻的老人、妇女、少男少女和孩童们，都走出闷热的屋子，聚集到这个开阔地带乘凉。

老爷爷们躺在躺椅上，脖子上搭条毛巾，喝着茶，摇着芭蕉扇，聊着天，这里就成了"茶馆"；老奶奶们头上顶个手帕，坐着马扎，趁着天黑前，手里抓紧缝补着儿孙们的衣裳，这里就成了"裁缝铺"；青春的少男少女们坐在凉席上，一面擦汗，一面相互讲述着他们白天遇到的故事，这里就成了"聊天室"；有的年轻人嫌屋里热，干脆手端着老碗，圪蹴在这里咥晚饭，这里就成了"餐厅"；小娃娃们不怕热，蹦跳着，你追我藏嬉耍着，这里就成了"游乐场"。

不论是男人、女人还是娃娃们，衣服都是脱得不能再脱，少得不能再少。

在那个年代，人们思想纯真、简单，只图个凉快，谁也不忌讳谁，谁也不在乎啥，谁也不嫌弃谁。

我那时才上小学二年级。

夏天一吃过晚饭，我们就急着抢占地盘，在这开阔地给爸爸把躺椅支撑好。我每次先趴在躺椅上舒服一会儿，母亲便开始给我讲那些月光娘娘、嫦娥、吴刚、桂树和玉兔在广寒宫的故事；小白菜与杨乃武的故事；王宝钏空守寒窑十八年，苦等薛平贵征战归来的故事。

母亲虽然认识不了多少字，但讲起这些故事来有板有眼、活灵活现。母亲总是一面给我摇着扇子驱赶蚊虫，一面津津有味地讲着故事。我经常是听着听着就撑不住，蒙蒙眬眬睡着了。母亲把我抱回屋里，我也不知，第二天一觉醒来，我才发现自己睡在床上，而不是在外边的躺椅上。

父亲则经常在夜晚指着天上，给我讲怎么在浩瀚无垠的夜空寻找北极星。

我记得父亲说，要找北极星，先要找到北斗星。北斗星，也称北斗七星，是一个勺子状的星座。其他五颗星我不记得了，只记得顺着勺子边上的天璇、天枢两颗星的方向，延长线大约五倍于这两颗星距离的一颗亮星，即北极星。

父亲的话，我牢牢记在心上。我常常会在夜晚的时候，一个人对着北斗星发愣。

后来我高中毕业了，当了知青，到农村插队。每当夜晚在我插队空旷的小山村时，我也常常会望着北斗星，想着老父亲，潸然泪下，不能自已。

再后来，我也常常给老婆、孩子讲如何在茫茫夜空中寻找到北极星。

我那时也顽皮倔强，有时为了夺占开阔地的有利地盘，也和小院的发小、兄妹打闹争抢。每次都是二哥劝解、调和，让着我、护着我，我不好意思，就又让着小妹。

有一天晚上，我躺在躺椅上望着星空，听妈妈讲故事，突然感到右下腹剧烈疼痛，疼得我头上冒着黄豆般的汗珠，叫喊不停。父亲当时不在家，母亲赶忙拿热毛巾给我敷肚子，可我的腹部还是疼痛。小院小巷邻居赶忙过来帮忙，有的让我喝热水，有的拿来止疼药，有的给我揉肚子，都不仅不见效，反而越来越疼。母亲干着急。同院李叔略懂医术，他二话不说，背起我就走，并雇了辆三轮车，把我拉到市第一人民医院。原来是疝气病突发。经急诊医生及时诊治，我的腹部没事了。医生说若晚来一会儿就危险了。

小巷夏日的夜晚，虽然闷热，遭蚊叮虫咬，但是，这有限的小巷开阔地，热闹、温馨，充溢着淳朴与和谐、亲情与温情。

在这里，静听蛐蛐在墙角砖缝里发出清脆的鸣叫，观看满天一闪一闪的星斗，凝望月亮在云层里悠闲地穿行，聆听大人们讲述那传了一代又一代的古老而神秘的故事……

所有这些，都让我倍加怀念那抹之不掉、挥之不去的童年夏日时光。

（载于 2019 年 6 月 14 日《西安晚报》）

寻根老巷子

在大吉厂这个有着悠久历史、独具特色文化的古老小巷里，我度过了自己人生最初的 30 个春秋。

作者与 92 岁的伊彩萍老人（中）和大吉厂老户、发小韩克信（右）

　　老的大吉厂巷位于古城西安顺城巷以北，书院门中段向南纵深六七十米，呈"丁"字形，分东西两段，东段长西段短，全巷 200 多米长。加上甲子 1 号李海亭家，甲子 2 号谢文娟家，共 29 个门牌院落，有百余户人家。其中大部分是多户合住的四合院，房子破旧、古朴，巷道狭窄，半砖半胡墼的瓦房居多。小巷老屋窗户又少又小，天井巴掌大。

　　深宅大院和独门独户也有不多。4 号、7 号、14 号、27 号院是令人羡慕的深宅大院，房屋高大，一砖到顶，有两道门楼。7 号院胡家的户主是胡宗南的侄子，新中国成立前很威风，腰上经常别着盒子枪。尤其是一进半巷子西侧 27 号院，是大书法家吴三大家（其真名吴培基，吴三大是几十年前人们给他起的绰号）的独门宅院。宅院高大气派，有两层阁楼。墙面是青石水磨砖砌而成，房门和窗框上刻有图案，院内挖有地窖和水井。可谓大吉厂最好的老宅了。

　　溯源大吉厂巷的历史便知，隋唐时斗鸡风靡一时，贵族纨绔子弟一天到晚都聚集在这里斗鸡，使这一带成了热闹、喧嚣的娱乐场。

　　大吉厂鼓乐闻名遐迩，其表演也是从唐朝一直流传至今。现在表演鼓乐的是从成立于 1918 年的"大吉厂鼓乐社"延续传承过来的。

　　新中国成立前后的那段时间，大吉厂有经营"煤头"的行当，有不少做小买卖营生的人家。

　　所谓"煤头"，其实就是拿粗禾纸、麦秸搓成后用来引燃水烟、旱烟的火纸。那个年代，中老年人吸食水烟的很多，用火柴嫌贵，烟民们习惯用煤头燃烟。原大吉厂 10 号的刘志仁爷爷经营煤头多年。晚上，刘奶奶和刘爷爷一块儿，在一个石案上装料、搓圆、粘好、晾干，煤头就做好了。白天，刘老爷子挑着担子，走街串巷叫卖，很是艰辛。26 号院范家等都经营过煤头。20 世纪 50 年代末，经营煤头的这种行当就逐渐绝迹了。

　　古时大吉厂巷是由清一色的石板铺就，日久天长，石地板早已磨得凹凸不平。历经风雨，小巷子民房年久失修，下雨天经常是屋外大下、屋里小下、屋外不下、屋里滴答；买煤、买粮、担水、倒垃圾、摊煤饼等杂活、累活，都要自己动手下力气去干；每家四合院里只有一个厕所，每天起早第一件事，就是倒尿盆……居民们生活得清贫、简单，但大家都一样，习以为常了。日复一日、年复一年，巷子里的人们一直过着祥和、平静的日子。

老的大吉厂巷13号有一座破旧的四合院小屋，是父母、兄妹和我居住的老屋。1973年、1974年，我们兄妹在这里分别送走、安葬了病魔缠身、含辛茹苦一生的父亲、母亲。1976年，在这个破旧的小屋里，在我失去父母的情况下，由于邻里的帮扶，我和妻举行了没有婚纱、没有戒指、没有新房，简单而难忘的婚礼。1977年，还是在这个小屋里，我们唯一的儿子出生了。因而，老的大吉厂巷13号院，是我一生魂牵梦萦的地方。

由于书院门在西安是尽人皆知的文化街，因而，大吉厂巷被称为书院门的"胳膊腿"。这个平日里十分安静的小巷子，因了书院门而充满了和睦气氛和书卷气。常年生活在这样一种市井氛围中的居民，潜移默化，受环境熏陶，形成了一种淳朴、

正在拆迁的作者的老屋大吉厂13号

仗义、自强、好学、随和、互助的民风和习性。谁家有困难和红白事，大家都相互帮扶；谁家缺粮、缺煤了，邻里都会主动送上；正做饭时，没盐和酱油、醋了，到谁家要点儿都没问题。

今日，大吉厂巷经过多年多次改造，已面目全非。昔日纯粹的居民住宅四合院小巷子，全部被拆掉，变成了买卖书画、文房四宝等的商业一条街；昔日的"丁"字形小巷子，只保留了书院门南侧纵深90多米的一段，现叫"大吉昌"，往南、东、西方向的小街，已不是"大吉厂巷"了。老的大吉厂巷原住民已全部搬迁，现在那90多米的大吉昌巷的住户，大都是后来的商户。昔日的大吉厂巷、我魂牵梦绕的地方，早已湮没在城市改造的浪潮里，已名存实沦没了。

在西安古城里，类似大吉厂巷这样古朴、宁静、独特的四合院居民住宅的老巷子，不知还有多少，倘若全部拆掉，改造成面目全非的、各色各样的商业一条街，那么我们这个城市的特点在哪里？我们到哪里去寻觅生我们、养我们、教化我们成长的地方？古朴、独具特色的老街巷，是一个城市的根、一个城市的魂，是一个城市的血脉和历史。

在我国城镇化建设快速发展的今天，农村人需要不忘乡愁，城市人则需要不忘寻根。倘若我们不能完全保护好这些老街巷，可否选择个别极富特色、历史悠久、有文化意义的老街巷，经过修旧还旧、修旧如旧，把老宅的风格保留下来？这样，我们的后人和子孙在这个城市里才能有怀古、寻根的地方。

（载于 2019 年 3 月 29 日《西安晚报》）

史话交通

丝 路 之 魂

　　古老神奇而声震世界的丝绸之路，是中国最早和中亚、西亚、欧洲及非洲之间进行政治交往、经贸往来和文化交流的交通大道。

　　丝绸之路广义上又分为陆上丝绸之路和海上丝绸之路。狭义的丝绸之路，一般指陆上丝绸之路。中国是丝绸的故乡，因而一开始在这陆路交通要道上，主要以丝绸为媒介进行经贸交易。19 世纪 70 年代，德国著名的地理学家、地质学家李希霍芬首先将这条陆上交通路线称为"丝绸之路"，此后被中外史学家广泛接受，沿用至今。

　　在西汉之前，古老的中国中原通西域的道路已初步形成。

　　我国汉代卓越的外交家、探险家和旅行家张骞，史书说他"为人强力，宽大信人"，即体魄健壮，心胸开阔，具有开拓和冒险精神。汉武帝时以军功封博望侯。中国近代大思想家梁启超称他为"坚忍磊落奇男子，世界史开幕第一人"。

　　西汉建元三年（前138），张骞为完成汉武帝联合大月氏共同抗击匈奴之战略意图，带着百余名随从，从长安西行，第一次出使西域。他历经千辛万苦，在途中不幸被匈奴人抓住，扣留了10余年。但他不忘使命，始终持汉朝特使符节。匈奴单于逼他娶妻生子，也丝毫没动摇他出使大月氏的决心。他设法逃脱，辗转到达大月氏。那时大月氏西迁已久，无意再与匈奴打仗。之后，张骞返回长安，向汉武帝报告了西域的见闻，以及他们想和汉朝来往的愿望。虽然第一次出使西域未达目的，但他对西域各国的地理、物产、风俗习惯等有了比较详细的了解，也为汉朝开辟通往中亚的交通要道提供了宝贵的经验。

元狩四年（前119），汉武帝派遣张骞第二次出使西域。张骞率领300多名随员，携带大量金币、丝帛、财物、牛羊万头，访问西域的众多国家。西域各国也派使节回访长安。汉朝和西域的交往从此日趋活跃、频繁起来。

汉武帝派遣张骞凿空万里，两使西域，历经20年，与西域各国建立了政治、经贸关系，开辟了丝绸之路。同时，汉武帝还几次派遣大将卫青、霍去病西征匈奴，设置四郡，开发河西，对丝绸之路的畅通起了重要的保障作用。

西汉末年，丝绸之路一度中断。东汉初年，匈奴重新控制了西域。

为了恢复对西域的管辖，东汉永平十六年（73），汉明帝选派大将窦固征讨匈奴，收复西域。书香门第出身的班超抱着大丈夫就应该像卫青、霍去病、张骞一样，去边关为国家效力、马革裹尸的决心，毅然决然地把撰写史书的毛笔折断，摔在地下，从军去了。这也就是有名的"投笔从戎"成语的由来。正是在这次出征中，班超一显身手，率领三十六骑，奉命以洛阳为起点出使西域，建立了奇功。

班超用智慧和胆略，帮助西域各国摆脱了匈奴的控制，被东汉朝廷任命为西域都护。在西域经营31年的时间里，他带领将士们收复了西域50多个国家，为西域回归做出了巨大贡献，从而恢复了东汉初以后封闭60多年的丝绸之路，进一步加强了西域和内地的联系。

东汉永初元年（107），适值羌人起义，陇道断绝，北匈奴再次控制西域，使丝路交通受阻。永宁元年（120），北匈奴与车师后王联合杀死敦煌太守曹宗所派长史索班，击走车师前王，略有北道。情势危急，东汉杰出女政治家邓绥太后便到朝堂商议此事，朝中公卿大多仍认为应当关闭玉门关、放弃西域。而班超之子班勇则认为应恢复对西域的管理。邓绥太后便采纳了班勇的建议，恢复敦煌郡守兵300人，设立西域副校尉居敦煌，恢复了东汉对西域的羁縻统治。延光二年（123），朝廷委派班勇为西域长史，率五百精兵，屯守柳中（今新疆鄯善西南鲁克沁），经营西域。第二年，班勇击走北匈奴伊蠡王，车师前王归汉。班勇继续率西域诸国兵，破北匈奴呼衍王，使丝绸之路复通、畅达。

班超与班勇父子两代，重启和复通丝绸之路的丰功，苦心经营西域的伟业，使他们成为中华民族伟大的千古功臣；而丝路的畅通，也给东汉及后世带来了前所未有的商贸和文化交流的繁荣。

丝绸之路的复通，重新打通了隔绝多年的西域，罗马帝国的使者也首次顺着丝路来到当时东汉的京都洛阳，这是欧洲和中国的首次交往。在通过这条漫漫长路进行贸易交往的过程中，丝绸之路不仅成为古代亚欧互通有无的商贸大道，还成为促进亚欧各国和中国的友好往来、沟通东西方文化的友谊之路。

丝绸之路一经复通，就经历了不同的发展阶段和历史风烟。到魏晋南北朝时期，由于社会动荡，丝绸之路干道沿线割据政权林立，线路时而受阻。隋唐时期道路运输范围逐渐扩大，丝绸之路呈现繁盛之势。随后，丝绸之路时通时阻。到元代又继续发展，开通了亚欧大陆桥。明朝年间加强了对西域的管理，朝廷对西域各部族采取了种种怀柔抚绥的政策，丝绸之路重新开启发展。以后，随着社会政治形势的变化和海运兴起，陆上丝绸之路的功能也发生了变化。清代建成了"官马大道"，朝廷通过丝绸之路多次用兵护卫边疆，征讨民族分裂势力。抗日战争时期，苏联援华物资也曾沿丝绸之路源源不断地运入中国。

沙漠、雪山、戈壁、河川、绿洲、湿地……时而狂风漫卷，飞沙走石；时而寂静万里，空无人烟；时而牧人炊烟，袅袅升起；时而驼铃阵阵，声声悠远。这就是古代中国的西域，既苍凉荒蛮，又辽阔富饶。我们的先人，经过一代又一代的开掘、奋战和流血付出，拓展了西域，开通了直到中亚、西亚和欧洲的丝绸之路。

陆上丝绸之路一般可分为东、中、西三段，而每一段又大概可分为北、中、南三条线路。

东段，由两汉开辟，从长安或洛阳到玉门关、阳关一带，基本还在中国中部地区。东段各线路的选择，多考虑翻越六盘山以及渡过黄河的安全性与便捷性。从长安或者洛阳出发，到武威、张掖，再沿河西走廊至敦煌。

中段，仍由汉代开辟，从玉门关、阳关以西至葱岭（今帕米尔高原），这就是中国古代辽阔的西域了。中段主要是西域境内的诸线路，它们随沙漠和绿洲的变化而时有变迁。三条线路在中途，尤其是在640年设立的安西四镇，多有分岔和支路。

西段，由唐代开辟，大约由葱岭往西直接走出国门，经过中亚、西亚直到欧洲。它的北、中、南三线分别与中段的三线相接对应，其中，经里海到君士坦丁堡的路线是在唐朝中期开辟的。

在历经千百年的漫漫历史长河中，有太多的英雄人物、历史名人，为丝路的开拓上下求索，为丝路的畅达不畏艰难，为丝路文化的传播勇于考察、探险，为丝路沿线的各部族人民交融、和睦，付出终身，留下了许许多多惊天地、泣鬼神、荡气回肠的壮美故事。

除了早已闻名遐迩、世人皆知的出使西域、开辟丝绸之路的英雄张骞和投笔从戎、重启丝绸之路的先锋班超与班勇父子外，还有那些从多方面为丝绸之路的扬名和发展做出贡献和牺牲的历史人物、无名英雄，我们怎能忘记？

东汉甘英，为西域都护班超属吏，于汉和帝永元九年（97）奉西域都护班超之命，出使大秦（罗马帝国）。他率领使团一行从龟兹（今新疆库车）出发，经条支（今伊拉克境内）、安息（即波斯帕提亚王国，今伊朗、伊拉克境内）诸国，到达了安息西界的西海（今波斯湾）沿岸。甘英这次出使虽未到达罗马，但也是第一个到达波斯湾的中国人。这次出使，扩大了中国人的眼界，增进了国人当时对中亚各国的了解，开启了东汉和中亚的经济往来。

东晋高僧法显是中国古代杰出的翻译家、旅行家，是中国僧人赴天竺（古印度）取经留学的先驱。隆安三年（399），年已65岁的法显，与慧景、道隆、道整、慧应、慧嵬等同契一起，从长安出发，沿着丝路东段，历经千辛万苦，长途跋涉4年，终于到达了印度。到达印度时，只剩下法显和道整两个人了。

法显在天竺寻求戒律，游历30余国，收集了大批梵文经典，前后历时14年，于义熙九年（413）奇迹般地乘船跨海归国。他成为诸史记载的中国第一个穿越塔克拉玛干大沙漠丝绸之路上的佛教高僧。义熙十年（414）写成著名的《佛国记》（《法显传》）。

近代学者梁启超说："法显横雪山而入天竺，赍佛典多种以归，著《佛国记》，我国人之至印度者，此为第一。"《佛国记》不仅是一部杰出的传记文学，而且是一部珍贵的历史文献。《佛国记》详尽记述了印度的佛教古迹和僧侣生活，因而后来被佛教徒们作为佛学典籍著录引用。《佛国记》也是中国南海交通史上的巨著，它对信风和航船的详细描述与系统记载，成为中国最早的记录。法显给后人留下了人类在公元5世纪初的航海资料，这是他对世界的重大贡献。

东晋时期，中国佛教四大译经家之首鸠摩罗什，是一位伟大的佛学家、哲学家、汉语言学家、星象学家，名传西域，声闻中原。为争夺这位高僧，前秦后秦发动了两次战争。兴宁二年（364），20岁的鸠摩罗什被龟兹王敬为国师。前秦建元十九年（383），苻坚派大将吕光领兵从长安出发，西征龟兹，请鸠摩罗什到长安。吕光带鸠摩罗什东行至凉州（今甘肃武威），吕光称王，史称后凉。鸠摩罗什在武威滞留17年。鸠摩罗什一生主要是在丝绸之路上最具影响的龟兹、武威、长安三个文化重镇传播佛法。他把印度佛教文化、龟兹文化、西方文化与长安文化相融合，又将佛教文化与长安文化沿古丝绸之路传向世界。

唐贞观元年（627），26岁的高僧玄奘，为探究佛教各派学说分歧，传播佛法，结侣陈表，请求允西行印度求法。虽未获唐太宗批准，但玄奘决心已定，贞观三年（629），他"冒越宪章，私往天竺"，混杂于难民之中，走出长安，沿着丝绸之路西行。在艰难漫长的求法路上，玄奘以非凡的大智大勇和超出常人的毅力意志，穿过沙漠戈壁，爬越雪山河川，历经千险万难，百折不挠，死里逃生，到达印度佛教中心那烂陀寺取真经。前后17年，他学遍了当时印度大小各种学说。唐贞观十九年（645），玄奘归来，一共带回佛舍利 150 粒、佛像 7 尊、经论 657 部，并不遗余力地从事翻译佛经的工作。玄奘不仅把印度文字的佛经译成汉文，而且还把中国哲学著作《老子》和《大乘起信论》译成梵文，传入印度。玄奘在弟子的协助下，译出了 75 部、1335 卷佛教经籍。

回国后，由玄奘口述，他的弟子辩机缀辑的《大唐西域记》，于唐贞观二十年（646）成书。书中记载了玄奘亲身游历西域的所见所闻，其中包括有 100 多个国家和地区的城邦、山川、地邑、道路、物产、文化、宗教信仰、民族习俗等。《大唐西域记》不仅从不同层面、不同角度、不同深度反映了西域人民的生活，而且是对丝绸之路的一次大扬名，对丝路文化的大传播。这部书现被国外学者翻译成多种外文书出版，已成为欧亚国家广泛流传的世界不朽名著。

玄奘九死一生舍身求法的精神激励着后人，被世界人民誉为中外文化交流的杰出使者、世界文化名人。鲁迅赞他为"民族的脊梁"，国学大师梁启超称他为"千古一人"。

唐贞观十五年（641），在吐蕃首领的多次请求下，唐太宗派文成公主和吐蕃首领松赞干布和亲。文成公主在唐送亲使江夏郡王、太宗族弟李道宗和吐蕃迎亲专使禄东赞的伴随下，一行从长安出发，沿着丝绸之路，途经西宁，翻越日月山，长途跋涉到达拉萨。文成公主与吐蕃松赞干布和亲，揭开了唐蕃大量物资、大批人员频繁交流、交好的序幕。

王玄策是唐代杰出的外交家。从唐太宗李世民贞观十七年（643）、贞观二十一年（647）到唐高宗李治显庆二年（657），他三次出使印度。虽然第二次出使印度时，遭中天竺阿罗那顺劫掠，但王玄策巧妙调吐蕃兵、尼泊尔兵击败中天竺阿罗那顺，既维护了唐朝的权威，又没有破坏中印关系的发展。由于在这之前，吐蕃松赞干布安排大量人力扩建了唐蕃道，使唐蕃道成为丝绸之路上青藏高原通往河西走廊，一直到印度的一条重要便捷支线。王玄策就是在松赞干布亲自护送下，沿着这条丝绸之路的支线唐蕃道回到了长安。王玄策作为唐朝出使印度的使者，开拓了从西藏通向印度的路线。西藏到印度丝绸之路支线的开通，促进了唐朝和五天竺国的友好往来及文化交流。

唐景龙四年（710），继文成公主和亲 70 年后，在吐蕃一再请婚下，唐中宗又将金城公主嫁给吐蕃松赞干布五世孙赞普赤德祖赞。吐蕃派遣大臣尚赞咄，率千人使团迎亲。唐中宗命左骁卫大将军、河源军使杨矩为送亲使。唐中宗亲幸兴平，诸大臣赋诗送别。为纪念这次和亲，唐将兴平县改为金城县。

唐蕃间的两次和亲联姻，文成、金城两位公主，她们用小爱换大爱，为唐朝和吐蕃长时期的和平友好和拓展古丝绸之路、繁荣贸易运输，牺牲了个人青春，做出了特殊贡献，留下了美好的佳话，更是为吐蕃的发展带去了新的希望。

至元八年（1271），17 岁的意大利著名世界旅行家马可·波罗跟随父亲和叔叔，沿着陆上丝绸之路，行至中国元朝大都（今北京），后又沿着海上丝绸之路，即由刺桐港（今泉州）乘船至波斯湾忽鲁谟斯登陆，然后陆行回到家乡威尼斯。在中国游历了 17 年，回国后，由他口授、别人撰写的《马可·波罗游记》，记述了他在东方最富庶的国家——中国的见闻，激起了欧洲人对东方的热烈向往，使得欧洲人纷纷东来，寻访中国，打破了中世纪西方神权统治的禁锢，促进了中西交通和文化交流。马可·波罗和他的《马可·波罗游记》给欧洲开辟了一个新时代，对以后新航路的开辟产生了巨大的影响，西方地理学家还根据书中的描述，绘制了早期的"世界地图"。

与诺贝尔有齐名之誉、世界伟大的瑞典探险家斯文·赫定，从 1890 年至 1935 年，先后多次来到中国，与古老的丝绸之路结下了不解之缘。他是第一个在探险过程中聘用当地科学家和研究助手的欧洲科学探险家。他率领团队穿越巴丹吉林和塔克拉玛干沙漠、黑戈壁，上青藏高原，穿越可可西里，进入柴达木盆地，考察罗布泊，发现小河墓地。他最大的贡献：一是 1900 年发现震惊中外的楼兰古城，以及罗布泊的准确位置；二是 1907 年考察西藏，填补了地图上西藏的大片空白，轰动了世界。他有着强烈的中国情结，为了探险和考察，终身未婚。他深爱一位女子，长相思而未婚娶。他说："我已和中国结婚。"中外学者认为，楼兰古城是丝绸之路上繁盛一时的古楼兰国，是目前被发现的最重要的历史遗迹，它对研究新疆乃至中亚的古代史、丝绸之路的历史变迁、中西文化的交流与相融具有至关重要的作用。

斯文·赫定不仅是伟大的探险家，他还是瑞典两个科学学院的成员，在诺贝尔奖的科学奖和文学奖两项奖项评选中都拥有发言权。

在来中国之前，为了消除地理上的空白点，诺贝尔文学奖的评委对斯文·赫定说，到中国后，可以打听打听，中国有哪些好的作家，可以向他们推荐。但斯文·赫定是位探险家，不是文学家，他到了北京，与有留法背景的刘半农说了此事，请他介绍推荐人选。刘半农是著名的作家和学者，早年参加《新青年》的编辑工作，是鲁迅的朋友，但后来由于一些事与鲁迅的关系日渐疏远。

刘半农介绍的人中有梁启超、鲁迅。后来，刘半农就把这件事情告诉了台静农。台静农既是鲁迅的学生，也是刘半农的学生。那时候的台静农，只是一个学生辈的人，受着刘半农的委托，给鲁迅写了一封信，鲁迅回信道："诺贝尔的赏金，梁启超自然不配，我也不配，要拿这钱，还欠努力……我觉得中国实在还没有可得诺贝尔赏金的人，瑞典最好是不要理我们，谁也不给。"原话就这么多。鲁迅并没有直接拒绝诺贝尔评选委员会的推荐，更不是评完奖以后，鲁迅说我不要。因此，不存在瑞典学院决定把诺贝尔奖授给鲁迅，鲁迅拒绝了的事实。

斯文·赫定在亚洲探险、考察的非凡经历，为其在西方世界赢得了"研究亚洲第一人""科学考察丝绸之路第一人"的美誉。

著名的德国旅行家、地理学家费迪南·冯·李希霍芬，从 1868 年到 1872 年，对中国进行了 7 次考察。1872 年回国，他用后半生大部分精力撰写了《中国——亲身旅行和据此所作研究的成果》。在 1877 年出版的第一卷中，李希霍芬首次提出了"丝绸之路"的概念，并在地图上对此进行了标注。1936 年，李希霍芬的学生斯文·赫定以《丝绸之路》为名出版了一本书，从此，"丝绸之路"一名迅速传播。

清同治五年（1866），左宗棠出任陕甘总督。为了保障清廷进军新疆的运输需要，沟通中原与西北的交通，左宗棠发动沿线大量民众和官兵，整修丝绸之路东段和中段重点线路。

官马西道是清朝京都和中原腹地通往西北边陲的交通大道，也是清代沿袭明代北京、西安府、甘州间驿道线路而形成的官马大道。所以，左宗棠首先重点修整官马西道，包括整修陕西行省内路段、甘肃行省内路段和新疆行省内路段。对陕西、甘肃、新疆行省境内官马西道上的险要路段进行修建，改建桥梁，改善通行条件。在整修道路的同时，设置驿站，加强管理。自陕西境内至兰州府，直至新疆伊犁，沿路"五里一卡、十里一哨、百里一营"是当时驻军防护交通线路的设施。这里要特别强调的是，他统率的楚、湘军所到之处，都组织沿线军民就地植树造林，要求驿道两旁种一至二行或四至五行榆柳或白杨树，人称"左公柳"。路旁植树的作用是稳固路基，限戎马之行，保护农禾，供行旅阴凉。每逢夏日青茂，一眼望去，驿道两旁的杨柳，夹道以伴行人，蔚为壮观。光绪四年（1878），左宗棠一老部下杨昌濬，路经官马西道，看到陕、甘等境内驿道两旁杨柳成行、绿树成荫，又听说是湖、湘军士兵所栽，即景生情，遂吟诗一首："大将筹边尚未还，湖湘子弟满天山。新栽杨柳三千里，引得春风度玉关。"左宗棠听后捋髯大笑。后人为保护这一成果，曾沿路布告："杯酒阳关，马嘶人泣。谁引春风？千里一碧。勿剪勿伐，左侯所植。"

左宗棠的这些措施，不仅对古老的丝绸之路大道畅通有重要意义，而且对巩固国防、抗击列强侵略和以后新建现代普通公路，打下了良好的基础，做出了重要贡献。

100多年前，一个名叫乔治·沃尼斯特·莫理循的澳大利亚人，带着仆人和骡车到达西安后，一直沿着丝绸之路西行，开始了为期半年的中国西部考察，最后到达俄国的奥什（今属吉尔吉斯斯坦）。莫理循除了留下12篇介绍丝绸之路的文字报道外，还拍下了近千张珍贵的丝路沿途照片。1912年至1920年间，莫理循担任台湾地区领导人政治顾问。莫理循在中国生活了20余年，是中国近代史上许多重大事件的亲历者和参与者。英国《泰晤士报》连载了莫理循的12篇报道，这些报道为西方世界了解中国西部的政治、经济、军事、风情、文化开启了一扇窗，曾引起极大轰动。更具意义的是，现代人通过这几篇报道和这些照片看到了100多年前丝绸之路的真实模样。

还有那些没留下姓名的无数工匠、劳工和无名英雄们，他们都是为丝路开拓、发展和兴盛，做出了不可磨灭贡献的历史人物，是声震世界的丝绸之路历史天空上的璀璨群星，是丝路之魂，他们的英名将永远镌刻在古丝绸之路人类探险的丰碑上。

斗转星移，世事沧桑。古昔丝路上商贾来往穿梭繁忙的景象早已成为历史烟云，悠扬的驼铃声声，也早已从我们耳畔消失，但这些璀璨群星、丝路之魂，永远熠熠闪光，他们和"丝绸之路"的盛名一样，流芳百世！

2019 年 7 月 10 日改写

灞柳风雪话古桥

桥梁是道路的组成部分，既是交通的基础设施，又是绚丽多彩的艺术品，三秦桥梁更是历史悠久，种类齐全，技术精湛。

在我国古代绚丽多姿的桥梁中，陕西的灞桥属中国最古老的梁桥之列，风格独特，闻名遐迩。

横跨西安城东 10 公里灞河上的灞桥，据《水经注·渭水》载：秦穆公为显霸功，更名滋水为霸水。水上有桥，谓之霸桥。后地理学家加以"水"的偏旁，成为现在通写的"灞桥"。

灞桥至今已有 2000 多年的变迁史，秦、汉时期，灞桥是长安出入东方的交通要冲，王莽地皇三年（22），灞桥被大火烧毁，重修后，改木桥为石桥，取名"长存桥"。隋开皇三年（583），在汉灞桥之南又建成一座名为"灞陵桥"的石梁桥，也称南桥，就是以后不断变迁、演化的灞桥。

唐代，地处交通要冲的灞桥受到高度重视，大施修葺，并制定"灞桥法"，对修葺后的灞桥进行管理，使灞桥成为全国有名的四大石柱梁桥之一："天下石柱之梁有四，洛三灞一。洛则天津、永济、中桥，灞则陕西之灞桥也。"

北宋时，灞桥已经坍塌，哲宗年间，虽经韩缜重修，但并未修建成一

51

座永久性的石桥。元代山东堂邑梓匠刘斌抱着"石桥不成，永不东归"的决心，历时 15 年，于至元十五年（1278），在当地绅民的支持、赞助下，灞桥终于落成。

在这之后，灞桥又经过多次修复，但都由于桥梁设计不能适应自然条件，经不起洪水冲刷和沙土壅塞，不久，桥又倾毁，以后屡建屡毁，屡毁屡建。

清道光十三年（1833），陕西官绅纠集匠民，参考当时西安普济桥的技术特点，又重建灞桥。这次重建，吸取了历代桥圮的教训，结合桥位的水文地理，从设计到施工较过去都有突破性改进。直到新中国成立后改建，历时 120 余年，灞桥安然无损。

清道光十四年（1834）七月建成的灞桥，长 134 丈，67 跨，石轴桥柱 408 根，各跨间跨径 1.2 丈到 2.1 丈不等，桥面两旁有石栏，栏内桥约 7.5 米宽，三轨并行，颇为宽敞。这次重建加固了下部结构：置梅花桩，砌筑护底，实盘作基，石轴作柱，分层安装组合，使水不搏击，沙不停留，为古代桥工精湛技艺又一体现。这也是灞桥百年不毁的主要原因。

1957 年灞桥改建时，桥墩仍利用老石柱修建，使这座古桥兼具交通桥与文物桥的功用。

灞桥建桥伊始，筑堤植柳，柳絮随风飘舞，宛如飞雪满天。到了隋唐时期开始声名远扬，成为"柳色如烟絮如雪"的名胜，故有"关中八景"之一"灞柳风雪"的美称。

古时，官府还在灞桥旁设立驿站，叫作"滋水驿"，长安人向东送行，往往以灞河为界，送出长安城，到了灞河就要在灞桥上分别了。当时灞桥两岸，数里河堤，举步皆柳，东去之人，常折灞柳赠别亲朋好友，以寄相思之情。后来，灞桥作为话别之地的美名渐渐传扬开来。

柳絮胜雪传千古，文人笔下叙断肠。灞桥折柳赠别，故又称"销魂桥"。不少文人学士曾留下抒情寄意、脍炙人口的诗篇。

一生洒脱的李白在《灞陵行送别》中肆意挥洒着笔墨："送君灞陵亭，灞水流浩浩。上有无花之古树，下有伤心之春草。"李白一阕词《忆秦娥·箫声咽》更道出了灞陵折柳的伤感情怀："箫声咽，秦娥梦断秦楼月。

秦楼月，年年柳色，灞陵伤别。"

飒爽的女革命家秋瑾也曾在灞柳风雪中黯然吟出"灞陵桥畔销魂处，临水傍堤万万条"，灞桥成为历史上有名的送友离别的富有诗意的古桥。

今日，灞桥依旧在，但早已不是当年的千年古灞桥，而是被现代的钢筋混凝土桥所取代。虽变换了历史的天空，碧水蓝天重现，但灞柳仍在，承载着现代的风韵，在悠悠飘荡，见证着历史的变迁，诉说着秦风汉雪、隋雨唐月那些遥远的故事……

（载于2016年8月26日《西安晚报》）

千年蓝桥故事多

庄子杂篇《盗跖》和《史记》等中记载了这样一个故事：有一个叫尾生的小伙子，与一位美丽女子在桥下约会，大水冲来，女子却没来，尾生为了不失信约，就抱梁柱而死。尾生抱梁柱而死的桥，就是2000多年前的东周时期、坐落在今蓝田县东南蓝峪水上的蓝桥。能抱梁柱而死的桥，可推知是桩柱式桥墩的双跨以上的梁桥了。

蓝桥从此出名。

后人也以"尾生之信"为典故，一则以此赞誉他坚守信约、至死不渝的精神；二则以此嘲讽那些坚守信约而不顾其他，未免有些迂腐的人。

《太平广记》里也记载了发生在蓝桥的故事：唐长庆年间，有一个落第秀才裴航，在蓝桥驿遇一位织麻老妪，老妪有一孙女云英，姿容绝世，裴航一见欲纳礼娶之为妻。老妪告诉裴航：她总是有病，有神仙与药一圭，须用玉杵捣之百日，方可就吞。裴若要娶云英，须用玉杵臼为聘。裴以百日为期，用二百缗钱求得玉杵臼，到蓝桥娶云英为妻。两人婚后相偕入玉峰洞成仙，飘然而去。

故事虽属虚构，蓝桥也因此更加驰名。

嗣后，后人诗文中常以此为典故，表示爱情的忠贞不渝。明代的《蓝桥记》《玉杵记》等传奇剧的演出，都讲述了这个动人的故事。

著名的美国电影《魂断蓝桥》，描述的也是一个凄婉哀怨动人的爱情故事。作为一部风靡全球、被誉为电影史上三大凄美不朽爱情经典影片之一的好莱坞爱情故事片，它的译名就费了一番周折。

该部电影的英文原名是 *Waterloo Bridge*。若直译，是"滑铁卢桥"，缺乏感染力，而且也容易让人联想到拿破仑身上去。后来编译组为该片举行征译名活动，最终采纳了一位观众的意见，借用了蓝桥上同样发生的动人爱情故事，"魂断蓝桥"的名字，便成为影片的中文片名。

从此蓝桥更驰名中外。

蓝桥介于蓝田、商洛之间，唐时设有蓝桥驿，往东南有峣关，即后来的蓝田关，是三秦扼塞、豫楚要冲。

唐代一些文人墨客常从蓝桥经过，出入河南、湖北等地。唐元和十年（815），元稹奉召回京途经蓝桥，作有《西归绝句十二首》，诗中曰"云覆蓝桥雪满溪，须臾便与碧峰齐"。

白居易此时被贬为江州司马，看到此诗，于是写有《蓝桥驿见元九诗》："蓝桥春雪君归日，秦岭秋风我去时。每到驿亭先下马，循墙绕柱觅君诗。"

诗语平淡，却表现了白居易和元稹两位诗人的深情厚谊，也为蓝桥增添了不少诗情画意。

蓝桥也是重要的军事交通关卡。唐末黄巢起义军攻占长安后，天下兵马都监杨复光率军迎战黄巢部将朱温，打败朱温后，接着攻克了邓州，追逐至蓝桥而归。

唐以后蓝桥久废。明代羽士王天枝在原桥址"募铁为炼，飞控如虹，行人便之"。之后，铁索蓝桥毁于明末农民战争中，直到清康熙四年（1665）得以重修。重修后，桥长八丈六尺，南岸即鸡头关，北凭靠山峡又增添了两根铁链，桥两旁设有栏杆，下支巨木，来往行旅安全方便。后桥毁于何时，无从考证。

今蓝田县新建的蓝桥旁发现有一块河石，古桥柱方孔痕迹清晰可辨。漫步在古老神奇的土地上，面对蓝桥的遗迹寻觅历史掌故，抚今追昔，不胜感慨……

（载于 2016 年 6 月 10 日《西安晚报》）

渭河三桥传千古

我国自古就有桥的国度、桥的故乡之称。

大诗人艾青的一首《桥》，把桥的作用、桥的建设者赞美得淋漓尽致：

> 当土地与土地被水分割了的时候，
> 当道路与道路被水截断了的时候，
> 智慧的人类伫立在水边：
> 于是产生了桥。
> 苦于跋涉的人类，
> 应该感谢桥啊。
> 桥是土地与土地的联系；
> 桥是河流与道路的爱情；
> 桥是船只与车辆点头致敬的驿站；
> 桥是乘船者与步行者挥手告别的地方。

我国周、秦、汉、隋、唐等统一王朝，都先后在陕西渭水流域建都。为连接渭水两岸的交通，秦、汉、唐等王朝相继在渭河上修建了历史上有名的中渭桥、东渭桥和西渭桥，史称"渭河三桥"。这也是我国古代建造最早的历史名桥。

中渭桥系战国时期秦昭王时代，为便利渭河两岸宫殿之间往来、适应政务活动需要而修建的渭河上第一座长桥。秦始皇统一六国后，对中渭桥进行了大规模的扩建，汉代予以重修，将其称为"横桥"或"横门桥"。中渭桥遗址在今西安市未央区草滩一带，由于历史上渭河不断北移，遗址距离现在的渭河河床较远。据《三辅黄图》载，中渭桥象征天上的银河，效仿牵牛星座的样子，"桥广六丈，南北三百八十步，六十八间，八里五十柱，二百二十二梁。桥之南北有堤激，立石柱"。桥头有华表、神妖像，大有"横桥飞渡、以象天汉"的恢宏气势。因此，汉代的一些重要典礼有时也在中渭桥举行。比如汉宣帝时就曾登临此桥，迎接匈奴使者并接受群臣的朝贺。

东汉末年，董卓入关中，大火烧了中渭桥。魏武帝曹操派人重修，桥的尺寸由原来的"广六丈"缩小到"广三丈六尺"。桥头仍造有神像。后来曹操骑马过桥时，马见神像而惊，曹操下令将神像毁于水中。到东晋永和年间，前秦苻生，征调关中百姓，又修葺中渭桥。南朝刘裕入关，又焚毁。北周时又经过修复，南北朝诗人庾信《忝在司水看治渭桥诗》写的就是中渭桥：

大夫参下位。

司职渭之阳。

富平移铁镢。

甘泉运石梁。

跨虹连绝岸。

浮鼋续断航。

春洲鹦鹉色。

流水桃花香。

星精逢汉帝。

钓叟值周王。

平堤石岸直。

高堰柳阴长。

美言杜元凯。

河桥独举觞。

东渭桥何时修建有两说：一说为便利长安与栎阳的交通而建造；一说为汉景帝五年（前152）三月作阳陵、渭桥。由于东渭桥地理位置重要，自汉代以来，一直是兵家必争之地。东晋末年，刘裕进攻关中的后秦，水军由黄河入渭水，溯流直至东渭桥下，登岸夺桥，大败守桥的后秦军队，攻入长安。

西渭桥始建于汉武帝建元三年（前138），因其桥与汉长安城便门相对，故又被称为"便桥"或"便门桥"。唐时，有便桥、咸阳桥、西渭桥之称谓。《三辅黄图》载："武帝建元三年初作便门桥，跨渡渭水上，以趋茂陵，其道易直。"西渭桥是渭河上建桥最晚的一座木柱梁桥，建成后，不仅便利于营建茂陵，而且成为汉唐时期西通西域、南达巴蜀的咽喉要道，是"丝绸之路"的必经之地。"丝绸之路"的使者——驼队，走出西渭桥，就踏上了丝绸之路通往西域的征途。

渭河三桥的下部都有可靠坚实的结构。早在2000多年前的秦代，中渭桥桥头两端就有"堤激"即驳岸，其作用为抗波防坍，巩固桥基。砌筑驳岸在今天仍是桥梁工程、码头工程和水利工程常用的技术措施。

渭河三桥的地位、作用和价值，在唐代达到了鼎盛时期。

据勘察，唐代东渭桥迎水面有分水金刚墙，由青石砌成，镌有卯，以铁水浇铸铁栓板相连，石缝灌以铁水，石头之间空隙处打有松桩，显示出唐代高超、精湛的建桥技术。

唐开元年间先后对东渭桥和中渭桥进行大规模修葺。分别修成于开元九年（721）和开元十三年（725）的东渭桥和中渭桥，工程浩大，进展迅速，都是京兆尹总管，京兆府各县参加，竣工后立有碑石。

西渭桥在唐代的军事作用也十分显著。唐武德九年（626）八月，突厥颉利可汗大举来犯，进逼西渭桥北，刚刚即位的唐太宗李世民镇定自若，亲自骑马至西渭桥南，与颉利可汗隔河而对，斥责其负约。颉利可汗见此阵容，知唐有备，遂要求讲和。于是，颉利可汗与李世民在便桥会盟，突厥退兵。唐天宝年间，安史叛军攻陷长安，唐玄宗携杨贵妃经西渭桥西逃。杨国忠怕叛军追击，下令烧桥。玄宗以"庶士各避贼求生，奈何绝其路？"遂派高力士亲自监督，将火扑灭。唐肃宗至德二年（757），郭子仪驱走安禄山叛军，收复长安、洛阳时，就由西渭桥进军。

唐代渭水河床北移，所修的东渭桥位于汉东渭桥之北。

1967年，在高陵县（今高陵区）耿镇白家嘴发现了唐东渭桥遗址和唐《东渭桥记》残碑。修葺后的渭河三桥均是木柱梁桥，这与东渭桥遗址、碑石以及《唐六典》的"天下木柱子梁三，皆渭水便桥、中渭桥、东渭桥"的记载是一致的。唐玄宗时期对地处交通要冲的渭河三桥还制定了一套严密的管理法令：三桥各设守桥丁30人，每年五月后、九月中旬以前，不得离家10里，每遇水大涨，即赶赴桥头查看水情。三桥还各配木匠8人，水毁工程时，与桥丁夫役一起抢修。

2012年，考古工作者在汉长安城北边发现了迄今最大的秦汉木柱梁桥渭桥遗址。未央区六村堡街道西席村北、未央区汉城街道高庙村北农田中的"渭桥遗址"是否为"渭河三桥"，有待考证。

唐代的西渭桥和长安城东的灞桥一样，都是人们送友离别的地方。唐玄宗天宝年间，杨国忠用兵南诏，百姓苦于征役，亲人苦至便桥相送。大诗人杜甫目睹此景写了有名的《兵车行》诗篇：

> 车辚辚，马萧萧，
> 行人弓箭各在腰。
> 耶娘妻子走相送，
> 尘埃不见咸阳桥。
> ……

这里的咸阳桥即西渭桥。唐代诗人王维送元二使安西至西渭桥头，作《送元二使安西》：

> 渭城朝雨浥轻尘，
> 客舍青青柳色新。
> 劝君更尽一杯酒，
> 西出阳关无故人。

悲壮的诗篇经配乐入曲，就是有名的古琴曲《阳关三叠》，感人至深，广为流传，经久不衰。

如今，流传千古的渭河三桥，早已荡然无存，湮没在历史的风烟中。但是当我们吟诵着诗人悲愤的千古诗句，聆听着震撼的经典名曲时，仍不禁浮想联翩，陶醉沉迷，感慨万千……

今天坐落于西安市未央区的三桥镇，就是因历史上有名的渭河三桥而得名的。三桥镇的名称和历史至今也已有 2000 余年了。三桥古镇地处历史遗迹和新经济带集聚之地，北部为汉长安城遗址、建章宫遗址，南部为秦阿房宫遗址，西部为沣渭生态建设区，东部为西三环交通枢纽中心和城西客运站，现已是西北一颗璀璨的明珠。

（载于 2016 年 12 月 2 日《西安晚报》，有改动）

世事沧桑觅蜀道

　　一提起"蜀道",人们自然会想起大诗人李白《蜀道难》中"蜀道之难,难于上青天"的千古绝句。

　　其实,自汉魏以来,有关咏叹蜀道诸驿路的颂赋、碑文、游记卷帙浩繁,形成了一种以蜀道为题材的文学形式,而人们又可以通过这些名篇诗文,寻觅古蜀道的遗存轨迹和历史风烟。

褒斜道猴子岭栈道遗迹(王蓬提供)

61

《后汉书·张霸传》载"今蜀道阻远，不宜归茔"，是"蜀道"一词最早见诸正史文献的可靠记载。

从历史的演变看，"蜀道"是指当时京都长安或关中通往汉中、四川成都平原，特别是汉中通往四川的官马驿路的统称。它不是指一条道路，而是数条弯弯曲曲的谷道。

人们常说：条条大路通罗马。实际上，也是条条谷道通秦蜀。所谓"谷道"，是说这些古道基本上都是沿河谷崎岖蜿蜒而建。从东往西，长安或关中通往汉中、四川的古道上，主要分布着7条驰名的谷道，分别是子午道、傥骆道、褒斜道、故道、金牛道、连云栈道和文川道等。

子午道，古代称北方为子，南方为午。子午道的开辟和利用至少在秦汉之际，最早记载见于东汉班固的《汉书》。具体走向在汉、晋时期和隋唐时期各有所不同，大致走向是从今长安向南入子午谷，过秦岭经宁陕、两河至南子午镇到西乡，抵汉中。再以后，从长安至汉中整个走向为正南正北，过秦岭后稍偏西南，合汉江后转向西北，最后在汉中平原上又转为正西偏南。子午道不仅是长安通往四川东部各州郡的捷径，而且历史上建都江南的政权以荆襄为经营地来经营汉中、成都，主要从这条道路行进。

傥骆道，是长安与汉中穿越秦岭的一条谷道。历史记载，此道比文川道早，比其他诸蜀道都晚。此道大致是由长安向西南，经户县（今鄠邑区）折西至周至，从西骆谷口入山，越秦岭而入酉水上游的洋县华阳镇。由洋县沿汉江北岸渡湑水，经城固县至汉中。据统计，大约全长760余里，其中谷道约500里，是蜀道北段长安至汉中之间诸线路里程最少、最为便捷的一条。之所以被称为傥骆道，是因为它的谷道部分，北为西骆峪水河谷，南为傥骆水河谷。

在诸蜀道驿路中，褒斜道和故道的历史记载是最早的，褒斜道也是中国最古老的栈道之一。据说现在的褒斜道就是殷商末年周武王伐纣行进的道路。司马迁的《史记》中也写到了"褒斜道"。古代褒斜道系沿渭水南侧支流斜水，即今石头河和汉江北侧支流褒水河谷行进，由此得名。大致是从今西安市向西南，至户县折行，过周至县到眉县，再折西南由斜谷关入山，翻老爷岭过石头河，进入太白县的虢川平地，经江口、留坝到褒城而进汉中。

故道，其得名与它沿嘉陵江的东源故道水河谷而行有关。由于该路的北端出口——宝鸡市，在古代叫作陈仓县，它的南端有重要关隘——大散关，雄踞秦岭之脊，这条路的中段又经过险峻泥泞的青泥岭，所以又称陈仓道、散关道和青泥道。故道之名，始见于秦汉之际。司马迁《史记》里有刘邦发动北定三秦之战，"初攻下辩、故道雍、斄……"之句。此道是从今宝鸡市南过渭河，从清姜河西岸的益门镇入山，穿越大散关、青泥岭、老爷岭等山至略阳，也就是古代的兴州，由略阳向东南越煎茶岭至勉县进入汉中平原，与金牛道相接进入蜀地。

金牛道，是由石牛粪金、五丁开道的故事而得名，实际专指从汉中通往成都的道路。西汉文学家扬雄的《蜀王本纪》最早记载过这个故事：战国中期，秦、蜀都是独立诸侯国，彼此不相隶属。有一次，秦惠王和蜀王在某一地方相会，秦王给蜀王一筐黄金作为礼品，蜀王也以礼物回报，但送给秦的礼物却变成了泥土。秦王大怒，而秦的大臣却称贺说，泥土代表国土，这是秦国将吞并蜀以扩大领土的吉兆。秦王转怒为喜，盘算攻蜀之计。秦为了打开秦蜀通道，在秦、蜀二王曾相会的地方，刻了数个石头牛，在石牛屁股后放了黄金，放言石牛粪会变黄金。蜀王得知，信以为真，便派五丁力士率众修路迎牛，后运抵成都。

这样，一条连接秦蜀的大道便落成了。秦从蜀国修成的这条大道进兵，灭了蜀国。这条道路也就被后人称为金牛道或石牛道。

连云栈道，是连接故道北段、褒斜道南段而成的一条新线，有人也称之为回车道、斜谷道、南栈道或蜀栈道。"连云栈道"之语，则为形容这条道路建筑凌踞湍河急流之上，出没云雾之中，形制檐牙高耸，犹如鸟欲飞翔。今陕西宝汉公路，从宝鸡市溯清姜河往西南，过秦岭，经石门关，越柴关岭，出褒谷南口而达汉中的公路，正好与古代所称的"连云栈道"相吻合。

文川道，是唐代后期在以前褒斜道的基础上新修的一条驿路。其南段的出口因今陕西省城固县西北的文川河谷而得名。文川道开辟后，作为驿路，虽然为时甚短，却成为关中至汉中商旅往来的捷径。这条驿路由今陕西扶风向南，过渭河到眉县，由眉县经西江口、城固至汉中。

当然，蜀道除了这7条主要的驿道外，还有北起今南郑区，因穿越米

栈峭险峻的蜀道（王蓬提供）

仓山进入四川而得名的米仓道；由汉中西乡出发到镇巴至四川万源的驿道，因接涪陵为杨贵妃送荔枝而得名的荔枝道等。唐天宝年间的荔枝道和子午道相接，通往长安。

蜀道自开通起，在整个的存续期间，一直伴随着战争。历史上发生在蜀道的战事不计其数，这是任何一条古道都望尘莫及的。历史上王朝更迭、分裂割据，使蜀道的军事地位显著，成为兵家必争的重要目标。从最早的武王伐纣，周幽王伐褒国，战国时期秦惠王灭蜀，秦楚汉中相争等军事行动，到曹操刘备争夺汉中，东晋司马勋攻打苻坚，金、蒙古对南宋进攻，再到李自成义军被困汉中，清白莲教义军等出击征战……刀光剑影，风烟滚滚，无不是在蜀道上演绎的一出出惊心动魄、活灵活现的历史活报剧。

从京都长安或关中通往巴蜀的诸条驿路，不但要跋山涉水，翻过秦岭和大巴山，还要通过一座座被誉为"秦蜀襟喉""川陕锁钥"的关隘。在诸蜀道中，驰名的关隘有剑门关、五丁关、武休关和大散关等四关。

而在这四座名关中，论险要雄奇和驰名，又首推剑门关。

剑门关雄踞四川广元市剑阁县城北 30 公里处。剑门群峰，峰如剑，关似门，峰峦叠嶂，横亘数百公里，凸然断绝，形成一个高约 100 米、顶宽约 100 米、底宽约 50 米、长约 500 米的隘口。身临其境，顿感大自然鬼斧神工、天造地化之奇绝。三国时期，魏镇西将军钟会率 10 万精兵进取汉中，直逼剑门关，蜀军大将姜维统领 3 万兵马，抵挡钟会 10 万大军于剑门关外。可真有李白"噫吁嚱""剑阁峥嵘而崔嵬，一夫当关，万夫莫开"之谓！

后人为纪念姜维，把剑门关一座像武士模样的崖壁山峰，称为把守剑门关的"姜维像"。如今，川陕公路沿循古道，从剑门关穿隘而过。

64

　　五丁关耸立在陕西宁强中部，它之所以引人注目，是源于战国时期秦惠王伐蜀，石牛粪金、五丁开道的故事。关下的金牛峡，石怪谷深，为蜀道一险。

　　武休关坐落于汉中市留坝县境内，实则是河水冲刷而成的一道隘口，两岸山崖壁立陡峭，形成两山夹水、中空一线雄险的景致。

　　散关也称大散关，坐落在今宝鸡市西南。秦岭山脉西大散岭上的大散关，不仅是秦蜀驿路上的重要关隘，也是古代关中的西大门、秦地四大名关之一。

　　历史有时会有惊人的相似。

　　千年沧桑古蜀道早已湮没在历史的风烟中，代之而起的是今日之新蜀道。新蜀道的修建汲取了我们先民的智慧和经验，在三秦通往四川乃至西南的 210 国道、108 国道、京昆线西安至汉中至成都高速公路、包茂线西安至安康至重庆高速公路和正在修建的宝鸡至汉中至四川的高速公路等，都和古蜀道诸驿路走向相近，都是沿着河谷而建。

　　历史又无时无刻不发生着巨大变化。

　　一代文豪郭沫若先生曾在 1961 年撰写过一首长诗《蜀道奇》，作者称："李白曾作《蜀道难》，极言蜀道之险，视为畏途，今略拟其体而反其意，作《蜀道奇》。"诗人怀着对新中国成立后川陕交通奇变的兴奋和惊叹，写道：

> 噫吁嘻！雄哉壮乎！
> 蜀道之奇奇于读异书。
> ……
> 水道似星罗，城市如棋布。
> ……
> 轻重工业按比例，
> 交通网脉如蜘蛛。
> 已建成渝、宝成、成昆诸铁路，
> 促使西南四塞之城成通衢。
> ……

其实，20 世纪 60 年代初，不论是陕西还是四川，整个水、陆、空交通都是处于落后闭塞的状态，还远没有"促使西南四塞之城成通衢"。尽管如此，历史的进步，交通的变化，作为浪漫主义大诗人的郭沫若先生，还是由衷地写出了惊叹和兴奋的夸张诗句。

古蜀道是古代中国人的伟大创造和智慧结晶。它可以当之无愧地和早已闻名于世的京杭大运河、万里长城及秦直道相媲美。它不仅是连接秦蜀的驿路大通道，也把中国历史上的关中平原和成都平原这两个"天府之国"紧紧连接起来，而且正像有专家所说："它使黄河、长江两大流域文明得以交汇，中原和大西南得以沟通，祖国版图得以统一。没有它，也许就很难出现强汉盛唐，历史可能就会改写。"

2007 年盛夏，我有幸参加了陕西高速公路突破 2000 公里著名作家采风活动，至今记忆犹新。

采风团的作家们充分领略了现代的"长安通蜀之道"——西汉高速公路和古蜀道遗址的风姿。我们乘车从西安直入古蜀道，穿秦岭，过汉中，经广元，进剑门关，入江油李白故里，抵成都。

面对古蜀道的雄奇、狭险和峻峭，不难窥探和想象出古代筑路者的艰辛和威武；而今日西汉高速公路工程宏大，科学施工，生态环保，重塑文化，更彰显了现代交通人的胆识和智慧。两者既相似，又有差别，可谓古今道路两重天啊！

从古蜀道到普通国、省道路，再到今日的京昆高速公路、包茂高速公路等，这是历史的变迁和必然，也是整个人类文明进步的步骤和标志。

倘若一代文豪郭沫若先生能看到今日新蜀道之巨变，又能发出怎样的"蜀道之奇奇于读异书"的惊叹呢？

2016 年 6 月 8 日

说不尽的秦直道

从关中平原经陕北黄土高原到内蒙古草原，有一个沉睡了 2000 多年、可与万里长城媲美的古老建筑。这就是秦始皇统一中国后，为抵御匈奴侵扰，令大将蒙恬率 30 万大军北驱匈奴，收复河套南地，扩充和构筑西起临洮、东至辽东，延袤万余里的长城后，修凿的又一个巨大的防御工事，也就是万里长城的姊妹工程——秦直道。

《史记·蒙恬列传》记载："秦始皇欲游天下，道九原，直抵甘泉，乃使蒙恬通道。自九原抵甘泉，堑山堙谷，千八百里。"

《资治通鉴·秦纪二》载："三十五年使蒙恬除直道，道九原，抵云阳……""甘泉"即甘泉山，坐落在云阳县。秦汉的云阳县有甘泉山，山上林木繁茂，山高气爽，以泉水甘美而得名。秦建林光宫、汉建甘泉宫于此。每逢盛夏季节，秦（汉）君王常去林光宫（甘泉宫）避暑，并处理军政事务，使林光宫（甘泉宫）成为京都（秦代咸阳、汉代长安）以外的另一个政治、军事中心。

据《史记》等史书记载，"直道"修建于秦始皇三十五年至三十七年（前212—前210）。南起云阳（今陕西淳化县梁武帝村），途经陕、甘、内蒙古两省一区，穿越 15 个县，北达九原（今内蒙古自治区包头市西），全长大约相当于现在的 700 余公里。大体南北相直，故史称"直道"。

秦始皇为了显示他"至高无上"的皇威，下令要加快修筑这一浩大的军事工程。除了令大将蒙恬监修外，并命太子扶苏为监军，协助蒙恬处理军务。扶苏和蒙恬为此付出了惨重代价。传说扶苏在去上郡蒙恬屯军处监军时，两个女儿途中死亡，葬于直道附近。今甘肃省正宁县刘家店子林场西侧数里处，有"两女峁"遗迹，据传系扶苏两女之墓，至今坟头高大，周围残留秦砖汉瓦随处可觅。可遗憾的是，秦始皇终未看到已基本建成的"直道"。

经过两年半的突击修筑，"直道"终于在始皇三十七年（前 210）基本完工。活着没有看到直道修竣的秦始皇，到始皇三十七年第五次出巡途中病死于沙丘，装载他遗体的"辒辌车"却是由九原郡沿"直道"运回咸阳的，这也算圆了这位皇帝要建世界最快大通道的夙梦。

可就在秦始皇死后的这一年，也就是"秦直道"基本完工之年，赵高、李斯假传诏书，先后赐死太子扶苏和大将蒙恬。就这样，一代历史功臣、贤良名将屈死在戍边高原。如今，陕北绥德大理河两岸的扶苏墓与蒙恬墓遥遥相望，诉说着 2000 多年前的功罪与愤冤。

这样高速度、高质量的工程的确是世界交通史上的奇迹。这比世人皆知的宽仅仅 5 米、让欧洲人自豪了 1000 多年的古罗马大道早了 200 年，其宽度是古罗马大道的 10 倍或十几倍，堪称世界上最早的"高速公路"。

"直道"基本竣工百年后，史圣司马迁在其《史记》里记载他"适北边，自直道归，行观蒙恬所为秦筑长城亭障，堑山堙谷，通直道，固轻百姓力矣"，记述了司马迁到北部的边疆，从"直道"归来，行程中观察蒙恬修凿的长城和城堡，都与开山填谷的直道相通的情景。

中华民族自古就有祭祖拜陵的传统。"直道"的修筑，为后人拜谒华夏始祖黄帝陵和黄帝陵的传名于世提供了便利的交通条件。

相传司马迁为撰写《史记·黄帝本纪》，专门实地考察了黄帝陵。一天，司马迁出长安，一不坐轿，二不带随从，只身骑马，长途跋涉，沿"直道"北上，来到翟道城（今黄陵）桥山一带。他没有惊动官府，也没有打扰百姓，更没有暴露自己的身份，而是独自一人四处奔走，观察地形，拜访老人，查看史料，抄写碑文，搜集传说，考察各种遗迹，了解风土人情。他看来往游人谒陵参拜时散漫无礼，尤其是士大夫们和京官老爷骑马坐轿直到陵前，缺乏礼教，非常愤慨，就信手捡起一块西瓜皮在路旁石头上写下"黄陵重地，文武官员到此下马"。翟道县令知道此事后，即请当地有名的石匠将太史公手迹镌刻成碑，立于此地。从此，黄帝陵扬名于天下。

虽然秦祚短促，"直道"并没有充分发挥应有的作用，但在汉朝初年却显示出了它的威力。车辚辚，马萧萧，剑戟如林，旌旗蔽日。凭借着这一条南北快速大通道，汉王朝的铁甲骑兵，从淳化林光宫（甘泉宫）屯兵地出发，将粮饷和军辎源源不断北运，三天三夜就抵达阴山脚下，摧城拔地，所向披靡。从此，胡人远遁大漠戈壁深处，数十年不敢露头。

传说16岁即位、日夜都想成神仙的汉武帝，元封元年（前110）十月，调集18万大军，准备在北巡边关之后，举行封禅仪式。十月初，汉武帝从他的军事指挥中心——云阳甘泉宫出发，沿"秦直道"北上。一路上旌旗翻卷，战马嘶鸣，士气昂扬，好不威风。大军行至边关，武帝派遣使臣前往匈奴下战书："……东南一带已皆荡平，南越国王首级已悬挂北阙。单于如能出战，可与大汉天子亲自前来交锋。"当时，新任单于才即位，看了武帝的战书，敢怒不敢言，自己又不敢出兵。汉武帝等了数日，不见回音，又怕误了封禅仪式时间，只好收兵回京。

虽然"暗淡了刀光剑影，远去了鼓角争鸣"，但"直道"上历史的天空中还是留下了一串串鲜活的和谐面容。人们不会忘记，为中华民族的亲善和团结做出贡献的"昭君"，就是沿"直道"出塞的。当"丝绸之路"在河西走廊受阻时，中外使节、商贾也曾绕行"直道"往返于西域和长安之间。唐秦王李世民北征突厥和玄宗李隆基车驾北征，大多是沿"直道"北上。宋以后"直道"逐渐冷清下来，但从"直道"沿途发现的古钱币、瓦当和石窟等大量文物看，在相当长的时间内，直道被商贾、行旅和民间所利用。

司马迁虽然把"直道"走了一遍，但他却只说了"直道"的起讫点，整个"直道"的具体走向，他只字未提，以后的史书也缺少详细准确的记载，这就给后人留下了一个很大的"直道"之谜。为了掀开"秦直道"的神秘面纱，也为了编撰《陕西古代交通史》，28 年前，我曾随陕西交通史志考察队，历时近一个月，实地考察了"秦直道"现存的大部分遗迹。

汽车在茫茫的黄土高原上疾驰，扑入我的视野的不是坦荡如砥、一马平川的沃土肥地，而是山峦起伏、黄多绿少的荒坡沟壑。我不禁暗想：在这样人烟稀少的山脊上，古人是怎么修筑"直道"的？

沿着"西包"公路北行，途经高陵、铜川、黄陵、洛川等，我们到达考察的第一站——富县。

今陕西富县张家湾，被当地人称为"车路梁"的一段，也是陕西境内"秦直道"遗迹保存最完好的一段。我们从茶坊出发，驱车沿"兰宜"路行驶 88 公里，在 175 公里处的张家湾的五里铺北侧上山。一入山，一条路面宽阔、坡度平缓、雄伟壮观、气势磅礴的"直道"豁然扑面而来。这一段被当地老乡称为"车路梁"。"车路梁"直道遗迹路基坚实，不长树木，而路段两边塌陷处和深沟内，灌木丛生。

作者当年考察秦直道

顺着"车路梁"行驶，虽然"直道"蜿蜒迤逦，但这样宽阔的路段，其大势始终是向北延伸。经过实地丈量，路基最窄处宽 30 多米，一般路基宽 40 米左右，最大垭口，宽度达 60 多米。

站在望火楼向南望去，山岭南岸的垭口清晰可见，和北侧"车路梁"上堑如斧劈刀削的垭口遥遥相望，蔚成景观。想来这就是蒙恬将军当年遇山"堑山"所为吧！这里远离县城，地方偏僻，人烟稀少，"直道"没有垦田种地，才使路基得以较好地保存下来。整个路段设计合理，独具匠心，线形顺直，弯道颇大。上山的纵坡度不到 10%，和现在的三、四级公路最大纵坡度接近。若稍加整治，汽车便可通行。

这次考察发现，直道遗迹明显、保存较好，给人印象深刻的除了富县，就数甘泉和旬邑了。

直道从张家湾北行，又从水磨坪上梁入甘泉境内。在甘泉县城的西北有一个桥镇乡，在桥镇乡的方家河，保存着完好的直道夯土层。顺着夯土层向西北延伸，由于水土冲刷，时断时现。没有被冲刷的、被当地人称为"牛来嶂子"的几段，路基宽阔、平展、坚实，足有30米宽，这和在富县丈量的宽度是接近的。当地老乡告诉我们：这条大道向北断断续续，一直延伸到志丹境内永宁乡。

旬邑境内，遗迹保存较好，给人印象最深的是和甘肃正宁县接壤的、被当地称为"黑马湾"的几段路基。路基坦荡如砥，宽阔、平实，和富县、甘泉看到的痕迹如出一辙。在石门乡，我们基本弄清楚了"直道"从淳化"乏牛坡"、蝎子掌、石门、刘家店、黑马湾等，出雕灵关一直向北，进入黄陵县艾蒿店的走向。

在陕北的毛乌素沙漠中，也发现了断断续续的似是"直道"遗迹。有人说"看景不如听景"，也有人说"百闻不如一见"。不管谁是谁非，如果你没有亲眼看到眼前的壮观胜景，是难以相信陕北的深山里，竟会沉睡着2000多年前的"直道"的。

今淳化县北铁王乡梁武帝村，是"秦直道"的发端点。历史上的秦林光宫和汉甘泉宫早已荡然无存，但遗迹尚存，宫城东北角内现存两个引人注目的圆锥形大土台，间距57米，东土台高16米，西土台高15米。两座高大的土建筑是甘泉宫遗址的重要标志，现已立碑保护起来。据说这些大土台是军队出征前祭祀的地方。"直道"的终点——内蒙古自治区包头市郊麻池古城，也有同样形状的大土台。时至今日，陕北的一些简易公路和农田仍利用了直道遗迹。有的直道遗迹和公路重合，有的开垦耕作成了农田，有的仍在山林野草之间若隐若现。

修建"直道"，是秦始皇采取的维护国家统一、保卫边疆安宁的重要措施。它不但在军事上起到了威慑的作用，而且对南北政令统一、经济发展和文化交流也起到了有益的作用。

2000多年前，古人在生产力十分落后的情况下，在一多半山顶脊梁、一少半沙丘草原上，用了近两年半时间，修筑了宽约50米、长达700多公

71

里的秦直道。其工程之艰巨，速度之快，规模之宏伟，选线之奇特，实乃世界筑路史上的奇迹。

"秦直道"作为一种交通资源和文化资源，人们对它的研究已经取得了很大的成果。但是，我认为当前最重要的，仍然是需要进一步加强秦直道的保护和研究。

（载于 2016 年 8 月 12 日《西安晚报》）

"国之血脉" 说驿运

中国驿运制度源远流长。中国是世界上最早建立通信组织的国家之一。古老神奇的邮驿就是中国古代的一种通信和交通形式，是穿越3000多年华夏大地上的中华文明的杰出创造。

殷商时代，甲骨文里已有"龯"的本字。史籍称乘车曰龯曰传，乘马曰遽曰驿，步递称作邮。驿，本义是驿马，后引申指我国古代传运公文、人员、官物的邮政、交通工具或机构。后驿字通行，而龯字废。殷商时代，驿运制度已开始萌芽。

西周时，尚未出现"驿"这一名词，尽管如此，这种驿运制度已有了雏形，对后世2000多年的中国驿运制度产生了深远影响。

汉代，传舍、传置开始称作驿。从此，"驿"这一名称一直沿用到后代。

汉代正式设有驿站，"驿马三十里一置，卒皆赤帻绛鞲云"，也有10里或50里置驿的。驿站是中国古代传运官府文书和军事情报人员或来往官员途中食宿、换马的组织和场所。驿运制度也称邮驿制度。随着驿运制度的进一步发展，到汉代已有了比较严密的管理体系。

除了在政治和军事上的重要作用外，驿站也推动了社会生活中信息传递方式的进步，促进了民间交往活动的发展、经济的流通和文化的融合。

正如孔子曰："德之流行，速于置邮而传命。"除设有驿外，汉承秦制，也设有亭和邮。十里一亭，五里一邮。邮和亭是隶属关系，邮是亭的下级。亭除了具有行政机构的一般职能外，还是治安兼驿传组织，多设置于交通要道，兼有管理交通、维护道路、传递公文、稽查来往行旅等职责。如汉长安灞桥设有"稽查亭"，检查十分严格。大将李广夜经灞桥亭，被灞陵尉喝住，不令夜行。

驿使公文传递，并非从早到晚不停地跑，而是每站换马或人马俱换，采用"接力跑"的办法。驿马颈下系有铜铃，听到铜铃响声，接班的驿骑就做好一切准备，接到公文，立即跃马飞奔，分秒必争，马不停蹄。唐代诗人岑参《初过陇山途中呈宇文判官》描绘的"一驿过一驿，驿骑如星流。平明发咸阳，暮及陇山头。"正是这一情景真实、生动的写照。邮驿是专门传运官方文书的，不负责私人信件的收递。为通信方便，有权势的达官贵人们自己办起私邮，而一般的官员和老百姓只能托人捎带书信。

唐代，通常乘驿日行六驿（约180里），乘传日行四驿（约120里）。如若贬降官员，须日驰十驿以上。如遇紧急军情，驿马每日奔跑300里。唐玄宗天宝十四载（755），安禄山在范阳（今河北涿州市一带）反唐，当时唐玄宗正在西安临潼华清宫和杨贵妃寻欢作乐，两地相距2000里左右，仅6天就接到了情报。

唐宋时代除陆驿外，水驿也大大发展，邮驿完善、成熟和发展到了一个黄金时代。

到了元代，全国驿站星罗棋布，邮驿脉络贯通，其规模和制度得到了空前的发展，超出了当时世界的水平。

明、清驿政也曾经为朝廷管理大一统的幅员辽阔的国土发挥了重要的作用。然而近代以来，受西方邮政制度和技术冲击，中国传统邮驿制度的种种弊病愈益暴露。明清以来驿递之疲，千疮百孔，百弊丛生，光绪三十二年（1906）设立了邮传部。兴办新式邮政呼之欲出，此后，原有的驿站相继被裁撤，古老神奇的邮驿制度最终走向衰亡，代之而行的是现代的邮政运作制度。

古老神奇的邮驿制度，被一些史学家称为"国之血脉"。

明代学者胡缵宗曾经在《愿学编》一书中指出："今之驿传，犹血脉然，宣上达下，不可一日缓者。"当时的兵部也曾多次强调："驿递，天下之血脉也……血脉之关通必赖邮传之递送也。"

伟大的中华文明在世界民族之林能够历久不衰，焕发出勃勃的生机，与一个健全的、完整的、大一统的驿运系统有着密不可分的关系。

（载于 2016 年 9 月 23 日《西安晚报》）

山河表里潼关路

正在消失的古代关隘，曾地处战略要地，控制交通要道，是国防的核心、道路网的枢纽、国家边界的标志，也是古代优秀的历史文化的积淀。

陕西古代关隘——独特的交通设施上一道亮丽的风景线，中国古代建筑宝库史上的一朵奇葩。

关中之名，始于战国。

由于关中并不是正式的行政区域，自古就有不同的解释和说法。

司马迁《史记》说"关中自汧、雍以东至河、华"，这里所说的关中，指的是宝鸡和潼关之间。

西汉张良说："夫关中左崤函，右陇蜀，沃野千里，南有巴蜀之饶，北有胡苑之利，阻三面而守，独以一面东制诸侯，诸侯安定，河渭漕挽天下，……此所谓金城千里，天府之国也。"

东汉班固《西都赋》说关中："左据函谷、二崤之阻，表以太华、终南之山。右界褒斜、陇首之险，带以洪河、泾、渭之川。众流之隈，汧涌其西。华实之毛，则九州之上腴焉。防御之阻，则天下之陕去焉。"

古人的寥寥数语，已将关中的山川、富饶和隘塞述说得淋漓尽致了。雄踞于古代陕西的东函谷关、南武关、西散关和北萧关被称为秦地四大关塞，扼居要道。这些历史名关连通着漫漫交通要道，汇聚于古时政治、经济和文化中心的京都长安，又通往古代中国的四面八方。这四关之中的地域，因群山环抱、四面关隘而得名关中。

函谷关是我国历史上最早的雄关要塞之一，位于今河南省灵宝市北15公里处的王垛村。据史籍载，周武王伐殷，出函谷大会诸侯于孟津，即设专门管理函谷关塞的职官。函谷关因关在峡谷，深险如函而得名。它西接衡岭，东临绝涧，北濒黄河，南依秦岭，号称"一夫当关，万夫莫开"的天险，是东去洛阳、西达长安的咽喉要道，素有"天开函谷壮关中""自古函谷一战场"之说。自古乃兵家必争之地。函谷关也是我国古代伟大的思想家、哲学家老子著《道德经》的地方。

> 峰峦如聚，波涛如怒，山河表里潼关路。
> 望西都，意踌躇。
> 伤心秦汉经行处，宫阙万间都做了土。
> 兴，百姓苦；亡，百姓苦。

这首元代诗人张养浩的《山坡羊·潼关怀古》散曲，描绘了外有黄河、内有华山的潼关重峦叠嶂、怒涛汹涌的雄伟险要的地势。诗人驻马潼关，西望故都长安，感慨横生。当年秦、汉、隋、唐等建都长安，是何等的繁华、昌盛！抚今追昔，伤感的是历朝历代在这里一次又一次建造的"宫阙万间"如今都化成了泥土。历史上无论哪朝哪代，无论是兴是亡，受苦的总是老百姓啊！

潼关在这四关中建关最晚，却为关中四关之首，居中华10大名关第二位。东汉以前，这里并未设置关城，据史料推测，东汉末年，曹操为防御关西兵乱，始设潼关，并同时废弃秦在河南灵宝市设的函谷关。

潼关关城始设于东汉，在港口以南的塬上，即今杨家庄附近。隋大业七年（611），移关城于今杨家庄南城北村一带。唐武则天天授二年（691），潼关又从塬上北迁到塬下，沿河辟路，也就是现在的潼关。

潼关雄踞秦、晋、豫三省要冲，号称"公鸡一鸣闻三省"。

潼关，北带渭水、洛水，汇黄河抱关而下之要；南依秦岭，有潼关十二连城禁固而诸谷之险；东、南山峰连接，谷深崖绝；中通羊肠小道，险恶峻极。诗圣杜甫在《潼关吏》一诗中说："丈人视要处，窄狭容单车。艰难奋长戟，万古用一夫"。唐太宗李世民的《入潼关》诗称"崤函称地险，襟带壮两京"，都道出了潼关的峻险和雄奇。

西周建都后，虽还未设置潼关，但一条连接长安的东大道成为宗周镐京与成周王城间的车马大道。设置潼关后，潼关道是横穿古代中国腹地、连接长安—洛阳的轴心大通道，交通地位居诸驿路之冠。

潼关是关中的东大门，潼关自设关始，历来为兵家必争之地，战事频繁，风烟滚滚。今日登上潼关城，不禁令人有凭吊这座古战场之意。

东汉末年，曹操与马超战于潼关，马超据关隘抗曹军，后曹操凭其智谋巧妙地夺取了潼关。北周末年，杨坚在洛阳篡位立隋时，曾密遣杨尚希扼守潼关，以解西患之忧。

唐中叶安禄山反唐攻占洛阳，进逼潼关。唐玄宗听信杨国忠谗言，遭叛军埋伏，虽官军奋勇抗敌，还是失败，丢弃了潼关。唐玄宗带着杨贵妃仓皇逃离。安史叛军就是沿潼关道攻陷长安。唐末黄巢起义军也是由潼关十二连城进兵，攻破潼关，"甲骑如流，辎重塞途，千里络绎不绝"，直入长安。潼关道也被戏称为亡唐之路。

宋代"靖康之变"后，潼关为金所占，金朝后来为蒙古军队逼迫，迁都汴京，将兵力完全集中在潼关附近。有人曾对铁木真说："金廷居汴将20年，所持以安者，唯潼关、黄河耳！"后来，当蒙古军包围汴京时，首先夺取了潼关。

元朝末年，朱元璋攻破潼关，从而平定陕甘。

抗战时期，以潼关为代表的黄河河防战役，日军轰炸、炮轰潼关近8年，用了炮弹、炸弹上万颗。飞机轰炸、隔河炮击、渡河与反渡河等战事，几乎天天都在发生。潼关军民同仇敌忾，展开了潼关保卫战，正如潼关城一块横匾所书："关门扼九州，飞鸟不能逾"，日本侵略军的铁蹄始终未踏进潼关，潼关也真正成了不倒的雄关！

解放战争时期，人民解放军陈谢兵团南渡黄河，在潼关洛阳段机动作战，开辟了豫陕鄂根据地，为解放战争的最后胜利奠定了基础。

如今，陇海铁路、同蒲铁路和高铁动车组交会于潼关城西，310 国道、101 省道、西潼高速公路穿境而过。风陵渡黄河公路大桥、黄河铁路大桥，再加上这条即将建成的沿黄公路，至此，黄河天堑和昔日"畿内首险，三秦锁钥"的潼关得到了真正彻底的改变。

（载于 2015 年 7 月 15 日《西安晚报》）

秦之古塞武关道

武关与古代东函谷关（潼关）、北萧关、西大散关并称为"秦之四塞"，坐落在今陕西省丹凤县城东约80里的谷涧间。

远在春秋时已设置"少习关"，战国时改为"武关"。秦、汉、隋、唐，是京都咸阳、长安南部的雄关要塞，即南大门。

故关址周匝约3里，版筑土城墙，略呈方形，东、西各开以砖石砌券洞门，西门额凿有"三秦要塞"，东门为"武关"二字。关东沿山盘曲，崖悬虚深，狭窄悠长，山环水绕，险阻天成。武关古塞北依陡峭的少习山，东、西、南三面武关河环绕，扼秦楚之交，据山川之险，可谓"一夫当关，万夫莫开。"如清人顾栋高诗曰："武关一掌闭秦中，襄郧江淮路不通。"

历史上的武关道金戈铁马，征战频繁。

正如清代谭嗣同《武关》诗云："横空绝磴晓青苍，楚水秦山古战场。"春秋战国时期，秦楚诸国多次出兵武关征战。秦始皇统一六国后，曾四次出巡东方，其中两次通过武关道。

农民起义首领陈胜的大将宋留，曾率兵攻入武关。秦末汉初，刘邦领兵破武关，战蓝田，入关中，占咸阳，灭秦朝。汉景帝时，大将周亚夫神速通过"武关道",平定了"七国之乱"。

唐代郭子仪整兵西出武关,吐蕃闻风而逃。李自成义军屯兵商山,出武关,攻入北京,建立大顺政权。白莲教、太平军、义和团攻入武关,震撼朝廷。

1932 年,贺龙、关向应等率领红三军,激战于武关西、寺底铺,击败军阀刘镇华,胜利北上。

武关道是古代长安经蓝田、商州通向南阳邓州、荆襄以至江南的交通要道,由于它在军事上具有特殊作用而备受重视。唐代,其交通地位仅次于"大路驿"潼关道。唐贞观、开元年间,大都长安与江淮之间的交通往来,除贡赋物资及笨重行李要取道黄河、汴水和渭河漕转外,官民商贾往返多利用商山路的便捷条件。故有人称武关道为"名利路"。

唐王贞白《商山》诗云:"商山名利路,夜亦有人行。"白居易在《登商山最高顶》诗中这样描写:"高高此山顶,四望唯烟云。下有一条路,通达楚与秦。或名诱其心,或利牵其身。乘者及负者,来去何云云。"唐以后,武关道失去国道地位,但作为一条西北与东南地区相联系的捷径,仍发挥着重要作用。

武关古隘不仅是军事要塞,而且风光绮丽,气候温润,古来就有余光反照、笔山鹿鸣、龙潭古寺、砚水鱼妖、石桥古渡、白岩仙迹、玉泉串珠等武关八景,武关胜塞也被列入全国名胜辞典。

历史上,历代文人骚客驻足武关时,多留有传世佳作。据不完全统计,古人写武关的诗词多达上百首,这些诗词犹如一坛酿藏了数千年的醇酒,至今还散发着中华文化的芬芳。

晋朝周弘正的《入武关》:"武关设地险,游客好邅回。将军天上落,童子弃繻来。挥汗成云雨,车马扬尘埃。鸡鸣不可信,未晓莫先开。"道出了武关的险峻,读来使人如临其境、如历其险。

唐代李涉的《再宿武关》:"远别秦城万里游,乱山高下出商州。关门不锁寒溪水,一夜潺湲送客愁。"写了作者二次罢官出京过武关时的见闻感受,抒发了去国离乡的愁苦情怀,气势磅礴,成为流传千古的绝唱。

元稹的《西归绝句》:"五年江上损容颜,今日春风到武关。两纸京书临水读，小桃花树满商山。”抒发了诗人从被贬地奉召还京途中，在武关读到好友李复言和白居易书信的兴奋欣悦之情。

杜牧的《题武关》：“碧溪留我武关东，一笑怀王迹自穷。郑袖娇娆酣似醉，屈原憔悴去如蓬。山樯谷堑依然在，弱吐强吞尽已空。今日圣神家四海，戍旗长卷夕阳中。”诗人由武关触发怀古之情，挥笔抒发雄心壮志的激情、无可奈何的痛苦、忧国忧民的深沉，以及敬仰先贤、感伤自己的情感，具有感人的魅力。

宋代寇准的《秋日武关道中》：“行尘漠漠起西风，来往征轩似转蓬。驻马几多愁思苦，乱蝉衰柳武关中。”此诗写于乾兴元年（1022），反映了政治家寇准出巡到商洛县（今商洛市），留经武关时的情境和心境。

1958 年，毛泽东主席曾亲书唐代李涉《再宿武关》诗句，以抒情怀，激励国人。

今日，漫步武关古镇，穿越时光隧道，千百年来曾引无数英雄竞折腰的雄关要塞，仿佛在脑海浮现。烽火连天，硝烟蔽日，战马嘶鸣，英雄逐鹿的场景，依稀在眼前晃动。然而，历史上著名的武关古城、秦楚分界和昔日厮杀打斗的古战场，都早已荡然无存了。面对尘封在历史深处的斑驳古遗址，我们只有靠想象、联想，怀古抚今了！

（载于 2016 年 9 月 9 日《西安晚报》）

铁马秋风大散关

散关也称大散关，为周朝散国之关隘，位于今秦岭北侧的宝鸡市西南大散岭上。它不仅是秦蜀驿路上的重要关隘，也是古代关中的西大门。

古大散关

大散岭是大秦岭西段向西北分出的支脉，是清姜河与嘉陵江的分水岭，居于岭上最高处的大散关控制着陈仓道北端，是古代秦岭南北兵家的必争之地。散关有汧水、渭水潆流其间，山川之汇，扼南北交通要冲，"北瞰关中，南蔽巴蜀，东达荆襄，西控秦陇"，为秦、蜀往来的咽喉要道。

通过散关达汉中、巴蜀的散关道，也是古代秦蜀间早期开辟的交通要道，还是秦蜀诸栈道中保持驿路地位时间最长的一条交通干道。散关道在唐代被辟为驿路。

散关道也称故道或陈仓道，古代中国的统一王朝，无论京都定都长安还是开封、北京等地，散关道都是京师连接川、藏、云、贵等大西南各省的交通纽带。

历史上，散关道上屡次发生战事。

楚汉相争时，汉王刘邦取韩信之"明修栈道，暗度陈仓"，自汉中，经散关，由故道，出陈仓，还定三秦。

汉献帝建安二十年（215），曹操统率大军出散关，经故道，夺取汉中。蜀汉建兴六年（228），诸葛亮出兵散关，围陈仓20天，终因粮尽而退返。

南北朝分裂割据时期，散关成为各路兵家争夺的主要军事目标。宋时，金兵南下，进犯陕川，宋将吴玠、吴璘兄弟聚兵扼险于散关固守，多次进攻，打退金兵。南宋绍兴元年（1131），吴氏弟兄与金兵在此又进行了激烈的战斗，屡立战功，名垂千古。

大散关因其重要的战略地位，自古以来被列为关中四大关隘之一。古往今来，文人墨客、达官政要都曾从此经过和到此游览，并留下许多令人铭记的诗篇。

曹操过大散关时留下了《晨上大散关》"此道当何难！牛顿不起，车堕谷间"的诗。

唐代王维《大散关》言"危径几万转，数里将三休"等，特别是宋代大诗人陆游，其描述大散关的诗最多，影响也最大。陆游一生游历群山，作诗无数，但他一生唯一一次亲临抗金前线，力图实现自己爱国之志的军事实践，就是在大散关。其中的《书愤》："早岁那知世事艰，中原北望气如山。楼船夜雪瓜洲渡，铁马秋风大散关。塞上长城空自许，镜中衰鬓已先斑。出师一表真名世，千载谁堪伯仲间。"就是写被罢官六年，退居于山阴家中，已是62岁老人的陆游回顾往事：自己亲临抗金战争的第一线，北望中原，收复故土，是一次值得纪念的经历。

今散关岭上，一座五间二层敌楼，横锁关上。敌楼上有大文学家郭沫若先生书写的"大散关"三个行草大字，古朴凝重，浑厚遒劲。敌楼北墙上是巨幅山水画《大散关图》，为游人展示了古大散关的风采；南墙上是工笔重彩画《抗金图》。

后人为纪念吴氏兄弟，在关西修有吴公祠，吴氏兄弟塑像巍然而立。大散关的山门，具有古代营寨式的建筑风格。山门匾额是民国二十五年（1936）赵祖康写的"古大散关"四个大字。山门楹联上刻有陆游"楼船夜雪瓜洲渡，铁马秋风大散关"的诗句。进入山门，正面是一座古建大殿，是新修的陆游祠。祠正中为陆游巨像。陆游手持诗卷，注目远眺，气宇轩昂，表现了一代文武全才诗人的不凡气质。像后高悬着仿舒同先生题写的"千古风流"四个大字。

如今，大散关已是供人参观游览的名胜景地。昔日金戈铁马、人嘶马叫的滚滚战火，早已暗淡了刀光剑影，远去了鼓角争鸣，消失在历史的风烟里。曾经的秦、蜀往来的咽喉要道——关中西大门"一夫当关，万夫莫开"的关隘，已不复存在，代之而起的是快捷舒适的现代公路和现代铁路。

（载于2016年10月21日《西安晚报》）

风烟滚滚话萧关

　　雄踞于关中西北、六盘山下的萧关，其故址位于今宁夏固原东南。早在2000多年前的战国时期，为抗御匈奴南进，秦国设此关。萧关的位置在历史上几经变迁。秦代萧关遗址位于甘肃庆阳环县城北。汉代萧关位于今宁夏固原东南。唐代以后，萧关位于宁夏同心东南。

　　尽管萧关的位置几经变迁，但萧关的名称始终没变，它都依仗六盘山为凭险，守卫着关中的北大门。

　　这座雄关一经设立，关塞内外就风烟弥漫，战火不断。

　　当时北方游牧民族不时南犯，迫使秦国为保障关中地区安全，在此屯兵把守。汉文帝十四年（前166），匈奴老上单于率14万骑兵入侵朝那（今固原东南），由萧关南下，一把大火毁了回中宫。骑兵直进到陇县、凤翔一带，这次进犯，关中受损甚大，于是汉文帝派卢卿等三位将军分别驻守上郡、北地和陇西，委任东阳侯张相如为大将军，董赤为将军，率领大军阻击匈奴，迫使老上单于退兵。从此，汉派重兵把守，加强萧关和关中内地的防守，此时的萧关已成为关中西北部的屏障和门户。

　　汉武帝元鼎四年（前113），刘彻率大队人马北出萧关，开通了萧关道。匈奴单于也曾派使者来长安和谈。魏晋以后，关中多事，萧关皆为人、车、马往来通道。

武则天称帝后，也未放松对萧关的防守，派魏元忠为萧关大总管，以防备突厥进犯。唐神龙元年（705），废弃他楼县又置萧关县。唐至德元载（756）后，萧关被吐蕃吞没，关中再一次受到威胁。唐大中十三年（859），经过一番拼杀，唐又收复了萧关县。北宋时，党项人建立的西夏称雄西北。在宋夏之间近百年的对抗中，萧关一带为双方对峙前沿。明代为防御鞑靼进犯，又大大加强了对萧关道的防守。

由此可见，萧关确为控扼要地，是北方各游牧民族向关中进犯的一条主要通道，被历代王朝所重视并在此修筑边塞重镇。

千百年来，萧关道上不仅弥漫着滚滚硝烟，也曾有商贾、行旅和使者的步履。

闻名中外的"丝绸之路"，从长安出发，其北路就有一条由中渭桥渡渭水，沿泾河西北行，经今礼泉、淳化、彬州市、长武等地后，越甘肃东南，过萧关，再进入河西走廊。这条畅达的"丝绸之路"，是南接渭水北岸、东通三晋和西通河西走廊的大道。

历史上一些出入萧关的文人墨客也曾讴歌吟咏，留下了许多脍炙人口的诗篇。

唐开元二十五年（737），河西节度副使崔希逸战胜吐蕃，唐代大诗人王维逢使出塞宣慰，在萧关道途中作了《使至塞上》："大漠孤烟直，长河落日圆。萧关逢候骑，都护在燕然。"其中，"大漠孤烟直，长河落日圆"成为千古绝句。

岑参《胡笳歌送颜真卿使赴河陇》云："凉秋八月萧关道，北风吹断天山草。"

卢纶《送韩都护还边》云："今来部曲尽，白首过萧关。"

王昌龄《塞下曲》有："蝉鸣空桑林，八月萧关道。出塞入塞寒，处处黄芦草。"

以上三首诗作，都描绘了萧关道外奇特的塞上风光和诗人穿越萧关时的心境，不免令人有悲凄之感。

唐人陶翰《出萧关怀古》中的"驱马击长剑，行役至萧关。悠悠五原上，永眺关河前"，一反前调，气势豪迈，歌唱英雄气概。

明人李汶《甲申防秋有感》中有"萧关倚剑又年华，鹿鹿川原走传车"。从诗中可知，明代的驿路已改在萧关道上。

清人徐乾学《陇山歌送许天玉之官新安》有"萧关朝那近北地，酒泉张掖连凉州"。诗中道出了萧关的重要地理位置，清时的萧关仍有驿道通过。

秦汉以后，由于四方关隘均设官吏把守管理，凡行人车马过关，都要检验过所凭证，使关中久治平安，稳如泰山，多次避免关外的烽火战乱。被史家称为"四塞之国"。由于这里一马平川、土地肥沃、气候温和、物产丰富，渭、泾、沣、涝、潏、滈、浐、灞八水纵横关中，在中国最早被史家称为"天府之国"，比"成都平原"获此称谓早了半个多世纪。从西周起，长安周围就成了帝王建都的风水宝地，光地下就埋葬有70多位帝王，先后有13个王朝争着在此建都，拥有1100多年的建都史，3000多年的建城史。

也正是这些自然、社会和人文等多种的因素，岁月悠悠，潜移默化，古风古韵古都的烙印，深深地影响和形成了古朴、奇特的关中民风民俗民情以及关中人"不叫不到，不给不要，不争不闹"中规中矩的生活方式和习性。"八百里秦川尘土飞扬，三千万儿女怒吼秦腔，一碗犟面喜气洋洋，没有辣椒嘟嘟嚷嚷。"是否就是这种写照？

也许，关中城历史太久远，文化太厚重。关中那历史的天空总是那么凝重神奇、灿烂，人们仿佛伸手就能触摸历史，随处就能感觉文化，随地就能寻觅文物。关中既有沉淀的历史、璀璨的文化、传承的文明，又有历史的拖累、传统的负担、安逸的满足，使现代的关中步履蹒跚，翅膀沉重，曾一度起飞艰难。

当然，今日之关中，已随着历史的变迁，时代的发展，改革的深入，开放的扩大，一大批国有、民营、个体、外资等多种企业的经营，追赶超越，高质量发展。所有这些，为关中增添了活力，使现代之关中正发生着前所未有碰撞和变革。

也由于历史的变迁，关中的范围逐渐缩小，函谷关、萧关早已被划出今陕西关中境外，这样，今日之关中，实际仅指潼关和大散关之间的地域了。中央电视台 30 集大型专题片《走遍关中》把关于萧关的由来、故址和战略地位描述得既形象又恰当："萧关是一种地名，萧关是一种形态，萧关是一种情结，萧关是一个变数，萧关是一个随着朝代的变化和防御对象的变化而变化的战争防御带。"

　　如今，萧关道上的固原城一带，一扫往昔萧条景象。随着现代市场经济的大发展，这个曾为多民族、多文化相互交流、融合传播的重要驿站和关卡，如虎添翼，加快赶超，面目一新。

　　　　　　　　　　　　（载于 2016 年 7 月 1 日《西安晚报》，有改动）

诗化交通越千年

交通诗歌，古已有之，积淀丰厚，源远流长。

从传说中的黄帝发明指南车，到连接秦蜀的千年蜀道和中国历史上被称为最早"高速公路"的秦直道及发端于长安的古丝绸之路，以至肇始于三秦的古老神奇的中国驿传制度，等等，都无不浸透着典雅、独特的诗歌文学的魅力。

《诗经·商颂·玄鸟》里面写道："武丁孙子，武王靡不胜，龙旂十乘，大糦是承。"武丁是商汤的孙子，继承了商朝的大业，率领 10 辆龙旗飘飘的马车前来祖庙祭祀，表明在奴隶社会的商朝前期，马车已经成为帝王出行的常用工具，但是气势还不够恢宏，相当于后来的诸侯出行。

在古今浩瀚的诗词海洋里，我们可以探求到历代的交通形式、交通状况、交通工具、交通设施、通信情况和发展变化的主要过程。

譬如大诗人李白的千古绝唱《蜀道难》，不仅描摹了秦蜀道路的重重艰难险阻和蜀道开凿的历史传说，而且给我们展现了古代的交通设施——栈道和关隘。

还有唐代诗人杜牧的名篇《过华清宫绝句三首》之一：

> 长安回望绣成堆，山顶千门次第开。
>
> 一骑红尘妃子笑，无人知是荔枝来。

诗中说宫外一名专使骑着驿马风驰电掣般急奔而来，身后扬起一团团的红尘；宫内，妃子嫣然而笑。乍一看，这两个场景好像互不相关，原来是在告诉我们，唐玄宗为了让杨贵妃吃上新鲜荔枝，专门派专使通过驿道运送荔枝到京城。自然，诗中展示的交通工具是驿马，交通设施是驿站和后人所称的荔枝道。

关隘是古代交通险要或边境出入的地方设置的守卫处所。譬如王维的《送元二使安西》：

> 渭城朝雨浥轻尘，客舍青青柳色新。
>
> 劝君更尽一杯酒，西出阳关无故人。

诗里的阳关在今甘肃省敦煌市西南，是古丝绸之路上通往西域的一道重要关卡。从长安到罗马，绵延数万里。在丝绸之路上，主要的交通工具是骆驼和车马。

唐代诗人王昌龄有名的《出塞》：

> 秦时明月汉时关，万里长征人未还。
>
> 但使龙城飞将在，不教胡马度阴山。

诗中说在漫长的丝绸之路的边防线上，战争一直没有停止过，去边防线打仗的战士也还没有回来。若是攻袭龙城的大将军卫青和飞将军李广健在，决不会让敌人的军队越过阴山。

既然有诗化的陆路交通，那么诗化的水路交通又是怎样一番景象呢？

我们先来欣赏唐人林宽的诗《送人归日东》：

> 沧溟西畔望，一望一心摧。
> 地即同正朔，天教阻往来。
> 波翻夜作电，鲸吼昼为雷。
> 门外人参径，到时花几开？

　　其中，第三联写得触目惊心，扣人心弦，应当说是相当精警的句子。但是，无论语言是怎样的铺张扬厉，情感是怎样的激荡淋漓，要在一首短诗中把海上航行中将要遇到的种种艰难险阻说完道尽，毕竟是不可能的。而下面王维的《送秘书晁监还日本国》采用了另外一种巧妙的手法：避实就虚，从有限中求无限。

> 积水不可极，安知沧海东。
> 九州何处远，万里若乘空。
> 向国唯看日，归帆但信风。
> 鳌身映天黑，鱼眼射波红。
> 乡树扶桑外，主人孤岛中。
> 别离方异域，音信若为通。

　　这是一首送别诗，是作者于唐玄宗天宝十二载（753），为送别当时的日本访华使节晁衡回日本时而作。晁衡回日本必须通过水路。而诗中表达的水路交通形式虽然已有大型的帆船等交通工具，但是东渡大海到日本，在当时的科学水平和技术条件下，是一种极为冒险、生死未卜的事情。王维在诗的开头就发出"茫茫沧海看不到尽头，又怎么知道沧海以东是怎样一番景象呢"的感叹。第三、四句大意是说："中国以外，哪里最遥远呢？恐怕就要算迢迢万里之外的日本了。现在友人要去日本，真像登天一样难呀！"接下来四句，是写想象中友人渡海的情景。

　　类似这样以诗表达交通设施的诗篇不计其数，也不乏绚丽多彩，别有趣味者。

孟郊的《登科后》：

> 昔日龌龊不足夸，今朝放荡思无涯。
> 春风得意马蹄疾，一日看尽长安花。

诗中道出了诗人46岁登科进士之后，郁结的闷气已风吹云散。眼前一下天宇高远，大道空阔。他骑马疾驰，四蹄生风，把心中的抱负抒发得淋漓尽致。

李白《宫中行乐词》中写道："小小生金屋，盈盈在紫微。山花插宝髻，石竹绣罗衣。每出深宫里，常随步辇归。"诗中，"步辇"即为交通工具——轿子。轿子可分为多种，有供大家闺秀乘坐的轿子，也有供爬山的游人们乘坐的轿子。

李白《行路难》中的"长风破浪会有时，直挂云帆济沧海"，表明当时的帆船是十分重要的交通运输工具。

李白的另一首《早发白帝城》中的"轻舟已过万重山"，道出了交通工具是船。

我国文学史上第一部长篇叙事诗《孔雀东南飞》中有"其日牛马嘶"，说明当时的交通工具是牛车和马车。

杜甫《上兜率寺》中的"白牛车远近，且欲上慈航"一句，说明当时的交通工具也是慢悠悠的牛车。

唐代诗人张籍《凉州词》中的"无数铃声遥过碛，应驮白练到安西"，指出这里交通工具是骆驼。诗境通过驼铃声一直把诗思扩展到浩瀚遥远的大漠彼方。

宋代诗人王周的《路次覆盆驿》中写道："曾上青泥蜀道难，架空成路入云寒。如何却向巴东去，三十六盘天外盘。"诗的题目中出现了"驿"字，"驿"就是驿站。

陆游的一首《剑门道中遇微雨》中的"细雨骑驴入剑门"，道出了交通工具是驴。

南宋诗人杨万里《过白沙竹枝歌六首》描绘了乘轿子攀山的惊心动魄

的景象:"绝壁临江千尺余,上头一径过肩舆。舟人仰看胆俱破,为问行人知得无。"诗中的"肩舆"便是扛在肩头上的轿子,既可抬着轿子走一般的路,也可攀登险峰,但坐着这样的轿子攀山还是很危险的。杨万里的另一首《过百家渡四绝句》(其一),诗中点化出了诗人任永州零陵县丞时经过渡口的情况:"出得城来事事幽,涉湘半济值渔舟。也知渔父趁鱼急,翻著春衫不裹头。"

另外,一代伟人毛泽东主席也不乏用诗词描述交通的。他的《水调歌头·游泳》里的"风樯动,龟蛇静,起宏图。一桥飞架南北,天堑变通途"一句,词文气势磅礴,不仅道出了长江上行驶的帆船,并且描绘了现代的交通设施——武汉长江大桥的雄姿和意义。

我们看到诗词作为人类最古老、最基本、最高雅和最纯粹的文学形式,它与交通相伴而生,相辅相成。而交通这个人类"衣食住行"中最基本的生存要素,也一直作为最重要、最古老的题材被诗词所讴歌、所反映。用诗歌描摹、反映交通,交通就更有活力,就更彰显灵性。用交通充实、反刍诗词,诗词就更有魅力,更有生命力。

正可谓"诗化交通越千年,魅力无穷意非凡"。

2016 年 11 月 12 日

独具一格天然桥

在我国古代众多的桥梁中，除了浮桥、索桥、梁桥、拱桥等各种桥型外，古代的能工巧匠们还利用天然地理条件和自然特殊材料，因地制宜，因材致用，创建了许多独具一格的天然桥梁，显示了古代桥工们的无穷智慧和伟大的创造力。

用巨石、冰块等自然材料创建的桥梁，在陕北、陕南和关中都有。

韩城县东北禹门外，用冰作桥，曾渡送官兵。

距府谷县东30里黄河上的天桥峡，每年冬天积水成冰，积冰成桥，桥"阔十二丈五尺，中阔七丈，下阔八丈，共长九十丈"，可通车马。

在汉中地区，原褒城县的褒河上有一座"天生桥"，"大石横亘江中，举足可渡，天然生成"。略阳县"天生桥"，距"县西六十里有石长七丈、阔二丈，横大涧如天生然"。

在陕西旬（古时称栒）邑县职田镇东南7000米处的马栏河支流牙里河上，有一座隔水卫石桥，奇特宏伟，鲜为人知。石桥是一块巨石，长约160米，宽15米，高25米。巨石中心底部有一个下底长6米、上底长5米多、高6米的梯形石洞。牙里河水缓缓从石洞流过。巨石上部半腰一侧，有一条长约160米、宽约3米的道路。庞大的巨石宛如一头巨大的河马，

95

横卧在牙里河上，形成了一座横跨南北的天然桥梁。

旬邑县始设于秦，以境内山地盛产枸木而得名。秦枸邑县设在今旬邑县织田镇，县东南有甘泉山，甘泉山建有甘泉宫，为秦汉帝王避暑胜地。由甘泉宫经枸邑、泥阳可至北地郡义渠。隔水卫石桥即位于甘泉宫、枸邑途中。唐宋时由耀州至甘肃庆州，牙里河是必经之河，隔水卫石桥就成为这条道路上的交通要津。

隔水卫石桥南段有唐时"百灵寺"，寺院宽宏，香火兴隆，过往商贾、香客、行旅都沿隔水卫石桥经过，兴盛一时。

清道光二十四年（1844）九月，由当地村民发起，周围各镇山民和过往商贾200余人捐资，对石桥进行修茸，加宽、修平了石桥半腰的道路。

我们曾发现立在桥北的一块重修隔水卫石桥路碑记，碑上记载了这次修茸石桥的缘由和详情："自古凿山、通道、补路、修桥，皆所以平水土之险阻，便人民之往来也。然名都大邑，其为之也，易；若穷乡小村，其为之也，难。盖地域不同而人力有异焉。县东三十里牙里村西，有巍然峻起者，名曰：隔水卫。上劈小径以通行人，路道狭小，恐步失足。居是村者见多有陷溺之忧，窘步之惧，以欲疏凿修平，而寥落数家财力不给，故欲为而复止有年矣。今合村共议窃愿客商、君子各捐有余之资，以勤利济之务，将建桥路宽广，往来无患，是亦好善乐施，广积阴德之一端也夫……"

重修后的隔水卫石桥，人畜通行畅通无阻，来往商贾、游人既方便又安全。即使大雨滂沱，河水暴涨，石桥也安然无恙。

如今，隔水卫石桥依然伫立在那里，虽早已失去昔日桥梁功能和繁华，但仍为当地乡民所用。隔水卫石桥周围，群山环抱，奇峰林立，幽静宜人，是盛夏避暑之地，已成为旬邑一景。

（载于2016年11月11日《西安晚报》）

古朴典雅塔寺桥

塔寺桥位于凤翔县城东关外之塔寺河上。

塔寺桥始建于明代洪武初年，为黄土夯筑而成，且取"凤鸣岐山"之意，命为"凤鸣桥"。清顺治三年（1646），知府王钻圣，义士周承尧、贾文等募金于民，改建为石桥，有取募捐建桥之意，便更名为"博济桥"。道光二十年（1840），因桥倾塌重修，桥在塔寺河上，遂取名为"塔寺桥"。

塔寺桥建筑风格既有北方之雅，又有南方之秀。桥基主轴由互相对称的四个桥墩支撑，两头最大的桥墩构成塔寺桥的两翼，南北两岸河堤约百米长，均为石条砌成，十分坚固。桥面分三轨行驶，中轨宽约 4 米，为高出左右两轨约 0.23 米的石台，是人行道。左右两轨稍低，各宽 2 米，为车行道。这种中道行人、两侧行车的桥面设计，在陕西古代石拱桥建筑中实属罕见。

重建的塔寺桥，长约 39 米，高约 7 米，宽 8 米。桥面中高边低，状若弓弦。桥分 3 孔，中孔高 7 米，边孔各高 6 米，跨径 5 米。整个桥身皆用长 2 米、宽厚各 0.4 米的条石砌成。为防洪水冲击桥墩及堤岸，桥柱迎水面砌有高约 1.5 米的箭头状分洪石台，两岸数十米内各以条石砌护。

在建筑艺术上，塔寺桥颇具古朴典雅的民族风格。桥面两侧有石栏杆48根，柱顶雕刻有"猴子抱桃""狮子喜球""水牛卧波""玉兔探月""金凤展翅"等形态各异的禽兽图案。各柱下面相互用雕刻有几何图案的长方形石条连镶。桥洞门额，南边雕有"远岸垂虹""长堤饮马"；北边为"千秋石柱""万古金梁"；桥东、西两端，竖碑四通，共八个大字，东曰"通津""利济"，西曰"正直""平荡"。

如今，塔寺桥桥面已加高，用沥青铺成路面。昔日的三轨桥面和有精雕细刻的石栏，已为沥青路面和钢筋混凝土栏杆所代替。

2016 年 10 月 1 日

百年龙桥建楼屋

陕西三原县龙桥之名源于宋代。

北宋建龙四年（963）之前，清峪河上建有木桥，发洪水时桥废。到明正统元年（1436），清峪河上又建了一座大木桥，大车能重载而过。不久后，不幸又被大水冲毁。后屡毁屡建，屡建屡毁。

明万历十九年（1591），三原知县高进孝目睹了三原南北两城夹水，河水暴涨，势如天堑，决心在清峪河上修建一座一劳永逸的石桥。高进孝与后任工部尚书的温纯共谋倡导，捐资建桥。三原居外官员和本地乡绅、僧人和百姓，纷纷捐款捐物，找人设计。历时11年，终于建成了一座三孔、尖顶、大圆筒形的石拱桥。因传桥下有龙潭，故名龙桥。亦有人说此桥是因元代有"水从碧玉环中过，人从苍龙背上行"的诗句而得此名。

明万历年间修建的圆筒式石拱桥龙桥，全长110米，其中主桥净跨57.5米，宽11米，高26米。桥共3孔，中孔大，边孔小。中孔跨径17.8米，加上尖孔部分，上下净空19米。尖形拱顶，亦称二心圆或两点圆卷拱，使其起牴角作用，这比半圆形、三心圆、五心圆等力量更强。两边各有1孔，为跨径6.85米的圆形拱洞，边孔底部高出中孔底部3.6米，桥面低于街面20米，两端以块石铺砌，坡道与街面相接。

据说意大利著名传教士、学者利玛窦，在三原看到龙桥高大的中孔采用了二心圆尖顶拱，颇感惊异和赞叹。他没想到，在东方偏僻的三原县，也运用了二心圆建筑力学原理建桥。

桥栏由 57 幅精美浮雕组成，多为人物，还有动物，其中，《二十四孝图》尤具特色，颂扬着孝道传统和伦理道德，造型大气美观。桥修成以后，曾遭遇过两次漫水过桥的滔天洪水，仍屹立不倒。桥两侧各有三只排水的龙头，一到雨天，桥面雨水全从六只龙口喷射而出，远远望去，甚是壮观、奇特。

明万历年间修建龙桥时，深挖基槽，以柳木打桩，扎于泥沙底部，上砌以大石块，用江米、石灰等做黏合剂，使桥基凝为一体。桥基上的圆拱，用长方形料石砌筑，石块上刻有榫卯，相互嵌连，使桥身固为一体。圆形卷拱将桥的承受力分散于大圆弧上，受力均匀，故能历久而不毁。桥面及两边坡道曾以石磨盘铺砌，俗称"磨子桥"。桥身为用长方形石条垒成的石拱桥，非常坚固。

关于桥两面的坡路全由老旧的石磨扇铺就一事，还有个"青蛙申冤"的美丽传说。

有一天，新上任的三原知县路过龙桥，被一群青蛙拦住了去路。县官低头问道："你们为何拦住我的去路？"这些青蛙只管呱呱叫着，其声悲惨。县官就觉蹊跷，又问："你们有啥冤要本官申断？"只见这些青蛙纷纷蹦到桥底的清潭里。县官随之下至潭中探察，果然见得一具男尸，脖子上系了半页石磨下扇。

为破此案，县官心生一计，让衙役贴出告示，言及府内有半页石磨下扇需要配对，如有交来配对者，官府重奖。一天，桥南头豆腐店掌柜交来半页磨扇，县官照例差人搬去对了，这回正好合茬，于是真相大白。据店主招供：不久前，有一秀才赶考路过三原，日暮无处安歇，夜宿于店中。是夜，夫妇见秀才囊中有些银两，遂起谋财害命之念。事后，店主便用麻绳将家余的半页石磨扇系于死者脖颈，沉入桥底潭中，谁料义蛙性灵，揭了案底。

案是破了，收来的磨扇怎么处理？县官又生一念，不如全铺到桥面上去。直到现在，这些磨扇还一块不少地放在那儿。

古龙桥设计上独具匠心，历 400 余年而未毁。桥上原来建造楼屋，别具一格，为陕西古代石拱桥的一大杰作，是陕西省重点文物保护单位。

龙桥初建时，桥上有"龙桥楼"和桥门楼。桥楼圮毁以后，两侧设有柱石栏杆。20 世纪 80 年代，政府多次对龙桥两岸护坡及桥两侧栏板进行了修复，1985 年在古桥上方建成了一座斜拉式平桥，使其肩负南北通衢之功能。古龙桥卧龙饮涧，新龙桥飞虹空悬，两桥相映，成为三原县城一道亮丽的风景线。

2016 年 11 月 12 日

青藏公路悲壮歌

1950 年新中国成立之初，中国人民解放军奉命进军西藏，毛泽东主席指示进藏部队："一面进军，一面修路。"11 万藏汉军民，用极其简陋的工具，劈开悬崖峭壁，降服险川大河，开始了气吞山河的修筑青藏公路的浩大工程。

青藏公路北起西宁西、南到拉萨，1950 年 6 月动工，于 1954 年 12 月 25 日与川藏公路同时通车。青藏公路全长 2000 多公里，翻越海拔 4837 米的昆仑山、5800 米的唐古拉山和可可西里及壮美的藏北草原，一年四季通车，被誉为"世界屋脊上的苏伊士运河"。

在这壮美的景观中，多年冻土地带密集、高寒缺氧严重和生态环境脆弱，在世界上堪称独一无二，也是筑路建桥必须解决的世界难题。

公路通车后，国家曾多次对其进行整治和改建。1975 年的青藏公路改建工程，是世界上尚无先例的高寒冻土区铺设黑色路面工程，是中国公路史上规模最大的工程。1985 年 8 月，青藏公路全线黑色路面铺筑工程基本竣工。

青藏公路承担着西藏 85% 以上进藏物资和 90% 以上出藏物资的运输任务，被誉为西藏的"生命线"。为了修建这条当时世界上海拔最高的公路，

3000多名壮士英勇捐躯。1984年12月25日，为纪念青藏公路和川藏公路通车30周年，时任中共中央总书记胡耀邦题写的"青藏川藏公路纪念碑"在拉萨市建立。碑文中写道：建国之初，为实现祖国统一大业，增进民族团结，建设西南边疆，中央授命解放西藏，修筑川藏、青藏公路……世界屋脊，地域辽阔，高寒缺氧，雪山阻隔。川藏、青藏两路，跨怒江攀横断，渡通天越昆仑，江河湍急，峰岳险峻。十一万藏汉军民筑路员工，含辛茹苦，餐风卧雪，齐心协力征服重重天险。挖填土石三千多立方，造桥四百余座。五易寒暑，艰苦卓绝，三千志士英勇捐躯，一代业绩永垂青史……

60多年了，当人们踏上这条公路时，怎能忘记当年修筑、改建青藏公路和川藏公路的英雄壮士及英勇献身的3000多位先烈们！

其中有一个人的名字是国人永远不能忘记的，他就是被誉为"青藏公路之父"的传奇英雄慕生忠将军。

慕生忠是一位身上留有27个枪眼伤疤的老红军，1955年被授予少将军衔。1951年8月和1953年10月，作为政委的慕生忠率领队伍，两次进藏运送物资，看到人员、骡马等伤亡的悲壮、惨烈场面，他萌发了一个强烈的念头：援助西藏建设，必须修建一条通行无阻的公路。

1954年2月，正是北方天寒地冻的季节，慕生忠裹着厚厚的皮大衣，裸露着被高原风雪磨砺得十分粗糙的脸庞，从青海来到北京。在要求有关部门修青藏公路遭到碰壁时，他大胆地向他的老首长——刚从朝鲜战场归来的彭元帅请战，要求修路。彭德怀听完汇报，踱步走到挂在墙上的中国地图前，抬起手从敦煌一下子划到西藏南部，说："这里还是一片空白，从长远看，非有一条交通大动脉不可嘛！"后经彭元帅转交慕生忠的报告，周恩来总理批准了慕生忠的青藏公路修路报告，同意先修格尔木至可可西里段。随后，彭元帅又安排兰州军区为慕生忠拨出了工兵等人员和卡车、铁锹、十字镐、炸药等物资。

1954年5月11日，慕生忠带领他的修路壮士出发了。筑路队伍边修路边通车，只用了79天就打通了300公里，于1954年7月30日把公路修到了可可西里。慕生忠再次向彭元帅请示报告。这一次，国家拨给了200

万元经费，100 辆大卡车，1000 名工兵。

1954 年 8 月中旬，在翻越了风火山后，路向沱沱河延伸。一次，沱沱河里修的过水路面被洪水冲毁了，慕生忠第一个跳到河中搬石砌路。河水冰冷刺骨，他在水里站一会儿两腿就麻木了。可慕生忠始终站在河水最深最急的地方，整整在雪水中干了 10 个小时才把路修好了。

12 月 15 日，慕生忠率领 2000 多名筑路英雄、100 台大卡车，跨越当雄草原，穿过羊八井石峡，直抵青藏公路的终点——拉萨市。就这样，慕生忠和他的壮士们，仅用 7 个月零 4 天的时间，切断了 25 座雪山，硬是将青藏公路中通往拉萨的最后最关键的工程，即从格尔木到拉萨 1000 多公里的高原公路贯通了，尽管是比较简易的高原公路，却创造了新中国公路建设史上的奇迹。

1982 年 5 月，72 岁白发苍苍的慕生忠老将军来到了他朝思暮想的格尔木，说："我死后，你们把我的骨灰撒在昆仑山上，让青藏公路上隆隆的车声伴随着我长眠。"1994 年 10 月 19 日，慕生忠将军逝世，享年 84 岁。

2006 年 7 月 1 日，当与青藏公路比肩而行的青藏铁路从格尔木向拉萨开出的第一列火车呼啸而过的时候，我们不难想象，它是在向长眠在昆仑山上的慕生忠将军和其他无数个筑路英烈们鸣笛致敬！

60 多年来，一条悲壮大道，一代英灵之精神和业绩，将永远鼓舞今日中华儿女为实现美好生活而英勇前行！

（载于 2016 年 11 月 4 日《西安晚报》）

三秦公路百年志

一、从无到有的现代公路

光绪二十八年（1902），陕西开始办邮政，至宣统三年（1911），邮政局、所基本普及各州县、主要村镇，持续了2000多年的古老神奇的驿传制度终归衰败。1914年，全省驿站撤尽，驿传制度废除，完成了它的历史使命。

民国八年（1919），一个叫张藩的人，联络贾晋、刘宗向、苏兆祥等人，组织成立"西堂汽车股份有限公司"，集资购买汽车，聘请工程技术人员，勘绘了西安至观音堂的汽车路线图，编制了工程设计书，于同年10月在西安成立"西堂汽车公司筹备处"并拟定了《租路修路简章》。

这个公司因有租路、修路的筹划和任务，故而被称为陕西最早的公路建设管理机构，可谓陕西省公路局的前身。

民国八年这一年，开辟了百年陕西现代公路的新纪元。

民国十年（1921），陕西省路工局成立。1922年2月，陕西第一条公路——西安至潼关公路粗通。虽然是粗通，先天不足，但是它为陕西公路交通发展开辟了新的前景和希望。后来公路建设管理机构屡有变化，撤销路工局后，曾成立长潼汽车局、省道局等。

民国十九年（1930）8月，陕西省公路局成立，接管了西潼公路，第二年又成立了西潼护路队。从此，陕西的公路建设、养护和管理，开始进入从无到有的初级阶段。

虽然后来省一级的公路建设管理机构名称不断变更，陕西省公路局先后被改为陕西省汽车管理局、西北国营公路管理局、陕西省公路管理局。但是不管管理机构怎么变，都还是围绕修路、管路工作开展。

截至民国二十五年（1936），陕西的公路建设管理机构集中全省工程技术力量和工匠、民工，先后修建了西安至兰州、西安至汉中、汉中至七盘关、咸阳至榆林、绥德至宋家川、西安至荆紫关等多条主要干线公路，形成了陕西公路发展史上的一个高潮。

在民国的37年间（1912—1949），相对而言，陕西公路建设虽不如经济发达省份那样快速，质量也不太高，但是已经建成的5000多公里公路对于促进全省工农业生产的发展、城乡物资交流，特别是抗日战争时期保证国际援助物资的中转和后方军用物资支援前线，都起到了重要作用。同时，也为新中国成立后陕西省公路建设的大发展奠定了良好的基础。另外，为陕西的现代公路起步和初建立下奠基之功的张藩、赵祖康、张佐周等杰出人物也给后人留下了永不能忘记的英名。

二、从常规发展到跨越发展的当代公路

1949年10月，中华人民共和国成立，陕西省的公路恢复建设和管理，开始步入新的发展历程。

自新中国成立至今的70余年，我把它分为两个重要阶段：第一阶段，从1949年10月至1978年改革开放前的29年，是陕西公路建设的常规发展阶段。

新中国成立之初到1957年年底，陕西的公路建设基本处于恢复改造旧路，新修县际简易公路，加强公路养护工作的阶段。全省原有公路基本恢复，公路通车里程达到7000多公里。

从1958年到1978年改革开放前，政府开始大规模地修建干线公路、

大型桥梁和沥青路面及二级公路，加快县乡公路建设，陕西步入建设以国、省干线公路为骨架，以县、乡公路为支线的全省公路网络时期。陕西油路建设经过 20 世纪 60 年代后期初步发展，到 70 年代初，建成沥青、渣油路面 400 多公里，到 1975 年达到了建设高潮。

20 世纪 70 年代末，全省建成以西安为中心，连接 10 个地、市的油路网。1974 年，国道 310 连云港天水公路西安经临潼至渭南段，建成二级公路，开启全省干线公路二级公路建设之先河。到 1978 年年底，陕西全省公路总里程上升为 38417 公里，是 1949 年 5000 多公里的 7 倍多。但是陕西的公路路网密度小，路面铺装率低，等级标准低，缺桥少涵，配套设施不全，公路服务水平低，成为制约国民经济和社会发展的"瓶颈"。

1979 年改革开放之初，陕西的公路建设步入了快车道，由常规发展转入了跨越式发展阶段。广大公路人解放思想，敢为人先，迸发出前所未有的创造力和智慧。公路行业成为全省发展最快、最好的行业之一。

这是第二阶段。

1986 年在全国公路建设上第一批利用世界银行贷款、采用国际竞争招标、实行工程监理，1989 年 12 月建成西安至三原一级公路。1990 年 12 月建成陕西第一条高速公路——西安至临潼高速公路。

自此以后，陕西的高速公路，从无到有，从少到多，从四车道到八车道，从平原到山区，从山区到沙漠，穿越秦岭"天阻"，飞跃苍茫高原。4 条高速公路沟通秦岭南北。2007 年建成的双洞各长 18.02 公里的秦岭终南山特长隧道，建设规模世界第一、中国公路隧道之最，并获中国科技进步一等奖。

2003 年建成国家第一条沙漠高速公路——榆林至靖边高速公路，为全国新建沙漠高速公路制定了标准，提供了经验。公路交通人，观念改变，理念进步，路越修办法越多、招数越稠、标准越高，路越修越绿色环保低碳。

2003 年全省建成的高速公路突破 1000 公里，2007 年突破 2000 公里，2010 年突破 3000 公里，2012 年突破 4000 公里，2015 年突破 5000 公里，截至 2018 年年底已建成 5400 多公里高速公路，实现高速公路"三步走"战略的前两步目标，位居西部省份前列。制约陕西经济和社会发展的交通

"瓶颈"已被打破，过去的公路交通短板已经成为当今经济和社会发展的竞争优势，成为国家重要的交通枢纽和陕西富民强省的重要基础。四通八达的高速公路，已成为陕西现代化建设的亮丽风景线和名片。陕西目前正在向县县通高速公路的目标迈进。

国省干线公路以路网改造为先导，以提高养护质量为中心，以文明示范公路为重点，全面提升公路整体服务水平。推进以修建二级公路为重点的干线公路改造改建，实施县道油路改造、新建工程及乡道新建、改造工程。农村公路以"四好公路"为目标，通村到户，有力促进了新农村的建设和扶贫脱贫工作的开展。

陕西公路人积极开展评选学习"双十佳"（十佳养路工、十佳道班）活动，秉持"三个服务"理念，发扬"铺路石"精神，开拓进取，艰苦奋斗，打造"三心公路"品牌。按照全省干线公路网和农村公路网规划，实施"美丽干线公路"安保工程、危桥险路整治工程、养护管理示范路工程以及乡乡通油路、村村通油（水泥）工程，公路建设、养护、管理、经营、科技和精准扶贫工作取得突破性、创新性进展。

号称陕西"一号公路"的沿黄公路，北起榆林市府谷县墙头乡，南至渭南市华山莲花座，全长828.5公里，将陕西北部的农业、能源、旅游与关中地区联动起来，成为具有生态、观光、旅游、文化诸多功能的南北大通道。这已成为陕西追赶超越的又一亮丽的风景线。

改革开放40余年，陕西的普通公路和农村公路整个面貌焕然一新。截至2018年年底，陕西公路总里程已达177127.813公里，是改革开放前1978年年底38417公里公路总里程的4.6倍多，公路密度达到每百平方公里86.03公里，农村公路总长159409.562公里。

三、绚丽多姿的公路文化

文化是国民之魂，行业之根。文化与公路交通相伴而生，须臾不分，相辅相成。公路交通改革发展带动公路文化建设繁荣，助推公路发展，扮靓公路行业形象，为公路交通改革发展铸魂添翼。

"企业文化"作为理念，中国是在20世纪70年代末引入的，但是公路文化，特别是陕西的道路文化积淀丰厚、源远流长。

从传说中的黄帝发明车辆和指南车，到中国历史上最早修建的"高速公路"秦直道，以至肇始于三秦的古老神奇的中国驿传制度，等等，无不浸透着浑厚、独特的文化内涵。

注重和开展公路文化，是陕西公路交通行业的传统和日常工作。

"忽如一夜春风来，千树万树梨花开。"1978 年，岁杪之际的党的十一届三中全会的召开，给中华人民共和国的大地吹来了亘古未有的改革开放的春风。对公路文化的重视和研究、兴盛和发展，成为改革开放 40 多年来的新亮点、新品牌和新景观。

1980 年 7 月，交通部向全国发出了编写各省、市交通史的决定。陕西省公路交通系统迅即行动，省、市、县公路交通部门都先后成立了交通史志编办。经过多年的努力，到 1988 年、1989 年、1993 年、1994 年、1999 年和 2017 年，《陕西公路史》（第一册、第二册）、《陕西公路运输史》（第一册、第二册）、《陕西古代道路交通史》《陕西省志·公路志》《陕西省公路局史》《中国路谱·陕西卷》等和各地市一大批成套的"公路交通史志"丛书分别正式出版发行。

这是改革开放后，陕西公路交通人自己奉献给社会的第一批公路文化产品。

1993 年元月创刊的《陕西公路》报，1996 年改名为《陕西交通报》。26 年来，《陕西交通报》始终与公路交通职工同命运，与公路交通发展共前进，成为陕西公路交通系统信息交流的主阵地和展现陕西公路交通文化活动的重要园地和平台。

"如此江山如此人，百年难逢此良辰。"公路交通发展的新时代，需要新的公路文学作品，新的时代也催生了新的公路文学作品。1994 年 11 月，西北大学出版社出版发行了《路魂——陕西公路职工文艺作品选》一书。这株"才露尖尖角"的"小荷"，是从《陕西公路》报副刊中筛选出的 200 多篇小说、散文、诗词、评论和书画，汇集成册，被人们和当时评论界誉为"公路文学艺苑的奇葩"，备受关注。这是改革开放后，陕西公路交通第一次系统集中汇编、公开出版发行的全省公路交通人自己的文学作品集。

"一石激起千层浪"，《路魂》的出版发行，极大地激起和调动了陕西交通人的文学创作激情。交通人在做好自己本职工作的同时，创作、发表和出版了大量的文学作品，他们以强烈的使命感和责任感，抒发对交通事业的情怀、执着和热爱。

为了适应新的公路交通文学的发展，2007 年 11 月，率先成立了全国首家省一级交通作家协会——陕西省交通作家协会（以下简称陕西省交通作协）。2012 年 5 月，陕西省交通作协公路分会成立。一些基层公路部门还先后成立了文学社和文学创作协会。截至 2015 年年底，陕西省交通作协及交通作协公路分会已出版发行了 3 套交通文学丛书，达 30 多部，涌现出一批有一定创作潜力的公路作家。2011 年，《路文学》杂志应运创刊，至2019 年年底已办刊 24 期。

从 1999 年夏季至今，陕西省交通作协及交通作协公路分会与省市文联、作协和省委宣传部等多次联合，成功组织了一系列著名作家、艺术家大型公路采风、采访和文化讲座活动。作家们采写了大量优秀的文学作品，不但在交通系统和社会上产生了极大的影响和积极的作用，而且也丰富了交通文学的内容。

多年来，陕西公路行业灵活开展了丰富多彩的文化娱乐活动，普遍在公路交通系统建立了规范的职工书屋，先后多次开展职工书画摄影大赛、"路在我心中"征文大赛、"我在路上"音乐创作大赛，多次出版职工书画摄影作品集、文学作品集，组织大型歌咏舞蹈比赛等文艺会演，组织乒乓球、健美操及多种技术比武活动……寓教于乐，陶冶情操。

陕西公路行业还先后创办了《陕西公路简讯》《陕西公路科技》《陕西公路》《陕西道路运输》《陕西高速公路》杂志，既展现了公路建设新成就、新成果、新风貌，又丰富了公路人的文化生活，给他们提供了施展才艺的平台。

公路人与艺术家相结合，把公路文化融入每一条路、每一座桥、每一个收费站、每一个服务区。在公路沿线或服务区，以雕塑、碑石、牌楼、亭阁、水榭等设施，营造公路景观，提升公路设施文化品位，增强公路交通人文魅力。

百年沧桑，百年公路。百年公路人，用汗水和智慧，为三秦大地创造了今天舒适、快捷、绿色、饱含人文情怀的现代公路奇迹。

毫无疑义，已经通车里程达5400公里的高速公路，对三秦大地经济和社会的跨越发展起到了无可替代的助推作用，为三秦父老和普通百姓提供了便捷、舒适的出行方式。

同样，也毫无疑义，数倍于5400公里的陕西普通公路和农村公路，为三秦父老和普通百姓提供了更直接、更方便、更顺心的出行和服务，特别是为实现农业现代化、脱贫致富、全面奔小康，铺筑了一条条快车通道。

如今，已实现了"车在路中行，人在画中游，安全又舒畅"。

鲁迅先生说："地上本没有路，走的人多了，也便成了路。"一代又一代筑路者、公路人，以工匠精神，在本没有路的地方修筑了一条条简易的道路、普通的公路、绿色人文的公路、现代化的高速公路。

今天，当我们行驶在陕西宽阔、舒适、绿色的现代公路大道上时，你可还记得那些曾为公路事业献身的、已离世或退休的，为百年陕西公路的拓荒、建设、养管和发展做出贡献的功臣？他们是张藩、赵祖康、张佐周、邓林祥、徐良成、刘昶、周华俊、王宏儒、李成才、戴文晗、张仲良、张维光、乔怀玉、西学伟、袁雪裁、曹森……

他们的美名与历史同在，与公路同在！

2019年5月20日

游侠履痕

台湾行日志

2016 年 4 月 16 日

一代才女、诗人、建筑学家林徽因的一首《你是人间的四月天》不知感动了多少人。

在这不冷不热的美好四月天，我偕妻与作家莫伸、子页、和谷、黄和英、媒体记者及两位陕西省社会科学院文学女博士等一行十几人，组团到祖国宝岛台湾观光、游览、采风。

我们乘坐的国航 MU2307 航班从西安直飞中国台北，大约 3 个半小时就到了中国台北桃园国际机场。这可是以前不可想象的事啊！去过台湾的朋友都说台湾自然风光秀丽，人们热情好客。台湾到底是个啥样？我要亲自领略感悟了！

2016 年 4 月 17 日

第二天，我们游览了中国台北中山纪念馆、云雾中的台北 101 大楼、台北故宫博物院和蒋介石士林官邸等，晚上入住台中富王大酒店。101 大楼的现代设施和抗震技术令人赞佩。

台北满大街都是繁体字，有从左边读的，有从右边读的，不统一。在台北，偶遇一位80岁开外的退伍老兵，我和同行的作家子页、和谷、黄和英、石玉国等与老兵攀谈起来，谈得还很投机。

台北的整洁文明服务和热情好客，令人印象深刻。台湾的电视节目五花八门，什么都有，竟然还能收到中央电视台第4套国际频道和一个上海台的节目。

2016 年 4 月 18 日

来台旅行第三天，我们去了中台禅寺，参观了台中市的安贝思国际有限公司的厂房和产品，还购买了一些物品。这些物品是否货真价实，只有回去使用才可知。

游览日月潭，我们很有兴致。阿婆茶鸡蛋名气很大，也很好吃。

南投县的集集小镇别具一格，据说当天晚上发生了4级多地震，我们却没感觉到。小镇的油炸香蕉、油炸香蕉皮等小吃别有风味，我们都品尝了。

晚上，莫伸等部分作家专门拜访了台湾92岁高龄的抗战老兵杨振元先生，感触颇深。同行的资深记者江湖笑看（石玉国）采写的《台湾拜访抗战老兵》妙文，记述了这次拜访。文章写得很温暖，表达了大家的心声，也感动了许多人。

2016 年 4 月 19 日

台湾旅游已经过半。我们今天游览了阿里山森林游乐区，乘坐了当年日本人修建的阿里山小火车，也目睹了日本人统治台湾时期，盗伐运走阿里山珍贵木头所留下的惨状。我爱喝茶，品尝了阿里山乌龙茶后，花费了5800新台币，买回了马英九颁发过头等奖的乌龙茶。

下午美美饱餐了一顿，来台后首次咥了牛肉拉面。临走时，店老板说："咱们是一家人，要共同守好咱们的国土。"感动了所有的人。

晚上，我和妻专门逛了名声很大的诚品书店。

很幸运，4天来，我们有一个非常优秀的台湾导游刘纬业，他精彩、真诚和结合亲身体验的解说，感染、感动了我们。谢谢刘导！让我们继续完成后 4 天的旅程。

2016 年 4 月 20 日

今天，我们从台湾南部最大的城市高雄出发，沿海直奔台湾最南端的屏东县猫鼻头。

在高雄港口，我在这头，可遥望台湾海峡，海峡那头可就是祖国大陆。凝望着一望无垠、烟波浩渺的海水，我突然想起了台湾诗人余光中的著名诗篇《乡愁》：

小时候
乡愁是一枚小小的邮票
我在这头
母亲在那头

长大后
乡愁是一张窄窄的船票
我在这头
新娘在那头

后来啊
乡愁是一方矮矮的坟墓
我在外头
母亲在里头

而现在
乡愁是一湾浅浅的海峡
我在这头
大陆在那头

我想，现在好了，这头的台湾可以和那头的祖国大陆随时来往了。历史会永远铭记那些提出开放大陆、台湾直航直邮直通观光旅游和探亲的海峡两岸的决策者们！

沿路我们参观了改建过的清时期大狗英国领事馆遗址。路途中，导游还安排我们参观台湾最大的寰宇珠宝城。实事求是地讲，购物当然也是旅游的组成项目，但是过多地安排游客购物，尤其像安排类似珠宝玉石之类的参观购物，让人腻歪，实属浪费时间啊！

让我们意外的是，在垦丁龙銮潭绿草坪上发现了含羞草，人们争相拍照。

哈哈，真是不亦乐乎！

2016 年 4 月 21 日

时间过得可真快，倏忽间，我们的台湾之旅已近尾声。今天我们乘车沿台湾西海岸，北上向东海岸进发。

途中，让我们感动的是，为了安全起见，我们坐火车从枋寮到知本，而司机谢师傅却开大巴轿车沿崎岖蜿蜒的山路前往知本等我们。

火车虽不现代、时尚，但很整洁、舒适、温馨，这种火车似乎是台湾特意保留的一种交通运输方式。在龙天，我们还享受了一次骑自行车沿小路漫游台湾小镇的乐趣。

在太平洋岸边，在北回归线公园，人人都留下了各自神奇、美丽的倩影。

晚上入住花莲县新鹤度假村时，我们意外地在滑草场尽兴地耍了一次滑草运动。

2016 年 4 月 22 日

4 月 22 日是我们台湾之旅的最后一天，23 日就要返程回西安了。今日我们要乘车环岛杀回中国台北市，途中参观了太鲁阁国家公园，又一次体验了坐火车从花莲到宜兰县的苏澳镇。

在由台湾退役老兵参加修建的台湾中横公路上的地方，我们下车远望凭吊为纪念修这条公路而悲壮殉职的 226 名老兵所建的长春祠。

晚上，我们旅行团中的作家莫伸、子页、和谷、黄和英、我和两位文学女博士小韩、小齐在温馨的充满书卷气的"台北书屋"，与台湾两位女作家进行了座谈交流，互赠了书籍和影碟。

2016 年 4 月 23 日

今天，我们吃了早餐，乘坐大巴直奔中国台北桃园国际机场。我们依依不舍地同台北告别，同中国台湾告别。

车上，我们的团长莫伸代表大家，对一直陪伴我们并真诚、热情、周到地为我们讲解、服务的台湾导游刘纬业和国旅导游张咏梅，以及司机谢师傅，表示由衷的感谢。

我也说了几句以表达自己对刘导、张导、谢师傅和远在西安的宋导的谢意和敬意，感谢我们一路同行的诸位同人。台湾之行让我们对祖国宝岛台湾有了新的深切的感受。

台湾之行让我们大家成了好朋友。

2016 年 5 月 13 日

从台湾回来已经好多天了。今日台湾行诸友又集聚在西安的一家酒店，初看柳忠敏制作的四集电视片《台湾行》。

一伙原来熟识或者素不相识的人，因短暂的台湾之旅而成了朋友，真是令人感动、令人兴奋。

大家欢声笑语不断。团长莫伸细心大度的人格魅力，子页宝刀不老的诗兴大发，和谷夫妇孝敬老母的温馨之情，石玉国侠骨柔肠的撰文拍照，黄和英真情实感的细腻美文，柳忠敏热心、费心的精心摄制，两位女博士虚心好学的热忱点评，刘导、张导真诚、真心的敬业精神，以及全体团员精诚团结的和睦相处，让我们铭记心中，久久难忘，让我们心怀谢意和敬意！

哼一首小诗以记之：

宝岛八日欢乐游，
我们遇上好导游。
团长莫伸真能耐，
台湾一行成朋友。

2016 年 5 月 13 日

丁酉鸡年新、马游

丁酉鸡年大年初一午夜，当古城西安处处张灯结彩、火树银花、沉浸在一片节日的欢乐氛围中时，我们一家老小五口拎着大包小包，浩浩荡荡直奔咸阳国际机场，跟团参加新加坡、马来西亚春节七日游。

过大年时离家出游，这还是头一遭。

小孙女月亮4岁多了，整日吵吵着要坐飞机、看大海。儿子、儿媳平日上班凑不到一块儿，过年了放七天假，小孙女幼儿园也放寒假了，这不，凑到一块儿了，说走就走，到马六甲海峡游泳去！去异国他乡过大年！

儿子、老婆和小孙女都是第一次踏出国门，为这次出国旅游，我们做了充分的准备。

经过近6个小时的飞行，我们从西安乘坐的亚航D7347航班，清晨6点多直抵马来西亚首都吉隆坡国际机场。

这地球，说小就小，说大就大。西安、马来西亚、新加坡，虽同在亚洲，地球经度又都相近，位于东经101度到108度之间，没有时差，但温度相差忒大，我们走时西安还是数九寒冬，人人都穿着裹得严严实实的冬装，吉隆坡却是酷暑炎夏，地面温度30多摄氏度。好在我们早有准备，立

121

马在机场换上了夏装。

到吉隆坡后，我们又坐了一个多小时飞机到达了新加坡的樟宜国际机场。

新加坡，别称狮城，是东南亚的一个岛国，一个花园城市，一个多元文化的移民国家，华人占全国人口75%以上，1965年从马来西亚脱离，正式独立，是全球最国际化的国家之一。新加坡是亚洲发达的资本主义国家，被誉为"亚洲四小龙"之一，号称人均月收入4000多新币，折合人民币2万多元，政府公务员一般远远高于这个收入，其经济模式被称为"国家资本主义"。根据全球金融中心指数（GFCI）排名报告，新加坡是继纽约、伦敦、香港之后的第四大国际金融中心，也是亚洲重要的服务和航运中心之一。

新加坡人很精明、很勤奋，靠着港口、加工业、金融业和旅游业等赚了钱，发了财，成为发达国家。面积是西安市1/14的新加坡，人均GDP达52889美元，比美国还高，是中国的6倍。

新加坡和马来西亚都把春节作为法定节日。因为正在放假，街上车辆不多，一些店铺也没开门，不时也能看到一些商铺和酒店大门上张灯结彩，挂着用汉字写的"鸡年吉祥""恭喜发财"等字样的横幅，给人一种似乎不是在异国他乡的感觉。

在新加坡，我们首先游览了狮城的标志和象征——滨海鱼尾狮公园等一系列城市建筑物。花芭山是新加坡的制高点，站在这制高点举目远眺，新加坡的全景和周边岛屿一览无余，尽收眼底。我们在圣淘沙领略了狮城的综合娱乐城的各项游玩活动。应该承认，新加坡作为一个城市国家，它的现代、时尚、整洁和文明给人留下了深刻印象。

但是，新加坡的导游及一些服务人员，处处流露出所谓富裕国家的那种口大气粗、自傲得意的态度，让人反感和不爽。

新加坡人的自豪感和幸福感，部分来自家庭内部的紧密联系。为了保证家庭不分散，政府也很精明，不养老人，政府提供税收和住房补贴，鼓励年轻人赡养老人。据说在新加坡，80%的老人都和子女住在一起。这不仅减轻了政府负担，似乎也提高了国民的家庭凝聚感。可老人也有自己的想法和苦衷。你不时可以看到一些七八十岁的老人还在饭店和一些服务场所打工。

新加坡是全进口国家，粮食、蔬菜、水果、肉蛋和水等，统统要靠进口。难怪物价昂贵，什么东西都收费，就连在饭馆里要杯开水也收费。一碗炒拉面16新币，折合人民币约80元，而且分量很少，一碗根本不够吃，晚上，儿子、儿媳还要吃方便面。这个国家远没有我想象中那么美好、舒适和幸福。

说到幸福，富裕与幸福到底是啥关系？我突然想起美国著名心理学家戴维·迈尔斯和埃德·迪纳的一个研究：财富是一个很差的衡量幸福的标准。因为人们并没有随着财富的增加而变得幸福；相反，随着财富的增加，人们似乎变得更加苦恼。因为幸福不是一种物质，而是一种心理状态，一种情感体验，一种主观的快乐感受。我不知道那些在餐厅收拾盘子、在街道清理垃圾的七八十岁的新加坡老人是否感受到了快乐和幸福？

对于与新加坡仅隔了一个马六甲海峡的马来西亚，我却有着截然不同的感受。这里物价稍便宜一些，可游览的东西也很多。我们从新加坡乘车驶过跨海大桥，越过世界著名的马六甲海峡，就到了马来西亚的马六甲州首府马六甲城。

马六甲海峡，多么熟悉的名字。这里是重要的国际交通航道，每天我国70%的油轮会穿越马六甲海峡，把原油运送到国内。

尽管导游不断地告诫我们"小心背包！小心飞车党！小心护照"，但是，我们在马来西亚四五天的旅途中，悠然自得，安然无恙。

陪伴我们一路的马来西亚导游阿祥是个老师，胖胖的，和蔼可亲，知识渊博，说一口标准的中国普通话。我从他滔滔不绝、口若悬河的介绍中，获得了不少马来西亚的真实故事和知识。马来人的热情、慢节奏、悠闲和相互包容给我留下了深刻的印象。

马来西亚，简称大马。马来西亚被南中国海分为两部分：位于马来半岛的西马来西亚，北接泰国，南部隔着马六甲海峡；东马来西亚，位于加里曼丹岛的北部，南接印度尼西亚，文莱国夹在沙巴州和沙捞越州之间。我们这次主要在西马来西亚游览。

　　马来西亚作为东盟的创始国之一，是一个多民族、多宗教、多元文化、独具宗教特色、民族特色和地方特色的国家，一直和中国保持着友好关系。

　　马来西亚同泰国、印度尼西亚和菲律宾四国曾被称为"亚洲四小虎"。这四个国家的经济在20世纪90年代都像20世纪80年代的"亚洲四小龙"一样突飞猛进，因而得名。可惜的是，随着1997年亚洲金融风暴的冲击，这"四小虎"未能像"四小龙"一样打稳经济基础，泰国、印度尼西亚和菲律宾欠下国际货币基金会一大笔债务，国内经济一蹶不振。马来西亚实施了多项硬性保护国家金融体系的货币管制措施，发展较快。

　　马六甲城是个非常安静而有味道的历史名城，我们来到此地时，已是华灯初上了。

　　古城的小广场上，集聚着一堆堆五光十色、花花绿绿的人力三轮车。因为三轮车上都装满了各种彩灯，行驶起来，伴随着音乐，就像马路上一个个彩球在飞转、闪动，一支支交响乐队在行进、演奏，很是耀眼、稀罕。小城的风景主要集中在荷兰广场一带，这里有当年荷兰人修建的建筑，荷兰的风车、葡萄牙古城门、英女皇钟楼、圣保罗教堂旧址、红色的总督府等等，不远处还有很多红屋顶的房子，各具特色。

　　古城有一条我非常喜欢的穿城而过的马六甲河，在静静地流淌着。炎夏夜晚的马六甲城，我们在此游览了一天，出了一身汗，沿着河畔漫行，夜风吹来，好爽啊！夜里，河面上荡漾着一艘艘小舟，一对对新人在拍婚纱照，一群群马来人、印度人和华人在河畔享受烛光晚餐，令人心旷神怡。我突然感觉，这有点像我国南京的秦淮河畔、云南丽江古城的夜景，那么迷人、悠闲和美丽。这是个让人流连忘返的地方，可惜我们行程匆忙，还要乘车赶路，只能依依不舍地离开。

　　途中我们凭吊了纪念郑和下西洋的三宝庙，庙小名气大。郑和在南洋一带很受尊崇，他当年下南洋带去的很多部下，因为喜欢这里的风景和山水，便留下来谋生并繁衍了后代。当地的华人没有忘本，他们年年都会祭奠先人，并给来凭吊、参观的中国人和外国人讲述着先人久远的故事，传承着灿烂的中华文明。

在马六甲城，我们下榻度假胜地波德申大红花酒店。这是一个建在马六甲海峡海面上的海上酒店，豪华气派。大红花酒店因夜晚灯光闪耀，从空中鸟瞰像一朵盛开的大红花而得名。酒店除了房间宽敞、环境幽雅、设施齐全外，每套房间都配有一个小型游泳池。

哈哈，我们全家老小在马六甲海峡和"自家"的小游泳池过足了游泳瘾。儿子还在马六甲海峡摸了一只螃蟹，小孙女月亮手抓着螃蟹，乐得套着救生圈，扑腾着就不想上岸了。

我们还悠闲地坐着缆车，穿云拨雾，来到了马来西亚云顶高原的云顶赌场。在这里，我又一次见识了国外的赌场文化，以及赌徒们输赢之间的百态万象。

在高楼林立的闹市区——吉隆坡商业旺地，我们观览到了吉隆坡的象征、亚洲最高建筑之一的双峰塔和富人区楼房。吉隆坡独立广场上处处洋溢着节日气氛，宽阔的绿草坪上，任由游人们恣意戏耍、追闹和休闲。

距离吉隆坡25公里的布城即太子城鲜艳漂亮、气势恢宏，是马来西亚的行政中心，政府部门都在此办公。水上清真寺等景点更是别致，完全是伊斯兰风格，很吸引游客。水上清真寺容许游客入内参观，年长的男士不排队也没有什么特殊要求，但年轻人和女士要排队，穿长袍包头包胳膊包腿脱鞋才能参观。

最终，儿子、儿媳和老婆每人从头到脚，一袭紫红长袍，进寺参观。参观完毕，微风徐徐吹来，他们身着的紫红长袍随风飘逸，小月亮惊异地看着，不知爸爸妈妈为啥穿成这般。

在吉隆坡，我们还参观了王宫外景。王宫建筑富丽堂皇，和我看到的其他国家的皇宫一样很气派、很豪华。王宫铁门紧闭，门口两边有骑着高头大马的卫兵把守。游人争着和骑着马的卫兵合影，卫兵和马每天被迫和无数的游客合影，已见多识广，习以为常，可能早已麻木了。我其实对豪华奢靡的皇宫并不感兴趣，小孙女嚷着要和大马照相，于是我抱着小孙女月亮也和骑马的卫兵合影留念。

一周的新、马游一晃就结束了。7天以来，新加坡、马来西亚的碧水蓝天，公路两旁大片大片的绿地和树林，干净优美的环境，街上打开即可喝的自来水，让人羡慕和叹服。

还有专业、敬业和热诚的导游服务，沿途景点并未发现像国内一些导游那样诱导游客购物、小摊贩围着抢着要游客购物的现象，令人欣慰。

但是，我不能不说，旅行社安排的新加坡、马来西亚的团饭，实在不敢恭维，饭菜做得太粗糙、太差劲儿，远不如我们在中国台湾、海南等地旅游时的团饭。

今日之出国旅游，早已经没有改革开放初期出国考察、参访时的激动和兴奋了。月是故乡明。中国发展了，我们的高速公路、高铁和一些基础设施等硬件建设，已经超过了一些发达国家。但是，我们的软件建设，如服务、生态环境、一些旅游产品的设置和管理等等，还有很大的差距和太多的问题。

现在的出国旅游，玩的是特色，玩的是环境，玩的是乐趣，玩的是悠闲，玩的是风味，玩的是舒适，玩的是文化。

一次短暂的新马游，有失望、有收获，有遗憾、有欣慰，有感触、有反思，有体味、有羡慕，有认知、有期许，使我对"读万卷书，行万里路"有了新的认识和感悟。

但愿下次出国旅游能有更多的收获和感悟！

2017 年 2 月 11 日元宵节

春天的收获

——中欧行散记

　　林徽因的一首有关春天的诗，让我偕妻在为期半月的中欧行中，体验、领略到了欧罗巴的人间四月天"在春的光艳中交舞着变"。

　　2017 年 4 月 13 日，我们从西安咸阳国际机场，乘芬兰国航 AY060 航班，飞行了近 9 个小时，到达北欧芬兰首都赫尔辛基。在赫尔辛基，我们稍作休憩，乘 AY825 航班转机，飞行近 3 个小时抵达中欧行的第一站——德国第二大城市法兰克福，并入住法兰克福小镇。小镇清新的空气，优美的环境，别致的建筑，洁净的镇容，一下就把我们吸引住了。

　　孕育了文学大师歌德的法兰克福，是一个不同凡响的城市。昔日罗马帝国皇帝举行加冕的地方恺撒教堂、保尔教堂和罗马广场，吸引了众多的游客。德国的维尔茨堡坐落在著名的莱茵河支流美因河畔。河上 15 世纪的古桥依然坚固耐用，彰显着昔日的辉煌；桥下碧绿的河水缓缓流淌，犹如一幅古色古香、宁静安逸的水彩画卷。特别是维尔茨堡皇宫，富丽堂皇，恢宏庞大，雕梁画栋，令人震撼，难以忘怀。

在参观完恢宏壮丽的维尔茨堡皇宫后，旅行团发生了一个小插曲，让大伙揪心。团队集合时，突然发现胡君、李晓明夫妇迷路没有归来。他们在异国他乡，人生地不熟，语言

德国的城堡

又不通，找路很困难。大伙儿火急火燎，出主意、想办法，给他们发微信、短信，打国际漫游，帮助寻找，张华、宋锐两位导游还亲自去找。在大伙的努力和德国朋友的帮助下，两人终于平安回来了。一个小插曲，体现了这些旅友们互助友爱、互相关照、互相帮忙的团队精神，这是一群有爱心的朋友。

具有"中世纪明珠"之称、德国巴伐利亚最著名的小镇、陶伯河上的罗腾堡小镇，是少有的没被二战摧毁的小镇，经过修葺，保存完好，较完整地体现了中世纪的风貌。

这座德国小镇既精致又气派，既古朴又新奇，既灵巧又壮观，仿佛是小朋友摆的积木，绚丽多姿，五光十色，宛如进入了格林兄弟的童话世界，让人忘掉了年龄，流连忘返。

在我们直奔德国第三大城市慕尼黑时，途中天气突变，忽而下雨，忽而下雪，风雨雪交加。我们在雨中游览了街景市貌，别有风味。经过雨雪的洗涤，慕尼黑显得更整洁、清新和舒适。

在慕尼黑，我们遇到了旅行团王女士阔别40余年的老同学、旅德华侨李女士。李女士和我们这群来自祖国的同胞相见，格外激动，也格外亲热。

在李女士的引荐下，我们在重建后的闻名遐迩的"皇家宫廷啤酒屋"饮了黑啤酒，品尝了白肠和面包圈。我们回味着历史，畅叙着友情、同胞

情，举杯祝福，合影留念，依依难舍。看着眼前一群群德国人高擎着大杯大杯的啤酒开怀畅饮、悠闲自得的样子，我想，二战后德国历届政府和精明、严谨的德国人，经历了一个漫长而复杂的清算、惩罚纳粹罪行，反省、忏悔纳粹历史的过程，才赢得世界普遍的认同和肯定，也才有了今天德国的繁荣与发展、人民的轻松与自由。

虽然我们没有吃上德国猪肘子，但也算是没有白来慕尼黑吧！

离开德国，我们前往中欧行的第二个国家——捷克，参观了赫赫有名的卡罗维发利温泉小镇。汽车驶入捷克境内，尽管天不太蓝了，树木花草也不太绿、不太美了，房屋也显得有些破旧，但是一进入捷克的卡罗维发利温泉小镇，眼前就突然一亮。小镇规模宏大的建筑群，一排排别样的温泉回廊，一座座现代的宾馆设施，高高矗立的当地最美丽的巴洛克式的圣玛利教堂，令人震撼。这个小镇也因温泉而独具魅力，独领风骚。

小镇的温泉水举世闻名，据说有养人的微量元素，招揽着本地人和游客前来体验，他们人人手拿一小壶，品饮着温泉水。

美丽整洁、古朴典雅、历史厚重的"波希米亚的明珠"——捷克的首都布拉格，是令人向往的地方。布拉格号称欧洲最美的城市、世界浪漫之都。

由徐静蕾执导，王朔编剧的电影《有一个地方只有我们知道》，就是发生在布拉格的横跨两代人的浪漫爱情故事。迎着微微的凉风和飘洒的细雨，漫步在古色古香的小石块路上，我倒并没找到浪漫电影里的影子，只是依稀在重温欧洲悠久的历史和享受近代文明的熏陶。伏尔塔瓦河像一条绿色的玉带，静静地流淌，将布拉格分为两部分。布拉格城堡蔚为壮观；瓦斯拉夫广场人海如潮，它有着世界上最美的黄昏；英雄伟人的雕像赫然矗立；散发着艺术与诗意的查理大桥；老城哥特式钟塔上准确报时的天文钟等，都仿佛向游人诉说着古城昔日的辉煌和灿烂的文化。

午餐的烤猪肘子、烤鸭肉和鱼肉等美食，让我们大饱口福，领略到了布拉格的饮食文化。

捷克的 CK 小镇即克鲁姆洛夫小镇，号称欧洲最漂亮的小镇，百威小镇即布杰约维采小镇。和布拉格圣维特大教堂同名的哥特式的圣维特教堂，是 CK 小镇的地标性建筑之一。CK 小镇 1992 年被联合国教科文组织列为世界文化遗产。整个小镇囊括了 13 世纪建造的带有哥特式、文艺复兴式和巴洛克式综合风格的城堡。其建筑遗风被原封不动地保留下来，成为中欧中世纪古城堡保护的一个典范。风景优美，安静淳朴的百威小镇，因畅销世界的美国"百威"啤酒而出名，曾被联合国列为自然和文化遗产。

倘若把德国的小镇和捷克的小镇加以比较，你会发现它们难分高低上下，各具特色，各有千秋，但有一个特点是相同的，就是美。

在这里，我不得不想：什么是特色的小镇？我们国内能否借鉴中欧的经验，不去耗费大量的真金白银大拆大建，去搞人为的特色小镇？是否可以把准备修建的古镇保留原貌，保留特色，修旧如旧？

我们中欧行的第三个国家是奥地利。在游览因斯布鲁克的哈尔施塔特湖区时，天气给我们开了个玩笑：一下从春天穿越到冬天，气温骤降至零下 6 摄氏度，寒风凛冽，大雪皑皑，房屋、街道、草坪、山峦和大地顿然一片洁白，银装素裹，分外妖娆。但是人人游兴不减，我们享受着飘洒纷扬的雨雪，感到从来没有的悠闲、惬意和舒坦。个个兴奋地抢着拍照，又一次将自己从格林童话世界融入梦幻般的安徒生童话世界中。

晚上入住美轮美奂、幽静神秘的欧洲著名的阿尔卑斯山脉下的沃尔夫冈湖畔的小山庄，我没有睡意。夜晚，我和几个旅友走出房间，呼吸着干净、清新的空气，漫步在弯弯的山间雪路上，寻得一间小酒吧，偶遇一对异国情侣和几个德国、奥地利、美国男女，大家品着红酒攀谈起来。

在这迷人、寂静的夜晚，我们饮着美酒，凝望着屋外醉人的湖光山色和阑珊灯火，我在想，如果这个世界每天都能像今天这样静谧、洁白和安宁，该多好啊！

啊，神秘的哈尔施塔特湖畔小镇，号称"世界上最美的湖畔小镇"，难怪当地山民这样说："我们最爱的是大自然，然后才是上帝。"原来是因为你太美、太洁净、太安静了！

离开阿尔卑斯山脉下神秘的哈尔施塔特湖畔小镇，来到奥地利音乐大师莫扎特故居萨尔茨堡城，天气又突然从冬季转换到了春季。这个城市都和莫扎特有关。美丽的多瑙河支流萨尔斯河静静地穿城而过；莫扎特广场上的莫扎特铜像巍峨矗立；著名诗人乔治·特拉也在此出生；独特的欧洲式米拉贝尔花园多姿多彩；17世纪巴洛克风格的萨尔茨堡大教堂高阔、宏伟，充满艺术魅力和神奇故事，莫扎特在此接受过洗礼。这些都是这个小城迷人的地方。

在这里，我要感谢一直陪伴我们的匈牙利司机拉斯洛夫师傅，他凭着精湛的技术和高尚的职业道德，穿越雪路、山路、小路和高速路，把我们送到一个个目的地，让我们领略了一幅幅美丽、动人的欧洲画卷。要换司机了，我们合个影吧，留作纪念。再见，拉斯洛夫！

离开了莫扎特故居，我们来到了久负盛名的"音乐之都"维也纳。

这两天我们踏着音乐大师的音符，呼吸着音乐的空气，游览观赏。有幸在一家维也纳音乐厅观赏、聆听了有施特劳斯、莫扎特等音乐大师作品的音乐会，参观了著名的维也纳国家歌剧院外观。在茜茜公主的丈夫、奥地利皇帝弗朗茨·约瑟夫一世所建，已有150多年历史的金色音乐厅前拍照留念，也算没有白来奥地利吧！维也纳人似乎一刻也离不开音乐，这个城市仿佛就是一个巨型的音乐大圣殿。

我们在维也纳还探访了茜茜公主一生最喜欢的生活寝宫——富丽堂皇的美泉宫和美泉宫外的小花园。戴着有中文解说的耳机，我们边走边看，看到了宫中摆设有中国瓷器、屏风等带有中国元素的物件，也感到了一份欣慰和自豪。

在游览维也纳霍夫堡皇宫茜茜公主博物馆时，又发生了一个小插曲。我们旅游团的一位女士，在不知觉的情况下，被一个疑似当地小偷拉开挎包，偷走了钱包。当发现钱包只有几张卡、没现金时，小偷又自觉地还了回来。看来，再发达、再文明的地方也会有小偷。不过，维也纳的小偷还讲"职业道德"，只偷钱，不偷卡和证件。

离开了维也纳，来到这次中欧行的最后一个国家，被人们称为欧洲最灿烂的双城——匈牙利首都布达佩斯。布达佩斯，人称东欧的巴黎、多瑙河上的明珠，被联合国教科文组织列为珍贵的世界遗产之一。

多瑙河流经10个国家，是世界上流经国家最多的河流，也是世界上最浪漫、最富诗意、最美丽、最富魅力的河流；而多瑙河的浪漫、诗意、美丽和魅力，主要集中在流经布达佩斯的这一段。流经布达佩斯的多瑙河，河上和河两旁全都是美景。

河上的链子桥、伊丽莎白桥、自由桥、贝多芬桥等8座造型奇特多样的桥，把布达和佩斯连为一体。不论你观赏哪一部分，仿佛都会勾走你的魂魄，迷得你恨不得跃入河中，融入美丽的河水中去。

美丽迷人的多瑙河

我们在游览布达佩斯最高的圣伊斯特万大教堂时，恰逢教堂一对华人新人在举行婚礼，这给凝重、肃穆的教堂增添了些许的喜庆和温馨。中午我们在布达佩斯一家别有风味的酒窖餐厅，欣赏着音乐，饱餐了一顿典型的匈牙利烤猪排西餐。

晚上，最浪漫、最令人沉醉的是乘游船畅游观赏多瑙河。多瑙河上和多瑙河两旁的夜景流光溢彩，美轮美奂，梦幻诱人，美不胜收，令人窒息和陶醉，让人游不思归。

走下游船，在离国会大厦不远的多瑙河畔，我发现了非常奇特的雕塑群：60双铁鞋摆放在河边，纪念德国纳粹大屠杀时期被残杀并扔进多瑙河的犹太人受害者。这就是在向游人发出警告：多瑙河虽美，但是，不要忘掉多瑙河的这段曾淹死人的"罪恶"历史！

在回酒店的路上，我默默无语，心情沉重，在这么美丽的多瑙河上，竟发生过如此的罪孽。我在心里对自己说：惨遭法西斯匪徒杀害并抛入多瑙河的数以万计的犹太人的冤魂，请接受我一个中国游客的哀思！

在布达佩斯的几天，我们围绕着美丽、迷人、浪漫的多瑙河，游览着教堂和古镇。音乐大师小约翰·施特劳斯的《蓝色的多瑙河》和扬·伊万诺维奇的《多瑙河之波》乐曲，一直在我们的脑海里萦绕，让人沉迷、心醉。

　　到欧洲，你会发现欧洲国家还有一个令人感到温馨的现象，就是无论你走到哪儿，都看不到国与国之间的国界线。多瑙河上有一座以茜茜公主女儿命名的钢桥，桥的中央，一边是匈牙利，一边是斯洛伐克。我和妻站在两头，分别就站在两个国家。

　　4月25日是我们中欧行的最后一天，在富有特色的格德勒古镇茜茜公主庄园，我们参观了茜茜公主夏宫。庄园确实很豪华奢靡，夏宫外的跑马场绿草如茵，也很气派，引来无数游客在草坪上打滚儿、撒欢儿，放松体验。参观完美女公主庄园，我们又来到匈牙利的英雄广场。美女、英雄交相辉映，很自然地就成为匈牙利一道亮丽的风景线。

　　茜茜公主，一个貌美绝伦、富有传奇色彩的奥匈帝国的皇后，在中欧，是一个绕不过去的历史人物。

　　不管是在大巴上播放的电影里，还是在导游滔滔不绝的讲述中；也不管是在旅游景点兜售的图书资料里，还是在中欧国家看到的一个个皇宫、桥梁等建筑物上，都不乏茜茜公主的影子。作为一个帝国的皇后，在德国、奥地利、匈牙利等许多欧洲国家的民间和老百姓的传说中，她都享有崇高的美誉。这在历史上也是罕见的。

　　这就逼得我不得不对茜茜公主多做一些了解和研究了。

　　茜茜公主是昵称，她原名是伊丽莎白·阿玛莉亚·欧根妮，是巴伐利亚王室维特尔斯巴赫家族的一员，一个悲剧式人物。1837年出生于德国慕尼黑的一个小镇，16岁嫁给奥地利皇帝弗朗茨·约瑟夫，成为奥地利皇后。

　　原来她母亲是打算把她的姐姐海伦嫁给弗朗茨·约瑟夫的，但是风流倜傥的弗朗茨·约瑟夫却看上了这个天真活泼的小姑娘茜茜。结婚后，很快，宫廷里的繁文缛节和压抑气氛把茜茜搞崩溃了。她喜欢自由，喜欢无拘无束地骑马驰骋乡间，喜欢行走在路上，所以她游遍了整个欧洲。她的散漫姿态和在教育儿女方面的问题，引发了和婆婆之间的矛盾，而这都给她带来了很大的打击和苦恼。婚后唯一给茜茜留下美好印象的事情，是她和两个孩子陪伴丈夫在匈牙利的日子。

　　匈牙利人热烈地欢迎了他们，她也因此爱上了匈牙利，学会了匈牙利语。当然，作为皇后，茜茜公主的生活一直是奢靡豪华的。

茜茜公主，我以为值得称道，或说最大的功绩是在她的撮合与努力下，匈牙利作为王国并入奥地利帝国，1867年组建成立了奥匈帝国。弗朗茨·约瑟夫一世成为奥匈帝国的皇帝，茜茜公主是匈牙利王后，同时还是奥匈帝国的皇后。在弗朗茨·约瑟夫一世和伊丽莎白王后加冕的时候，匈牙利政府把我们这次在格德勒古镇参观的格德勒庄园（修葺的复制品）作为加冕礼送给茜茜公主，这也给匈牙利人民带来了长久的和平与安宁。

茜茜公主一生有四个孩子，三个女儿、一个儿子，一个女儿得病死掉了，唯一的儿子鲁道夫殉情自杀。1898年9月10日，茜茜公主云游瑞士，被意大利无政府主义者卢切尼刺杀。她死得很安详，在她失去意识前说的最后一句话是："发生了什么事？"她的丈夫弗朗茨·约瑟夫的这句话最符合她和人们的意愿："一个男人，竟然能去袭击这样一个一生都在做好事、从未伤害过任何人的女人，我实在无法理解。"弗朗茨·约瑟夫最后还说："她永远也不会知道我有多么爱她。"这一年，她60岁。一个绝代皇后，就这样结束了一生。茜茜一共当了44年的奥地利皇后，也是奥地利在位时间最长的皇后。根据遗嘱，茜茜公主生前的大量首饰和财产都捐给了宗教机构和慈善团体。

4月26日，离开布达佩斯回国前的晚上，我们和约好的在匈牙利居住、生活、经商近30年的五六位旅匈华侨进行了座谈交流。这些旅居匈牙利的华侨们都事业有成。他们为匈牙利与中国的经济、文化交流和发展做出了应有的贡献。我们应该感谢他们，这也体现了中国社会改革开放以来的巨大变化、包容和进步。

四国的中欧行，我们感触最深的是：这里教堂无数，小镇遍布，城堡坚固，皇宫随处。教堂恢宏雄阔，静谧庄重，是人们的精神家园和寄托；小镇风韵独特，美丽迷人，是人们居住的乐园和游客向往的地方；城堡古朴典雅，修旧如旧，是历史与文化的见证和再现；皇宫富丽堂皇，豪华奢靡，是统治者权力、威严的象征和彰显。

当然，中欧四国行也有不惬意之事。

四国的所有旅游景点、高速公路服务区和机场都不供应开水，凉水也不供应啊！如厕都要收费，而且越收越贵。打开水也要收费，堂堂欧盟国家是不是有点儿小家子气了？如厕有收 0.5 欧元（折合人民币 3 元多）、0.7 欧元（折合人民币 5 元）和 1 欧元（折合人民币 7 元多）的。讨厌的是，要如厕，一时又没换上硬币，让人尴尬。而我们中国的高速公路服务区、旅游景点、机场和火车站，如厕、打开水、给手机充电都是免费的。高速公路，我们是学欧美的经验起步建设的，可如今，我们从建设规模、设施和技术方面都已超过了他们。中欧四国的高速公路，设施不够完善，设备也显得陈旧。有些火车站人性化服务尚可，但设备、技术已太落后了。机场候机楼有些狭小，乘客多了，就没坐的地方。发达的德国法兰克福手机用的竟然还不是 4G，匈牙利竟然也只是 3G，在移动通信技术上已落后了。

去欧洲旅游，欧盟的手续烦琐、复杂，令人烦恼。什么身份证、结婚证、离婚证、房产证、退休证、户口本、个人收支情况、所在单位和配偶等相关资料一个都不能少。走之前，先要在西安录手印，回国后，还要收走护照和登机牌，到欧盟驻华使馆销签。退税，本是一个好的政策，可欧盟的退税依然烦琐、复杂，有的旅客回国后当下拿不到退税款。所有这些，我在早前去过的美国、西欧和一些亚洲国家，都是不曾有过的情况。精明、发达、讲究效率的欧盟，为何不改改烦琐的手续，以吸引更多游客，繁荣旅游业，促进欧盟国家经济的发展。

尽管如此，中欧绝伦的美景，优美的环境，灵动的建筑，深厚的人文，文明的礼仪，和谐的社会，一下让人把这些不惬意之感一股脑儿地一扫而光了。毋庸置疑，这是一次真正的春天的收获之旅、梦幻之旅、难忘之旅！

（载于 2017 年 12 月《艺文志》）

美丽的雪绒花（外一首）

——怀念一位因旅游而结识的圣洁女士

丁酉鸡年的春天里，我偕妻同一帮子作家、学者、记者和旅友等20余人组团，愉快地度过了半个月的中欧难忘之旅。

15 天的欧洲旅游，大伙在导游张华、宋锐带领下，在作家莫伸团长组织下，全团精诚团结，互帮互助，欢声笑语，称兄道弟、称姐道妹，和睦相处得像一家人。

妻和赵清洁（右）女士在欧洲小镇

就在这个和谐的团队里，发生了一个不为人知的令人肃然起敬的感人故事。

在中欧行之前，我们原台湾行的团员赵清洁女士，感觉肠胃不舒服，因此她和丈夫张景文就是否参加这次中欧旅行犹豫不决。后来赵清洁吃了

些中药，觉得好了一些，于是夫妇俩说："台湾行大家都成了好朋友，为了和大家一块儿热闹快乐，我们当然也要参加中欧行。"

在踏上中欧行的前一段日子里，赵清洁小肚子就感觉微微阵痛，但她觉得没啥大问题，谁也没有告诉，觉得挺一挺就过去了。她和丈夫张景文照样和大家一路欢声笑语，游览、参观、拍照、购物，还照顾团里有些腿疾的周春一、樊琴玲女士，一切都平安无事。

中欧行旅程大约到了第9天，我们一行人晚上入住在一家维也纳酒店，天气很冷，房子有暖气，张景文夫妇不知为何没开暖气，两人硬是相互依偎着冻了一夜，这就加重了赵清洁的病痛。她的小肚子积满了腹水，腹腔越来越大、越来越涨、越来越疼，以至于连衣服都穿不上了。她把衣服剪开，裹着肚子，不让人发现。

为了不拖累大家，不影响大家的旅游兴致，他俩依然谁也没告诉。在丈夫张景文的呵护下，赵清洁强忍着病痛，和大伙一块儿继续参观游览。

由于对她的病情全然不知，加之欧洲的美景又那么迷人，大伙每天都沉浸在忙碌、愉快的游兴之中，谁也没有注意到赵清洁的病情；而张景文、赵清洁夫妇只能忍受着病痛的煎熬，和大伙一道忙碌着、愉快着。

离开维也纳时，离回家返程的日子还有好多天。

一天过去了，两天过去了，大伙都沉浸在欢声笑语之中，购物、收拾东西，为返程做准备。可他们夫妇俩掐着指头在熬日子，硬是以常人难以想象的毅力，忍着病痛，坚持到了最后。

第14天，是中欧行的最后一天，也是赵清洁女士最痛苦、最难熬的日子。在从布达佩斯飞往赫尔辛基的飞机上，她坐也不是、睡也不行。他们甚至想，实在不行就告诉莫伸团长，求助机长，在赫尔辛基住院看病。但他们马上一想又觉得不行，全团的中欧行眼看就要顺利结束了，如果这个时候去求助中国大使馆，会耽误大伙的回程，整个中欧行团队可能因此就忙乱套了。

飞机终于正点在咸阳机场落地。同行的宋锐导游提前给我们雇了大巴。这时，车上的赵清洁女士已经疼痛难忍，撑不住了，在大巴还没到目的地时，张景文、赵清洁夫妇就赶快提前下了车。

一下车，他俩就放下行李，在儿子的陪护下，直奔交大二附院。一开始，医生当肚子疼、肠胃病检查，后经妇产科专家检查，原来是她的卵巢上长的一个东西已经破裂，积液已溢满腹腔。医生很生气，批评他们为什么才来，说再晚来一会儿就有生命危险了。而他们只有默默地接受医生的批评。妇科专家经过近8个小时的手术，排掉了她腹腔中的大量积液，不得不摘除了卵巢和阑尾，并接着对其进行化疗。

当时远在广州的莫伸，因为发现大伙都参加了商子雍、商子秦兄弟俩邀请的聚餐，而张景文、赵清洁夫妇却说在外地没来参加，就不停地打电话询问张景文夫妇的情况。这时，张景文才给莫伸说了赵清洁病重住院的实情。莫伸第二天就给我打来电话，告诉我赵清洁的病情和住院治疗的情况，并说张景文不想让大家知道，也不让大家去看望。

我当即对莫伸说，以前我们不知道就不说了，既然现在已经知道了，就应该马上去医院看望，否则我们会后悔一辈子，心灵也将不得安宁。

这时，莫伸和我在电话两头，各自心情沉重，都哽咽了。

我挂了莫伸的电话，当即拨通了张景文的电话，问清了赵清洁的病情和她的住院病房号。

第二天上午，我偕妻和莫伸弟弟夫妇孙树锦、毕桂芬一行四人，捧着象征纯洁友爱、心心相印的一大束白百合花和一些适合病患食用的食品，代表远在广州的莫伸、董希辉夫妇和我们中欧行全体团员去看望赵清洁。

她已做完手术三四天了，手术还算成功，她的精神、气色都不错。刚做完手术，只能吃流食，身体很虚弱。张景文详细地给我们叙述了赵清洁在中欧行途中发病忍痛和在医院手术治疗的全过程。他说本来想能扛着就扛着，不想打扰、麻烦大伙，等好了、出院了再和大伙一聚，没想到还是让莫伸知道了。他请我们代他们谢谢大伙。听着张景文的叙述，我已经哽咽了。

多好的人品啊！多好的人格啊！

我在想，为了这次中欧行，赵清洁女士付出了多大的代价啊！

人们处在极度困境中的时候，最能暴露和表现人最本质的东西。

有的人，因困境所迫，就向命运低头，倒下了；有的人，经不住困境所迫，一念之差，干了错事、傻事，甚至是坏事、恶事；有的人，在面临极度困境的时刻，迸发出了一种惊人的人性之美、人格之美。

我们应该真诚地感谢和祝福张景文、赵清洁夫妇。

在他们极度困难无助的时候，我们却全然不知，没能帮上忙，而他们在极度困难的时刻所迸发出的人性之美、人格之美，感动着我们，也教育着人们。

在当今世风日下，人心不古，道德沦丧，人人自扫门前雪、不管他人瓦上霜的时候，就在我们的身边，赵清洁这样一个普普通通的弱女子所展现出的坚强意志、善良心灵、吃苦担当、处处替别人着想、有难自己扛的这种大美品格，多么可贵、可敬、可佩和可赞啊！

连日来，赵清洁的故事让我思绪万千，浮想联翩。我每每坐在电脑前敲着文字，就眼眶湿润，敲敲停停、停停敲敲。突然想起在我们这次去过的阿尔卑斯山上，有一种生长环境险恶，却顽强傲然屹立、小巧洁白的雪绒花，如从天而降的精灵，绽放着美丽。

赵清洁女士不就是这圣洁美丽的雪绒花吗？我便欣然捉笔给赵清洁、张景文伉俪写了一首小诗《雪绒花》，祝福她战胜病魔，早日康复。

可是命运不公，老天不公啊！

与病魔抗争了两年的赵清洁女士，终因病情恶化，于 2019 年 5 月 26 日不幸去世了。这实在令人悲痛难抑，欲哭无泪！这位人格高尚、心地善良、平凡普通的圣洁女士，就像著名诗人子页诗中写的那样：

> 她是一块美丽的石头
> 如今又回天国去了
> 抬头看夜空中那颗星
> 在银河岸边行走
> 时时向我们微笑回目
> 让我们永久地崇敬和缅怀她

雪绒花

——谨以此诗献给我的姐妹兄弟赵清洁、张景文伉俪

在我们中欧行团队里

有这样一对伉俪

妻子忍着病痛游完旅程

她怕拖累大家瞒着病情

俗话说

病来如山倒，病去如抽丝

可妻子凭着坚忍的毅力

像阿尔卑斯山上的雪绒花

一路步履坚毅

雪绒花，奥地利的国花

阿尔卑斯山的名花

小巧洁白

生长于亚欧高地

却勇敢顽强傲然屹立

如从天而降的精灵绽放美丽

可妻子的腹腔已积满了液体

病情越来越重

疼痛日渐加剧

而她不想影响大伙的旅游兴致

对我们全团严格保密

妻子依然和大伙欢欢喜喜

丈夫依然用相机记录大伙的点点滴滴

凭着"老三届"人吃苦担当的勇气

妻子在丈夫的呵护下坚持到底

这对伉俪，我们原本素不相识
台湾之行我们成了朋友知己
中欧之行我们又成了姐妹兄弟
亲情最重要，爱情最美好
友情最可贵
在极度困境中迸发的人格之美
怎能不让人感动敬佩
这就是
发生在我们团队的不为人知的故事

尊敬的赵清洁女士
我要把高贵的阿尔卑斯山雪绒花献给你
愿我们再踏旅程
永葆情谊

（载于 2019 年 12 月 2 日《文化艺术报》，2023 年 7 月 2 日改写）

"诗经里"的温情

丁酉鸡年农历九月十六，微风习习，落叶飘飘，告诫人们时令已进入寒秋时节。

但这天却是晴空湛蓝，阳光和煦，寒秋却丝毫没有寒意。

我偕妻，应张景文、赵清洁夫妇邀请，与学者商子雍夫妇、作家莫伸夫妇，以及作家、文友子页、黄和英、胡君、石玉国、柳忠敏、魏策策等，赴刚建不久的西咸新区沣东新城"诗经里"聚会。

这不是一次普通的朋友相聚，也不是一帮子作家文人们的采风考察活动，而是正在和病魔抗争的赵清洁女士和丈夫张景文，为感谢曾一起到中欧游的旅友们的关爱，邀请大家到此游览、休闲、聚餐。

由于"诗经里"离西安市中心路途较远，张景文夫妇专门雇了一辆大巴，拉大伙前往目的地。足见这对普通的、善良的夫妇的良苦用心和诚心。

其实，哪能要张景文、赵清洁来感谢大伙，应该是我们这些中欧游的旅友们要真诚地感谢他们夫妇二人。

今年的4月，赵清洁女士在和我们半个月的中欧游的日子里，为了不给大家添麻烦、不打乱大家的行程和不影响大家的游兴，在半路上突发重

142

病、腹腔积水时，却瞒着全团的人，在丈夫张景文的呵护下，强忍着病痛，硬是走完了全部行程。

回到西安后，她就病倒在手术台上，做了大手术。目前已做了多次化疗。化疗意味着什么，这对夫妇一住院就知晓了！

正是赵清洁，一个普通的弱女子，在极度困苦无助的时刻所迸发出的惊人的人性之美、人格之美、善良之美，深深地震撼、感动着我们，也教育着人们。这哪里是我们一句感谢所能了的啊！

我们中欧行回到西安后，团长莫伸经过多番联系打听才知道赵清洁病重住院。我受当时远在外地的莫伸委托，偕妻和莫伸弟、弟媳，专程到医院探望刚做过手术的赵清洁女士，后又在"多瑙河随想——中欧行诗歌散文朗读会"上，公开了这个感人的、令人沉痛的故事。

莫伸《多瑙河畔的感动——赞我的老同学赵清洁》也以细腻、饱满的笔触，讴歌了他们之间半个多世纪的学友之情、朋友之情，感动了无数人。

这以后，赵清洁的病情就一直被关注、关心、关爱她的旅友、学友和朋友们牵挂着，他们纷纷给赵清洁女士发微信、短信，打电话表示慰问。我偕妻和莫伸夫妇、柳忠敏夫妇等到赵清洁家探望。著名学者商子雍偕妻，还专门约张景文、赵清洁夫妇，宴请他俩喝早茶，慰问看望，我偕妻和莫伸夫妇作陪。我们以茶代酒，恭祝赵清洁女士治疗顺利，早日康复。

这次"诗经里"聚会，是这对一直和病魔抗争的夫妻要以邀请大伙共同游览刚建成的"诗经里"为由来表达感恩。这是多么朴素、善良、可爱的一对夫妻啊！他俩又一次带给了我们感动和温暖！

"诗经里"，这个富有诗意的动听的名字，倒很能吸引人。悠悠沣水，奔流千载。《诗经》，中国古代最早的诗歌总集，沣河，诗经的主要发源地和编撰地。千载蒹葭苍苍，一轮明月如旧。"诗经里"就坐落于《诗经》之源沣河畔，是以《诗经》为文化主题，依照"一水一岸一城"为规划格局的人造景点。

我看过太多的人造景点，平素就对耗费大量"真金白银"所建的人造景点不感兴趣。也许是我们走马观花，看得不够仔细，我在景区看不出

《诗经》的意味和意境，对"诗经里"的整个设计、布局和大量假景、假花更不敢恭维。

但，这都是无关紧要的。

朋友们的兴致并不在这游览观赏假山、假景、假花上。大伙相互问候着、祝福着、拥抱着，并拍着照。看到经过半年与病魔的抗争和治疗、走出医院和家门的赵清洁女士的精神、气色非常好，而且一次比一次好，大家个个喜形于色，人人欣慰高兴。张景文说得好：这是爱的力量、友情的力量支撑的结果。大伙给她献上了鲜花，我们衷心地祝福赵清洁女士早日完全康复！披着和煦的阳光，此情此景，"不似春光，胜似春光"。每个人的脸上都挂满了灿烂的笑容，大家沉浸在满满的友情温暖之中。

这次参加"诗经里"游览的群体里，有的人和赵清洁已延续了半个世纪的友情，也有的人原来和她素不相识。去年春天里的一次台湾行，我们成了朋友。今年春天里的中欧行，我们成了兄弟姐妹。

亲情最珍重，友情最纯真，爱情最美好。这就让我又想起了庄子的那句"君子之交淡如水，小人之交甘若醴"啊！

衷心祝福好人赵清洁一生平安！

但愿我们淡如水的纯真友情，持久永恒！

（载于 2018 年第 1 期《文谈》）

高棉的微笑

戊戌狗年初夏，我偕妻和一帮子文化圈朋友，结伴赴柬埔寨进行了一次短暂而难忘的旅程。

高棉族也称高棉，是柬埔寨的主体民族，占全国总人口 80% 以上。尽管柬埔寨被联合国称为世界上最贫穷、最落后的国家之一，但是，宏伟、壮美的吴哥古迹群和曾被"红色高棉"血腥屠戮的黑暗一幕，震惊了全球，吸引着无数人的到来，世界游人络绎不绝，纷纷前去领略游览，目睹感触。

我们乘坐的柬埔寨百善航空公司航班，子夜 0：30 从西安咸阳国际机场直飞，穿越茫茫黑夜，3 个多小时后，飞机降落在暹粒省吴哥机场。

由于参观游览吴哥古迹心切，一晚只睡了 4 个多小时的我们，一大早，不顾柬埔寨难耐的闷热、潮湿气候，乘大巴直奔吴哥古城。

吴哥古城究竟有着怎样的一股魔力，令世人对这千古墟石充满了神往和渴望?!

一部好莱坞电影《古墓丽影》，让吴哥这个神秘的古城爆红，除了女主角劳拉性感的红唇和矫健的身手之外，给观众留下的最深印象就是影片的背景拍摄地吴哥古城的塔普伦寺了。世界奇迹的光环和谜一样的传说吸引着游人前往探寻……

另一部电影《花样年华》，梁朝伟饰演的主人公周慕云，将无法对人倾诉，甚至自己都无法面对的一段情感秘密讲给吴哥千古墟石的一个石洞，让发生在花样年华的秘密故事都存留在吴哥。这也激起了观众和游客的好奇心，吸引着他们去吴哥追寻这永恒回忆的秘密……

位于暹粒省境内，距首都金边西北 300 多公里的吴哥古迹，是柬埔寨民族的象征和骄傲，与埃及金字塔、中国万里长城、印度尼西亚婆罗浮屠千佛坛并称为"东方四大奇观"，被联合国教科文组织列为世界文化遗产。

我们游览的现存吴哥古迹主要包括大吴哥即吴哥通王城和小吴哥即吴哥窟。早在公元 1 世纪下半叶就建立了统一王国的柬埔寨是历史悠久的文明古国。公元 9 世纪至 14 世纪的吴哥王朝是柬埔寨历史上的鼎盛时期，国力强盛，文化发达，创造了举世闻名的吴哥文明。

大吴哥城是高棉王国吴哥王朝的国都，于 12 世纪后期由高棉王国国王扩建而成。因他信奉佛教，所以都城紧挨吴哥窟。城内生活气息更为浓厚的巴戎庙又称拜云寺，与吴哥窟不同，宽阔的中央大道和宏伟的斗象场，无不使人联想到人头攒动的盛况。

吴哥城呈正方形，有城墙和护城河保护，城墙高 8 米，整个城市有 5 道城门，除了东、西、南、北四个正方向处各开有城门外，在东门的北面还开了一座胜利之门。城门都是塔形结构，每个塔身上都有面向四方的四面佛像，以慈悲的眼神"检阅"进入城内的每一个人。城墙外就是护城河，城门外各架有一座桥，连接城里城外，每座桥取材于印度教的神话故事，两边各有 27 尊 2.5 米高的跪坐石雕半身像排成一列，一边象征神灵，一边象征恶魔，双方进行激烈的角逐。

小吴哥即吴哥窟，又称吴哥寺，堪称世界上最大的庙宇，同时也是世界上最早的高棉式建筑。它地处通王城外，是高棉王朝最辉煌的古典建筑风格代表，也是最受欢迎的旅游胜地，被称为世界七大奇迹之一。吴哥寺也是吴哥窟遗迹群中观赏日出最理想的地方之一，其实它远远大于大吴哥。今天柬埔寨人将吴哥窟的造型放在国旗上，足见其在柬埔寨人心目中的神圣地位。方形广场的四个角上各有一座石塔，而广场中央矗立着一座更高的石塔，象征神话中的圣山。吴哥寺的建筑包括祭坛和回廊，祭坛有三层，象征印度神话中位于世界中心的须弥山。

吴哥窟的整体布局是：一道明亮如镜的长方形护城河，围绕一个长方形的满是郁郁葱葱树木的绿洲，绿洲有一道寺庙围墙环绕。绿洲正中的建筑乃是吴哥窟寺的印度教式的须弥山金字坛。须弥山高高在上，台阶陡峭，需要手脚并用地爬上去，这寓意着人们到达天堂需要经历许多艰辛。在金字塔式的寺庙最高层，可见矗立着的五座宝塔，宝塔与宝塔之间以游廊连接。此外，须弥山金刚坛的每一层都有回廊环绕，乃是吴哥窟建筑的特色。

吴哥窟建在三层台阶的地基上，每层台基四周都有石雕回廊，浮雕大多取材于印度著名史诗《摩诃婆罗多》与《罗摩衍那》中的神话故事。吴哥窟是人的杰作，但每个设计都是为了体现神性。置身于吴哥窟的佛像间，已经分不清自己究竟是站在神的领地还是人的空间。神性和人性交汇在这个密林中的古城。美国学者艾丽娜·曼妮卡考证解释这三层回廊各代表国王、婆罗门和月亮、毗湿奴。

柬埔寨没有分明的四季，每年5月至11月为雨季，12月至次年5月为旱季。我们去时刚赶上了雨季开始。虽然每天都是难耐的湿衣浃背，我们还是饶有兴趣地游览了包括巴戎寺、女王宫、塔普伦寺、崩密烈、斗象台等大吴哥古迹。

巴戎寺，在大吴哥中心地带的废墟上，以四面带有祥和微笑的佛像给人留下很深的印象。巴戎寺内存放着49座塔身均为四面佛的巨型雕像，四面分别代表的是"慈、悲、喜、善"，据说正是建造了巴戎寺的那位国王之面容形态。我以为这就是吴哥的精华。

当然大、小吴哥每个景点都是精华，都很震撼。但我以为，巴戎寺四面佛雕是精华中的精华。各个佛像神秘、宁静的微笑，震撼人心，令游人神魂颠倒，让人无限地遐想和沉思。每尊佛像慈祥、和善和丰富的内涵表情，都能瞬间诱惑着游人。

这就是举世闻名的"吴哥的微笑"，也就是"高棉的微笑"。"高棉的微笑"不仅印证了昔日高棉灿烂的文化、悠久的历史、辉煌的成就和安宁的生活，也正是今天友善朴实、多灾多难的高棉民族即柬埔寨人民，对美好、安宁、和平生活的期冀和渴盼！

"高棉的微笑" 石雕

女王宫原名湿婆宫，是吴哥古迹中最重要的建筑群之一。朱红色砂岩作为建筑材料，建筑以小巧玲珑、奇巧别样、精致剔透而著称于世，有"吴哥古迹明珠"和"吴哥艺术之钻"的美誉。每座塔祠上都刻有各种神鬼罗刹的雕像。塔基及其两侧的神龛和门楼上也是千姿百态的浮雕，内容多是记载古代高棉人民的生活情景和抵御外族侵略的战斗场面。同行爱美的女士们到了女王宫好像回到了自己家一样，穿着各色各样的裙装，摆着各种姿势拍照，仿佛人人都成了女王。

塔普伦寺的内部是迷宫般的狭窄走廊和成堆的破碎石雕。因为随时都可能坍塌，有的地方用绳索围了起来。塔普伦寺里最有特点的是树木。树将石头、城墙，乃至建筑包裹起来。树缠着石头，石头依偎着大树，盘根错节，谁也无力把石头和大树分开。值得一说的是，好莱坞著名电影《古墓丽影》就曾在这里取景，塔普伦寺里有过安吉丽娜·朱莉的身影。

崩密烈的原意是"荷花池"，原本也是一座吴哥遗迹中的寺庙。但我们今天看到的崩密烈与吴哥遗迹中的其他已开放的寺庙迥然不同，这不仅仅是因为崩密烈远离吴哥遗迹的中心区域，更重要的是崩密烈现在依然保持了它被发现时的原貌，是一堆堆坍塌、脱落的巨石，一片片丝毫未经过

148

修复的废墟，令人触目惊心、感慨、震撼和惋惜！

我想，倘若要修复和保护崩密烈，是需要多么大巨额的财力、物力和人力以及多么长久的时间啊！依照现在柬埔寨落后、贫穷的经济状况，是多少年也无力完成这浩大的修复和保护工程的！

站在这成堆的石块废墟前，游人会想些什么呢？究竟是什么原因使得寺庙倒塌成了废墟？是战乱？是大自然的神斧天工？还是强有力的参天大树见缝插根、肆无忌惮地疯长，由此崩开了石块？看来答案还是由历史学家和考古学家去研究分析吧！

在暹粒参观游览古迹，值得称赞的是，柬埔寨国家虽穷，对外开放旅游观光的时间也不长，但管理得井井有条。我们入住的福华酒店，设施齐全，服务周到，饭肴不错。酒店有用中文写的欢迎我们光临的标识，让人感到很亲切。值得一提的是，参观大小吴哥，没有发现导游硬拉游客要讲解的现象。柬埔寨旅游部门现场给每个参观者拍了快照，凭着人手一张配有照片的参观券，就可参观游览完大、小吴哥所有景点，既省时省事又很规范。

两天多的参观游览后，我们告别了暹粒省吴哥城，直奔柬埔寨首都金边，途中乘船游览了柬埔寨最大的淡水湖——洞里萨湖。洞里萨湖也是东南亚最大的淡水湖，从暹粒一直流到首都金边，最后汇入湄公河，再经由越南流入大海。洞里萨河是世界上少有的因不同季节而逆转流向的河，也是洞里萨湖和湄公河间的天然通道。雨季，湄公河涨水，河水经此河流入湖中；旱季，湖水又经此河注入湄公河。

洞里萨湖是世界上富饶的淡水鱼类产地之一。20世纪90年代中期，捕鱼量每天达500吨以上。洞里萨湖还为周围平原地区成千上万亩田地提供了良好的灌溉条件，使柬埔寨中部地区成为闻名世界的谷仓。按理说，这应该是柬埔寨的富庶地区，但奇怪的是，柬埔寨被联合国称为世界最贫穷、落后的国家之一，而洞里萨湖畔的原住民是柬埔寨最贫穷最落后的人群。

这是为什么呢？据当地导游讲，洞里萨湖和洞里萨河上住了一群没有国籍的人，过着漂泊不定的生活。他们大多是越南难民，在越南南北战争时期来到这里避难，战争结束后却再也回不去了。越南不接纳他们，柬埔寨政府也不要他们，不允许他们上岸，只有洞里萨湖和洞里萨河接纳了他们。他们只能在洞里萨湖上和河上，维持着最基本的生存水平，过着赤贫的生活，自生自灭。泛黄的湖水已浑浊不堪，还带有一股腥臭味，他们就住在水面上高高架起的屋棚里，吃喝拉撒都在这湖里、河里。

这一景象，令人们自然联想起印度的恒河。这些水上人家，除了把捕来的鱼在市场上卖掉，再买来粮食和日常用品外，我们看到湖上的人家主要靠接待游客、玩动物和收小费等营生，不少的童工在船上劳作挣钱、要钱，令人辛酸。

没有人知道他们这种漂泊的生活还要持续多久。

我们同行的诗人商子秦的一首即兴诗作——《洞里萨湖游船上的孩子》，就是我们看到的这种生活的真实写照。

洞里萨湖的游船上，
有几个小小的乘客，
他们不是船工，
也不是游人，
悄悄坐在一个角落。
眼神中带着淡淡的忧伤，
还有一点儿孩童的羞涩。
当游船驶进浩荡的湖面，
人们陶醉在水天一色，
渔舟穿行，撒网捕鱼，
别样的船屋像水上村落。

不知什么时候，
孩子来到我们身后，
一双小手在游人肩上起落。
这时人们才骤然明白，

原来孩子是要捶背按摩。
我也是团中的一员，
孩子的第一个目标就选中了我。
我却本能地做出反应：
不，不要！
我不习惯这样奢侈，
你还那样稚嫩，那样年幼……

孩子的小手停在半空，
眼神流露出难过和失落，
口中说着不标准的简单汉语：
我想上学，没有钱，
给一点儿小费，不多……
我几乎立刻打开钱包，
取出了零钱放在小桌上，
孩子说了一声"谢谢"，
两只小手依旧在我肩上按摩，
孩子固执的眼神告诉我：
我在挣钱，不要施舍。

我，还有旅游团中的我们，
一同做出了同样的选择，
大家一个个坐低身姿，
让孩子的小手在肩上起落。
孩子起劲地又捶又按，
额头绽放汗花，脸颊浮现笑窝……

望着孩子，
洞里萨湖的波浪，

不尽地在心中翻腾。

我和我们，

感慨良多，

却又无语默默……

　　不光是在洞里萨湖上，在吴哥窟，在巴戎庙，在崩密烈，以及后来在首都金边等所有的旅游景点，我们都看到了很多小孩、妇女采取不同方式追着游客乞讨、要钱。那种架势，不达目的决不罢休，似乎已经职业化、常态化了。"高棉的微笑"在这些乞讨者的脸上，是忧伤、哀求和渴盼的愁容。

洞里萨湖游船上的孩子

　　还好，老祖宗给柬埔寨人留下了世界七大奇迹之一的吴哥窟，给这里的人们带来了源源不断的客流，使很多柬埔寨人靠这些游客赚钱，有了收入，改善了生存条件。

　　看来，柬埔寨这样的小国要发展经济、改善民生，甩掉最贫穷、落后的帽子，办法还应更多，道路还会很长！

　　游览完金边后，我们的柬埔寨之旅进入了尾声。在金边这个50年前号称"东方巴黎"的地方，我们才看到了独具特色的、民族宗教性很强的现代建筑和车水马龙的街景。中国援送的200辆公交车和出租车，使首都金边呈现出了一个现代化大都市的气息，也体现了中国的"一带一路"倡议给战后柬埔寨的和平发展带来的变化和福祉。

　　我们入住的金界大酒店，很豪华、气派，有赌场、中西餐厅和免税店。酒店工作人员会讲流利的中文。顾客每次进入酒店都要安检。虽说柬埔寨偷劫现象频繁，但我们感觉还很安全。

　　我们在金边游览参观建于1886年的大王宫，我略有感慨。大王宫虽不敢和我曾见到的恢宏、庞大的欧洲茜茜公主皇宫比拟，但它的豪华、堂皇和柬埔寨贫穷落后的现状形成了鲜明对照。大王宫现是国王宅邸、办公的地方。中国人熟悉的西哈努克国王的骨灰塔和西哈努克最疼爱的、死于白血病的4岁女儿甘达帕花公主的小骨灰塔就存于大王宫银殿园内。

金边市的地标建筑——独立纪念碑和中国赠送的西哈努克雕像纪念碑，以及柬埔寨最高的山地塔仔山，赫然矗立，璀璨醒目，令我们观后难忘。

柬埔寨国家博物馆是金边市经典建筑之一，很值得一看。

我借助中文耳机解说，对柬埔寨的历史和高棉文化也有了进一步的了解。建于1920年的博物馆详细展示了吴哥的宗教人物、高棉王国历史、不同时期雕刻的特点和不少影像资料，还有来自世界各地游客的留言。博物馆馆内收藏有4世纪至10世纪、吴哥王朝等时期的手工艺术品及雕刻艺术品，以及很多吴哥窟雕塑的真品。

我感觉最大的看点就是博物馆中各式各样的吴哥时期的佛像，它们仿佛包围着我一个人，与我交流，让我在瞬间有一些恍惚，忘了自己究竟在何处。据说博物馆是法国人设计的，开放、独特、美观，异国风味十足。其中央建有一座小亭，供奉了一尊神像，周围有四个人造荷花池，以草圃及长凳相间，犹如一道道隔音墙，阻隔了馆外闹市的喧嚣，任凭游人静静游赏。

这是我见到过的世界上较小、较简陋的博物馆，但也是我看过的绿化、美化、净化得最美的博物馆之一。我想，假若先看博物馆做做功课，再前往吴哥游览，那会对领悟、理解"高棉的微笑"的魔力大有帮助。

令人沉重、悲愤的是在金边参观了一个叫"堆斯陵屠杀博物馆"的地方，又称S-21集中营。柬埔寨人将此称为"罪恶馆"。

罪恶馆位于金边市南，这里原本是一所高中学校，"红色高棉"时期被用作关押犯人的监狱。这里面有近200间狱室，是当年红色高棉政权的秘密中心。当年有1.2万至2万知识分子、平民及妇孺被囚禁在这里，饱受折磨。直到1979年这里被解放，这座集中营只剩下14具尸体，仅有12名幸存者。馆内展出的刑具和图片介绍让人毛骨悚然，令人发指。

另外，在距离金边市区南郊15公里处，还有一个杀人场，曾经是

"红色高棉"的集中营。死在这里的多是来自 S－21 监狱的囚禁者，包括男女老少和婴儿。到目前为止，在杀人场挖出的尸体就有 9000 多具，所以此处又称"万人冢"。1988 年，柬埔寨政府在此建了一座佛塔，用来安放从坟冢里挖掘出来的头骨，借以追思纪念无辜的亡魂。"红色高棉"的滔天罪行最后终被永远地钉在了历史的耻辱柱上。

怀着沉重的心情参观完罪恶馆后，感谢导游给我们安排了一个轻松、愉悦的洞里萨河—湄公河乘船游览。我们乘船沿着洞里萨河游到壮阔、浩瀚的湄公河，又从湄公河游回洞里萨河。

热心、友好的船家给我们准备了丰盛的柬埔寨热带水果和啤酒等饮料。什么红毛丹、山竹、龙公果、蛇皮果、番石榴和青香蕉，平素很少吃到的水果，我们都品尝了。旅游团的朋友们把酒临风，吟诗诵文，且歌且舞，各显神通，度过了美好、难忘的湄公河之旅，也为我们这次柬埔寨之旅画上了圆满的句号。

再见了，微笑的吴哥！再见了，美丽的金边！再见了，宽宏的洞里萨湖和洞里萨河！再见了，壮阔的湄公河！再见了，友好的、多灾多难的，但终究走上了和平发展之路的柬埔寨人民！

企盼我们永远能看到"高棉的微笑"！

2018 年 6 月 25 日于高新区儿子家中

山西大槐树游览

问我祖先在何处？山西洪洞大槐树。
祖先故里叫什么？大槐树下老鸹窝。

这首流传了数百年的民谣，是要为华夏儿女讲述一段什么样的传说和故事呢？

据载，元末战乱创伤还未医治，明初"靖难之役"又接踵而至。山东、河北、河南、安徽等地遭难深重，几乎成为无人之地。然而，当时山西却是风调雨顺，人丁兴旺，相对安定，大量难民流入，使山西成为人口稠密地区。为了巩固自己的政权，洪武初年至永乐十五年（1368—1417），明朝的皇帝老爷们组织发动了多次向无人之地大规模的移民活动。传说中国历史上罕见的悲惨的移民迁徙一事就发生在山西洪洞县。

据传，明时洪洞城北贾村有一座广济寺，寺院宏大，殿宇巍峨，香客不绝。寺旁有一棵"树身数围，荫遮数亩"的大汉槐。汾河滩上的老鸹俱在树上构窝筑巢，甚为壮观。移民大迁徙就在大槐树下汇集转迁。官兵们采取欺骗和野蛮的手段，强制把移民们集中在大槐树下，为防止移民逃跑，官兵把移民反绑，用绳子连起来，押解着移民上路，甚至还用刀在每个移民小趾甲上切刀作为印记。据说，至今凡大槐树移民后裔的小趾甲都

155

是两瓣。

"谁是古槐迁来人？脱履小趾验甲形。"就是这一惨景的写照。

据传，逼迫山西向外移民时，正值寒秋时节，槐叶凋落，老鸹悲鸣，老鸹窝显得非常醒目。移民们凝望着古老的大槐树，听着栖息在大槐树上的老鸹不断发出悲鸣，潸然泪下，一步一回头，不忍离去，最终只能远远地望着大槐树上的老鸹窝。这样，大槐树和老鸹窝就成为移民惜别家乡的标志。在长途跋涉的押解途中，移民要小便，只好向官兵报告"老爷，请解手，我要小便"。时间长了，这种口头请求，就简化为"老爷，我解手"。以致后来，"解手"便成了"小便"的代名词了。

这是华夏儿女一段挥之不去的充满血泪、仇恨的悲壮故事。

古人诗云：烟花三月下扬州。好几年前的一个烟花三月，我没有南下扬州，而是慕名来到山西洪洞大槐树游览。

据载，清末有个叫景大启的人在曹州（今山东菏泽）当官，当地百姓听说他是洪洞人，像见了娘家人一样格外亲热。有些人还拿出族谱给他看，说祖上本也是洪洞人。景大启大受感动，就和另一个在山东做官的洪洞人刘子林商议，募资修复古大槐树遗址。于是，他们在大槐树旁建起了碑亭、牌坊。牌坊上还刻有诗云："迁民往事忆当年，拄杖穿云窗夕烟。嘉木扶疏堪纪念，犹留经塔耸巍然。"景大启等人还编纂了一本《山西洪洞古大槐树志》。

20世纪80年代以来，随着海内外"寻根热"的兴起，洪洞移民成为人们关注的一个热点，关于山西大槐树移民的研究也热闹可观，到山西大槐树祭祖、游览的人自然也多了起来。

这里1984年已建成了规模不小的大槐树旅游区。旅游区大门口一个庞然大物——人造的大槐树根雕巍峨矗立，大门上"大槐树寻根祭祖园"八个大字赫然醒目，旁边竖有"明代移民遗址"石碑。从已建好的一期工程看，园区建设可分三个区：祭祖活动区、名胜古迹和风景旅游区。园区的根雕大门、洪崖古洞、祭祖堂、望乡阁、溯源阁、莲花塘、莲馨桥、同源渠和思源潭等人造景点，不乏庄重典雅，错落有致，独具匠心。

我徜徉在园区的一处处景点、一个个展区，好奇地、贪婪地寻觅着这个号称大江南北、长城内外祖辈相传、妇孺皆知的洪洞大槐树，寻觅着中华历史上罕见的明代移民大迁徙、大流亡的踪影、遗迹。我看见了一座座富丽堂皇的人造仿明人文景观和自然景观；看见了为顺应现代旅游的发展趋势，已举办了十多届寻根祭祖节的照片，以及四处张贴着各级领导和文化名流、企业家所拍摄的巨幅照片；还看见了抽签烧香、算卦查询游人姓氏溯源、家谱族谱的书籍及各种旅游小商品……遗憾的是，我并没看到一处明代移民大迁徙的遗迹，看到的完全是一个设施齐全的现代的人造景观。这里看不到历史的遗迹、文物的影子和文化的氛围。这就和园区大门口由山西省人民政府竖立的"山西省重点文物保护单位明代移民遗址"石碑大相径庭了。据传，和大槐树同根生的第二代、第三代古槐，枝繁叶茂，茁壮成长，看了给游人以遐思和欣慰。当然，也可能有关部门正紧锣密鼓地搜集有关大槐树的各种文物资料。

走出大槐树寻根祭祖园区，我总感觉如鲠在喉，不吐不快。

我想，迁徙自由、居住自由应该是人与生俱来的权利。人为地强制和破坏，只能给我们的民族、我们的社会、我们的同胞带来无穷无尽的灾难和罪孽。我以为，发生在600多年前的明朝封建社会，却用2700多年前的奴隶社会的野蛮方式强制移民大迁徙，不管统治者出于什么动机和背景，也不管有什么缘由和目的，都应遭到国人、世人的鞭笞。

面对喧嚣热闹的市场经济，不少地方为了现代旅游发展的需要，没有把有限的"真金白银"很好地花在现有的文化遗址和生态环境保护与建设上，而是耗费巨资，大兴土木，建造了不少现代的仿古、仿真人文景观和自然景观，甚至对一些所谓的文化和历史名人所到之处进行大力开发、宣传，等等。

我们看到，随着这种建筑物的泛滥成灾和人们文化品位的不断提升，这种打着"文化遗址"招牌的人造现代人文景观或自然景观，已被越来越多的国人腻歪和厌恶。

面对现实的"大槐树寻根祭祖园"，我瞪大了眼睛，突发奇想：能否把"大槐树寻根祭祖园"改为"洪洞大槐树悲情园""大槐树移民纪念堂"或"大槐树移民伤心地"？"寻根祭祖"，全世界华人都知道我们是华夏儿女。我们的根、我们的祖，只认炎黄二帝，这样才能血脉相连，形成一种凝聚力。让后人寻根祭祖、祭拜的地方，想必是一个庄重、肃穆和令人敬仰的圣地！每年清明节，全球华人在黄帝陵、炎帝陵祭祀的盛况就是如此。来到大槐树寻根祭祖园，我们祭拜什么？敬仰什么？寻什么根？来到洪洞大槐树下，我们不能忘却的是我们民族的苦难史、移民恨和血泪仇。

当今人们到大槐树下一游，恐怕还是为了寄托一种缅怀先辈、倾诉怨愤、珍爱生命、珍惜今天的哀思和情愫吧！

我也突然想起了网上的一首小诗，经稍许一改，很合乎我到"大槐树寻根祭祖园"一游的心境和感受，以此作为小文的结语：

> 大槐树下恨连天，故土离分何日还？
>
> 血泪迁徙魂不定，揪心背井情难安。
>
> 黎民怨愤充塞北，酷吏淫威遍岭南。
>
> 六百年前苦难史，难忘记忆代相传。

（载于2019年3月4日《西安日报》，有改动）

乍探金三角

　　已亥猪年初冬，我偕妻和一帮子文人墨客朋友，有幸沿澜沧江—湄公河顺流而下，历时 9 天，完成了一次难忘而别有趣味的探秘"金三角"之旅。

　　所谓"金三角"，指泰国、缅甸、老挝三国交界的一个三角形地带，包括缅甸北部的掸邦、克钦邦，泰国的清莱府、清迈府北部和老挝的琅南塔省、丰沙里、乌多姆塞省及琅勃拉邦省西部，共有 3000 多个村镇，面积约 20 万平方公里。

"金三角"界碑

这一地带长期种植罂粟，制造鸦片，即制毒、贩毒的世界大本营，因而曾神秘恐怖，风云四起，闻名于世。金三角作为世界上最大毒品的产出地，在阿富汗、伊朗、巴基斯坦三国交界的金新月地区、哥伦比亚和委内瑞拉交界的银三角地区等的世界三大毒品源头中，独占鳌头。

金三角的种毒、制毒和贩毒历史，可以追溯至19世纪末到20世纪初。英、美、法等国先后在金三角地区传授种植、提炼、销售技术，然后进行收购鸦片。20世纪50年代，金三角形成了第一个鸦片生产高潮，接着出现了60年代的"黄金时代"，产量从数十吨上升到200吨左右。到20世纪80年代初，产量已达700吨左右，1988年增至1200吨，1989年翻一番，产量达2400吨。到了1991年已突破3000吨大关。

湄公河是"金三角"形成的一个重要地理原因，在我国叫澜沧江。它从我国的青海径直向南流去，穿过了中国、老挝、缅甸、泰国、越南和柬埔寨6个国家，全长4000多公里，将东南亚的崇山峻岭拦腰切断，造成了无数的峡谷和绝壁，形成了大片的交通死角。这些特殊的地理因素，使金三角地区在经济和文化方面与发达地区的联系较少，也使得相关国家中央政府在很长时间内，难以对金三角地带进行有效的控制。

这里具备农作物生长的良好气候条件，加上地形、地貌的特殊性和复杂性，以及种种割据势力、区域力量和民族武装，给这个地区众多民族的生存繁衍创造了极好的回旋之地。就是这个封闭、落后、狭小的死角，却源源不断地向世界发起挑战。太多神秘而恐怖的故事，散发着血腥和罪恶的社会能量，顽强地向世界宣告它的影响和存在。

金三角地区在20世纪出现了许多如坤沙、罗星汉、彭家声等极负盛名的大毒枭。长期以来，这里一直活动着多股反政府毒品武装，被称为"冒险家的乐园"。这些毒枭组织了一批批装备精良的地方武装，公开和缅甸、泰国、老挝等国家的中央政府对抗。

直到2005年以后，国际社会和众多国家联合在一起，既打击毒品贩卖，同时帮助当地居民。一些大毒枭先后被制服，"金三角"有关各方才宣布停止罂粟种植，大规模转型生产稻米、蔬菜和甘蔗等农作物。2006年，通过卫星遥感监测等手段测量，"金三角"地区种植罂粟的面积约20

万亩（每亩约 667 平方米）。"金三角"地区罂粟种植面积已降至 100 年来的最低点。

禁毒，从来都不是一劳永逸的斗争。近几年，金三角公开的、大规模的大毒枭猖獗活动似乎少了；但是，由于暴利驱动，毒犯们会伺机而动，以身试法。

似乎已平静了的金三角，在 2011 年 10 月 5 日上午，我国"华平号"和"玉兴 8 号"两艘商船在湄公河金三角水域突然遭遇毒枭武装袭击并劫持，造成 13 名中国船员被残害。这就是震惊世界的"10·5 湄公河惨案"。后经中、泰、缅、老四国联合专案组大力侦破，抓获了以大毒枭糯康为主犯的武装贩毒集团。2013 年 3 月 1 日，糯康等 5 名大毒枭被押到昆明执行死刑。近日热播的电视连续剧《湄公河大案》，就是以公安机关侦破"湄公河'10·5'案件"的真实故事为创作基础的剧作。

我们这次在老挝一侧的湄公河上，看到了当年那艘惨遭毒枭袭击的中国船只。早已废弃的布满累累弹孔的中国船只，静静地停泊在老挝木棉岛码头，向游人诉说着那段血腥的往事，告诫人们：禁毒永远在路上……

湄公河惨案后，中、泰、缅、老四国公安部门，开展并加强了湄公河联合巡逻执法活动，有效打击和震慑了毒犯活动，确保了湄公河商船、游船的正常运行和安全。我们这次的金三角之旅，恰逢中国第 88 次湄公河巡逻执法活动的开船仪式。

泰国在距清盛 11 公里，与缅甸、老挝交界处的湄公河的泰国一侧，建立了"金三角牌坊"，作为泰国金三角地区的象征，闻名于世，并修建了观景台。登上观景台，上面还矗立有三角体的"金三角界碑"。这里是一眼观三国的最佳位置。金三角牌坊由大理石制成，高 4 米，上面用泰、英两种文字刻着"金三角"。三角体的"金三角界碑"，三个角分别指着泰国、缅甸和老挝的方向。高高耸立的"金三角牌坊"和"金三角界碑"，现已是金三角的地标建筑。这是探秘金三角必看的景点，警示人们：记住金三角的今天，不忘金三角的昨天！

在这条地标建筑附近的街上，我们走进了一座游人必看的"鸦片博物馆"。经过泰国多年来的禁毒斗争和努力，金三角这里已基本不再种植罂粟。种植罂粟的"毒农"，大部分已转型种植其他经济作物。为警示后人，泰国政府在这里主建了一座"鸦片博物馆"。这座博物馆看似很小，只有两层，却是世界上最大的"鸦片博物馆"。虽取名为"鸦片博物馆"，但你只要仔细看，馆内其实没有一株真正的罂粟，仅在入口大厅中摆着数十株仿真罂粟。这寓意着当地完全消灭了罂粟种植，即使是鸦片博物馆也不保存植株样本，以显示泰国政府铲除鸦片的决心和成果。

闻名世界的"金三角"牌坊

博物馆以实物、图片等多种形式，完整地展示了鸦片种植的历史，罪恶的贸易，各种制毒、吸毒的工具和烟枪，鸦片对人类的双重作用——医疗和毒化，以及反毒品斗争的伟大成果等，特别介绍了几十年来国际社会和联合国帮助金三角地区的泰国、缅甸、老挝联合开展声势浩大的禁毒行动所取得的显著成果。据介绍，"鸦片博物馆"在建设中，得到了中国政府的大力支持和协助，中方为博物馆提供了丰富的资料和展品。从展品里，我也看到了中国的元素。

走出"鸦片博物馆"，我也走出了金三角。

昔日血腥的罪恶已经远去，今日我们应铭记历史，珍惜美好，珍爱生命，远离毒品。

禁毒工作任重道远！

2019 年 12 月 18 日

小 城 故 事

　　清迈，一个美丽而温润的泰国小城。

　　一提起清迈，人们自然就联想起台湾，想起一代歌后邓丽君演唱的《小城故事》。

　　其实，《小城故事》说的并非泰国清迈。《小城故事》是一部由李行执导的台湾电影《小城故事》的主题曲。电影《小城故事》描写的是发生在台湾鹿港三义小镇的爱情故事，1980 年 5 月 3 日在台湾上映，作曲家翁清溪、作词家庄奴举荐邓丽君演唱了主题曲。邓丽君以她纯净的音质、甜美的音色、柔情的演唱和魅力，一唱成名，打动了无数人。

　　近 40 年来，邓丽君的《小城故事》，以她委婉清丽、典雅多情、缠绵悱恻的演唱风格，唱红了两岸，唱遍了东南亚、日本和北美各地。

　　但是，《小城故事》和清迈也有着辅车相依的关系。

　　说到清迈旅游，不能不说邓丽君，就像到德国、匈牙利、捷克和奥地利等中欧国家旅游，茜茜公主是绕不开的话题一样。

　　清迈号称邓丽君生前最爱，张国荣的世外桃源。邓丽君一生去过世界各地无数城市，为什么偏偏清迈是她生前最爱？她的许多粉丝也一直在追寻、探秘缘由。

清迈古城墙外马路

　　邓丽君到底去了多少次清迈，已无从考究。据说，邓丽君第一次去清迈，就对那里一见钟情。20世纪90年代，邓丽君来清迈频率更高了，她几乎年年会到清迈休闲、度假。她爱清迈的干净、宁静、淡雅、空气清新，连呼吸都像在亲吻情侣的脸颊。她每次去都下榻美平酒店1502房间。她是佛教徒。清迈是有名的佛教圣地，而在美平酒店的15层楼上，凭栏远眺，一眼就能望见她要上香拜佛的寺庙，同时，也可鸟瞰清迈全城。

　　浓郁的佛教氛围，鸟语花香的景色，悠久的历史，独特的古城文化，这使她很惬意满足。她就认定，这是她心中深深爱着的小城，是她躲闲修行、安魂养身的地方。

　　1994年至1995年，她和她的法籍男友保罗就去了三次清迈，最长一次是住了3个月。1995年5月8日，就在清迈美平酒店，一代歌后邓丽君因久患的哮喘病突发，抢救无效，不幸香消玉殒，终年42岁。

　　斯人已去，歌声永传。

　　邓丽君走到哪里，哪里就飘荡着她的美妙柔情的歌声。她亲自演唱的《小城故事》最后定格在了清迈，成为撕心裂肺、震撼动人的绝唱。清迈也凭借邓丽君的《小城故事》，声名大振。

　　如今，清迈各家酒店、餐厅，几乎无不在传唱、播放邓丽君的《小城

164

故事》和她的其他歌曲。世界各地的游客，也纷纷在心里哼着《小城故事》，他们慕名而来，到清迈旅游。

我不是邓丽君的粉丝，但是，邓丽君的歌，历久不衰，我是百听不厌。我们这次9天的探秘"金三角"之旅，泰、缅、老三国，待时间最长的是在泰国，在泰国待时间最长、印象最深的，当属清迈小城了。

导游把我们拉到邓丽君曾住过的美平酒店旁。美平酒店正在装修改造，只容拍照，不让走进。邓丽君住过的酒店，已经成为小城打造的景点和品牌了。

清迈市是一个小城，是清迈府的首府，人口约25万，却是泰国的第二大城市，泰北的第一大城市。清迈府即清迈省，下辖1市、22县、2分县、204区，人口160多万。

清迈，由古城和新城组成。

清迈，远在2000多年前就有人类居住。到了1296年，兰纳王朝建立为泰王国的都城，并长期成为兰纳泰王国的都城，也就是现残留的古城遗址。兰纳王朝建的古城，呈四方形样式，外围以城墙和护城河保护。古城原有两道城墙，外城是一道土墙，内城则为砖墙。如今只保留了内城四角的砖墙及五座城门，即塔佩门、清迈门、松朋门、松达门和昌卜克门。东门塔佩门是唯一还保留着木门的城门。护城河仍清楚地将古城区的范围勾勒出来。

古城用褐红色的砖块砌成高达约2米的城墙，如今只保留下部分残垣断壁。虽然城墙小得有点袖珍，却也小得玲珑可爱，小得精致和气派，彰显着历史风烟、岁月沧桑和昔日的辉煌。潺潺流动的护城河，清澈，富有诗意，河边生长着古老的大树和各种花卉，宛如一个美丽多彩的大花环，镶在了古城墙周围。

城墙和护城河外，就是新城了。

褐红色的城墙外，一群群、一堆堆的鸽子，有些在游人手上、头上、身上觅食，有些和游人戏耍，有些自由自在地飞舞，构成了一幅人鸽和谐图。

我轻轻推开唯一还保留着木门的塔佩门，进入古城里转悠，仿佛穿越了时空，走到了一个幽静袖珍的世界。据载，古城里现居住着仅不到7000人口。古城里有历史最悠久的佛寺清曼寺，有契迪龙庙、帕邢寺等著名寺庙。古城里还有许多特色民居、风味餐厅和有格调的咖啡厅等。

抚摸着厚重的城墙，漫步在城墙内、外，领略古城墙和护城河的风采，感受古城的历史和现代文化的碰撞，这恐怕是在其他城市难以体验到的。我感觉，这也是清迈小城最迷人的地方，是小城故事精彩华章里的重要一篇。

清迈是佛教圣地。满大街上身穿黄袍的僧人不时来来往往，可能随时随地会闯进你的眼中，构成清迈另一道特有的风景。小小清迈，据说大小寺院庙宇竟有 300 多座。你走着、看着、想着，冷不丁，或许在一转身、一回首间，一座寺庙，或一个佛像、佛塔，就呈现在你的眼前。据说在清迈出家当和尚是非常光荣的，是光宗耀祖的事，受到人们的尊崇。

泰国几乎全民信仰佛教，他们是从小自觉自愿地信仰。真正的佛教徒就有约束，守规矩，按照佛教一整套的行为规范和生活方式活着。教徒以做善事为荣，以做坏事、恶事为耻。因而，清迈安全、清净、淳朴、悠闲，清迈人谨小慎微、热情、亲善、友好，游客也很少在旅游景点看到欺诈、宰客等乱象。这自然也是越来越多的游客喜欢清迈小城的一个原因吧！

在清迈参观寺庙、佛塔、佛像，是游客的"必修项目"。已记不清参观了多少大同小异的寺院庙宇和佛塔佛像，但给我留下深刻印象的是素贴山山顶的巨大舍利塔和半山腰的双龙寺古寺。

素贴山，位于清迈以西 16 公里处，海拔 1667 米，是清迈天然的瞭望台和佛教圣山。半山腰的双龙寺建于 1383 年，因为寺门外石阶两侧各雕有一条长达 500 米的巨龙而得名。在两个大龙头上，各有六个小龙头，昂首向天，龙身有数十米长，组成登寺石级两旁的栏杆，精工雕琢，造型奇特。山坡上开满五色玫瑰，山顶白云缭绕，山麓有著名的汇娇瀑布，秀丽壮观。

山顶上建于 16 世纪的巨型舍利塔，塔身贴满金箔，高耸入云，灿烂夺目，富丽堂皇。据说，舍利塔内供奉着释迦牟尼的舍利子。

坊间流传着一头运载佛骨的大象为选定塔址而自死的神奇故事：藏放佛骨的舍利塔，塔址是运载佛骨的一头大象选定的。大象运行到此处便停步不前，大叫三声，并绕行三周，四脚跪下，告诉人们，这就是佛祖的旨意。于是人们便立即在此就地动工，建造了这座舍利塔。大象在佛骨安置

完毕之时，也就地而死。所以山上立有 1 米多高的白象塑像，以纪念这头
驮运佛骨的神像。

每年 5 月 19 日是泰国的"万佛节"，泰北和世界各地的善男信女徒步
到此，登寺拜佛者众多。我们一行大多和游人一起，沿着山坡，爬了 200
多个石阶梯，到达素贴山山顶。我偕妻乘坐着还很少见的非垂直上下的斜
式电梯到达山顶。

山顶上已游人如织。虽然人山人海、熙熙攘攘，但秩序井然。我看
见，不论是佛教徒，还是游人，面对金光闪闪、雄阔宏大的舍利塔，都静
静地双手合拢，叩头、作揖、朝拜。我不是信徒，但在这庄严肃穆的氛围
中，心生震撼，肃然起敬，感受了一次心灵的洗礼。

在素贴山下，我还看到了有意思的一幕：许多流浪狗，两只一对，三只
一群，在庙宇前的石板上休憩酣睡。小城的狗狗竟如此悠闲、安详和超然。
你稍上心观察，还可发现在很多地方，狗狗像人一样，可以自由地进出火车
站、商店和寺庙。更为神奇的是，在寺庙里的狗狗仿佛也受到了熏陶感染，
安安静静地卧在地上，温顺地任随人们如何逗它，也始终纹丝不动。寺庙外
的狗狗可以和游人任意地玩耍。这些狗狗，听说从来不叫唤，更不会咬人。
它们仿佛也晓得，小城的脾性和风格是清净、悠闲、懂礼貌。

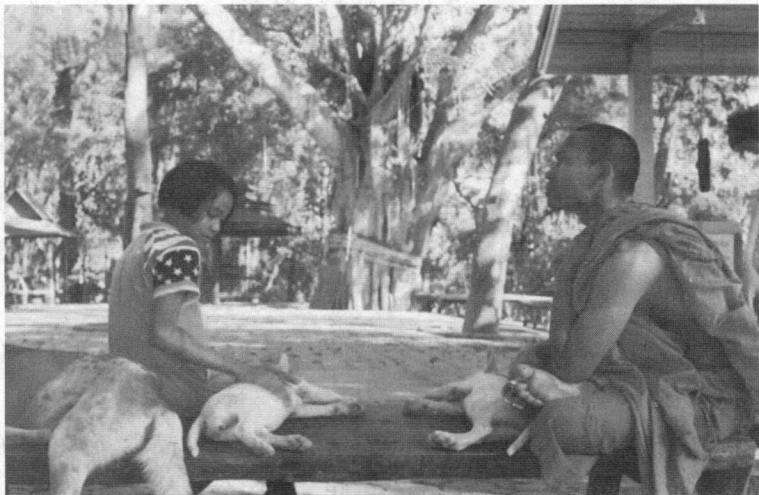

寺庙里安然酣睡的狗狗

这一幕幕景象、一个个故事，就像是专为清迈小城"量身定制"的，如邓丽君《小城故事》所唱的那样：

> 小城故事多
> 充满喜和乐
> 若是你到小城来
> 收获特别多
> 看似一幅画
> 听像一首歌
> 人生境界真善美
> 这里已包括
> 谈的谈，说的说
> 小城故事真不错
> 请你的朋友一起来
> 小城来做客
> 谈的谈，说的说
> 小城故事真不错
> 请你的朋友一起来
> 小城来做客

当然，小城不光有邓丽君的歌声和故事、古城的历史和文化、精美的寺庙和佛像佛塔、温暖的阳光和清新宁静的氛围，以及热情、亲善、微笑的清迈人等，还有许多可吃的东西以及可看、可玩、可体验的地方和表演项目……

当你背着行囊，漫步在清迈的大街小巷，累了、热了、出汗了，在当地农贸市场、街边水果摊上，有山竹、榴梿、波罗蜜、杧果、番荔枝、莲雾、红毛丹和蛇皮果等各种热带水果，都比较便宜，可放心品尝。榴梿，在泰国虽为"水果之王"，但由于它有强烈的气味，泰国公共交通和酒店都不允许携带。

你如果想放松一下，可以到小城街上的黄金泰式按摩店，在香茅香薰的氛围里，舒舒服服地享受专业的泰国古式按摩。和我同行的不少朋友体验了这种正宗的泰国按摩，都感觉惬意。

你如果还不知道什么叫"妖"，你可以去看看清迈的人妖表演。据说这种人妖表演，在泰国芭堤雅、普吉岛和曼谷等地，表演得更放纵、更热烈。"人妖"，多为迫于生活与生计家庭的男孩，从小长期服用大量雌激素，迫使男性身体向女性身体发展，然后被送到人妖学校进行培训，学习表演，最后作为供人欣赏的取乐对象。由于对身体的强制扭曲和损害，人妖的寿命很短，大约只能活到 40 多岁。

给人冠上这样一个"妖"的名字，是美，还是丑？我耐着性子，看完了这奇奇怪怪的人妖表演。我在想，短时期内取消人妖表演是不可能的，只企盼这种人妖表演能早日消失。

在清迈北部，我们参观了一个还保留着长颈族的村寨。据说，这些长颈族大都是外来民族，长期侨居在泰国，他们居住的都是简陋、破旧的茅屋，生存环境令人担忧。长颈族女孩从五六岁起，便开始给脖子套铜环，一年一个，逐年增加。长颈族为什么要这样做？有说，这样可以增长女性的脖颈，脖子长了美。也有说，为了防止野兽咬伤女孩的脖子。因常年套着数个几公斤重的铜圈，连睡觉都不能摘掉，她们的锁骨和肩骨因铜圈压迫而发生变形。可想而知，肩颈是多么疼痛！

看了这些长颈族妇女和她们的村寨，我心情沉重、难受，不是滋味。不管是什么原因、什么民族，这种残酷折磨、摧残女性身体的陋习，就像中国封建社会给妇女缠小脚一样，早该废除了吧？看来，要废除，也是一个漫长的过程。

你要消遣，可到清迈大象营玩玩、看看。憨态可掬、温驯顺从的庞然大物——大象，搬木头、投篮、射门和与游人的亲昵接触等精彩表演，惹得人捧腹欢笑，喝彩鼓掌。特别是大象绘画，有模有样，惟妙惟肖，令人不可思议。你还可乘骑大象，由驯象师牵着，"跋山涉水"数里，观看一路风景。我和我的朋友，人生头一回，一同体验了和大象亲昵接触，惊愕又好玩。但是，我们普通人怎能知道，大象精彩表演的背后，受到了驯象师多么残忍和不幸的虐待，才能有如此精彩的演绎。这是人类的残忍和大象的不幸。

我们按导游安排，在小城还享受了一顿看似丰盛的国王宴。国王宴场面很大，台上有各种节目表演，餐桌上摆满宫廷餐。我们体验了一回国王的待遇，但是饭菜却吃不习惯，难以下咽。看来不能光听名字，要看实质。

……

随着经济社会的不断发展，小城也自然面临着不同的挑战和难题。我们看到大股大股乌黑的电线，悬在一些大街小巷上空，既大煞风景，也不安全。用当地人调侃的话说就是，这么多粗的电线，既可晾衣服，也可晒被褥。另外，大量的人流、车流、物流涌入小城，既造成交通拥堵，又影响了小城的空气质量。

作为一个以宁静、安谧、空气清新著称于世的旅游名城，如何既保留住原风貌，又跟上时代不断发展的步伐，这个命题就明确地摆在了小城清迈人的面前。

此时，我脑海里突然冒出一首小诗，向清迈告别：

我轻轻地来又悄悄离去，
作别陪伴我的温润小城，
带走我些许的不舍心绪，
留下我点滴履痕和思虑。

（载于 2020 年 3 月上半月刊《视界观》杂志）

生活杂品

陈公仙逝精魂在

2016年4月29日，一个令人悲痛的日子，中国当代最杰出的作家之一、一代文豪陈忠实先生溘然仙逝。

巨星陨落，悲痛难抑，沉默无语，欲哭无泪。几日来，我吃饭不知饭味，吃肉不知肉香，迷迷瞪瞪，一时难缓过神来。

作为一个业余作家，一个时任行业作协的主要负责人，我和陈忠实先生有过多次的接触和交往。

先生对文学的执着和贡献，对脚下黄土地的挚爱和思索，以及对业余作者的提携和呵护，对行业作协的扶掖和关怀，令人动容。

我认识陈忠实先生是从他的作品开始的。

改革开放初期，1979年，先生在《陕西日报》副刊上发表了短篇小说《信任》。我当年作为一个文学青年，阅读后振奋不已，便给《信任》投了"优秀短篇小说奖"这庄严的一票。果然，《信任》获得了全国优秀短篇小说奖。自此，先生佳作不断，连连获奖，硕果累累，一举成名。陈忠实的名字和他的作品，也从此在我的文化生活中占了很重要的位置。

1993 年 6 月，先生的扛鼎力作《白鹿原》第一版出版，我当时已是中年人，不顾工作的劳顿和工资的微薄，买了书，如饥似渴、夜以继日地阅读了多遍。书中厚重深邃的思想内涵、复杂多变的人物性格、跌宕曲折的故事情节和鲜明的艺术特色，深深地感染、打动了我。从此，凡先生的作品，我逢书就买，逢书就藏，逢书就读。

陕西交通作家协会 2007 年 11 月成立时，我托人找先生，聘他为陕西交通作协顾问。他毫不推辞，欣然接受了聘书，并委托时任省作协秘书长的王芳闻，送来了"讴歌交通风采　弘扬和谐文化"的题词，分文不收。

2007 年，我和周迎春主编的《陕西"十一五"加快交通发展报告文学集》将要出版，我托人找先生，想给书题个书名。先生二话没说，也是不收分文，题写了"激情跨越"四个大字。

2009 年，由我主编，邀请莫伸、和谷、商子秦、朱文杰、冯积岐、常智奇 6 位作家撰写的《大道——陕西交通跨越发展纪实》报告文学集出版。首发式上，先生和雷涛、莫伸、叶广芩、商子雍、王芳闻等著名作家拨冗到场。先生精彩点评，并对该书的出版和陕西交通的发展给予了高度的评价。

先生说："我要向组织写作出版了这么一本好书的省交通作协祝贺，也向这几位参与创作的作家朋友表示祝贺。我们今天说的蜀道快捷，快捷到易如反掌，易如旅游，青山绿水，你坐着车，到汉中、到安康，真是一种赏心悦目的感觉。像这样改善了整个陕西南北东西的交通枢纽型大工程，而且是穿越秦岭大山的工程，应该说，这是我们建设者赋予大地真正的史诗。这部写下了陕西交通史上具有彻底的变革意义的长诗，将载入我们的交通史，也将载入陕西经济发展的历史，应该不朽。"先生的讲话深刻、真切，令我们感动。

2009 年夏季，我作为省交通作协主席，和省交通集团党办主任马永庆一起陪同先生到秦岭终南山公路隧道参访。先生兴致很高，朴实平和没架子，边看边问，黑棒子雪茄烟一根接一根地抽，面容深沉而沧桑。

秦岭终南山公路隧道分公司专门购买了一批新版的《白鹿原》，请先生签名。先生有求必应，不辞辛劳地为每一个文学爱好者签名题字。

参观完长隧后，先生感慨地说："了不得，你们创造了世界奇迹，真震撼人心，这才是最伟大的长篇。"并欣然挥毫题词："秦岭终南山公路隧道也是一首激情长诗，贯通了地理的南北中国，也沟通了南北中国人的情感和人文经济交流。"

作者陪陈忠实（右）参访秦岭终南山大隧道

为了感谢先生的辛劳，隧道分公司要付给先生劳务费，可先生说啥都拒收。他们让我劝说先生收下，可先生说："再说我就发脾气了。"无奈只好作罢。先生的高风亮节让我们感动。

中午，在柞水盘古山庄，我和接待方只有为先生敬上一杯西凤酒，聊表敬意和谢意了。

先生对我们的行业报纸《陕西交通报》的文化副刊也分外关心和扶持。报纸小报要改大报，先生不收分文给我们题词："祝《陕西交通报》越办越好。"

先生不时也给我们的副刊赐稿。他的《燃烧的生命》《欣慰与希望》《你让我荡气回肠——群雕"华夏龙脉"读记》等文稿都先后在我们报纸发表。我们既欣赏了先生大气磅礴的美文，也提高了我们《陕西交通报》副刊的知名度。

这里我想说的是，先生每次题词都坚决不收费，甚至理应正常给他付的稿费，他也拒收。这在当下是怎样的一身正气和胸襟啊！

先生作为文学大家，不仅对业余作家、对行业作协，在工作和创作上给予关注、引导和扶持，而且在生活中真诚和善，对同事、朋友也乐于关心和帮忙。

2010年11月，我儿子结婚，为了热闹，我请了莫伸、子页、高建群、商子雍、叶广芩、赵熙、冷梦、商子秦、朱文杰、傅晓鸣等著名作家来助兴，也打电话邀请先生光临，先生回复因身体原因，不能出席婚宴，特请先生的好友、著名作家莫伸代他宣读"祝贺丁晨令郎婚禧'琴瑟合鸣'。原下陈忠实"的题词。我对儿子说："小子，好好领会先生题词的良苦用心和含义，收藏好先生的墨宝。"当场，先生的题词感动了我，感动了我的儿子和儿媳，也感动了出席婚礼的所有人。

陈忠实为作者儿子婚礼题词

为了写这篇悼文，我又翻出了先生的墨宝，凝视着"琴瑟合鸣"四个大字，感慨物是人非，不禁热泪盈眶。

先生不仅创造了一个《白鹿原》的文学高峰，他还以自身的人品高度、人格魅力，有形无形地浓缩着三秦这个文化大省的人文形象，诠释着"什么才是当代中国最伟大作家"的楷模形象。

　　一个伟大的灵魂，走完了最后一程；一个伟大的作家，驾鹤走了。想到先生，我们会长久地感到心灵的寂寥，这是中国文学的巨大损失，这是一个时代民族文化永远无法医治的伤痛。

　　最后谨以一副挽联送别先生，并结束悼文：

　　　　白鹿原上陈公仙逝世人皆悲鸣
　　　　一代文豪精魂铸就催人向前行

　　　　　　（载于2016年12月四川文艺出版社《魂系白鹿原》一书）

痛悼王归圣学友

惊悉归圣老友患白血病已有 10 个月了，天天盼老学友早日康复。

他患病住西安交通大学第一附属医院（以下简称西交大一附院）期间，我曾偕妻到医院去看望他。他虽患病，但看起来精神还好，我和妻与他深聊了有一个多小时，怕影响他休息，我说告辞，他还留我们继续聊。我想，他住着西交大一附院这样的大医院，精神这么好，他本人又是心血管专家、名中医，他的病应该不久就会好的。

可谁想到，噩耗传来：归圣去世了！

老友去世，我悲痛难抑，沉默无语，欲哭无泪。

我和王归圣同是西安老五中校友，我是高六六一班，他是高六六二班。1968 年，我们同在陕西省宝鸡县固川下乡插队落户，在公社开会时，我们经常深聊。他喜欢运动，篮球打得很棒。

我后来招工到了西安，成了交通人，他被招到宝鸡市，接着他上了陕西中医学院，毕业后成为一名中医医师。再后来，他成为心血管专家、名中医、硕士研究生导师。西安市中医医院国医馆、名中医榜有他的大名。

他到西安市中医医院后，我们的交往频繁起来。他医术精湛，医德高尚，对患者、对朋友、对同事、对同学，都是和蔼可亲、温文尔雅、不卑不

六、以诚相待，医者仁心。我、妻子和儿子、儿媳，都在他那儿看过病，都受惠于他的医术和医德。

在单位、在陕西中医界、在同学和他学生的眼里，他德医双馨，教书育人，平和低调，是一个好人、好医生、好朋友、好学友、好导师。

可命运不公，老天不公啊！

他作为一个心血管专家，医治、拯救了无数的病人，却没有医生能治好他的病。我看望他时，曾问他：你的病和新装修的中医医院的甲醛等有害物质超标是否有关？他却说不能这样说，人家那么多医生都在医院咋没病？他总是替别人着想，有事总自己扛着。

老学友，一路走好，我们会永远记着您的！让我们珍重生命、珍重亲情、珍重友情、珍重爱情！最后请让我谨以这副挽联和老友告别：

好医师四十年兢兢业业善者仁心
老学友一辈子堂堂正正天国安魂

2017 年 6 月 29 日

哐泡馍·品香茗·看话剧

2016 年 9 月 29 日，周四，老学友王敎育特请我和作家商子秦老学友哐羊肉泡馍。

时隔几年，我、子秦与敎育相聚，哐着泡馍，品着香茗，谝着闲传，格外亲热，别有风味。

一碗泡馍下肚后，又经王敎育联系，我和子秦在西安文理学院大礼堂还观看了一场该学院师生自编自导自演的话剧——《冯从吾》，并作为嘉宾和全体演职人员合影留念。

冯从吾，字仲好，号少墟，长安人，明代大教育家、大学问家。一生刚正不阿，疾恶如仇，铁骨铮铮，冒死进谏。他治学严谨，提倡"学则多疑"，他讲学"发蓓击蒙，移风易俗"。

他创办的"关中书院"闻名遐迩，声震全国，号称弟子有 5000 之多。他长期与宦官集团争斗，最终在魏忠贤的爪牙陷害下，关中书院被捣毁，冯从吾尊崇的孔子塑像被掷于城墙南隅。他悲恨切肤，于天启七年（1627）二月饮恨长逝。

《冯从吾》成功地将关学的思想性和舞台艺术的观赏性融为一体。作为校园话剧团，推出话剧《冯从吾》，其演出是成功的，在当前也颇有现实意义。

我和王敦育、商子秦都是从西安五中老校址（今关中书院旧址）走出的老校友。我又很敬仰冯从吾，对冯从吾这位历史人物也略知一二。

我曾在我的小书《幽夐含光门》"城墙文化"卷"西关郭城"一节写过这样的文字："西关正街路北的西段，还修建了一所'少墟书院'。明代关中著名学者冯从吾与当时专权的宦官魏忠贤之流势不两立。晚清时，为了整顿学风和纪念他，清代建有冯公祠，后战乱被毁。清光绪十六年（1890），陕西巡抚奏请重建，并附设了书院，因冯从吾号少墟，故书院起名为少墟书院。清光绪三十二年（1906），知县叶春与绅士任廷琇将书院旧址改办成长安县立高等小学堂。新中国成立后，当地政府在这里创办了一所有初、高中班的完全中学——四十二中。"

因此，关中书院对我们来说，很亲切，我也一直想看到一部关于冯从吾一生悲切讲学故事的影视剧。今日多亏老学友联系，了了这一心愿。这也是我的一大收获。

我应该谢谢敦育老弟！

2016 年 9 月 30 日

观看话剧《麻醉师》

2016 年 12 月 26 日晚，第二届陕西省现代文化艺术节开幕，我们"台湾行"的几个朋友，应著名作家莫伸之邀，在西安易俗大剧院观看了获得文华大奖的话剧《麻醉师》。

我好长时间没进剧场看话剧了。

今年 9 月份曾和老同学商子秦、王敦育观看了西安文理学院师生自编自导自演的话剧《冯从吾》，虽略显粗糙，但仍给人一种少有的新鲜感，让我又感动了一次。

这次的话剧《麻醉师》更是让人耳目一新。

话剧《麻醉师》是根据第四军医大学西京医院麻醉科副主任陈绍洋教授的真实事迹而创作的，在剧中名为陈绍强。陈绍洋参军 33 年来，怀着报国为民的理想信念、精修术业的科学追求、待病人如亲人的职业操守，刻苦钻研麻醉技术，完成各种麻醉 7 万余例，无一失误，创造了医学麻醉的奇迹。

他罹患肝癌，先后做了肝移植、股骨置换等多次手术后，仍然承受着巨大的痛苦，在病房里坚持工作，直到走完生命的历程。剧中的主人公陈绍强和妻子罗云结婚 22 年，每年罗云过生日，他总是因抢救病人而爽约。

作品通过主人公在生命与时间、家庭与事业、名利与良心、私心与公利的多重矛盾冲突中，打造出一场人物心理层次丰富、形象生动鲜活、艺术表现精美的话剧，呈献给观众一个"大医精诚，妙手仁心"的动人故事，唱响了主旋律，弘扬了正能量，为我们提供了优秀的精神食粮。

观看话剧能给人一种亲近感、真实感。

特别是这部话剧的舞美和灯光设计独具匠心，在现代灯光、舞美、音响和布景的运用下，随着剧情的步步深入，给人以震撼和感染。舞台上两个弧形布景的设计，给人一种舒服清新的感觉；而在全剧的高潮时，主人公陈绍强穿越蓝色时光隧道，跌倒了爬起来，爬起来又跌倒，一直在和死神赛跑，和命运赛跑，和时间赛跑。生命不止，奋斗不息，他像陀螺一样永不停歇，用夸父逐日的精神，最终屹立成了一座精神的丰碑。他那一次次的奔跑，博得了观众一次次的掌声，我也感动得情不自禁落下了一次次的泪水！

麻醉是军医陈绍强的专业和职业，他把精湛的麻醉技术，做成了高超美妙的艺术。他对麻醉的理解和运用，远远超出了医学的水准和境界，突显了人生深刻的哲理和丰富的内涵。

你听剧中陈绍强的台词："老同学，从某种意义上说，我俩搞的都是麻醉。我是医学上的麻醉，可以治病救人；而你在现实中用欲望麻醉他人的同时，你自己也被欲望所麻醉，你的'麻醉'会害人！在医学麻醉过程中有一个重要环节，就是唤醒病人，我多么希望能把你也唤醒啊……"

这里，观众在观看话剧的同时，精神世界也能够获得升华和唤醒。

话剧《麻醉师》敢于直面社会敏感问题，对当今社会具有明显的警示作用和现实意义，如该剧面对当下拉关系、收红包、吃回扣、乱收费、医患矛盾等敏感问题，剧中主人公陈绍强的一言一行、一举一动都做了很好的回答。舞台上，主人公陈绍强的话铿锵有力："我既然选择了医生这个职业，我的生命就属于患者。"陈绍强的妻子罗云说："我改变不了他，你也改变不了他，时间改变不了他，病痛改变不了他，就连死亡也改变不了他。"这不仅表达了一个医生崇高的职业操守，也体现出一名当代军医对生命的深刻体悟和敬畏。

我认为这就是这部剧的成功所在。在当今社会的人心浮躁、信仰缺失、金钱至上、道德沦丧等现实面前，话剧为我们塑造了一个对患者、对家人、对同事、对朋友大爱无垠、一身正气、铁骨铮铮、医术精湛、医德高尚的当代医生的平民英雄形象。话剧试图用这种平民英雄形象去唤醒社会上那些精神麻木、心灵麻痹的人。

毋庸讳言，瑜不掩瑕。

这部话剧在我看来，还有明显的不足和尚待提升的空间。

凡住过医院、动过手术的患者都知道，麻醉师的作用虽非常重要，但对病人的手术起主导作用的是主刀主治医师，什么时候做手术、什么时候手术停止、什么时候输液、什么时候输血，等等，都是主治医师说了算。而剧中为了突出主人公的形象，把这些全集中在麻醉师身上，让他说了算，好像麻醉师在指挥整个手术，这恐怕有些不太合理。

按常理，既然主治医师在手术中起主导作用，那么患者家属送红包必然是给主刀的主治医师，而剧中一个重症患者的家属，偏偏几次给麻醉师送红包，陈绍强坚决不收，就送给他的学生。这就有些不真实了。

再有，剧中对陈绍强老同学沈威转变的处理，略显简单、生硬——别指望能轻易改变暴发户老板的良心。

睁大眼看看，现在社会上类似"沈威"这样的人不是还在医院"害人"吗？另外，《麻醉师》中，一些台词的表达多有重复、累赘，如，陈绍强趁着妻、女不在，偷偷打开妻子的包看了自己的诊断报告单后，说了一句"我剩的时间不多了"，而这句台词，在稍后的场次中仍有出现。

当然，毋庸置疑，瑕不掩瑜。

我依然觉得话剧《麻醉师》是一部当今社会少有的、难得的优秀作品，也希望它经过打磨修改，精益求精，能真正成为一部值得推敲的精品力作。

演出结束后，我们几个朋友抱着感激的心情，在作家莫伸的引见下，上台和主要演员握手、合影留念，对他们的成功演出表示热烈祝贺！

2016 年 12 月 27 日

信仰的力量

——好莱坞大片《血战钢锯岭》观后感

由美国好莱坞著名导演梅尔·吉布森执导的《血战钢锯岭》战争历史片已于 12 月 8 日在中国上映。

我和几个作家、记者朋友，经陕西省社会科学院文学艺术研究所朋友联系，于昨晚在西安博纳朱雀国际影城，观看了这部气势恢宏、震撼人心的战争巨片。

1942 年的冲绳战役，是太平洋战争的最后一战，也是二战太平洋战场中规模最大、伤亡最多最惨烈的两栖登陆作战。日本方面 10 余万士兵战死或被俘虏，美军遭受的人员伤亡也超过 8 万人；同时，数万名当地平民丧生、受伤或自杀。这次战役彻底消灭了日本海上和空中的力量，为二战结束奠定了基础。

《血战钢锯岭》影片就是根据二战时期真实的历史事实改编的。

影片讲述了主人公—— 一位虔诚的基督教徒道斯军医，因坚守信仰，当兵上战场，却拒绝携带武器，不愿意在前线举枪射杀任何一个人的故事。他因自己的想法和做法，遭受着其他战士的排挤和殴打，还上了军事法庭。大战前要做祈祷，部队等他祈祷完，才开始向敌人进攻。尽管如

185

此，大战中，他孤身上阵，无惧枪林弹雨和凶残的日军，誓死拯救一息尚存的战友。他舍生忘死，一人冲入枪林弹雨中，不停地祈祷："让我再救一个，再救一个……"不可思议的是，他心中的信仰创造了奇迹，75名受伤战友最终被他救出战场，并运送至安全之地，得以生还。

道斯也因此被授予美国国会荣誉勋章，同时，也是首位在战场上拒绝杀戮并获此荣誉的士兵。

我好长时间没进电影院看电影了，更很少看美国电影。哈哈，这部美国战争片宣扬了一种正能量，还真震撼了我、感染了我。

震撼、感染得让人有些不可思议，难以置信，但还逼得你不得不信。

一个看似瘦弱，貌不惊人，从不碰枪、不拿枪的基督徒士兵，却在腥风血雨的战场上迸发出了惊人的力量，冒死救助他的战友们。这可是毋庸置疑的历史事实。道斯在任何困难面前都坚守信仰，他说："即使整个世界都分崩离析，我还是要把它一点一点拼凑回来。""当别人在夺去生命的时候，我要去挽救生命！"他的信仰得到了最大最高的升华。

影片把宗教信仰、家国情怀、悲天悯人以及夫妻情、父子情，淋漓尽致地糅合在一起，形成了感人的力量。

影片把历史战争做了真实的还原，真实地展现了战争中的暴力、恐怖和血腥，也向世人宣告：信仰的力量是坚不可摧的，信仰的力量能战胜一切，创造奇迹。

这也是让我为之动容的地方。

2016 年 12 月 20 日

奇石·奇人

——董永宁和他的石头

坐落在古城西安朱雀大街 169 号陕西秦岭观赏石文化研究中心院内的秦岭石精品馆，陈设着上千尊形态各异、种类众多、色彩斑斓的秦岭观赏石。

我面对这些秦岭观赏石已不止一次了。每次面对这些秦岭奇石，我都有一种难以言表的冲动和感动。

作为一个生在西安、长在西安的陕西人，自然对秦岭有着特殊的情感。但是作为一个陕西的普通的读者、作者，对秦岭的认识，只停留在"秦岭—淮河是我国南北地理的分界线""秦岭是黄河流域和长江流域的分水岭"，当然是不够的。

秦岭被尊为华夏文明的龙脉，又被称为中华父亲山。它不仅影响和制约着陕西的气候和环境，它的威严沉稳、大气磅礴、包容宽阔、雄浑奇绝、绚丽多姿、内涵深邃、资源丰富等特质，还影响着一代又一代秦人的生产、生活、生长和性格，影响着三秦的经济、社会、文化的发展和转型。

秦岭作为一部厚重精深的"大书"，它的山系特点、生态环境、地质地貌、生物资源、水体资源、风景名胜、历史文化等，应该是国人特别是秦人终身学习、了解、认识和研究的课题。特别是秦岭的观赏石资源丰富。秦岭奇石可分为汉江石、褒河石、黑河石、嘉陵江源头石、洛河源头石、渭河石、华山石等石种，尤以蓝田玉石等最为著名，这就为收藏、研究秦岭观赏石提供了广阔的资源和空间。收藏、观赏和研究秦岭石，也成为了解、认识和研究大秦岭的重要组成部分。

古今中外的赏石文化源远流长。

数千年的赏石历史，形成了丰富多彩的奇石、异石艺术，涌现出了许多流传久远的爱石、赏石、痴石的历史名人和趣闻轶事。

人们知道，在世界钟石、奇石收藏史上，有三个驰名中外的痴爱石头的文化大名人。

一个是宋代的书画家和玩石大家米芾；一个是我国著名爱国民主人士，法学家、政治活动家沈钧儒；还有一个是德国著名大作家、大诗人歌德。这三个人既非地质学家，又不是石头猎奇者，然而却都是收藏、痴迷石头的奇人。

米芾与苏轼、蔡襄、黄庭坚齐名，书法史称"宋四家"。其书"沉着飞翥，得王献之笔意"；苏轼赞曰"风樯阵马，沉着痛快，当与钟、王并行"；黄庭坚赞曰"如快剑斫阵，强弩射潜力……书家笔势，亦穷于此"。米芾的画"山水人物、自名一家"。米芾不仅是一位在书画和文学方面"为书为画为文奇险，不蹈袭前人轨辙"的艺术家，而且爱石、钟石有时到了痴迷的地步，被称为"石癫"。

鉴赏奇石以"瘦、透、漏、皱"为标准，就是米芾的首倡。据《梁溪漫志》记载，他任无为州监军时，一次，看见衙署内有一十分奇特的立石，高兴得大叫起来："此足以当吾拜！"于是他换了官衣官帽，手握笏板跪倒便拜，并尊称此石为"石丈"。后来他又听说城外河边有一块奇丑的怪石，便命令衙役将它搬入州府衙内。米芾见到此石后，大为惊奇，竟得意忘形，跪拜于地，口称："我欲见石兄二十年矣！"此事日后被传了出去，由于有失官员体面，米芾被罢了官。但米芾并不在乎，后来还作了《拜石图》。明朝内阁大臣李东阳在《怀麓堂集》中说：

> 南州怪石不为奇，
>
> 士有好奇心欲醉。
>
> 平生两膝不着地，
>
> 石业受之无愧色。

赞扬了米芾对玩石的投入与傲岸不屈的刚直性格。

从沈钧儒的曾祖父到沈钧儒的曾孙，上下绵延的七代人都爱石、藏石，堪称世界收藏史上罕见的藏石世家。沈钧儒平生只要见到一块好石，就如获至宝地珍藏，多年来一直勤于集石，乐此不疲。他多次说过自己所收之石"不但拥有百域，而且囊括四海"，并自命书斋为"与石居"。关于钟情石头的原因，沈钧儒曾在一首诗中说得很清楚：

> 吾生尤爱石，谓是取其坚。
>
> 掇拾满吾居，安然伴石眠。
>
> 至小莫能破，至刚塞天渊。
>
> 深识无苟同，涉迹渐戋戋。

从诗中可看出，沈钧儒是以石头的坚固来砥砺自己的信念、意志与革命操守。

歌德对石头的钟爱，则常常表现出一种诗人的狂热。有一次，歌德行走在魏玛街头，突然看到一块形状奇特的石头，便失声叫道："呵，你在这儿呵！"接着他小心翼翼地将其拾起来揣在怀中。钟爱石头，是作为诗人的歌德热爱大自然的一种表现。他说："我要把我的身心和灵肉渗透到岩石和群山之中。"表达了诗人热爱生命、热爱大自然的思想情趣。

有奇人，便有奇石。

法国大雕塑艺术家罗丹说："美无处不在，只是缺少发现的眼睛。"秦岭石，收藏者经过精心寻觅、清理、净化、分类、上光、配座和研究处理流程，接着给藏石起了一个内涵深邃、含蓄高雅、不落窠臼、画龙点睛的名字，再配上精练、富有张力的文字，顿时一尊美轮美奂的秦岭奇石艺术珍品就诞生了。

陕西秦岭石文化研究中心会长、中国赏石名家董永宁先生，就是这样一位爱石、藏石、痴石和研究秦岭石的当代奇人。他继承和发扬了中外史上的那些爱石、钟石、痴石的文化名人的执着、专注、刚毅、坚忍的意志和精神，数十年来，始终如一，心无旁骛，不改初心，矻矻追求，把秦岭石"玩"出了花样，"玩"出了境界，"玩"出了高雅，"玩"出了水准，"玩"出了品牌，"玩"出了陕西，也"玩"出了精气神。他将秦岭石的自然美与人文美相融合，创建了国内第一所秦岭石博物馆。董永宁先生可谓当之无愧的中国秦岭石研究开创门派的一代宗师。

董永宁的赏石爱好，是从 20 世纪 70 年代开始的。

时年 21 岁的董永宁刚到铁路参加工作，被分配在华山脚下的桥梁工区。他一有空就往华山里钻，攀山崖、入峡谷、觅树根、寻奇石，时常与后担任中国道教协会副会长、中国道教学院副院长的闵智亭道长相遇。天长日久，相互切磋，与道长结下了情谊。20 世纪 80 年代初，闵智亭道长和董永宁再次相聚。闵道长在任何绝境之下，不抱怨，不自弃，虽历经苦难，仍不改

作者和董永宁（右）合影

初衷的顽强意志和精神，感动和教化着董永宁。闵智亭道长所授"道法自然"之艺术真谛，与董永宁对根雕、盆景、赏石的艺术思想和追求不谋而合，他使董永宁磨炼出独树一帜的艺术触角和慧眼，并让其在插花、盆景、根雕、赏石艺术领域不断取得令人瞩目的成就，董永宁被选为国家级评委、监委。他在赏石界被誉为"无秦岭石不全，无秦岭石不名"。

当代著名画家李世南也与董永宁有密切交往。

1982 年至 1984 年，李世南蛰居西安西郊农村马军寨。这段时期，李世南先生潜心研究、探索传统中国画。他以花鸟画法入写意人物画，浑厚

豪放、不拘形似的泼墨风格渐成，在中国画坛产生广泛影响。而此时的董永宁也正在艺术创作的道路上摸索着。李世南先生很欣赏董永宁这种嗜花弄木、弄石的顽劲，1983年欣然为董永宁作《米癫拜石图》相送以表鼓励，并意趣盎然地题字："昔米芾有嗜石之癖，每见奇石必拜曰石丈夫，人谓之癫；今永宁友亦有嗜花弄木之癖，余戏作兹图见赠。时客居安之郊马军寨村舍。"

此后30多年里，李世南先生以坚定的艺术追求和画风独特的艺术成就，深深地影响着当代书画界，也影响着董永宁先生对秦岭石的研究。

一位画癫，一位石癫，在各自不同的艺术领域里执着地追求、创造，在书画界和赏石界被流传为佳话。

奇石无语，奇人有神。异军突起，震惊石坛。

近10年来，董永宁又率领陕西秦岭石文化研究团队，分别代表西安市、陕西省参加了4届中国暨国际石展及多次其他全国性展会，每一届都摘金夺银，成果辉煌。2010年第9届展览会上，董永宁的秦岭石第一次夺得4金3银。2012年第10届展览会上，他又揽得5金8银12铜，成为当届石展的最大赢家。2014年第11届展览会上，他再获殊荣，其中"凤凰涅槃"获金奖，"渔舟唱晚""飞龙在天"等荣获银奖，震惊了中国石坛。

我们不难看出，董永宁先生几十年来，走了一条"根雕艺术—插花园艺—藏石赏石—秦岭石文化研究"的艰难曲折的道路，最终把中华石文化中几近断代的秦岭石唤醒、传承并发扬光大，以独具一格的石作和较完整的赏石理论体系，奠定了秦岭石在中国石界的重要位置和他本人作为秦岭观赏石领军人物的地位。在董永宁典藏的秦岭石精品里，可谓尊尊都是大自然的鬼斧神工和研究者慧眼命名再创作的有机统一的艺术品。

你瞧：

石作《终南阴岭秀》，景象秀逸，气势恢宏。远眺初春的终南满山青翠，陡坡阴凹处积雪皑皑，侧旁松涛伟岸高洁，顿生"君子比德"的观念，由此而得名。

观赏石《五蝠临门》，如浮雕般的五只蝙蝠跃然石上。由于"蝠"字与"福"字同音，蝙蝠也成了"福"的象征，所以在我国民间得到人们的喜爱，将它的形象画在年画上。画面黄、白、蓝三色搭配协调，棱角凹凸变化、层次分明，对比明快，赏心悦目，是大自然鬼斧神工与藏石者艺术再创作的杰作。

秦岭石《梁祝》，用我国家喻户晓的民间凄美、婉约的爱情故事来命名，既有传奇色彩，又有浪漫韵味。月白色曳地长裙，婀娜的身姿，微微后仰的头颈，几分忧郁，几分娇媚，祝英台紧紧地依偎在着浅灰衣袍的郎君怀抱里，画面右上方，一只彩蝶翩翩飞向历史的远空。这分明是梁祝分离那一瞬间的定格。梁祝二人身形玉化，晶莹润泽，加之奇妙的斑、纹、线、点，使整个画面层次分明，呈浮雕效果，生动而典雅。石版"梁祝"，也同样和著名的小提琴协奏曲《梁祝》一样，让人刻骨铭心！

曾获金奖的《凤凰涅槃》石作，让赏石者一看，就联想起大诗人郭沫若的名篇《凤凰涅槃》，顿时，就感觉这尊奇石给人以诗情画意之魅力。凤，在熊熊大火中舞着、歌着，烈焰瞬间吞噬了美丽的羽毛。凰，似不忍目睹即将被火海吞没的凤，曲着颈，侧着头，急切地呼唤着。即刻，凰也将跳进火海，与凤一同在烈火中迎接新生。凤为火成岩碳酸盐石质，石面呈红色，内里晶白，下部红色浓烈，如火焰升腾，石身布满洞窍窟裂，恰形成凤之美羽被烈火吞噬的姿态。凰体形略小，石质珍稀，形态生动。二者组合，完美演绎了凤凰涅槃的瞬间。凤凰涅槃，虽残酷、悲烈，但，喻示着希望和新生！

臻品《黛玉葬花》，非常珍奇，奇石的两面都是故事，都是美景，可谓奇品中的奇品。一面，陡立崖壁，湍流飞瀑，雾岚朦胧，天地幽静。婀娜仕女从梦境中来，彩带飞舞，霓裳飘逸，双腿修长，肢体灵巧，舞姿柔美。另一面，一番落英纷飞，暮色苍茫，黛玉荷锄独行，若隐若现于花木间，使人观看后立马联想到中国名著《红楼梦》中的林黛玉葬花的情节，意境凄美婉约。

此作也告诉观赏者，秦岭石以雄浑大气著称，也不乏春花秋月的秀美之作，令人惊叹、动容。

……

秦岭石不同于其他石种，它不以玲珑小巧、婀娜华丽取胜。它就像大秦岭和秦人、秦风、秦韵一样，大气磅礴，浑厚雄奇，宽阔深邃，内涵丰富，质朴饱满，粗犷豪放。你一看到它，就感觉璀璨夺目，过目难忘，给人以震撼，给人以力量，给人以强烈的冲击力，给人以无穷的想象、思考和壮美的艺术享受。

面对着这色彩斑斓的秦岭石，我在想：倘若你是一位诗人，你会张开想象的翅膀，写一首赞美这奇石的抒情诗。

倘若你是一位画家，你会画一幅浓墨重彩、云烟氤氲的山石画。

倘若你是一位雕塑家，你会用你的刻刀，雕刻出壮美的、有艺术魅力的雕塑作品。

倘若你是一位音乐家，你会谱写出一首雄壮、悠扬的咏石乐曲。

倘若你是一位作家，你会就这绚烂多姿的奇石，创作出一篇深沉、厚重、有味的文学作品。

倘若你不是什么家，就是一位普通的观赏石欣赏者，那你就享受一次别样的美的体验和浑厚的中华文化、哲学意蕴的熏陶吧！

大秦岭奇石让我冲动和感动，董永宁奇人让我敬仰和赞佩！

2017 年 9 月 1 日

附记： 董永宁先生于 2019 年 1 月 22 日因突发脑干梗塞在西安不幸去世。本人谨以此文表达对董永宁先生的哀思和缅怀。

那个任性的固川"二娃"

2019 年 2 月 28 日晚 7 时许，那个曾在宝鸡县固川山村插队落户、被大伙称为"二娃"的人，任性地走了。

霎时间，北风哀号，云天低垂，物无光华，花无悦色。

我潸然落泪，陷入无限的悲痛和哀思中，一桩桩往事浮现于脑海……

"二娃"本名邹新民，因在家排行老二，又系初二同学，因而人称二娃。

二娃，原住在西安市老大吉厂巷子口的书院门街上。我原住在老大吉厂巷子里。我每每出巷子，上学、放学于西

"二娃"邹新民

师附小的路上，都要从他家经过，便顺势在他家玩会儿。我年长他几岁，比他多吃了几年干饭，因而他称我哥，我称他二娃。我和二娃既是发小，又是哥们儿。

他小学也是在西师附小，初中在西安五中初六七级一班，我是五中高六六级一班。我们是校友。

1968 年 10 月的寒秋，在那个年代，我们中学毕业后都浑浑噩噩地乘坐着西去的列车，奔赴宝鸡县固川小山村插队落户。我们就成了农友。

两年后，又是一个 10 月的寒秋，我们又一同被招到陕西省公路局机械厂（也称养路机械厂）做工。我是修理工，二娃是车工。我们成了上班一身油垢干活，下班无事不聊、无话不说的工友。

我不安分守己，考文凭、混学历，忙得焦头烂额，离开厂子 30 多年了。

而二娃，心无旁骛，啥学也不上，啥文凭也没混，一门心思干车工，又干钳工，凡能干的他都干了。他爱岗敬业，忠于职守，钻研技术，带好徒弟，不愧是一名真正的好工人。他硬是凭借一身过硬的工匠本领，被工友们和厂子推举为分厂的经理。

他自 1970 年进厂，直到去世，从没挪过窝，一待就是近半个世纪。他人缘好，不论是厂里的领导、工人、干部、厨师、厂医还是家属，他都混得倍儿熟，跟他们融洽、随意得像一家子似的。有的同事早已调到外省或出国定居了，他还和他们一直保持着联系，不时还不远千里去登门看望这些同事。

我忘不了，我们进厂做工后，到了礼拜天，一起休假进城，我常在他父母家蹭饭。我调离开厂子后，每逢回厂子逛望，照样会在二娃家蹭饭。

他是个好热闹、闲不住、耐不住寂寞的人，也是个任性，有些玩世不恭的人。

他总是喜欢自讨乐趣，自找麻烦，不管不顾，主动给自己揽一堆又一堆的事做。为此，也没少挨老婆的絮叨和埋怨。

他虽然文化程度不高，求知欲却很强，喜欢摆弄和学习时尚的新玩意儿，是我们五中下乡"老三届"这一拨人群里，玩电脑最早、最精、最欢的人。

2000 年年初，二娃开始学着上网，在 QQ 网聊中，他结识了一位被他称为一生难忘的启蒙老师——辽宁抚顺的郭颖女士。郭颖称他哥，他称郭颖老师。郭颖给他传授电脑操作技术，他给郭颖讲述他自己和老陕的故事。他们俩一聊就是近 20 年。

头几个月，他因是新手没经验，欠下了昂贵的上网费。他怕老婆唠叨，瞒着老婆，让儿子邹峰偷偷给他寄了 800 元，补交了网费。他说："妈呀，上网费比抽大烟还厉害！"

就这样，在这位他生前一直都没见过面，也没见过照片的启蒙老师的指点下，二娃靠着勤奋、聪明、好学，很快从一只菜鸟成为一个电脑网络高手。

二娃生前一直有个愿望，想在西安或沈阳见见这个比他小 10 多岁的电脑启蒙老师郭颖女士，也好当面表达谢意。他把自己和儿子、孙子的照片传给她，并把他当年在固川插队的知青经历和工厂退休后的生活都一股脑儿地讲给她，还给这位听不懂老陕话的老师科普秦腔。可他却一直未收到郭颖老师传来的照片。二娃就借儿子邹峰去沈阳出差之机会，托儿子专门与郭颖见了一面，代他表达了谢意。

今年春节过后，二娃突然提出不盼望和老师见面了，郭颖觉得有些蹊跷。在从邹峰那儿惊悉哥已去世的噩耗后，她似乎明白了缘由。她按捺不住，接连不断地给邹峰发去微信：

"就在今年正月，哥还说已经不那么盼望见面了，不过真见面的话他一定会落泪的。"

"很惭愧，其实后来他是我的老师。"

"你父亲古道柔肠，真诚豪爽又不失细腻，是一个难得的好人。"

"其实我欠你父亲一个大大的拥抱。"

今年 6 月 17 日，在二娃去世百天后，邹峰收到了郭颖发来的充满浓浓情谊和遗憾的唁函，并给她的二娃哥敬献了代表着深深哀思和敬意的花篮。

唁函中说：

"相信很多人都知道兄长是个诚恳的人，热情善良，豪爽仗义又不失细腻，很温暖，也很爷们儿。我一直固执地把他的这些品质理解成关中汉子的特质。也许是性格使然，据我了解，兄长身边总是不乏志同道合的朋友。就网友而言，大家在一起聊知青、聊插队、聊'老三届'，也聊人生、聊生活，他还有一帮可以一起吼秦腔的好友。

"在与兄长相识的近20年时间里，无论是在最初认识的那个只见声音文字不见人的平台上，还是在后来的智能手机上，我们都没有相见过。之所以用'相见'这个词，是因为只有他没见过我，哪怕是在视频里，而我在视频里是见过兄长的。关于相见，每年兄长都会提起，在沈阳，在西安，或是在其他地方会面都好。之所以没能成行，有种种原因吧！不过坦率地讲，一是我不太热衷，二是依哥的性子，真怕给哥添麻烦。直到今年春节，老哥打电话给我说，他已经不那么盼望跟我见面了，还说如果真的见了老师的面，他还是会忍不住激动落泪的。我的心突然生疼，就说一定能见的、一定能见的。4月上旬，终于协调好一家人的休息时间，订好了举家往返西安的机票和酒店。

"可是，我却怎么也联系不上哥了……不祥的预感也曾在脑海里闪现过，但又瞬间被自己推翻。原本5月3日上午跟哥见面的计划落空后，我就忍住所有的失落，默默地对自己说，这次算是失之交臂，下次来一定会见到面的。"

郭颖老师和她哥二娃，在网上相识近20年，称兄道师，终归未能谋面。这段鲜为人知的"人间自有友情在，后会无期终遗憾"的、有点儿哀婉凄美的故事，令人敬叹且动容！

2008年5月21日，已成网络高手的二娃创建了"西安五中'老三届'"的博客。他在博客里发通知，呼吁老同学们都来报到，不要让别人看到我们的地荒了。

该博客一经创建，立马得到了西安老五中各届校友的热情支持、欢迎和关注，他们纷纷前来报到，发文章、发图片、传信息。不是"老三届"的一些年老校友也来报到了。"西安五中'老三届'"的博客，成了五中各届新老校友们发表文章、沟通交流、传布信息、倾诉感情、相互学习的重要平台。这一博客也为那些喜欢写文章而苦于找不到发表地方的作者提供了一个平台，使他们可大显身手。也正是这个平台，涌现、造就和培育了一批网络写手和网络作家。

可人们发现，在五中"老三届"博客众多的文章里，没有一篇关于博主二娃的文章。我曾问他，作为博主为啥不带头写呢？他说："我不擅长写文章，我只提供阵地、平台，专为大家服务。"

好一个专为大家服务！

说起二娃爱管闲事，愿给别人服务，还服务周到，就得谈到他和他老婆去南京儿子邹峰家看孙子所遇到的小事了。

二娃两口子几乎每年寒暑假都去南京看孙子。一次，二娃回儿子家，上到他居住的二楼楼道，看到楼道里扔着一个旧取暖器。人家知道是坏了，准备扔的。这二娃，真有些"二劲"。他当时征得邻居同意后，竟把它拿回来，在儿子家的阳台上摆开了修理厂。凭着他在工厂学到的技术，没两天就把坏的取暖器修好了。于是他便把修好的取暖器还给了楼下邻居。

因为他和那位邻居都是烟民，平时频繁寒暄，有一天就一起在楼下小饭馆吃了顿饭，从此他们就成为好朋友了。后来每当楼下邻居碰到邹峰，都会让邹峰代问候一声他爸二娃。

二娃有着自己特殊的嗜好。他除了是球迷、网迷、烟民和麻友外，还有两大嗜好：好秦腔和好旅游。这很奇特。

像他这把年龄，在我们"老三届"同学中，对秦腔这么痴迷，是少见的。他不但喜欢、会唱，还是够格的票友。

他知道我不太喜欢秦腔。有一次，他对我说："哥，我引你去一个地方，离你住的张家村不远，完了，我请你吃羊肉泡。"

我们走进了一个很宽敞的大房子，房内有20多位身着各色时尚服装，长得帅帅气气、漂漂亮亮的男男女女，年龄都在二三十岁、三四十岁之间。他们好像正在排练、演唱秦腔，为一场什么演出做准备。他们见我和二娃进来，立马停止了排练演唱，并把我们围了起来。有的把二娃叫大叔，有的称大哥。二娃把我和这群人相互做了简单介绍后，让一位20多岁的漂亮女子给我清唱了一段秦腔。

唱完后，二娃说："看到了吧？你以为喜欢秦腔的都是七老八十的老头子、老太婆，这些年轻人一个比一个喜欢秦腔、热爱秦腔、懂得秦腔，他们还不一定都是老陕人。"

二娃说完，又说："走吧，我现在请你吃羊肉泡！"

看得出二娃在这群人中的地位和威望。我急忙鼓掌说，就像唱歌一样，好听好听。二娃顺势还给我进行了秦腔的科普。

我震惊了。人有嗜好，并能和与自己有共同嗜好的朋友在一起切磋、交流、聚餐、搞活动，不啻是快乐的、美好的。二娃是幸运的、幸福的。我真有点羡慕嫉妒恨了。从那以后，我开始改变了对秦腔的看法和印象。

作为企业的退休工人，二娃的退休金并不高，可是他活得自在，活得满足，活得有滋有味。他说我挣多少花多少，喜欢什么就干什么。他喜欢和一帮子高中生到国内、国外旅游。他广交旅友，在旅游中给大家拍照，给大家张罗，给大家说段子，给大家服务，给大家带来快乐，他自己也乐在其中，常常是这一次旅游活动还没结束，他就开始擘画下一次旅游活动了。

他也任性、倔强，说走就走，大多出游行动他都把老婆撂在家里。自然，他每次出游也引起老婆的操心和埋怨。我曾问他为啥旅游老不带老婆，而爱和高中生在一起，他说："带老婆我得操心，不带我就省心。你不是叫我二娃嘛，和高中生在一起，咱可以跟人家多学一点儿嘛！"

其实，不论是初次跟二娃出游的同学，还是常年一起结伴出游的旅友，在一起出游的过程中，他们不仅可以感受到快乐，还从二娃那里学到了许多。他的真诚、豁达、豪爽和善良，他的侠肝义胆、爱友助人的品格在和他一同出游的人中有口皆碑。因而，他的旅友众多。

2017 年 10 月 15 日，二娃又创建了"固川知青群"群聊，这就又多了一个固川知青交流的平台。他作为群主，身体力行，在百十来人的群里，定规矩，出通知，发号令。他不管男女，不论年龄，谁在群里发一些乱七八糟的东西，他就站出来批评训斥。大伙还都服他。

西安老五中赴宝鸡县固川插队的知青，是学校第一批上山下乡的学生。这一批知青，人数众多，人员集中，人心也齐，每逢固川插队 20 周年、30 周年、40 周年和 50 周年，他们都会举行规模较大的纪念活动。

赴宝鸡县固川插队落户，我和二娃都仅仅待了两年。两年，在人一生的成长过程中，只是短暂的一瞬；但是，在固川农村插队这两年，却是一个中学生走进社会的第一步，是我们这个被称为知青的群体从蒙昧走向成长、成熟的第一步。

"固川印象"，给我们这些知青打下的烙印太深了，尤其是二娃。他除了每次主动参与并组织集体的大型纪念活动外，自招工返城后，自己回固川公社柿沟二队看望老乡就不下五六次。50 年过去了，他和他柿沟二队的乡亲们混得倍儿熟。惊悉他的不幸去世，柿沟二队的乡亲们也表达了深深的哀悼和思念。

我曾问过他："你咋这么爱往生产队上跑？"

他说："咱们在农村吃苦受累，算个啥？咱年轻，不知道啥是苦，不知道啥叫累。回想起那些年，挣扎在最底层的农民兄弟姐妹，那才是个苦啊！因而我无法忘记那些淳朴的、处于最底层的固川农民乡亲们。"

因此，二娃每次都是这些大型纪念活动的主要组织者之一。二娃和活动的组织者们充分利用"西安五中'老三届'"的博客这个平台，发布信息、征求意见，鼓励大家积极参加活动。大伙看到，在这些活动中，他每次都是心甘情愿，默默付出，总是那个冲在前，不怕跑断腿、磨破嘴的热心鼓动者和组织者。

2018 年 10 月 25 日，是固川知青插队 50 周年纪念日，为了组织这个纪念活动，二娃和他的团队，多次碰头研究，定方案，选地方，联络人。人们看到，那个精力充沛、任性的二娃，总是不辞劳苦地东奔西跑。他一会儿西安、一会儿宝鸡、一会儿台上、一会儿台下，一会儿在人堆里、一会儿不见踪影，忙碌地给大伙张罗、服务。

2018 年固川知青插队 50 周年纪念活动井然有序、圆满结束之后，殊不知，我们的二娃兄弟已疲惫不堪，血压升高，身心困乏。他劳瘁到极致了，这也导致了他病祸埋身。数月后，他便不幸离去。

他就这样猝然地走了，走得任性，走得悄然。

中午电话里还说我欠他一顿羊肉泡，晚上他就走了。他走得让人无法接受，走得让人哀痛难已。

纵观他这普通的人生，他活得真实，活得纯粹，活得自在，活得自

由。有时，他也倔强、任性和固执，但他活得充实，活得快乐，活得
洒脱。

他的不幸去世，使我们痛失了一位好兄弟、好师友、好哥们儿、五中
'老三届'博客好博主、固川知青群好群主和杰出的知青活动家。他和其
他同学一道，为五中"老三届"知青活动做出了自己特殊的贡献。他的去
世是五中"老三届"知青活动的一大损失。

他离开了我们，但老五中的知青们，固川柿沟二队的乡亲们，以及他
的亲友、工友、师友、票友和旅友们，没有离开他。

二娃兄弟啊！你这么任性地去了天国，了却红尘，可我要去哪儿请你
吃羊肉泡啊？

2019 年 7 月 23 日

《寻找》后记

为了迎接五年一次的全国干线公路大检查，陕西交通作协公路分会决定以陕西交通作协的名义，出一套水准较高的一书一号公路交通文学作品集。他们问我有无作品要出，我说这是大好事，便不假思索地说："出！书名就叫《寻找》。"

起了书名《寻找》后，我才感觉有点茫无头绪，我要寻找什么呢？

是啊，一个衣食无忧，有老婆、儿子、儿媳和孙女，如古人所说直奔古稀之年的人，还在寻找什么呢？

美国著名心理学家、行为学家马斯洛，把人的需求由低到高划分为生理需求、安全需求、社会需求、尊重需求和自我实现需求5个层次。

生理需求是人的最原始、最基本的需求，如食欲、性欲、衣物、睡眠等。若不满足，则有生命危险。这就是说，它是最强烈的不可避免的最底层的基本需求，也是推动人们行动的强大动力。

安全需求要求劳动安全、职业安全、社会安全、生活稳定，希望免于灾难、希望未来有保障等。安全需求比生理需求更高一级，当生理需求得到满足以后就要保障这一层次的需求。

社会需求即社交的需要，也叫归属与爱的需求，是指个人渴望得到家庭、团体、朋友、同事的关怀、爱护和理解，是对友情、信任、温暖、爱情的需求。这种归属与爱的需求要比生理和安全需求更细微、更难琢磨。

尊重需求可分为自尊、他尊和权力欲三类，包括自我尊重、自我评价以及尊重别人。尊重需求很少能够得到完全的满足，但基本上的满足就可产生推动力。

自我实现需求是最高等级的需求，也是人的精神需求。满足这种需求就要完成与自己能力相称的工作，最大限度地发挥自己的潜在能力，成为所期望的人物。这是一种创造的需求。

有自我实现需求的人，似乎在竭尽所能，使自己趋于完美。自我实现需求意味着充分地、活跃地、忘我地、集中全力全神贯注地体验生活。

在当代，我们中国人当然也有这5种需求。

如今，国人的温饱问题基本得到解决，人们越来越期盼获得安全需求、社会需求、尊重需求和自我实现需求，特别是自我实现需求越来越引起人们的关注和重视，并作为自己追寻的目标。

有需求，就要去追求；有追求，就要去寻找；要寻找，就要有目标。

这个世界太过美好。

这个世界太过无奈。

这个世界太过复杂。

这个世界太过无情。

这个世界太过混沌。

这个世界也太过多彩。

因此人们不得不去探秘，不得不去寻找，寻找远方的美好风景，寻找生命理想的乌托邦。换句话讲，就是去创造、去体验、去满足"自我实现需求"。

人活着多么不易，要活出一番境界来更是难上加难。除了衣食住行，还要不停地寻找，不停地歇脚，不停地停靠，不停地奔跑。当然，每个人都有自己的活法，不同的活法又创造了不同的人生，这过程中的无怨和结局的无悔，是判定成败的前提。因为寻找的过程就是一种美丽、一种享受。

寻找的过程也是一种痛苦。

一个人什么都想要，就有可能什么都找不到，这往往会变成最大的痛苦。我想我们都应该像杰出的中国女建筑学家、诗人林徽因那样，学会"在自己的内心修篱种菊"。

我也在不停地寻找，寻找属于自己的文字，寻找属于自己的美丽风景，寻找属于自己的精神家园，寻找属于自己心灵的"伊甸园"，只为寻找到远方的更好的我。

在不同的地方，不同的阶段，有不同的风景和不同的目标。我笃信远方的我定会为现实的我助力，我笃信我一旦拉住远方那只神奇的手，我平庸的生命即可获取无尽的能量。这就是寻找的动力。这些年来我一直在寻找，可这神奇的手在哪里？

终身不得志的奥地利著名心理学家弗洛伊德，在临终前给他的情人玛丽亚的信中写道："当一个人追问生命的意义和价值时，他就得病了，因为无论意义还是价值，客观上都不存在。一个人这样做，只能说明他未得满足的原欲过剩。"

我反复地思考着这位老先生的话，我理解的是，健康的人不必追问生命的意义和价值。因为，健康的人是充满活力的，他的欲望经过努力是可能得到满足的。只有当人处于病态的时候，才会发出这样的追问。我想我这个暂且健康的人，虽然不必去追问生命的意义和价值，但是，还需要不断地来调整自己的心态，让自己不必刻意去求索。无须精心去处世，一切顺其自然，还是脚踏实地在文字的海洋里去寻找属于自己的天地吧！

感谢著名作家子页兄，看了我的书稿和以前的几部集子，仅用了几个晚上，就写成了《其人其文皆上品——读丁晨散文集〈寻找〉》这一美文。子页兄不愧是写作的老手、快手和高手，他慧眼金睛，一矢中的。他写道："丁晨要寻找什么？读过他的作品后，我认为，丁晨寻找的是历史，是信念，是灵魂，是平平常常生活中的诗意，是普普通通人性中的美质。""寻找'公若登台辅，临危莫爱身'的艺术生命。读过丁晨的《寻找》，我似乎明白了他在寻找一个真实的自己！"

哦，寻找远方的我，不就是寻找一个真实的自己吗？

近年来，我面对人生、家庭、社会和读书等各种现象，有感而发，写就了一些随笔、散文。虽然写得不多、不深、不广，但是，它是用我自己的思考，自己的语言，写出来的属于自己的文章。我把它作为"生活杂品"一辑，收进了集子。

前不久，我应邀承担了省内几位作家策划出版的《国家名片上的丝绸之路》一书的一些写作任务。我把我写的几篇文稿，经过修改整理，作为"方寸世界"一辑选进了《寻找》集子。

另外，作为交通人，我也写了几篇有关交通人和事的随笔、散文、报告文学，我把它作为"交通风景"一辑，也编进了集子。

以上这些就是《寻找》这部小册子写作、出版的缘由和全部内容。

由于《寻找》是《公路交通文学作品集》其中的一部，按照与出版社签的合同，必须和其他十几部书一并同时出版。时间仓促，任务紧迫，为了不影响出版大局，我必须排除干扰，加紧写作，按期交稿付梓。这样，这部小册子无论是数量还是质量，存在不足和遗憾，都在所难免。倘若再有更多的时间，我有可能会写得更多、更广、更厚实一些。那么，只有恭请各位方家和读者见谅，并不吝赐教、臧否！

感谢交通作协公路分会的蒲力民先生、王惠女士和王玉平女士，他们热情地为各位作者服务，忙前忙后与出版社和作者沟通联系。没有他们的努力和服务，也就没有这套作品集的出版。

感谢太白文艺出版社的责任编辑们，他们积极热情地扶持公路交通文学事业，主动把这套文学作品集列入出版计划，不辞辛劳，认真审读、校对全部书稿，使这套文学作品集得以顺利出版。

斯书一出，长舒一气，顿笔休整，来日耕耘！是为后记也。

2015 年 9 月 20 日于西安含光门外

秋　叶

　　春天，阳光明媚，万物复苏，生机盎然，固然可爱，可春天对庄稼人来说是青黄不接的时节。凡经历了 20 世纪 50 年代末至 60 年代初那个时期、饿过肚子和上山下乡插过队的人，都知道"青黄不接"意味着什么。

　　在我的记忆里，自 20 世纪 70 年代初返城后，我就对秋天情有独钟了。秋天是收获的季节，硕果累累，黄金铺地。我的不少文章都是在秋季写成的。

　　你看那黄澄澄的谷穗和玉米，甜丝丝的瓜果和绚丽多姿的秋菊，装点和充实着我们的生活。

　　秋色是美丽迷人的。

　　刘禹锡赞美秋色："山明水净夜来霜，数树深红又浅黄。"

　　苏东坡这样赞美秋色："一年好景君须记，最是橙黄橘绿时。"

　　秋天，秋风飒飒，绯红、橙黄和金色的秋叶纷纷扬扬，飘落到房屋上、人身上和大地上。这是大自然在冬天来临之前的最后放纵，也是大自然写给大地的诗篇。人们或在室内，享受着不冷不热的宜人气候，潜心学习和耕耘；或在室外，脚踩着沙沙作响的秋叶，悠闲地散步、交流和戏耍。

　　当然，由于人们的处境和感受不同，秋季也会给人带来一种惆怅、失落、凄婉和冷清的感觉，犹如元代文人卢挚词中所讲的"天长雁影稀，月落山容瘦，冷清清暮秋时候"。

如果把青少年比作人生的春季，则壮年为夏季，中年为秋季，老年为冬季，那么回忆起来，16 年前 50 多岁的我已走到人生的秋季了。这意味着我一生本应足迹壮观，事业有成，硕果累累。可遗憾的是，到了人生秋季的我，事业未成，果实不丰。除了人已累得气喘吁吁，疲惫不堪，双眼昏花，心生惆怅和白发增多外，只是头脑比年少轻狂时代冷静、理智和清醒了许多，只是对苏东坡的名句"哀吾生之须臾，羡长江之无穷"有了新的感受。我想，我应该在既宜人又惆怅的秋季为自己做点什么了！

我从 20 世纪 80 年代中叶开始从事"爬格子"劳作，爬到 2003 年，快20 年了，特别是到 2003 年，从事报纸编审工作已 10 年了，替别人做"嫁衣"，我不知编改了多少稿子，也不知采写了多少文章，可唯独没有自己的著作。于是，我下定决心，把自己 20 多年来断断续续撰写的一些文稿，经过收拢、整理和筛选，编辑成了一个集子。这些文稿大部分在报刊上发表过，为了保留文稿的历史原貌，我只对文稿中明显的差错进行了校正修改，其余一律未动，甚至有些文稿发表时，被编辑部删改的地方，我又恢复了原样。可以这么说，当年出这个集子，一来是受我周围文友、朋友对写作的勤奋、激情和执着感染而使然；二来也是对敝人 20 多年笔耕不辍、疲惫跋涉的自我安慰吧！

书稿终于在 16 年前的中秋节前一天编撰完成。这是我的第一本文学作品，我给它起了书名——《秋叶》。记得第二天（中秋节）夜晚，我、妻和儿子聚在一家四川小餐馆，并没有吃月饼，而是凝望着窗外已爬得老高的一轮明月，每人斟着一点儿红酒，高举酒杯，一饮而尽。既是欢庆中秋，又是小庆我的第一本书编撰完成。这也是我们全家首次在餐馆欢度中秋节。

《秋叶》已于 2003 年 11 月正式出版。我和我的书是一片秋叶，虽然已经落地，但愿人们踩在上边，沙沙作响，不起尘埃，能感受到人生的不易、悲壮和充实。我和我的书如飒飒的秋风，但愿能轻轻吹拂着人们的面颊，给人们送去淡淡的幽思、清爽和感怀。这是我出的第一本书，尽管这本书很不成熟，但它是我对人生苦旅、对普通人的劳动生活的一种感悟和思考。

我记得，在书稿交由印刷厂付梓期间的 2003 年 11 月 15 日和 12 月 15 日，分别是我父亲去世 30 周年和母亲去世 29 周年的忌日。我的父亲是一位普通的中国退休职员，母亲是典型的中国底层社会的家庭妇女。他们的一生，吃的苦比享的福多，吃的药比吃的饭多。尤其是父母晚年病魔缠身，苦不堪言，惨不忍睹。父母一生，清贫纯朴，勤劳节俭，豁达坦诚，刚柔耿直，平和善良，为邻里交赞。父母用微薄的工资和全部的爱，忍辱负重，含辛茹苦，把我们兄妹四人拉扯、养育成人。父母临终时，没有给儿女们留下分文家财，留下的只是一张欠账单。但是，父母给我们留下了为人做事和处世的教诲，留下了不尽的怀念和哀思。

父母一生非党非团、无教无派，不吃斋念佛，不求神算卦，虽然生活拮据，但心地宽阔。他们是中国平淡无奇的小百姓，可他们把中华民族最美好的东西传教给了儿女：堂堂正正做人，老老实实做事，普普通通生活，勤勤恳恳工作，认认真真读书；遇事动脑，遇财吃亏，与人为善，与邻谦和，对友心诚，对己量大。父母平凡而高洁的人格、美德和善心，一直恩泽、荫庇和浸润着我，成为我受用一生的精神财富。天长日久，潜移默化，我从父母那里学会了宽容、忍让、仁善和仗义。

我的父母病逝于 1973 年和 1974 年，去世时都仅 66 岁。在那个年代，我们做儿女的，没有能力治好父母的病，使二老过早地离开了我们。每每忆想起那些不堪回首的往事，我的心头就充溢着无限的酸楚和悲怆。

于是《秋叶》出版的第二年即 2004 年的中秋节，我饱含着泪水，跪拜在父母灵前，把这本《秋叶》小书作为供奉父母亡灵的祭品。愿九泉之下父母的亡灵，恕我不才不孝之心的倾诉！

一年一度的中秋节又到了。岁岁中秋，今又中秋，"一年一度秋风劲，不似春光。胜似春光，寥廓江天万里霜"。但是，不管今年的中秋如何美好、怎么过，我都无法忘记 16 年前，我、妻和儿子聚在四川小餐馆，高擎酒杯望明月，欢庆中秋的那个夜晚，无法忘记 15 年前的中秋节，我把《秋叶》小书，作为供奉父母亡灵的祭品的那一幕幕……

2019 年 9 月 4 日

秋 意 温 馨

现在人们都知道，社保卡在指定银行激活以后，用途越来越广、发挥的作用越来越大了。

我的社保卡，不知是早期的制作质量问题，还是"上年纪"了，已经变软，并且裂成两片，直接影响到了我的使用。

于是，我欲咨询陕西省社会保障局，以解决我的社保卡问题。

经过在百度上搜寻，我找到了西安建设东路 1 号陕西省社保局的地址。

2019 年 9 月的一天，古城西安微风习习、秋雨潇潇，刚受尽酷暑难耐伏天的煎熬，绵绵细雨打在身上，还真有些惬意和宜人。

我偕妻乘坐公交车，几经辗转，来到了省社保局大楼。终于在五楼的一间办公室里，一位清秀端庄的中年樊姓女士接待了我们。

樊女士告诉我们，她不当班，管社保卡的同事今天不在。

我们好不容易倒了几次车才找到这地方，乍一听管社保卡的工作人员不在，我的心霎时就像窗外淅淅沥沥的秋雨，一下凉了。

这时，樊女士好像看出了我焦虑的心思，走到我跟前，轻声细语地说："不要紧，先坐下，我打电话替你问问，看能不能解决。"说着顺手就给我们俩倒了两杯开水。

她打完电话，接过我手中的社保卡说："看来早期的社保卡质量确实有问题，我们已经接到不少用户反映社保卡裂开不能用了。经我们商定，不能用的，一律到中国银行二环世纪星支行免费更换。我刚给那里的支行大堂经理打了电话，你们去了不用排队，只需要带着身份证免费更换就行了。"

我和妻当即说了声谢谢，急着就要去办。

樊女士说："甭急，这里没有直通中行二环世纪星支行的公交车。我怕你们找不到地方，也为了不耽误时间，我给你们叫一辆网约车，一会儿把你们送到。"

妻坐不住了，觉得有些过意不去，便说："不麻烦你们了，我们自己打辆车去找吧！"

"没啥，你们是老同志了嘛！这是应该的。"樊女士说着，她的手机响了。她接完电话，忙对我们说，"车来了。走，我送你们下楼坐车。"

她把我俩送下楼，要上车时，递给我一个字条说："上边有我的电话、姓名，到了中行二环世纪星支行，把办卡的结果告诉我，假若没有办成，我再协调解决，好吧？"

我和妻只好说："太感谢了，太感谢了！"便不好意思地上了车。

网约车顶着蒙蒙细雨，很快就到了地点。我和妻下车一看，原来就是知青企业家王克良修建、经营的"老三届"世纪星大厦。这地方我们当然熟悉，早知如此，就不该花这不必要的打车钱。

妻问司机打车费多少钱，司机说不用你们出钱，樊女士叫的车，她结账。

妻惊诧地对我说："你看看多不好意思，咱和人家樊女士素不相识，人家给咱办事，还让人家出钱。你快想办法，把打车钱给人家。"我说："不用了，樊女士既然主动出钱，人家就不会要了。"妻说："那咱就给人家樊女士写个感谢信吧！"

现在市场经济发展了，满大街都有各类不同名目的银行。可你不管啥时候去了银行，都要抽号排队。中国银行二环世纪星支行大厅里已坐满了等候办事的人，我直接找到樊女士事先联系好的大堂经理，很顺利地就办好了更换社保卡的事宜。中行工作人员还仔细地给我讲解了新社保卡的使用方法。

当我拿到新更换的"中华人民共和国社会保障卡"时，我感动了、激动了！

时下，坊间对一些党政事业机关"门难进，脸难看，事难办"的衙门作风，多有不满和微词。然而今天，我从樊女士热情、周到和人性化的服务中，看到了陕西省人力资源和社会保障厅下属的陕西省社会保障局新的机关作风。看来，当前陕西的机关事业单位和银行的工作作风都在改善。

我当即坐在中行大厅里给樊女士打电话，告诉她我的社保卡已经换好，并对她和中行雷经理及其他工作人员再次表示了真挚的谢意和敬意。

让我为樊女士点赞！她用她温暖的服务，诠释了这个时代公务人员的风采。

让我向陕西省社保局和中行二环世纪星支行致敬！他们用行动佐证了机关和行业作风的改善。

我和妻称心如意地走出中行大厅，秋风依然飒飒吹着，秋雨依然淅淅沥沥下着。不知从哪儿飘来桂花的芳香，沁入心肺，让我感觉不是春光，胜似春光，心中充满了少有的秋意温馨和怡悦……

（载于 2020 年 10 月 30 日《西安晚报》）

宅家阅读　以读抗毒

2020 年新冠肺炎疫情肆虐蔓延的一个多月里，我一直蜗居在家里。

作为一个退休多年的人，我早已养成了无拘无束、自由自在、随遇而安的生活习惯。

居家一个多月，又赶上庚子年春节、元宵节，不能和儿孙、兄弟姐妹欢聚，不能和同学朋友聚会，不敢去公共场所，大家都只能宅在家，不给政府添乱。整日忙忙碌碌的人们霎时悠闲下来；繁华热闹的街巷顿时万籁俱寂，空空荡荡。

这真是有史以来头一次啊！

一个多月来，除了每天一觉醒来，看电视、上网、玩手机，关注疫情最新进展，就是和老婆在客厅打打羽毛球，或在院子里散散步；憋得疯了，就听听音乐，吟诵几句诗词。哈哈，这些已成为我一个多月来的主要活动了。

二月底，疫情稍缓，儿子、儿媳复工上班，小孙女就甩到了我们这儿，儿子、儿媳晚上也回我们这儿。这样，我们一家五口又可以平安欢聚

212

了。小孙女上小学，无法去学校，但是，停课不停学，网课开始了。于是，每周陪孙女在 iPad 上上网课、给她辅导作业，就成了我的主要任务。

完成了这些主要活动和主要任务，还有大把的时间，我就钻进书房去阅读，遨游在浩瀚的书籍海洋里，享受恣意游弋的乐趣，以读抗毒了。

首先，我静下来阅读了在我书架上放了很久，但一直无暇翻阅的南怀瑾老先生的《中国文化泛言》。先生旅美、居港多年，著作等身，精研儒、释、道，是享誉海内外的著名学者。他用"经史合参"的方法，讲解儒、释、道三教名典，拈提古今，蕴意深邃，文辞典雅，见识独到。他融会中西文化精华，将中华文化精髓和思想融会贯通。先生早在 50 多年前，面对当时现实，就疾呼："我们作为现代的一个人，既有很沉痛的悲惨遭遇，也有难逢难遇的幸运，使我们生当历史文化空前巨变的潮流中，义不容辞地肩负起开继的责任。但是目前所遭遇的种种危难，除了个人身受其苦以外，并不足可怕。眼见我们历史传统的文化思想快要灭绝了，那才是值得震惊和悲哀的事！"所以，先生"希望大家能秉宋代大儒张横渠先生的目标——'为天地立心，为生民立命，为往圣继绝学，为万世开太平'，为今后我们的文化和历史，承担起更重大的责任"。先生说："我既不想入孔庙吃冷猪头，更不敢自己堵塞学问的根源。"

细读南怀瑾先生的书籍，且有登泰山而小天下之感，所谓纲举目张，条贯井然，旷然在目焉！

《胡适散文选》，也是我以前欲读未读，而在这次疫情防控期间才静心阅读的书籍。

胡适是中国大师级的文化学者，他的著作浩如烟海，涉及文学、哲学、史学、考古学、教育学、伦理学等多个领域。我读的《胡适散文选》，选录了先生所作的《文学革命运动》《南行杂记》《追悼志摩》等杂感、随笔、散文作品。这些作品从多个层面和角度反映了胡适丰富的精神世界、思想追求和人生感悟。我认为，胡适最让人敬仰的是"容忍比自由更重要"的思想，他生性温良恭俭让，是出了名的谦谦君子。他在书中说："我受了 10 年的骂，从来不怨恨骂我的人。有时他们骂得不中肯，我反替他们着急。有时他们骂得太过火，反而损害骂者自己的人格，我更替他们不安。如果骂我而使骂者有益，便是我间接于他有恩了，我自然很愿挨骂。"正如著名美籍华人学者唐德刚那样，虽对胡适很有非议，却对胡适给予了很高、很贴切的评价："胡适之先生的了不起之处，便是他原是我国新文化运动的开山宗师，始终一贯地保持了他那不偏不倚的中流砥柱的地位。开风气之先，据杏坛之首；实事求是，表率群伦，把我们古老的文明，导向现代化之路。"

郭沫若和胡适一样，同是大师级的人物。他知识渊博，才气横溢，在文学、史学、考古学、古文字学、翻译、古器物学、书法、艺术等诸多领域，都有极高造诣。当然，他的人品、文品也屡遭批评、饱受争议、颇被诟病。德国大哲学家尼采说过："大艺术家必然是性欲旺盛的人。"尼采又说，"一个人在艺术创作中和在性行为中消耗的力是同一种力。所以艺术家应当保持相对的贞洁，以节省精力。"郭沫若正是这样的大文豪，他激情澎湃，精力旺盛，创作旺盛。郭沫若一生已出版了《郭沫若全集》（《文学编》《历史编》《考古编》），洋洋大观，鸿篇巨制共38大卷，还不包括他的翻译和书法作品。

我这次撇开那些批评、争议和诟病，借疫情防控，今日得宽余，读了《郭沫若散文》里的《卖书》《孤山的梅花》《论郁达夫》《银杏》及《访沈园》名篇。《郭沫若散文》选录了郭沫若30余篇不同时期的随笔、散文，绝大部分都是新中国成立前的作品。由于丰富的人生经历和社会活动家非常广阔的活动范围，郭沫若的散文常常是以一个战士的视角来观察动荡不定的社会变迁，感受时代的特征和召唤。所以，他的散文不受羁绊，不拘一格，富有浓郁的政治色彩、革命色彩、感情色彩和浪漫色彩。譬如，他脍炙人口的名篇《银杏》写于20世纪40年代，正当日本帝国主义大举侵华的国难当头之时。激情高昂的《银杏》一文，赞叹银杏树风骨盖世。他在文中写道："自然界中已经不能有你的存在了，但你依然挺立着，在太空中高唱着人间胜利的凯歌。你这东方的圣者，你这中国人文的有生命的纪念塔，你是只有中国才有呀。"他把银杏树的风貌、品性，与中国的结缘，银杏树与中国文化的联系都抒写得酣畅淋漓，并在全国首次提出银杏树应作为中国的国树，意在鼓舞国民建立自信，奋勇抗战。

　　《访沈园》是郭沫若在新中国成立后写的一篇散文，写得很有味道。绍兴的沈园是南宋大文学家陆游写著名词作《钗头凤》的地方。陆游20岁时曾和他的表妹唐琬结婚，伉俪甚笃。但唐琬却为陆母不喜，二人被迫离析。10余年后的一日，早已另娶的陆游和也已改嫁的唐琬及后夫在沈园邂逅。陆既未忘前盟，唐亦心念旧欢。唐劝其后夫，遣家童送陆酒肴以致意。陆游不胜悲痛，因题《钗头凤》一词于壁。40年后，75岁的陆游曾梦游沈园，更深深地触动了他的隐痛。他又写了两首哀婉的七绝《沈园》。其一首云：

　　　　梦断香消四十年，沈园柳老不吹绵。
　　　　此身行作稽山土，犹吊遗踪一泫然。

　　此诗讲述了一代大文学家陆游凄美动人的爱情悲剧故事。郭沫若大发感慨地写道："陆游和唐琬是和封建社会搏斗过的人。他们的一生是悲剧，但他们是胜利者。他们的优美形象永远活在人们的心里。"

　　我还花费时间重读了获诺贝尔文学奖的美国作家海明威的《老人与海》、沈从文的《边城》和钱锺书的《围城》。《老人与海》和《边城》当属中篇小说，《围城》是长篇小说了。重读这三部小说，我的感受竟与之前截然不同。阅读《老人与海》和《边城》，也许由于年龄增长，眼头高了，我已经没有当年文学青年阅读时的热情和激奋了。倒是读沈从文的《湘行散记》《湘西》，令人玩味。像《桃源与沅州》《一个多情水手与一个多情夫人》《老伴》《常德的船》《凤凰》等，乍一读来，给人的印象只是一些山水花草、普通人物的琐碎游记；细细品味，却感觉到比作家的许多小说，都触摸到了更复杂的社会问题，每个篇章里都于谐趣中，有深一层的感慨和寓意。沈从文的散文描绘了一幅幅如诗如画、富有传奇色彩的湘西风景图，表达了一种"对于生命沉沦的大悲痛"和对真善美人性的呼唤与赞美。

　　而再读《围城》，我却兴味浓厚。我敬佩，作家以机智的幽默和温情的讽刺语言，剖析了抗战初期从国外留学归国的知识分子们的个性和心理、道德和感情、生活、命运上的弱点、困境和矛盾的群像。小说中第三

215

章里有这样经典的描写，褚慎明说："关于结婚离婚的事，我也和他谈过。他引一句英国古话，说结婚仿佛金漆的鸟笼，笼子外面的鸟想住进去，笼内的鸟想飞出来；所以结而离，离而结，没有了局。"苏文纨说："法国也有这么一句话。不过，不说是鸟笼，说是被围困的城堡，城外的人想冲进去，城里的人想逃出来。"作家借用的外国谚语，如果仅仅局限于谈婚姻的"围城"困境，显然不是钱锺书的本意。"围城"困境是贯穿于人生各个阶段的。钱锺书在全书安排了许多变奏，使得"围城"的象征意义超越了婚姻层次，与读者形成了共鸣，引发读者的思索，历久不衰。

《傅雷家书》《艾青诗集》《徐志摩诗》、史铁生的《我与地坛》、梁衡的《觅渡》和林清玄的《人生最美是清欢》，是我这次反复阅读的书籍。

傅雷，中国当代杰出的翻译家、作家和教育家。他翻译了大量的法文作品，其中包括巴尔扎克、罗曼·罗兰、伏尔泰等名家著作。我之前读了傅雷翻译的长篇小说《高老头》和英雄传记《米开朗琪罗传》，才知道和了解了法国大作家巴尔扎克和罗曼·罗兰，同时也记住了傅雷这个杰出翻译家的名字。《傅雷家书》是傅雷写给当时在海外留学、后来成为著名钢琴家的儿子傅聪的书信。但这可不是一般的书信集。《傅雷家书》不仅是一部呕心沥血、苦心孤诣的教子篇，也是最好的艺术学习修养读本，更是既平凡又典型的当代中国知识分子的深刻写照。

静静地翻开《傅雷家书》，透过字里行间，我感受到了一个伟大的爱子教子的父亲的苦心孤诣、家国情怀。傅雷教诲远在海外的儿子傅聪："作为一名中华儿女，是足以骄傲的，因为祖国有着无尽的文化财富，在一代又一代的中国人血脉里传承着。"他要求儿子立下三个原则："不说对不起祖国的话，不做对不起祖国的事，不入他国国籍。"但是，傅雷对儿子的教育，并不是采取填鸭式的说教，而是以朋友的身份相处交流。傅雷在信中说："我很高兴的是我又多了一个朋友，儿子变了朋友，世界上有什么是可以和这种幸福相比的？尽管将来你我之间离多聚少，但我精神上至少是温暖的，不孤独的。"傅雷就是这样一位有着卓越成就、人格高尚、具有家国情怀的杰出翻译家。有学者评价傅雷是个有个性、有思想的铁汉子、硬汉子，他把人格看得比什么都重。他无法忍受巨大的迫害和屈辱，最终和夫人朱梅馥双双自杀身亡，悲壮地走完了一生。也由于父母受迫害自杀等原因，傅聪一直在海外飘荡，最后未如父愿，加入了英国国籍。

《艾青诗集》和《徐志摩诗》是完全不同表现风格、不同思想内涵、不同境界的诗集。年轻时候的我对《徐志摩诗》并不在意，也谈不上喜爱。《艾青诗集》和郭小川的诗，是我极力推崇的。艾青那充满深沉、激越、奔放、抒情的笔触，呈现出悲悯、忧郁的艺术风格和富有爱国之情的《我爱这土地》《桥》《北方》《向太阳》等名篇名句，我都能背诵。

譬如《我爱这土地》的结尾两句：

> 为什么我的眼睛里常含泪水？
> 因为我对这土地爱得深沉……

《北方》的最后几句：

> 我爱这悲哀的国土，
> 古老的国土，
> ——这国土，
> 养育了为我所爱的，
> 世界上最艰苦
> 与最古老的种族。

我 50 年前就成了一名公路交通人，当我一读到艾青的有关交通的诗作《桥》时，就欣喜若狂，如饥似渴地背诵：

> 当土地与土地被水分割了的时候，
> 当道路与道路被水截断了的时候，
> 智慧的人类伫立在水边：
> 于是产生了桥。
> 苦于跋涉的人类，

应该感谢桥啊。

桥是土地与土地的联系；

桥是河流与道路的爱情；

桥是船只与车辆点头致敬的驿站；

桥是乘船者与步行者挥手告别的地方。

人家是年轻人喜爱读《徐志摩诗》，我是到了一把年纪才喜欢上《徐志摩诗》。像《偶然》《我不知道风是在哪一个方向吹》《再别康桥》《雪花的快乐》《翡冷翠的一夜》《再不见雷峰》等名篇里，那飘逸、幽深的意境，清新、华美的语言，朗朗上口的韵律，新奇、丰富的想象和富于变化、鲜明的艺术个性，深深地吸引了我。特别如《再别康桥》，朗朗上口的韵律，雅静、清新的语言和对康桥的淡淡哀愁，一读就能让人背诵：

轻轻的我走了，

正如我轻轻的来；

我轻轻的招手，

作别西天的云彩。

……

悄悄的我走了，

正如我悄悄的来；

我挥一挥衣袖，

不带走一片云彩。

康桥就是闻名遐迩的英国剑桥大学所在地剑桥。诗人在剑桥大学留学两年，与这个异国他乡美丽神奇的剑桥有了深厚的感情。他曾说："我的眼是康桥教我睁的，我的求知欲是康桥给我拨动的，我的自我意识是康桥给我胚胎的。"康河的微风、绿波唤醒了诗人的灵性，激起了诗人的诗情。康桥不是孕育诗人的国土，却是启迪诗人的精神家园，是诗人永远眷恋、难舍之地。在他的诗集里，除了那首脍炙人口的《再别康桥》，诗人也在《康桥再会吧》《康河晚照即景》《康桥西野暮色》等篇中多次写到了康桥。徐志摩的感情生活既丰富多姿，又坎坷多舛，这些也都反映在他的诗作里。

《我与地坛》是当代著名作家史铁生的一部长篇哲思抒情散文。由于我和北京知青史铁生都有在农村插队生活的经历，因而我每读他的一部作品，都眼含泪水。而这一长篇散文，是作者 15 年来摇着轮椅在地坛思索的结晶，是一个绝望的人寻求希望的过程，他将地坛作为一个载体，表达了他对伟大母亲的深切思念，以及作家对人生的种种感悟，对亲情的深深讴歌。

《觅渡》和《人生最美是清欢》也是艺术风格和思想内容完全不同的两部散文集。梁衡是一位学者型作家，资深报人。他的《觅渡》散文集里多是对一些青史人物、山川、人生、域外风景等所发的政论和感触，表达了作者满怀忧国之情。其中，首篇《觅渡，觅渡，渡何处?》被著名国学大师、学界泰斗季羡林先生推崇为散文中的名作，是写瞿秋白的，我很喜欢。瞿秋白是位才气横溢的中共早期领导人。作者三访瞿秋白纪念馆，以秋白家乡门前的"觅渡河"为抓手，于是境界立出，生发联想，运笔如风，一个真实的、流芳英明的瞿秋白形象便跃然于纸上。正如作者文中最后所写的，"项羽面对生的希望却举起了一把自刎的剑，秋白将要英名流芳时却举起一把解剖刀，他们都把行将定格的生命的价值又推上了一层。哲人者，宁肯舍其事而成其心。"当然，在《觅渡》集子中，作者有些过于偏颇的政论，譬如梁衡《领袖如父》里的一些观点，我就不敢苟同。

《人生最美是清欢》是台湾著名散文家林清玄的散文集。林清玄文笔看似清素淡雅，简约明快，却蕴藏广博，含敛深邃。阅读他的散文集，能让人感受到辽阔的天空、广袤的土地、芳香的原野；能让人浮躁的心理趋于平缓、宁静和舒坦。作者的书名就是从苏轼的《浣溪沙·细雨斜风作晓寒》词里"人间有味是清欢"演化而来。清欢是什么? 作者说"可以说是清淡的欢愉，这种清淡的欢愉不是来自别处，正是来自对平静的、疏淡的、简朴的生活的一种热爱。""清欢之所以好，是它不讲求物质条件，只讲究心灵的品味。""清欢是生命的减法，在我们舍弃了世俗的追逐和欲望的捆绑，回到最单纯的欢喜，是生命里最有滋味的情境。"

这期间，我还翻阅了《黄帝内经》和《古本山海经图说》这两部中国最古老的博大深邃的奇书。

《黄帝内经》号称是中医的纲领性秘籍。春秋战国时期的《黄帝内经》奠定了中医学的理论基础。这部奇书是以黄帝与岐伯等医臣的问对、论道形式，阐述医学问题，冠以"黄帝"之名，意在追本溯源，借以说明中国医药文化起源之早。当然，这部鸿篇巨制绝非一时之言，亦非一人之手。全书分《素问》《灵枢》两大部分，它是将传统中华哲学思想与医学结合、融会贯通的奇书。如果我们想了解中华民族文化的核心机密，并且在这个过程中感受我们祖先那令人惊叹的智慧和创造力，从而发现和寻觅真正的健康长寿之道，那么，请捧起这部宏大的神奇巨著吧！

《山海经》是一部富于中国神话传说特质的古老的奇书，囊括了地理、山川、物产、药物、祭祀、巫医、神兽等各个方面，记录了包括夸父逐日、精卫填海、大禹治水、后羿射日、女娲补天等美好的神话传说和寓言故事。《山海经》具有的非凡文献、文化价值，一直被中外学者所重视和研究。马昌仪教授撰著的《古本山海经图说》，经过作者精心搜集、整理和研究，完成的 1000 幅古图、25 万字解说，概说其源流，探讨其异同，揭示其意蕴，为我们理解、鉴赏和收藏《山海经》，提供了一个很有价值的辅助读本。

国难当头，全民抗疫。宅家阅读，以读抗毒。既是消遣，又属无奈，也算充电。其实，疫情防控期间，无论再好、再有意义的书籍，也挡不住手机的诱惑力。虽是匹夫百姓，宅家的日子里，却怎么也忘不了阅读、关注电视、网上全国各地的新冠疫情的信息和新闻。

新冠病毒是全世界的共同敌人，我们的命运和全球的命运是连在一起的，无论哪个国家都难独善其身。作为匹夫百姓，我们不能抱着幸灾乐祸的心态看待他国疫情，而应尽我们所能，尊重和支持他国的抗疫斗争。

疫情远未结束，我们仍需继续认真阅读和面对人类抗疫这部大书！

2020 年 5 月 10 日

（载于 2020 年 6 月 30 日《陕西交通报》）

大明宫的前世今生

　　唐京师长安（今西安市北郊）的龙首原上，雄踞着一座被誉为千宫之宫、丝绸之路的东方圣殿——唐大明宫遗址。

　　唐贞观八年（634），唐太宗李世民本系给其父唐高祖李渊消暑，张表孝心，择定龙首原，建筑永安宫，意求太上皇李渊永安长泰。次年改名大明宫。"大明"一词早见于《诗经·大雅》中的《大明》篇，释意为："文王有明德，故天复命武王也。文王，武王相承，其明德日以广大，故曰大明。"未央宫之名也出自《诗经》，它们都是皇帝以周王的勤政贤明作榜样的一种自我表白。

　　比故宫大四倍的大明宫，竟然只用短短的一年左右时间就完工了。如此规模浩大的工程，如此的高速度，可想而知动用了多少百姓、劳役和工匠，付出了多么惨重的苦力和生命啊！国家和百姓要背负多么巨额的财力和物力啊！恐怕可以与秦始皇未建造完成就被毁掉的阿房宫相提并论了。大明宫堪称世界上最大的宫殿群。乖乖，它的面积，大约相当于 3 个凡尔赛宫、4 个紫禁城、12 个克里姆林宫、13 个卢浮宫、15 个白金汉宫。

　　大明宫作为唐长安城三座主要宫殿（大明宫、太极宫、兴庆宫）中规模最大的一座，唐高宗李治龙朔年间、女皇武则天时、唐玄宗李隆基开元年间、唐德宗李适贞元年间都对其进行了大肆修葺和扩建。自唐高宗李治起，唐朝的帝王们先后有 17 位皇帝都在大明宫居住、享乐和理政。大明宫作为国家的统治中心，历时 200 余年。

大明宫的规模宏大，东西 1.5 公里、南北 2.5 公里，略呈楔形，共有 11 座城门。丹凤门是大明宫的南门，也为正门，丹凤门以北依次是由含元殿、宣政殿、紫宸殿、蓬莱殿、含凉殿等组成的南北中轴线。宫内的其他建筑，也大都沿着这条轴线分布。其中，含元殿、宣政殿、紫宸殿是大明宫三大殿，正殿为含元殿。丹凤门是唐大明宫中轴线上的正南门，沿用历史长达 240 余年，其长度、质量、规格为隋唐城门之最，被文物考古界誉为"盛唐第一门"。

含元殿以北有宣政殿，宣政殿左右有中书、门下二省，及弘文、崇文二馆。而有名的麟德殿大约建于唐高宗麟德年间，位于大明宫北部太液池之西的高地上。此外有别殿、亭、观等 30 余所。含元殿是当时唐长安城内最宏伟的建筑。殿前东西两侧有翔鸾、栖凤二阁和通往平地的龙尾道。整座宫殿坐北朝南，居高临下，建筑雄伟，富丽堂皇。

王维的《和贾舍人早朝大明宫之作》诗：

> 绛帻鸡人报晓筹，尚衣方进翠云裘。
> 九天阊阖开宫殿，万国衣冠拜冕旒。
> 日色才临仙掌动，香烟欲傍衮龙浮。
> 朝罢须裁五色诏，佩声归到凤池头。

诗中运用细节描写和场景渲染，道出了大明宫早朝时庄严华贵的气氛和早朝前、早朝中、早朝后三个阶段大明宫皇帝的威仪。诗歌雍容伟丽，格调协和。

大明宫南墙有 5 个门，正门名丹凤门，位于今自强东路，向东有望仙门和延政门，向西有建福门和玄福门，称为五门。门前东西横街称五门街。白居易《登观音台望城》诗云：

> 百千家似围棋局，十二街如种菜畦。
> 遥认微微入朝火，一条星宿五门西。

说的其实就是这条街（今称自强东路）的繁华。当时百官凌晨上早朝时纷纷由西街进入大明宫，提灯笼照明，远望此路好似一条星宿带。

王建《春日五门西望》则是描写百官退朝时此街的盛况：

> 百官朝下五门西，尘起春风过玉堤。
> 黄帕盖鞍呈了马，红罗系项斗回鸡。
> 馆松枝重墙头出，御柳条长水面齐。
> 唯有教坊南草绿，古苔阴地冷凄凄。

当时两侧御沟的石堤上栽植垂柳，官员们乘着黄帕盖鞍的马走过，路上扬起一阵尘土。这里有斗鸡的、卖艺的，非常热闹。

唐玄宗李隆基时，斗鸡、歌舞、舞马、百戏等成为宫廷经常性的享乐活动。唐玄宗晚年耽于享乐导致了"安史之乱"。持续了8年之久的安史之乱，使大唐的江山风雨飘摇，唐王朝日渐衰败，几至灭亡。王建七律《春日五门西望》是一首讽刺唐玄宗荒淫误国的诗篇。

唐僖宗广明元年（880），黄巢率领农民起义军攻陷洛阳、长安。僖宗李儇逃命成都，黄巢在丹凤门上击鼓60通，自号为帝，宣告大齐国的建立。黄巢年轻时曾到过长安，屡次应试不中之后，写下了《不第后赋菊》：

> 待到秋来九月八，我花开后百花杀。
> 冲天香阵透长安，满城尽带黄金甲。

对于黄巢而言，长安就是他理想的彼岸，这个彼岸的焦点就是他梦寐以求的大明宫。正如他另一首《题菊花》诗所描述的那样："飒飒西风满院栽，蕊寒香冷蝶难来。他年我若为青帝，报与桃花一处开。"黄巢也算曾在大明宫稍稍满足了心愿。

　　黄巢率领农民起义军攻入长安，大肆抢掠，洗劫了这个当时世界上最富庶、繁华的都市。黄巢起义军与唐军交战三年，使得大明宫遭遇第一次焚毁。

　　平息黄巢起义军后，唐朝廷虽对包括大明宫在内的长安城进行过修复，然而唐昭宗乾宁三年（896），凤翔、陇右节度使李茂贞率军攻入长安，一把大火，又使此番修复"扫地尽矣"。大明宫又遭遇第二次焚毁。

　　唐末最大的割据势力、节度使朱温（即朱全忠），于唐昭宗天复元年（901）率军攻入关中，控制了唐王朝的中央政权。唐天祐元年（904），朱温下令彻底废毁长安城和宫殿，此为对大明宫的第三次焚毁。这次焚毁给已经破败不堪的大明宫以毁灭性的打击，至此，大明宫彻底沦为一片废墟。

　　历史的长河缓缓地流淌了 1323 年。

　　1957 年，中国科学院考古研究所开始对埋藏在龙首原上的废墟遗址进行考古勘察和发掘。

　　1961 年，大明宫遗址被中华人民共和国国务院公布为第一批全国重点文物保护单位。此后，一系列考古和保护、展示工作有序开展，揭开了大明宫遗址保护利用的新篇章。

　　2005 年，为了能更好地保护和展示大明宫遗址，西安市政府开始对大明宫周边进行拆迁改建。大明宫遗址周边的原住民们面临着一场前所未有的大迁移。

　　2007 年，在大唐王朝消亡了整整 1100 年之后，一个宏伟的"大明宫国家遗址公园"蓝图在西安描绘诞生。2008 年开始，丹凤门遗址保护展示工程启动建设，标志着大明宫国家遗址公园的建设工作全面展开。据不完全统计，几年来，大明宫国家遗址公园在 3.5 平方公里范围内，有 10 多万原住民搬迁，离开了居住了一辈子的家园。原住民们的这种克服困难、顾全大局的牺牲精神，难能可贵。

　　2009 年 9 月 9 日，史诗纪录片《大明宫》在联合国总部首映，开创了中国电影在联合国放映的先河。

　　2010 年 10 月 1 日，经过多年的研究挖掘，耗费巨额"真金白银"重建一新的大明宫国家遗址公园在西安北郊正式开园。遗址公园开园后，考古工作并没有结束，而成为一个有计划、有步骤的新的研究、发掘工作的开始。

2014 年 6 月 22 日，在卡塔尔多哈召开的联合国教科文组织第 38 届世界遗产委员会会议上，唐大明宫遗址被列入《世界遗产名录》。

感谢"大明宫国家遗址公园"的决策者、考古工作者、设计者、投资者、建设者、工匠和搬迁的原住民们，为我们"复活"了一个世界上最宏大、中国历史上最繁盛时期的大唐宫殿群、皇家禁苑。在游人们轻松自在、无拘无束地漫游遗址公园时，为他们提供了一个可以抚今论古，自由地想象、联想、翻腾思绪的空间。

我曾在一个炎热夏季，两次信马由缰，漫步在游人稀少的大明宫国家遗址公园。脚踏着空旷、宽阔的广场大地，抚摸着崭新、滚烫的门楼、城墙，凝视着古色古韵、气魄雄伟的仿真微缩建筑群，驻足在如梦如幻、湖水荡漾的太液池旁，不禁感慨万千，思绪翻腾。我在想，眼前我看到的，脚踏着的，手抚摸的，感触到的，是大唐大明宫的模样吗？

金碧辉煌，格局完整，宏大雄伟的唐大明宫是庄严诱人的，也是神秘莫测的。作为唐代长安城的禁苑，唐帝国的政治中心，平民百姓和一般官吏是无缘进入的。大明宫，它既是大唐王朝繁荣鼎盛、雄厚国力的象征，更是唐历代帝王奢靡享乐和争位厮杀、刀光剑影、兴亡悲欢的见证。怪不得安禄山叛军、吐蕃异族军、藩镇地方军、黄巢农民军、李茂贞军阀和朱温反唐军等攻下长安，都要对皇帝禁苑大明宫，先霸占享乐，再洗劫抢掠，最后破坏焚毁。

如此巍峨坚固，如此辉煌雄伟，如此宏大无比的大明宫，并没有使大唐王朝持续繁荣鼎盛；相反，导致大明宫衰败、毁灭的正是大唐王朝本身。面对今天偌大的现代而壮观的大明宫国家遗址公园，我不得不抚今论古，留下感怀和遗恨。

我虽然人走出了大明宫国家遗址公园，却把思绪留在了那里！

（载于 2020 年 8 月 21 日《西安日报》）

诵读叶芝和他的《当你老了》

疫情防控期间，在家蜗居，憋闷发疯时，总是想吟诵几句能撼人的诗词。于是，我找来家里现有的《毛泽东诗词集》《诗经译注》《泰戈尔诗选》《艾青诗集》《徐志摩诗》和中国文史出版社出版的《唐诗宋词元曲》等诗词类书籍，胡乱翻读。

我在一次随意的阅读中，偶然发现了一篇文章，是关于"20世纪英语世界最伟大的诗人"、爱尔兰诺贝尔文学奖获得者威廉·巴特勒·叶芝的诗——《当你老了》。我一下就被吸引住了，便反复吟诵起来。

我当即在网上购买了一本厚厚的《叶芝诗集（增订本）》，找出了标题为《在你年老时》的诗文。乖乖，我发现《当你老了》这首小诗，竟有10多个译文版本。我手头这本，由西安籍北大毕业的博导傅浩翻译、上海译文出版社出版的《叶芝诗集（增订本）》，将此篇标题译为《在你年老时》。经过比较，我还是喜欢冰心先生的译本《当你老了》：

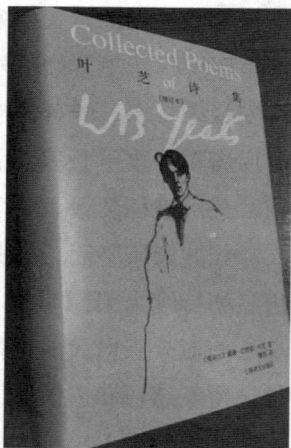
《叶芝诗集》

当你老了，头发花白，睡意沉沉，

倦坐在炉边，取下这本书来，

慢慢读着，追梦当年的眼神，

那柔美的神采与深幽的晕影。

多少人爱过你青春的片影，

爱过你的美貌，以虚伪或是真情，

唯独一人爱你那朝圣者的心，

爱你哀戚的脸上岁月的留痕。

在炉栅边，你弯下了腰，

低语着，带着浅浅的伤感，

爱情是怎样逝去，又怎样步上群山，

怎样在繁星之间藏住了脸。

　　诗人、剧作家和散文家叶芝1865年6月13日生于爱尔兰都柏林一个画家之家。虽然他的家庭母语是英语，祖先也是英国移民，但他在伦敦上小学时，曾遭受别人严重的歧视和欺负。因而，他养成了很强的民族意识。他既要用英语创作，并纳入英语包装，又要到爱尔兰民族题材中寻觅灵感，这使他常常处于一种尴尬的矛盾地位。他的诗，爱憎分明，既充满着感情色彩和反叛意识，也洋溢着浪漫主义和梦幻神秘色彩。他主张写自己主观的切身体验，而非对外界的客观观察。他强调："一个诗人总是写他的私生活，在他的精致的作品中，写生活的悲剧，无论那是什么，悔恨也好，失恋也好，或者仅仅是孤独；他从不直话直说，不像与人共进早餐时那样，而总是有一种幻觉效果。"

　　从这一点看，叶芝的诗完全符合他这一性格特点和标准。写现实，写生活，就是他的"最好的私生活"。叶芝被称为著名的神秘主义者、爱尔兰文艺复兴运动的领袖。

　　这首创作于1891年10月21日的小诗《当你老了》和他的《湖岛因尼斯弗里》被评论界称为"旷世名篇"。

《当你老了》是诗人写给他的单恋对象茉德·冈的一首爱情诗篇。虽篇幅短小，却有评论者称其具有"史诗性质"。这首看似平淡朴素而轻柔的诗背后，却潜藏着一个真实、凄婉而离奇的爱情悲剧故事。

1889年1月30日，24岁的叶芝第一次遇见了一位驻爱尔兰英军上校的女儿、美丽的女演员茉德·冈。她时年22岁。茉德·冈不仅美貌非凡，身姿动人，而且，她在感受到爱尔兰人民遭到英裔欺压的悲惨状况之后，毅然放弃了都柏林上流社会的社交生活，而投身到争取爱尔兰民族独立的运动中来，并且成为领导人之一。这让叶芝在内心深处对茉德·冈产生了特殊的"深幽的晕影"。

叶芝对茉德·冈一见钟情、一往情深。

叶芝这样描述他第一次见到茉德·冈的情形："她伫立窗畔，身旁盛开着一大团苹果花；她光彩夺目，仿佛自身就是洒满了阳光的花瓣。"叶芝深深地爱恋着她。但茉德·冈一直对叶芝若即若离。1891年7月，叶芝误解了她给自己的来信，立即兴冲冲地跑去向茉德·冈求婚。她拒绝了，她说她不能和叶芝结婚，但希望和叶芝保持友谊。

此后，茉德·冈始终拒绝着叶芝的追求。她在1903年嫁给了爱尔兰军官麦克布莱德少校。即使茉德·冈在婚事完全失意时，她也依然拒绝了叶芝的追求。即便他的意中人茉德·冈早已经是别人的妻子了，叶芝对她的爱恋还始终如一，终生不渝。

叶芝一直在煎熬中企盼着，深陷自己编织的情网旋涡而不能自拔。

在已经死去丈夫的茉德·冈再次拒绝了叶芝的求婚后，离奇的是，叶芝竟向茉德·冈的女儿伊莎贝拉求婚，但同样遭到了冷遇和拒绝。

茉德·冈曾给叶芝回信说："诗人永远不该结婚，他可以从他所谓的不幸中作出美丽的诗来，世人会因为她不嫁给他而感谢她。"

茉德·冈一次又一次的拒绝，才让叶芝终于停止了这种无望的追求。叶芝直到52岁才和另一个女人结婚。尽管如此，叶芝对茉德·冈仍然魂牵梦萦，他无法在心里忘记茉德·冈。在叶芝生命垂危的前几个月，他还给茉德·冈写信，约她出来喝茶，但他还是被拒绝了。洵属精诚所至啊！但是，金石未开，直到叶芝去世，茉德·冈都坚决拒绝参加他的葬礼。

　　叶芝对于茉德·冈无望而不幸的单向恋情，催促他创作了大量以茉德·冈为题材的诗篇和诗剧。在数十年的岁月长河里，诗人对茉德·冈的爱恋，已经化为激发诗人不断进行艺术创作的灵感和动力。茉德·冈已经成为诗人追求美和爱的化身，成为诗人的一种苦行僧式的信仰。

　　这首仅有三小节的诗——《当你老了》，就是叶芝在和他的梦中情人茉德·冈结识两年多，求婚遭到拒绝后，仍义无反顾，偏要穿越时光隧道，憧憬自己与少女从红颜到白发苍苍、身躯佝偻的垂暮之年的思恋情景。诗人采用了诸如想象假设、对比反衬、意象升华等多种艺术手法，把自己对茉德·冈忠贞不渝的爱恋之情表达得淋漓尽致。

　　诗人想象若干年后，年迈的恋人茉德·冈"头发花白，睡意沉沉，倦坐在炉边"，但是她并不孤单，因为有叶芝的诗书陪伴着她——她"取下这本书来"……

　　诗人告诉茉德·冈：别人爱的是你的青春欢畅和你的美丽外貌；而只有我，"唯独一人爱你那朝圣者的心，爱你哀戚的脸上岁月的留痕"，我爱的是你那为民族自由奋斗不息的圣洁心灵和艰辛的努力。

　　最后诗人总结全诗：自己和茉德·冈的爱情，虽然"带着浅浅的伤感"，但爱情并没有烟消云散。我们的恋情，"怎样步上群山，怎样在繁星之间藏住了脸"，就是在头顶的山上流连，不忍离去，最后在一群星星之间，神秘升华，隐藏了自己。

　　这"群山"和"繁星"的意象，拓展了诗的意境和空间，给人以无限的想象和遐思。但诗人的爱情只是在幻想中栩栩如生，在现实中却是失败潦倒；诗人的爱恋也只能化作了曼衍鱼龙的缤纷诗行……

　　这是一种圣洁的美丽及诗人境界崇高的升华，还是新柏拉图式爱情的浪漫和神秘、残酷和悲哀？

　　或许这正是诗人叶芝和他的《当你老了》传世百余年，历久不衰的魔力之所在。

2020 年 8 月 30 日

面 对 黄 河

　　面对着孕育了华夏文明，也给沿岸百姓带来了危害的黄河，我不知经历过多少次，每次都怀着复杂的心情。但给我印象最深的是这三次：一次是在三河（黄河、渭河、洛河）交汇、三省（陕西、山西、河南）交界、三路（铁路、公路、水路）共通、三桥（铁路桥、公路桥、高架桥）飞架的风陵渡。风陵渡自古是黄河上最大的渡口，处于黄河东转的拐角，是秦、晋、豫三省的交通要塞。从天而降的滔滔黄河水，汹涌澎湃，惊涛裂岸，在内蒙古河口镇急转南下，咆哮着，一直由北向南，冲穿漫长的秦晋大峡谷，在这里形成一个大旋流、大转折，蓦然改变方向，一路向东奔流。正如金人赵子贞《题风陵渡》诗，短短几句，道尽了风陵渡的山河形胜：

　　　　一水分南北，中原气自全。
　　　　云山连晋壤，烟树入秦川。

陕西沿黄公路

　　另一次是在河南郑州邙山黄河游览区。这里河床宽阔，河水平稳、舒缓、凝重，黄河大桥飞架南北。桥下的黄河水失去了上游的飘逸，河水浑浊，水流声沉闷，不慌不忙地继续向东流去，仿佛是一个步履维艰、饱经沧桑的老人。

　　两次面对黄河，我都默默地伫立着、凝视着，什么都没说，什么都不想说。

　　再一次是夏季，我在陕西宜川县东50公里处的壶口观赏黄河瀑布。壶口两岸，万仞大山，滚滚黄河至此，河床由四五百米宽，突然收缩到四五十米宽，奔腾倾泻之势，突被一把巨大的"茶壶"聚住。黄河所有的能量都从这"壶口"迸发出来，猛然跌落至几十米到河槽中。黄浪四溅，飞沫冲天，轰鸣巨响，势不可当，形成极为奇特、壮观的黄河瀑布。正如明代诗人惠世扬《壶口咏》诗所赞：

源出昆仑衍大流，玉关九转一壶收。

双腾虹浅直冲斗，三鼓鲸鳞敢负舟。

桃浪雨飞翻海市，松崖雷餐倒蜃楼。

鳌头未可建党钓，除是羽仙明月钩。

231

大诗人李白在《将进酒》一诗中，也赞美了黄河的壮景："君不见，黄河之水天上来，奔流到海不复回。"

夏季的壶口瀑布，因雨水频繁，总是飞流直下，奔腾呼啸。方圆数十里，水汽遮天，势如山崩地裂，声似炮轰雷鸣。随着阵阵的轰鸣声，翻起的浊浪跌落下来，如雾如烟，如气如崙……

据说，下午两三点钟可看见一道五彩缤纷的彩虹，接通壶口胜迹于九天长空，令人神往。我并未看到彩虹。彩虹虽美，却是短暂的、虚幻的，黄河才是永久的、真实的。眼前的黄河水依旧浑浊、怒吼、咆哮，泥沙依然积淀得很深、很重。

但这一次，面对黄河爆发出的排山倒海、一泻千里的气概，我不禁心旌浮动，不由得沉思、联想和感慨。

透过浑黄的瀑布，我似乎看到了我们民族的精神，也看到了我们民族的苦难和负担。凝视着高挂的瀑布，我举起双臂拥抱黄河，并慨叹："啊，黄河，我终于看到了你！"

哦！黄河，您孕育了在历史上一脉相传从未中断、世界上最古老的中华文明。在漫长、博大的黄河流域里，形成了中国最早的新石器文明，出现了渭河流域的蓝田遗址、半坡遗址，分布于豫、甘、陕等地域的仰韶文化和在山东半岛的龙山文化等。我们都知道，大约在 5000 年前，黄河流域内形成了一些血缘氏族部落，其中以炎帝、黄帝和蚩尤三大部族最强大，史称"中华三祖"。后来，黄帝取得盟主地位，并融合其他部族，形成"华夏族"，创立了华夏文明，也就是中华文明。世界各地的中华儿女，均把黄河流域认作中华民族的摇篮，称黄河为"四渎之宗"，为"母亲河"。

中国历史上闻名遐迩的"十大古都"，在黄河流域和邻近地区的就有安阳、西安、洛阳、开封、郑州、大同 6 座。陕西白水县的"造字圣人"仓颉仰观天象、俯察鸟兽虫鱼之迹，创造出中国最原始的象形文字，就在黄河支流邻近的渭北平原上。安阳殷墟都遗存的大量甲骨文，是中国最早的文字。举世闻名的中国古代"四大发明"——造纸术、印刷术、指南针、火药，也都产生于黄河流域。

从诗经到唐诗、宋词等大量文学经典，以及大量的文化典籍，也大都产生于黄河流域。北宋以后，全国的经济重心逐渐向南方转移，但是在中国政治、经济、文化发展的进程中，黄河流域地区仍处于重要地位。

当然，我们都知道，黄河曾被称为"中国之患""害河"。在漫长的历史岁月里，黄河的水患难以治理，水利也难以开发，洪水、干旱、风沙、冰凌、内涝、盐碱这六大灾害，给黄河流域人民带来了斑斑血泪，也是黄河两岸人民贫困、落后的祸根。黄河也一度成为中华民族苦难的象征。在这六大灾害中，洪灾最为严重。

据历史记载，在新中国成立前2500多年的岁月里，黄河因洪水决口泛滥达1500多次，改道20多次，素有"三年两决口，百年一改道"之说。每次决口泛滥，都造成"江河横溢，人为鱼鳖"的凄惨景象。譬如1933年黄河大水泛滥，下游决口漫堤72处，使冀、鲁、豫三省67个县受灾面积达1.2万平方公里，造成360多万人流离失所，无家可归，1.8万多人丧失了生命。1938年6月，日本侵略军占领了徐州，国民政府下令，在郑州以北花园口炸开黄河大堤，使豫、皖、苏等省的44个县市，约5.4万平方公里的土地，变成了荒无人烟的"黄泛区"，造成了人为的黄河泛滥大灾难。

新中国成立后，毛泽东主席发出了"要把黄河的事情办好"的号召。黄河上、中、下游流域，根据不同的水文、河道和地质情况，进行了大规模的研究、改造、治理和建设工程，逐渐结束了黄河多灾多难的历史。像黄河上游第一座大型梯级电站，人称黄河"龙头"的青海龙羊峡水电工程，全国"保护母亲河绿色工程"、改善兰州市北大门生态条件的兰州大砂沟建设，山西省"引黄入晋"水源龙头工程的万家寨水利枢纽等大批项目，都是成功综合治理、综合利用黄河的大型典型工程。

三门峡水利工程是新中国成立后，在黄河上兴建的第一座以防洪为主的综合利用的大型水利枢纽工程，被誉为"万里黄河第一坝"。工程始建于1957年，1960年基本建成。20世纪60年代中期开始第一次改建，70年代初期第二次改建，80年代为实施泄流工程，再次改建。在几十年的建设、运行中，特别是经过多次改建后，三门峡工程能控制黄河下游的水量，让黄河下游不再遭受水患之苦，可发挥防洪、防凌、灌溉、发电等综合作用。但是，黄河毕竟是世界上最难治理的。

位于河南省洛阳市以北40公里的黄河干流上的小浪底水利枢纽工程，是集减淤、防洪、防凌、供水、灌溉、发电等于一体的大型综合性水利工程，是治理开发黄河的关键性工程。

三门峡工程的负面影响主要表现在，大坝抬高水位后降低了流速，加速上游淤积，从而加剧了上游渭河地区的水患，给陕西造成极大灾难和移民之苦。小浪底工程的设计，充分汲取三门峡工程的经验教训。三门峡工程在泥沙问题上的最大教训，是对上游水土保持拦沙作用的估计以及对水库的作用过分乐观，而预计的入库泥沙量偏低。而小浪底水库区，可以长期发挥调水、调沙、兴利除害的效益，防洪运用比较可靠，不仅可以拦蓄特大洪水，还可以根据下游防洪需要，适当控制中小型洪水，解决了三门峡水利工程存在的弊端。

长期以来，由于黄河的"六大灾害"，黄河两岸人民饱受苦难，贫穷落后，交通不便。黄河冲穿漫长的秦晋大峡谷西岸的陕西省，其中8个县是国家扶贫开发工作重点县，其贯穿的72个乡镇1220个行政村，基本上都是贫困村。尽管沿黄河区域内，人文和自然旅游资源丰富，但黄河天然屏障及其复杂的自然地理环境限制，致使这一区域交通不便，流通受阻，发展滞后，成为陕西脱贫攻坚的重点区域。信天游中所说的"土山石盖头，黄河向西流；婆姨挖苦菜，男人走西口"，正是这些贫困村里男人背井离乡外出谋生的写照。

为了彻底改变秦晋大峡谷黄河西岸的现状，三秦黄河儿女历时8年，分期分段建成了全长828.5公里，号称陕西"一号公路"的沿黄公路，从2009年开始，2017年竣工。这条天堑变通途的沿黄河西岸的南北大通道，北起浩瀚无垠的毛乌素沙漠，南接"华夏之根"的西岳华山脚下，濒临黄河大峡谷，犹如黄河边上的一条绚丽的金丝带，串联起了榆林、延安、韩城、渭南四市12县区72个乡镇1220个村，直接受益人口达200多万。沿黄公路还把西岳华山、"三秦锁钥"潼关古城、合阳洽川湿地、韩城司马迁祠、黄河龙门、壶口瀑布、佳县道教白云名山和香炉寺等50余处名胜古迹串联在了一起。这样，这条沿黄路就成为一条致富路、民生路和旅游观光路。

三秦儿女用劳动和智慧跨越世界级工程难题，把脱贫致富的希望，送到黄河边上的偏远村庄。

黄河啊！你是中华民族的摇篮，你孕育了悠久、灿烂的中华文明，哺育了一代又一代民族精英和英雄豪杰，使古老的中国跻身世界"文明古国"的行列。可这古老的黄河也一度使现代中国翅膀沉重，起飞艰难。

毛泽东主席说："我们不能藐视黄河，藐视黄河就是藐视我们这个民族。"面对世界上最桀骜不驯的黄河，我们这个民族饱受苦难，又坚强不屈地战胜苦难，展现出了对黄河的敬畏和谨慎、认识和研究、改造和治理、开发和利用的艰辛求索历程……

啊！面对黄河，我是既混沌，又惊醒；既沉重，又激奋！

2020 年 11 月 23 日

诀别我的 2020

在 2020 年的岁杪，我也来把我这不寻常的一年小结一番。

几年前，就曾有朋友问我："你离岗彻底退休了，整天都干些啥？"我回答了 18 句话、72 个字：

> 读书看报，吃饭睡觉；
>
> 接送孙女，来回奔跑；
>
> 每天散步，必不可少；
>
> 写点文章，偶尔发表；
>
> 不时玩玩，微信电脑；
>
> 看看影视，有闹有笑；
>
> 朋友聚会，友请就到；
>
> 出国旅游，开阔心窍；
>
> 采风考察，新获收效。

2020 年，由于突如其来的新冠肺炎疫情的蔓延和肆虐，中国和世界都是在极其不寻常中度过的。几年前我回答的 72 个字中的"出国旅游""采风考察"等活动，在 2020 年里都无法完成了。

在疫情蔓延紧张的头几个月里，我只有宅家阅读，以读抗毒了。前半年，我基本哪儿都没敢去，没敢在餐馆吃一顿饭，除了"读书看报，吃饭睡觉；接送孙女，来回奔跑；每天散步，必不可少；不时玩玩，微信电脑；看看影视，有闹有笑；辅导孙女，陪上网教"外，我只好无奈地"今日得宽余"，安下心放松地阅读了。

上半年，我阅读了以前无暇翻阅的安平秋、章培恒主编的《中国禁书大观》，刘达临的《中国性史图鉴》，张爱玲的中短篇小说集《郁金香》，余秋雨的《文化苦旅（新版）》《何谓文化》《泥步修行》，朱鸿的《人生的爱与智》《长安是中国的心》《关中是中国的院子》《历史的星空》，王蒙的《苏联祭》《庄子的奔腾》，《郭沫若评传》《黄帝内经》《古本山海经图说》，以及《毛泽东诗词集》《诗经译注》《泰戈尔诗选》等诗词，共 30 余部书籍。

下半年，国内疫情已基本得到控制，复工复产逐步有序展开。初秋，我应邀参加子长至姚店高速公路的采风活动，同时参观新的延安大学校貌，听取延安大学文学院院长厚夫教授的延大路遥研究情况的介绍。

我应邀参加了老朋友、老作家朱文杰《记忆老西安》第二卷首发座谈会，并作简短发言，同时受邀阅读根据朴实长篇小说《交通局长》改编的《大道无言》的剧本，并提出修改意见。

我还参加了陕西省公路局组织的老同志参观、体察关中环线"智慧公路"活动。退休后，我多年没到普通公路上看看了。作为非高速公路的关中环线，发展得如此高质量，如此高水平，令人耳目一新，振奋不已。

另外，我还先后看望了病中的老同学，参加了一些老朋友、老文友、老同学的聚餐、聚会。

仲冬的一个午后，迎着萧瑟的寒风，我和我一同进厂做徒工的老同学、老工友贺江，去东郊西光厂小区，看望了我当年进厂当徒工的师傅肖德伶。

这是一次难忘的看望。

我当年只知道肖师傅修过坦克，在新中国最早的军事院校、赫赫有名

237

的"哈军工"当过教员，看到近日的《陕西交通报》的报道，才知道肖师傅还参加过抗美援朝战争。作为部队的文化教员，他深入作战一线，把惨烈的上甘岭战役作为战例教材，在连队讲解，鼓舞士气。他1970年初转业到陕西省公路机械厂当修理工，我1970年10月进厂，跟他当徒工。1979年落实政策，肖师傅才先后调入车间、厂部做技术管理工作。我1985年调离厂子，已经有35年没和师傅见面了。这次，他荣获中共中央、国务院、中央军委颁发的中国人民志愿军抗美援朝出国作战70周年荣誉勋章。

肖师傅是我这一生第一个也是唯一一个我称呼为师傅的人，也是我在厂子里最敬重的人。如今肖师傅已经是87岁的老人了，老伴儿10多年前就去世了，他现在和待业的儿子住在一起。

这次见面，我们和肖师傅合影留念。看到一个参加过抗美援朝战争的老军人、老干部，住宅是如此阴暗、狭小和破旧，不禁让我心生酸楚和感慨。我衷心祝福肖师傅健康长寿，也希望肖师傅的住宅和生活条件早日得到改善。

年末，我偕妻和一帮子文人墨客赴富平参加休闲二日游活动，参观、游览了中华郡。这个占地2000亩、投资30亿元的中华郡，是以中华5000年文明发源地及轩辕黄帝铸鼎历史文化为背景，以富平荆山塬原生态地形地貌为基础，将其打造成现代的吃、喝、玩、乐、赏、住、人文为一体的旅游景区。规模宏大、豪华、好不热闹的中华郡，令人眼花缭乱。柿子之乡，曹村的千年柿王树，令人难忘。面貌一新的富平乡镇建设，也让人震惊、感慨！

下半年，我除了专注地阅读了4本作家传记：厚夫的《路遥传》、邢小利的《陈忠实传》、刘可风的《柳青传》和栾梅健的《余秋雨评传》外，还阅读了李光连的《散文技巧》、梁向阳的《当代散文流变研究》、王玲的《中国茶文化》、日本渡边淳一的《我的伤感的人生旅程》、美国丹·布朗的《达·芬奇密码》和巴金的《随想录》。面对我的西安城，我主要选读了案头一直放着的王大华著的《崛起与衰落——古代关中的历史变迁》、刘宁著的《近现代作家视域中的西安意象》和杜爱民著的《生在西安》这3样本书，让我对古代的关中和现代的关中有了新的认识和感悟。

238

2020 年阅读之余，我手虽不勤快，还是有感而发，撰写了《延安又一条高速大道诞生》《诵读叶芝和他的〈当你老了〉》《漫谈女人》《宅家阅读　以读抗毒》《秋意温馨》《大明宫的前世今生》《面对黄河》等 10 篇散文。这些散文，其中有 8 篇分别发表在《西安晚报》《西安日报》《视界观》《文化艺术报》《陕西交通报》等报刊上。

加上我 2015 年 11 月出版的《寻找》散文集，我撰写的散文随笔，共有 60 余篇。我原计划 2020 年出版我的第五本散文集，书名都起好了，可是事违人愿，落实不了出版社，我的计划落空了！现在业余作者出书，出书之难，难于上青天！

我的 2020 年虽有遗憾，但，最大的收获和幸运是，我还健康地活着！

2020 年，感恩诀别，过往已成为历史！

2021 年，初来乍到，未来请多多关照！

新的一年，我要努力，力争让我的新书能够出版，了却我一个业余作家的心愿。

2020 年 12 月 31 日

寻秘十二盘

十二盘在哪里？十二盘是个啥样？

这是坐落于秦岭北麓深处褶皱之地、陕西省宝鸡市高新区（原陈仓区）天王镇的一个小山村。一说这个小山村里有十二个磨盘，故而得名"十二盘"；一说是从天王镇政府要翻越十二个弯弯山道，才能到达这个村。十二个磨盘早已荡然无存，而不知弯弯绕了多少个山道，才终于到达十二盘村，确实如此。

半个世纪以来，这个地图上找不到、名不见经传的十二盘小山村，近年来怎么突然探访和观光的人就多了起来？我一直困惑且好奇。

53 年前的一个寒秋，宝鸡市上马营铁路中学 34 名中学生翻山越岭，来到这个遮藏在秦岭深处、不通电、不通公路、偏僻闭塞的小山村，插队落户，接受贫下中农的再教育。

从此，这个十二盘小山村一下翻腾、热闹起来。

从 1970 年下半年开始，十二盘村插队的知青陆续招工返城走了。可有一个人由于一些问题，直到 1972 年招工才离开了十二盘村。

就是这个最后走的、在十二盘村一待就是 4 年的知青，从此和十二盘村结下了不解之缘。可以说，十二盘村影响了他的一生，他也反过来影响了十二盘村的面貌，十二盘村因他和他的努力而声名大振。他书写的"十二盘"三个鲜红大字，挺拔、劲瘦，就像他的身形和气质一样，永远地矗立在山道弯弯的十二盘村口。他的人和他的心，也就永远地和"十二盘"联系在了一起。

他，就是当年那个十六七岁的孙树淦（作家本名），即从十二盘村走出的陕西著名的集作家、编剧和导演于一身的莫伸。

我认识莫伸要从40多年前算起，要从阅读他1977年发表在《陕西文艺》（后改为《延河》）上的《人民的歌手》和1978年发表在开年第一期《人民文学》上的《窗口》两个短篇小说开始。

20世纪70年代后期至80年代，那真是文学的春天。特别是短篇小说，像初春时绽放的迎春花，像仲夏突然响起的惊雷，以"井喷"的势头，磅礴而出，蔚为壮观。那时风清气正，每年的短篇小说奖都是采取"群众与专家评委相结合的方法"，先由全国读者投票推荐，然后专家评委根据群众投票推荐的情况进行评选。一篇优秀的短篇小说一旦获奖，立马在全国引起轰动，甚至到了洛阳纸贵的程度。哪像现在一些文学作品的评奖，就靠几个所谓的专家评委一鼓捣就评选出来，获奖的作品已经越来越没有含金量了。

莫伸这两篇短篇小说深深地吸引了我。我给《窗口》投了全国最佳短篇小说奖庄严的一票。最终《窗口》果然获得新时期首届全国优秀短篇小说大奖。

之后数十年，我一直关注并阅读着莫伸的作品。有缘的是，近30年来，这个叫"莫伸"的真人，这个中国新时期陕西出道最早的获奖作者，竟然和我成了常来常往的好朋友。

50多年了，时光荏苒，沧桑巨变，真情永驻。莫伸，他真的把十二盘村当作第二故乡，半个世纪的岁月不能说短，但他却每年都坚持回十二盘村去看望探访。这是什么样的人间情愫，是何等的难能可贵，又是一种怎样的知青情结？

我也曾是"老三届"知青，当年在宝鸡县固川乡的一个小山村插队落户了两年。我插队的枣园村也是没有自来水、不通电、无公路，连架子车路也没有，劳动强度忒大，生活极其艰难穷苦。我在那里同样度过了难忘的蹉跎岁月。我们也和当地农民老乡建立起了一定的感情和联系。我返城后也多次回到插队的山村，也参与并组织过知青回固川的多项活动。但是，我心里压根儿没有把固川山村当作我的第二故乡，我怎么也做不到每年都回固川山村看望和造访乡亲们。

我和莫伸结识近30年来，作为作家的他，组织过许多文化活动和聚会，凡他邀约的，我都召之即来，踊跃参加。我也组织过许多交通采风和文化活动，他同样有求必应，积极支持，准时参加，并撰写了许多有分量的交通文学作品。

莫伸为人真诚、友善、正直且执着。他的人品、作品，在作家圈、朋友圈、知青圈和读者群里，有口皆碑，因而他有很强的感召力和影响力。

在他组织的活动中，除了老知青外，还有我省著名的作家、艺术家、资深媒体人、主持人、企业家、国旅导游、文学爱好者等，都曾热情地前往十二盘村。譬如著名作家和诗人子页、和谷、商子秦、朱文杰、渭水、傅晓鸣，著名主持人陈爱美，著名播音员海茵，著名书法家王正良，著名国旅导游宋锐，陕西省社会科学院文学艺术研究所所长张艳茜，《延河》杂志副主编姚逸仙，西安电影制片厂文学编辑黄和英，中铁电气化局集团有限公司群工部部长倪树斌，著名知青企业家王克良、王农，陕西煤业化工集团有限责任公司职工作家协会主席亚东，作家胡君，资深媒体人石玉国，青年作家徐伊丽，陕西省社会科学院文学博士韩红艳、齐安瑾、李蔚，以及原陕西省作家协会党组书记、著名作家赵熙，陕西省委组织部《当代陕西》杂志社社长、总编张金菊，陕西省作家协会副主席、著名作家冷梦等人，都不止一次地来到十二盘村。其中，仅我就应莫伸之邀，已赴十二盘村先后探访了3次。

不仅如此，80岁出头的原中共铜川市委党校校长杨彦芳、陕西省委政策研究室副主任郑梦熊等也专程来到十二盘村，陕西省人大常委会的一位副主任也与莫伸相约，要抽时间去看看这里。这些去过十二盘村的人中，有年龄大的，有年轻人，也有没有下乡插过队的，甚至还有之前根本就没去过农村的，到现在为此，他们有的已去过十二盘村多次。

　　因《挂甲屯的爱和恨》诗作而驰名的诗人渭水，已经记不清去过十二盘多少次了。

　　而年龄稍小、身居宝鸡的赵莉渭女士，她从没有在农村插过队，她完全是被莫伸一次次地去十二盘为农民乡亲们办善事、好事所感染，于是，她也一次次地追随莫伸去十二盘。她用自己的写作特长，以极大的兴趣和精力，为十二盘创作了许多动人的篇章，如《美丽十二盘》《感怀十二盘》《浓情十二盘》《夏日十二盘》《十二盘漾水崖的传说》……这些散文和图片在媒体和微信上广为宣传，提升了十二盘的知名度。

　　一个深山里的小山村吸引了这么多的人，确实令人惊奇！

　　莫伸一次次地回十二盘，甚至一年回十二盘几次，而且还带动并影响了那么多人去十二盘。问起他回去的原因，他说他既是为了散心和消遣，又不是为了散心和消遣；既是为了感恩和回报，也不单纯是为了感恩和回报。那他究竟是为了什么呢？这中间有什么奥秘呢？

　　莫伸是位平民作家。他不是政府官员，不可能给十二盘拨来项目；他不是企业家，也不可能给十二盘带来资金投入。但十二盘村的乡亲们却早已把他当作自己的家人和亲人，他也把自己当作十二盘村民中的一分子。在这里，他可以倾听到真话，了解到真情，感受到人间烟火。他已把这里看作是他了解中国社会的一个窗口，也看作是他感受并观察中国农村变革的一个缩影。

　　作为作家，他能做的，就是用作品发声，用作品说话。十二盘村就是他的创作基地和创作源泉。他创作的不少反映农村题材的小说《山路蜿蜒》《沉寂的五岔沟》等，从中都可以寻觅到作家和十二盘人的身影。

　　莫伸自 1977 年出道以来，创作就一发而不可收。他先后创作出版了长篇小说《尘缘》《权力劫》等；长篇纪实文学《大京九纪实》《东欧纪实》等，也自编自导了电视连续剧《东方潮》《郭秀明》、电影《支书和他的媳妇》《古路坝灯火》等。其中多部影视剧、广播剧作品获得全国性大奖。他曾先后担任西安电影制片厂文学部主任、陕西省社会科学院文学艺术研究所所长、陕西省作家协会副主席等职务，现在是陕西省作协顾问、享受国务院政府津贴的一级作家，其多部作品译有英、日、西班牙文版本。

特别要指出的是，已经饶有成就的莫伸，始终不忘自己是从山村走出来的插队知青作家，他一直关注中国的农村、农业、农民问题。他耗费了巨大精力和心血，创作了一部60多万字力透纸背的鸿篇巨制《一号文件》。在这部书的封底，赫然印有他最喜欢的歌曲《多情的土地》的歌词：

> 我深深地爱着你
> 这片多情的土地
> 我踏过的路上
> 阵阵花香鸟语
> 我耕耘的田野上
> 一层层金黄翠绿
> ……

而另一首他最喜欢的歌是《在希望的田野上》。

通过这两首歌，我们不难窥见作家对他脚下的这片神圣而多情的土地，怀有怎样的一种情感！

《一号文件》被称作"一部用良知和真诚写就的开启一代新'国风'的长篇报告文学；一部真实、具体、生动的中国农村变迁史、中国农业发展史"，它被改编成电视连续剧《黄土高天》，并在央视黄金时段播放，很快荣获了当年的全国"五个一工程"奖。至今，《一号文件》一书已经再版了7次。

这部鸿篇巨制，初稿写了近70万字，其中自然把作家数十年来对十二盘的农村、农业和农民问题的思考和变革真实地反映了进去。为了求得作品的真实、具体和生动，他往返十二盘多次，把初稿有关章节，读给农民老乡听，广泛征求意见，然后数易其稿，反复修改。如此严谨、负责的写作态度，让我知道了什么是一个有良知的作家。

近两年，莫伸又以陕北延安退耕还林、由黄变绿为题材，创作完成了具有厚重分量的长篇纪实文学《天之道》，等待出版。

当我撰写这篇文稿时，他的另外两部长篇作品正准备出笼。一部是反映陕西苹果种植和发展的长篇小说《高天厚土》；另一部是反映一家民营机床制造企业的长篇纪实文学。据莫伸说，他在这部作品上他投入了巨大的精力，目前已经三易其稿，他仍然不出手，仍然在修改。

去年11月，在乡亲们的热情邀请下，莫伸在十二盘村建立起"莫伸书屋"。他表示，之所以把书屋设在十二盘，一是对这里的山水和人有很深厚的感情，二是愿意在烦冗的写作之余有个清静的读书写作之地。我有幸亲眼见证了这一书屋的落成。

"莫伸书屋"就设在当年他来到十二盘村插队时的老房东刘雪海家里。刘雪海是村里的老会计，如今已经86岁。当年莫伸来到十二盘时，刘雪海的儿子刘文忠才出生几个月。如今的刘文忠也已53岁，他继承父业，继续担任着村上的会计职务。

53年来，憨厚纯朴的文忠见证了十二盘村的发展与变革全过程，也见证了莫伸与他家、与十二盘村的绵长情谊和点滴传说……

文忠和妻子巧彦，生有一儿一女。儿子刘卓，女儿刘姣，都是被莫伸称作孙辈的年轻人。多年来，莫伸一直鼓励并教诲两个孩子努力上进，好好读书，走出大山。如今刘卓毕业于西安理工大学，已经在广州腾讯科技有限公司上班。女儿刘姣毕业于西安航空职业技术学院，在宝鸡市金宝贝中教中心从事幼教工作。两个孩子考上大学，莫伸在生活上给予其一定的资助，他给他们每人买了一台电脑，并教会他们怎么使用。如今，一家人的生活和谐而幸福。

文忠告诉我，莫伸一直牵挂着十二盘的经济发展、村民的生活和孩子们的学习问题。为了早日修通天王镇至十二盘的公路，他帮忙找人设计，争取资金。他组织力量，为十二盘村民捐赠了10台太阳能热水器。为解决十二盘村小学硬件设施的问题，他从西安筹集来电脑，捐赠图书，建立了学校电脑房和图书室。

从天王镇到十二盘村虽然早已通了公路，但那是27公里的山道弯弯的盘山路，开车也要一个多小时。莫伸没有私家车，也不会开车，每次他从西安往返十二盘村都很不方便。但是他从不在乎，也早已习惯了，他总是坐火车到宝鸡，再从宝鸡坐班车到虢镇，之后从虢镇坐通村客运班车到十二盘村。返回西安，有时赶不上客运班车，就只好坐村民的小车。一次，他从虢镇坐班车回十二盘，看车上都是要到十二盘的人，他自己干脆给一车人全买了票。车上的人当时惊叹不已！

如今的十二盘村，山清水秀，鸟语花香，风景优美，空气新鲜，已经甩掉了昔日闭塞落后和贫瘠穷苦的帽子。

2021 年 5 月底，当我们又一次来到十二盘村时，看到了一辆辆私家车顺着蜿蜒的山路，拖家带口，来到这里观光、休闲。而十二盘村似乎还准备不足，应接不暇。当我们集体返回西安时，莫伸却独自留在了十二盘。我知道，他写的那部反映中国机床制造的纪实性作品正处于紧张的收官阶段。他是要留在这里"闭关"，排除一切干扰完成这部作品。

莫伸说，如今他每写一部长篇小说，都是在进行一次新的长途跋涉。他对自己的要求是：写作到了今天，不仅要对得起社会、对得起他人，而且要对得起自己。如果写不好，作品无意义，宁可不出版。这是他怀抱的信念，也是他写作的宗旨。

莫伸，这个从十二盘村走出的知青作家，已进入古稀之年了。但是，他没有封笔止步，也没有尽情享受含饴弄孙、颐养天年之乐，而是义无反顾，继续沿着他自己选定的现实主义文学道路，脚踏实地，砥砺前行……

我衷心地期待着，也衷心地为他祝福。

2021 年 6 月 9 日

一碗泡馍释情怀

我虽祖籍系河北省邢台市任县（现已改为任泽区），但我生在西安、长在西安，西安的饮食习惯已经深深地融进了我的胃里，体味在我的舌尖上了。

"春发生"葫芦头和老孙家牛羊肉泡馍，已经和我有了不解之缘。

记得50多年前，20岁的我赴山区插队落户前的一个早上，我二哥的一位部队战友，请我在老孙家吃了一顿羊肉泡馍，算是代我哥为我饯行。这碗羊肉泡，香味无穷，这一顿吃得我饱了一天。我哥的这位战友还说："下次你从农村回来，我再请你吃'春发生'葫芦头。"听了他的话，我口里真的直流涎水。

"春发生"葫芦头、老孙家牛羊肉泡馍，我在学生时代就很想吃、很爱吃，但很少吃。在那个物资匮乏、生活都不富裕的年代，能吃上一碗葫芦头或牛羊肉泡，那就是"打牙祭"。

1970年寒秋，两年的农村插队生活一晃过去了，我招工回到西安当了一名学徒工。转正后，虽然月薪只有30多元，生活拮据，囊中羞涩，我还是在回西安后的一个礼拜天，咬了咬牙，约了两位当年一块儿插队的工友，直奔南院门"春发生"葫芦头馆，大快朵颐，美美咥了一碗葫芦头泡馍。这顿葫芦头咥得，使"春发生"葫芦头泡馍的汤醇肠嫩、馍软爽美、肥而不腻、鲜香适口、回味无穷，长久地铭刻在我的记忆里了。

再后来的数年，时光荏苒，我调离了厂子，在一家省级行业报工作，我再也无须"咬咬牙"，俟好这一口了，平日就可约上几位同事、朋友、同学或家人，到"春发生"美美地咥一碗葫芦头泡馍或粉汤羊血。

记得十几年前，《中国交通报》的一位副总编辑来陕采访。采访之余，他说试想咥一碗西安的葫芦头泡馍，马路街摊上的也行，就要那个臭臭的味。我一听他说"想咥"二字，料他肯定是老陕人了。原来这位副总编离开老家陕西到北京工作已有20多年了，这次除了来陕采访，就是想寻觅家乡的味道。

接待方自然没有引他到街摊上去体验那个"臭味"的葫芦头，而是安排到了"春发生"葫芦头泡馍馆。我随之作陪。

席间，随着爽口鲜美的葫芦头泡馍和几杯酒下肚，这位副总编似乎找到了家乡的味道，他的话匣子一下就打开了："嗯，味道正宗，比街摊上的葫芦头香、美、干净、舒适，吃着爽口放心。"又一杯酒下肚后，他滔滔不绝地说："现在咥葫芦头，不是为了给肚里添油水、打牙祭，我们吃的是味道，是记忆，是情怀。"我吃着、喝着，嚼着葫芦头泡馍和他说着话。我暗想：这位副总编不愧是文化人，这不，吃出文化来了！

就在这吃、喝的兴头上，这位副总编又问："你们恐怕都知道这为啥叫葫芦头，但'春发生'店名的来历谁知道？"

其实，为了陪这位副总编咥葫芦头，我提前做了一些功课，对"春发生"的店名来历自然知道一些。

但是，在座的陪客都不吭声，静悄悄地聆听他解说"春发生"店名的来历。

他说："'春发生'葫芦头馆是老字号店，至今有八九十年了。在唐宋时代，长安城就有叫卖'煎白肠'小吃的，但并未引起吃客青睐。相传，后经药王孙思邈指点，味道大变，很受吃客欢迎。20世纪20年代初，有一家'何记葫芦头'店，兼收并蓄，博采众长，锐意改进，把生意做大，声名大振。新店开业那天，时值春季，吃客盈门，拥挤不堪，生意兴隆。

248

食客中有文化人，提议店名借用唐代诗人杜甫《春夜喜雨》诗中'好雨知时节，当春乃发生'中的'春发生'。老板和食客们一致欢呼叫好。这是一种说法。"

他看大伙都吃得、听得津津有味，便呷了一口酒，接着又说道："还有另一种说法，'春发生'是从北宋诗人文同的《和提刑子功喜雨》中'时雨已可喜，况当春发生。入地如流膏，浸灌万物萌'的'春发生'引来的。从此，店名'何记葫芦头'，就改为'春发生葫芦头'，一直沿用至今。不管是从唐代诗人杜甫的诗中取名，还是从北宋文同的诗中取名，都是大雅大吉，富有诗意和智慧。葫芦头就是猪大肠，用猪大肠这一污秽之物做基本食材，太俗不雅，而取名'春发生'，一下就有文化了。可谓'雅俗共赏'。吃着葫芦头，就吃出历史和文化的味道了。"

大家对他的说法一致表示赞同，纷纷称赞这位北京来的副总编有水平，不愧是文化人，咥一碗"春发生"的葫芦头，不仅吃出了家乡的味道，还吃出了历史和文化的味道。

2018年的寒秋，也是我赴山村插队落户50周年的纪念日子。50多年前，我们老同学离开校园，各自赴东、西、南、北插队落户。有一位离开校园，随父到上海定居的女同学，离开西安50年了，杳无音信。人到了古稀之年，总爱回忆往事，突然思念同学心切，她们姊妹俩便于仲冬，不远千里，驾车10多个小时，专程来西安寻觅、看望老同学和老师。

面对这位50多年没见过面的女"阿拉"，我们该怎么迎接和款待啊？当年亭亭玉立的美少女，可能已是见面不相识的老太婆了！当年风华正茂的帅小伙，也许已是不认得的两鬓斑白的小老头了！不管小老头和老太婆还能否认得，老同学千里驾车来寻老同学，我们西安的老同学一定要尽地主之谊，接待好这位来自大上海的"不速之客"。

我们几个老同学琢磨着，这位久居大上海的"阿拉"，啥大酒店没见过，啥山珍海味大餐没吃过，在西安安排哪一家酒店聚餐合适呢？我们也没和她商量，最终一致决定，就在能代表西安风味的"春发生"葫芦头泡馍馆聚餐。

仲冬的古城西安，屋外已是北风瑟瑟，枯叶萧萧，寒意凄凄；而"春

249

发生"泡馍馆包间房里却是春意融融，暖流滚滚，情意浓浓。"春发生"泡馍馆专门给我们腾出了一个大包间，20多位同学摆了两大桌。"大上海来的阿拉"和这20多位老同学50多年没见面了，这次见面，大伙还真的认不得她了，犹如贺知章《回乡偶书》诗云"少小离家老大回，乡音无改鬓毛衰。儿童相见不相识"一样，只是我们是"同学相见不相识"了！"大上海来的阿拉"按捺不住激动的急切心情，一一和老同学握手、拥抱，相互叫喊着名字，欢声笑语，格外亲切，场面热烈。

热腾腾的葫芦头泡馍上桌了，大伙品着、聊着、喝着，相互敬酒。"大上海来的阿拉"拿起酒杯动容地说："我虽不是西安人，但古城西安是我曾经求学、工作和生活的地方，我这次来就是寻找西安的味道，寻找我学生时代的记忆。吃着这碗香喷喷的葫芦头，我不仅吃出了西安的味道和记忆，更吃出了我们老三届同学浓浓的友谊、暖暖的情怀和满满的收获。为了表达深深的谢意，我会把这一大碗葫芦头一下吃进肚里，把诸位老同学的情谊，一满记在心里！"

是啊，一碗葫芦头泡馍，勾起了老同学们半个世纪的记忆和情谊。我不禁在心里吟出了一首小诗，老三届同学啊，你真是：

纯真情谊深似海，
学友之交淡如水。
千里迢迢来聚会，
一碗泡馍释情怀。

2021年4月24日修改稿

250

寻 找 梅 花

　　辛丑年早春二月的一天，著名诗人子页先生给我发来一组他近日在沣东梅园拍摄的照片和他写的《诱人的召唤》咏梅诗。诗中曰：

> 百花仙子，
> 梅最惊艳，
> 十里芳菲争先召唤。
> 眼中无梅，
> 生活无味。

　　我看后非常喜欢和兴奋。正值"草长莺飞二月天，拂堤杨柳醉春烟"的季节，诱人的花海、优美的诗篇召唤着我，我决定去寻找梅园，寻找梅花。

　　我便在百度上搜索到：西安沣东梅园位于西咸新区沣东新城斗门镇初中西北，可坐地铁到欢乐谷站下，向南步行约 2 公里即可到达。于是，我偕妻乘坐地铁 5 号线在欢乐谷站下，往南走了不知有多少个 2 公里，就是找不到沣东梅园。

　　西咸新区沣东新城不愧是新城，路宽车少，楼高人稀，天高地阔，崭新

251

整洁。老半天不见一个行人，偶尔路上见到人，还都是穿着工装、戴着安全帽，来往工地的建筑工人，问他们，他们也都不知道沣东梅园。好不容易碰上了几个自称在沣东住了好久的行人，他们竟然也都不知道沣东梅园。

在我有些灰心丧气之时，邂逅了一位也是从西安来观赏梅花的老太太。她独身一人，精神矍铄，背着行囊，像是一位走南闯北的人。她说："没有公交车，咱们边走边问，一定能找到。"这位老太太如此昂扬的游兴和劲头，一下感染了我，提振了我一定要找到梅园、看到梅花的信心和决心。

我们便结伴同行。

穿过几条崭新的沣东大道和斗门镇的街村小路，几经周折，最后还是在当地环卫工人的指引下，在沿108国道东侧找到了沣东梅园。

这里大铁门敞开，一块不太起眼的"沣东梅园"的牌子悄然竖立在大门外。我们一进来才发现，梅园里没有工作人员，没有开放时间，没有厕所，没有卖吃喝的，完全是免费观赏，随便存车。熙熙攘攘的人群，大都是开私家车来赏花的。由于媒体上没见沣东梅园的宣传，马路上也没有沣东梅园的路标和任何告示，公交车又不直达这里，不开车自己寻找，确实耗费了不少工夫和体力。我打开"微信运动"一看，乖乖，已经走了1.3万多步，人自然感觉有些疲惫。

但是，成片成片的梅花海洋，令人目不暇接。繁花满树，微微飘香。梅园占地数百余亩，有粉色的、白色的和红色的宫粉梅、榆叶梅、美人梅等20余种、上万株梅花，粉色的居多，竟静静地蛰居在这许多人都不知晓的园子里，次第开放，还真可谓是"俏也不争春，只把春来报"。春天刚刚苏醒，梅花便悄悄地点缀起了春日的色彩。

一片片绽放的梅花，灿若云霞，在春日阳光的照耀下，层林尽染，分外妖娆、绚烂。放眼望去，一片片粉红色的海洋，美如梦幻。趁着春日明丽娇媚、花香鸟语，一群群少女、少妇们身穿霓裳羽衣，披戴各色鲜艳的纱巾，在这里与梅花浪漫地约会，留下倩影。她们的衣袂也被梅花染上一缕暗香，漫步在梅林间，衣袂飘飘，芳香四溢，让赏花的游人也赏心悦目。

这样大面积、集中成片的梅花园、梅花林，我还是头一次看到。"梅花香自苦寒来""梅须逊雪三分白，雪却输梅一段香""墙角数枝梅，凌寒独自

252

开。遥知不是雪，为有暗香来"。我从懂事起，就能熟读这些古诗。所以，我一直以为，梅花只有在寒冷的冰雪天才开放。时令已经到了3月下旬了，沣东梅园里的梅花还在开放。虽然有些美人梅花期短，已经凋谢了，但宫粉梅、榆叶梅等品种的梅花开得还是那么繁茂满树，那么绚烂多姿。

因而我很惊奇。

于是，3月底，我偕妻又专程来到西安植物园寻找梅花。在植物园里，我看到除了樱李梅、榆叶梅、重瓣榆叶梅等梅花满树盛开外，其他品种的梅花都已经凋谢了。我请教园内工作人员，得知"凌寒独自开"诗句描写的应是长江流域的梅花开花的景象。西安地区因温度过低，梅花通常也在春天开放。目前西安植物园开放的梅花，多是为让游人观赏而人工栽培的。

通过咨询业内人士、查寻花木资料，我才知道，"梅花香自苦寒来"似乎是对蜡梅的描述。其实，梅花和蜡梅，虽都有一个"梅"字，但并不是一回事，人们往往把蜡梅和梅花混为一谈了。按植物学上划分，梅花是蔷薇科，乔木植物；蜡梅是蜡梅科，灌木植物。

简单来说，梅花是中国十大名花之首，号称"花中之魁"，属乔木植物，也就是大树，有主干，有枝条，比较高大，通常在冬春季节开放，与兰花、竹子、菊花一起被并称为"四君子"，也与松树、竹子一起被并称为"岁寒三友"。梅花的开花时间是根据分布地区、环境温度来决定的，在我们西北地区，开花时间在每年的3月到4月。在寒冷的环境下养殖，梅花会在12月底开花到来年1月凋谢。

梅花不只是在冬天开放，只不过因为花期过早，经常在寒冬傲雪中也开，让人误以为梅花只是冬天里开花，其实立春之后的春寒料峭的季节是其初花期。观赏梅花，以"惊蛰"为时宜，一般以惊蛰前后10天左右为梅花观赏的最佳时机，即公历的3月上旬。晚花品种也可开放到4月份。梅花有紫红、粉红、红色、淡黄、淡墨、白色等多种颜色，妖娆美艳。从花的香味上比较，梅花透着一种清新淡雅，是暗香。

蜡梅不是梅花。灌木植物长不高，看上去是一片。蜡梅的花开时间通常在农历腊月前后，因而也称腊梅。蜡梅花在霜雪寒天中傲然开放，是冬季观赏的主要花木，适于盆栽。蜡梅有不同的品种，但蜡梅的花朵颜色仅只有蜡黄一色，其他颜色的蜡梅极为罕见，因而也称寒梅、金梅、冬梅和黄梅花。

据专家讲，若花朵全为黄色，则是素心蜡梅，是蜡梅中的名贵品种；若内轮花有深红紫条纹或红浓紫条纹，则是狗蝇蜡梅。从花的香味上比较，蜡梅花开时透着的清香比梅花的香味更为浓郁一些。蜡梅性喜阳光，但具有耐阴、耐寒、耐旱的特性，因而有"旱不死的蜡梅"之说。

当然，梅花与蜡梅有相似之处，两者都是先开花后展叶，而且开花期均在冬春季节，都不惧怕风雪严寒。难怪人们往往把蜡梅和梅花混为一谈。

但是，不论是梅花还是蜡梅，两者都具有高洁、顽强、坚毅、倔强、特立独行、开百花之先、独天下而春的不随花逐流的特性，因而，常被作为中华民族品格的象征。特别是冰天雪地里盛开的蜡梅，傲霜耐寒的特性，深得人们的喜爱，又被作为中国人品格的象征。越是寒冷、大风、飘雪，蜡梅开得越欢。当人们在躲避风雪严寒的时候，蜡梅透过寒风，喷薄出沁人的寒香，令人无不为之赞佩和感慨。蜡梅在百花凋零的隆冬绽蕾，凌霜斗寒，迎雪傲放，正表现了中国人在强权面前永不屈服的性格，怎能不给人以精神的启迪？

西安植物园每年都在冰天雪地的寒冬举办赏梅花展。今年我已经错过了时机，没能亲身领略。来年我一定要在百花凋谢、风雪飘荡之时，去欣赏和领略凌霜斗寒、迎雪傲放的蜡梅或梅花盛开的壮景。

寻找梅园，寻找梅花，就是在寻找生活的乐趣和情味，寻找生活中的真、善、美，寻找一种自我的精神寄托。"眼中无梅，生活无味"，寻找梅花的过程，也是收获关于中国梅的科普知识、了解中国梅文化的过程。当我徜徉在成片成片的梅海之中，赏梅色、品梅韵、悟梅景，我似乎领略到了中国梅文化的精髓！

生活中离不开寻找，寻找梅花也没有终结。我要继续去寻找属于我自己喜爱的花卉……

2021 年 3 月 31 日
（载于西安出版社 2022 年 12 月《长安漫志》下）

寻 觅 蜡 梅

2021 年阳春三月，我曾写过一篇《寻找梅花》的短文。

在西安"沣东梅园"寻找到梅花后，我在文中说："来年我一定要在百花凋谢、风雪飘荡之时，去欣赏和领略凌霜斗寒、迎雪傲放的蜡梅或梅花盛开的壮景。"由于西安城辛丑腊月疫情肆虐蔓延，因而我未能出行去植物园观赏到傲霜斗雪的蜡梅。

已寻找到了梅花，再去寻觅蜡梅，就变成了我生活中的一件重要事情。

去冬今春，我多次到西安环城公园寻觅、观赏蜡梅。南环城公园里，古老的城墙根下，一排排密密麻麻蜡黄色的蜡梅花，它不是迎风怒放，而是优雅地静静开放。我靠近凝视许久，小俏的蜡梅花，正如大文豪苏东坡《赠赵景贶蜡梅诗》所云："天工点酥作梅花，此有蜡梅禅老家。蜜蜂采花作黄蜡，取蜡为花亦其物。"花色像蜜蜂中工蜂分泌出的液态蜡，即结晶后成固态的金黄色蜜蜡。这也是蜡梅花名的由来。晶莹黄亮，甜香扑鼻，沁人心脾的蜡梅花，在这古城墙的衬托下，分外明丽、耀眼，显得环城公园更加壮美、诱人、沧桑和别致，实在是一道引人入胜的风景。遗憾的是，我还并未看到寒风凛冽下雪压蜡梅花的壮景。

雪压蜡梅花更俏

　　天公作美，壬寅年正月初六（2月6日），西安城狂风突起，大雪纷飞，我们一家老小五口全副武装，身穿大衣，佩戴帽子、围巾和口罩，驱车先后奔赴小雁塔园子、西安丰庆公园，踏雪寻觅蜡梅。面对凛冽寒风、漫天雪舞，我看到小雁塔园子和丰庆公园里，百花早已全然凋谢，这时，唯有小俏艳亮的蜡梅花凌霜斗寒，这是我人生第一次看到迎雪傲然怒放的蜡梅花。我欢欣，我惊叹，我激动！我举起双手惊呼：啊，蜡梅，我终于在冰天雪地里看到了你昂首怒放的风姿！蜡梅的高洁、壮美、倔强和特立独行的品德，深深地印在我的脑海里。

　　据学友讲，初春，西北工业大学（以下简称西工大）校园里的梅花园，梅花、蜡梅正竞相开放。壬寅年正月初十（2月10日），晴天，微风习习，不冷不热，我偕妻专程赴西工大校园，继续寻觅蜡梅。

　　西安城的疫情在基本得到控制后，进出西工大校园也很方便。偌大的一个大学城，我们只有边走边问，边问边看，边看边想。随着一股清幽的香味扑鼻，我们终于看到了一片红色的、粉色的、白色的和淡黄色的梅

256

花，分外耀眼。而一旁的金黄色蜡梅，并非要和梅花一比高低，只是友好地迎风静静开放，分外妖娆。梅花、蜡梅几乎同时开放，喷发着诱人的香味，蔚为壮观，也不多见。

梅花和蜡梅，虽然不同——梅花是蔷薇科，落叶乔木植物，有红色、粉色、淡黄色和白色等多种花色，香味透着淡雅暗香，果实可以食用；蜡梅是蜡梅科，落叶灌木植物，仅有蜡黄一色，清香的香味比梅花的暗香更浓郁一些，果实不可食用。但它们的共同点，也是它们和许多花卉不同的地方在于，开花没有绿叶的映衬，因为它们开花的时候，恰恰是叶子落下之后，即先有花，后有叶，时间交错，有花无叶，有叶无花，看似干枯的铁干横斜的枝梢上却满树繁花，挂满了一串串精巧、诱人的鲜艳亮丽的花朵。这奇特的花卉还真令人玩味无穷，凝视不已，感慨良久。

壬寅年正月十五（2月15日），清晨，我和往常一样，在我居住的小区大院花园里散步。随着微风拂面，一股浓郁的清香扑鼻而来。我追着香源，贪婪地深深吸了一口又一口，猛一抬头，啊，发现树梢上挂满了竞相开放的蜡黄色的蜡梅花！

连日来，我一直在环城公园、西安植物园、丰庆公园、小雁塔园子、西工大校园等，到处寻觅、观赏蜡梅，却不知我居住的小区大院花园里竟有三株蜡梅，前院两株、后院一株，都在竞相开放。这可真是宋人夏元鼎《绝句》中所说：

> 踏破铁鞋无觅处，
> 得来全不费工夫。

我欣喜若狂，赶忙敛足，细细观赏，不停拍照，凝思良久。

法国雕塑大师罗丹说过："美是到处都有的，对于我们的眼睛，缺少的不是美，而是发现。"他还说"艺术家的优良品质，无非是智慧、专心、真挚和意志"。

这也印证了那个"熟视无睹"的成语。在我们的日常生活中，对于美好的事物，对于要寻找的东西，你不关心、上心，不用心、专心观察，即便是它天天在你身边，你也无法发现，无法得到它。

壬寅年正月十八（2月18日），西安城又是寒风呼啸，大雪纷飞。我惦记着我居住的小区大院花园里的三棵蜡梅树，不知它们能否顶住这狂风大雪的袭击。一大早，我迫不及待地奔赴小区大院的花园。我发现三棵蜡梅树上的蜡梅花，分别在百花凋零的寒风雪舞中，凌霜斗寒，迎雪傲然怒放，分外引人注目。呼啸的寒风越刮越狂，漫天的雪花越下越大，可这蜡梅花，越是寒冷，越是在狂风、大雪的天气，越是怒放，开得越欢。我穿着羽绒衣，全身裹得严实，抗御风雪严寒。而怒放的蜡梅花透过寒风，喷发出沁人的浓郁的清香，令我震撼、亢奋和陶醉，让人流连忘返。我赶忙用手机拍下完整版的雪压蜡梅花的壮景。面对漫天雪舞下怒放的蜡梅花，我肃然起敬，动容落泪；我浮想联翩，凝思孤吟，不禁吟出一首小诗：

> 漫天雪舞任风飘，
> 雪压蜡梅花更俏。
> 不与牡丹增国色，
> 只愿傲骨悄然笑。

从此，我每天一早一晚都会在小区大院花园里散步，每每路过，都要在这三棵蜡梅树前屏住呼吸，驻足凝视，享受幽香。我细细观察蜡梅花从有花无叶到有叶无花的生长变化过程。

今年的3月底，我发现我居住的小区大院花园里，樱花、月季、桃花等其他花卉还在盛开之时，蜡梅已完成它特立独行的"任务"，一堆堆、一束束金黄鲜亮的花朵，一夜之间都悄然消失了，变成了满是绿油油叶子的蜡梅树，特别壮观。这也就是人们通常无意关注的有叶无花的蜡梅树。人们都喜爱观赏、拍摄有花无叶的蜡梅和梅花，很少有人去观赏、拍摄有叶无花的蜡梅树和梅花树。

古往今来，太多的文人墨客们为蜡梅和梅花这种特立独行、不随波逐流的可贵品质去赋诗、填词、咏叹、追捧。

在我国古代，为蜡梅赋诗填词最多、追捧最狂热的是宋代的文人墨客们。

北宋王十朋的"蝶采花成蜡，还将蜡染花。一经坡谷眼，名字压群葩"，北宋潘良贵的"试问清芳谁第一，蜡梅花冠百花香"，北宋文同的"寒梅引旧枝，映竹复临池……凌兢侵腊雪，散漫入春诗"，北宋谢邁的"腊梅初与雪争妍，素艳寒香亦可怜"，生于北宋、卒于南宋的郑刚中的"不肯皎然争腊雪，只将孤艳付幽香"，黄庭坚的"闻君寺后野梅发，香蜜染成宫样黄"，杨万里的"天向梅梢别出奇，国香未许世人知。殷勤滴蜡缄封却，偷被霜风折一枝"，陆游的"与梅同谱又同时，我为评香似更奇……色疑初割蜂脾蜜，影欲平欺鹤膝枝"……都是宋代咏叹蜡梅的流芳传世的佳句。

与杨万里、范成大、陆游并称为"南宋四大诗人"的尤袤，其五律诗《蜡梅》很有名，更有代表性，我很喜欢：

> 破腊惊春意，凌寒试晓妆。
> 应嫌脂粉白，故染曲尘黄。
> 缀树蜂悬室，排筝雁着行。
> 团酥与凝蜡，难学是生香。

五律《蜡梅》诗，从开花、颜色、形状、香味四个方面展现蜡梅的芳容。首联从蜡梅开花的季节下笔，写蜡梅的整体形象；颔联表现黄色蜡梅不与流俗为伍的高贵气质；颈联正面摹状蜡梅花挂满枝头，如同蜂房一样繁密的形态；尾联诉说蜡梅所生发的特有香味。

蜡梅的名字在宋代着实火起来了。

现代女作家张爱玲对所有花卉似乎不动半点怜爱，但她的中篇小说《多少恨》里却透出对蜡梅的一丝敬意："镜子前面倒有个月白冰纹瓶里插着一大枝蜡梅，早已成为枯枝了，老还放在那里，大约是取它一点儿姿势，映在镜子里，如同从一个月洞门里横生出来。"这"一点儿姿势"，风骨也就有了。

鲁迅先生也十分喜爱梅花和蜡梅，曾专门请人刻过一枚"只有梅花是知己"的石印。先生在他的《从百草园到三味书屋》中写道："三味书屋后面也有一个园，虽然小，但在那里也可以爬上花坛去折蜡梅花，在地上或桂花树上寻找蝉蜕。"鲁迅所说花坛上的那株蜡梅花为名贵的"素心蜡梅"，属于蜡梅中的上品。

我喜爱蜡梅的高雅和圣洁。当寒冬腊月，百花凋谢，它不张扬、不招摇，优雅地静静开放。它没有繁杂的颜色，只有晶莹剔透、脂玉般的黄亮。满树繁花，看到的是春天的温暖和希望。

我赞美蜡梅的傲骨和坚毅。它不畏强势，不惧严寒，不怕压力，斗寒凌霜，迎雪傲然怒放。雪压蜡梅花更俏，感受到的是精神的力量。

我欣赏蜡梅的洒脱和自信。它特立独行，不随波逐流，当已完成开百花之先、独天下而春之任务，它从容凋落，全身而退，自觉地融入绿意盎然的大自然中。有叶无花，满是绿叶的蜡梅树，始终不渝地走自己的路。

啊！心有蜡梅，生活有味。

寻觅蜡梅，美的旅程。

（载于2022年8月31日《艺术品鉴·华原风》）

德懋恭水晶饼勾起的感怀

　　1938 年，我的老家河北省冀南地区被日本侵占沦陷以后，我的父亲、母亲和几个亲戚、老乡一起，先后逃难到没有被日本侵占的西安市。除了大哥出生在河北，一生说的都是地道的冀南话，我、二哥和小妹都出生在西安，也就成了地道的西安人。

　　有道是：一方水土养一方人，其实，一方水土也养异方人。冀南、西安的饮食习惯，在我们家很自然、很明显地融合在了一起。河北人爱吃的含馅儿的包子、饺子、馄饨、锅贴、大饼、余丸子、打卤面、汤面片、炒饼和烩饼等，西安人爱吃的臊子面、扯面、油泼面、麻食、饸饹、凉皮、馒头、锅盔和各种泡馍等，还有南方人爱吃的米饭炒菜，我都爱吃，家里的人也都爱做、爱吃。糕点、糖果嘛，父亲爱吃北京南糖。但不知什么时候二老也喜欢上了西安的水晶饼。

　　我的孩提时代，物质生活和文化生活都极度匮乏，家境贫寒，生活拮据，饺子、包子都是素的、豆沙的，丸子也是素的。肉嘛，只有过年过节才能吃上。油泼面也都是以后才想吃就能吃了。糕点、糖果，那都是过年过节送礼和祭拜先人后，才能尝到解解馋。

　　记得还是在我上小学二三年级的时候，有一天，一位从河北来的老乡，拎着一包北京南糖来看望我的父母。为了招待这位远道而来的老乡，母亲拿出了不知啥时买好的一盒水晶饼，说："他叔，来尝尝，西安有名的糕点——德懋恭水晶饼，很好吃，这是俺让俺的一位西安邻居帮忙买的，还是很贵的。"

看着叔叔和我父母品尝着北京南糖和德懋恭水晶饼，我的小嘴咂吧咂吧地直流涎水。这是我第一次看到那个方方的，金黄色，内裹着花生、芝麻、果脯之类的北京南糖和那个圆圆的，面色金黄、四周雪白，正中印着鲜红的三个字的水晶饼。

叔叔和我父母说了一会儿话，说还有事要走，父母就送叔叔走了。他们一走，我们兄妹几个就动手，你一块、我一块，贪婪地吃起了南糖和水晶饼。

我们正吃得津津有味，父母回来了。这可吓坏了我们，我以为父母要训斥我们，甚至每人要挨顿揍。令我觉得蹊跷和纳闷的是，父母什么都没说，只瞪了我们几眼。母亲拿起我们兄妹没有吃完的南糖和水晶饼，包好，收了起来。

尽管德懋恭那三个字中的"懋"，我还根本不认得，就更不知道它的含义了。但是，也就是那一回，第一次贪婪地吃这金黄诱人、酥脆香甜、果味浓郁的北京南糖和皮酥馅软、甜腻适口、嘎吱作响的德懋恭水晶饼，便在我幼小的心灵里留下了深深的印记。

啊，世间怎么会有这么好吃的东西！我暗暗想：等我长大，工作挣钱了，我一定要买好多北京南糖和德懋恭水晶饼，让父母吃，让兄妹吃，让我能经常吃。

在我童年时代住的原大吉厂13号街房老屋里，有一个大柱子，每逢要过年了，母亲总是买些南糖、水晶饼、花生等食物，放到一个竹篮子里，高高地挂在大柱子上。等一家人都回来了，母亲才把这些东西拿出来，先祭祖，再招待拜年的亲朋，最后让我们这些孩子解馋、畅快吃。母亲这样做，一来，防老鼠，我家老屋那时老鼠成灾，经常在纸顶棚上跑马撒野；二来，也是防我们这些娃娃偷吃，怕到过年没得吃了。这个小"秘密"，我早就发现了。那个高高地挂在大柱子上的竹篮子，太有诱惑力了。

一次，我和小妹放学回家，父母都不在，我趁机让小妹搬来凳子，她扶着，我踩上，从竹篮子里拿了两块水晶饼、一把南糖和坚果，我和小妹偷偷地分着吃了。父母回来竟没发现。有了第一回偷吃，就有了第二回、第三回……

大年三十到了，父母发现竹篮子里的水晶饼、南糖、坚果等已经所剩无几，一下大怒。母亲操起鸡毛掸子，摁着我的屁股，狠狠地一顿抽打。小妹急忙说："不怪哥哥，是我嘴馋让他偷的。"母亲对小妹说："你一边去！"我扑通就给父母跪下了。母亲很少对她的儿女发怒，更别说动手打了。我们四个孩子，小妹是唯一的女儿，父母从没动过她一根指头。平常谁要犯了错，都是父亲揍我们。父亲家教忒严，打我们可是真打、狠揍。母亲其实也怕父亲打孩子。这回，父亲虽然生气，却没有打我。他让我冲了一杯茶，呷了一口说："你们这些孩子呀，咋这么不懂事？这些水晶饼呀，糖果呀，坚果呀，还不是等过年人齐了让你们吃嘛！上次偷着吃没说你们，现在又偷吃，看把你妈气的！要过年啦，不打你们。来，都坐下吧！我今儿要给你们说道说道。"

我看父亲口气和缓，赶紧上前给父亲续了些茶水。他喝了一口说："你们光知道德懋恭水晶饼香甜、好吃，你们谁知道德、懋、恭三个字是啥意思？"

父亲只是新中国成立前完小毕业，但在我的心目中，他是"严师"。他读过《易经》《论语》，什么文史地理、人情世故，他无所不知。他给我们讲：水晶饼中，陕西最早有名的是渭南水晶饼，后令水晶饼真正声名鹊起的却是创始于清同治十一年（1872）的德懋恭水晶饼，它比有名的北京稻香村月饼还要早20多年，是西安人逢年过节送礼的上品。

父亲说："秦地历史悠久，文化积淀厚重，文人荟萃簇集，创办人给水晶饼店铺起了个好店名——'德懋恭'水晶饼。德，即德行、品质；懋，既是劝勉，也指盛大；恭，即谦恭待人。这都是形而上的东西。形而下的是，德懋恭人经商、做人，具体都办到了。"

父亲说："你们现在还小，不懂，长大了慢慢就懂了。清光绪末年，八国联军攻陷北京，慈禧太后携光绪帝出逃至西安，品尝了德懋恭水晶饼，大加赞赏，遂将其钦点为'贡品'。这之后，德懋恭水晶饼身价倍增，但价钱也昂贵得让老百姓吃不起了。用'德、懋、恭'三个字命名，作为品牌，寄托、倾注了老一代的秦商浓浓的情怀、智慧和追求。几十年了，德懋恭水晶饼，就是靠着这种品行和传统，勤勉向上，谦恭待人，不断改进提升，越做越大，信誉越来越好，成为'秦点之首'。你们今天能吃上德懋恭水晶饼，是幸运的。不要光知道水晶饼好吃，要能理解和感悟这里边的文化内涵和老一辈德懋恭人的情怀和愿望。我们从冀南来到此地，千年古城西安接纳了我们，养育了我们。我们就要融入这里的生活和文化，汲取、吸纳秦人的长处和优点，就像这德懋恭出品的食物一样，看似没有精美包装，反而更显出秦人的纯朴厚道、热情真诚。记住，无论什么时候，你们都要做个诚实善良、堂堂正正、谦恭谨慎的人。"

几十年过去了，父亲的话不时在我耳边回响，德懋恭水晶饼已经成了我日常喜爱吃的食品。我也一直在关注有关德懋恭水晶饼的传说、信息和发展。

爱国将领杨虎城主政陕西时，对德懋恭水晶饼厚爱有加，逢年过节，总以水晶饼馈赠贵宾、犒赏部下。

1993 年，文学大家陈忠实的《白鹿原》出版。我如饥似渴地阅读，发现书中第五章也有对水晶饼的记述："隔了几天，鹿兆鹏又把一块儿点心小心翼翼地放到黑娃的手心里说：'水晶饼，比冰糖比平常的点心都好吃。'黑娃瞅着手心里的圆圆的水晶饼，酥松的白得像雪似的皮儿上缀着五个红色的俏花点儿，手心里已经落着松散的皮屑。"

根据著名作家、茅盾文学奖得主陈彦的长篇小说《装台》改编的同名长篇电视连续剧中，也有水晶饼的镜头："大雀儿请顺子在路边吃面，省吃俭用的他买了点水晶饼还要给孩子留着点儿。顺子嘲笑他天天省钱，其实啊他把所有的钱都给了家里的老婆孩子。"

如今，德懋恭水晶饼早已成为"中华老字号"，享誉全国。德懋恭水晶饼也罢，北京南糖也罢，平时就放在我家的餐桌上。我每每吃着德懋恭水晶饼，就不禁心旌浮动，它勾起我对童年的回忆、岁月的感慨和父辈的情怀……

2022 年 4 月 8 日

（载于 2022 年 5 月 3 日《陕西工人报》有改动）

老有所乐　老有所爱

——为"路韵"合唱艺术团成立15周年而作

2008 年 7 月的一天，酷爱歌唱的陕西省公路局老局长袁雪戡，热心公益的老干部史求敏，善于社交的老处长马敬礼，三人凑到一块儿，计从心来：人退休了，得找点儿事干嘛。于是三人一拍即合，决定创建一个合唱团。就这样，"路韵"合唱艺术团成立了。

中国著名音乐家冼星海说："音乐，是人生最大的快乐；音乐，是生活中的一股清泉；音乐，是陶冶性情的熔炉。"

德国大思想家歌德说："韵律是一种魔力，它甚至会使我们相信，我们怀有最崇高的感情。"

音乐大师贝多芬说："领悟音乐的人，能从一切世俗的烦恼中超脱出来。"

法国作曲家福莱说："诗是寄寓于文字的音乐，而音乐则是声韵中的诗。"

创建"路韵"合唱艺术团的人，也不一定知晓中外大思想家、大音乐家对音乐的功能赞美得如此绝妙和精准。

一群喜爱歌唱、辛苦了大半辈子、刚从工作岗位上退下来的公路人，组建"路韵"艺术团，他们图的就是能自娱自乐，悠闲释放，生活有味，身心愉悦。"路韵"创立初期，合唱艺术团本着"路情声韵，心曲飞扬"的建团宗旨，吸收的大都是刚刚退休的公路人。但随着社会退休人员精神需求增大，"路韵"合唱艺术团就像有了一种魔力，吸引了越来越多的人员加入。西安市以黄、边、张（黄雁村、边家村、张家村）地区为中心，吸引了很多爱好唱歌的退休的、在职的交通人、非交通人，纷纷加入"路韵"合唱艺术团。现有在册合唱人员 88 人，最大年龄 80 岁，平均年龄55 岁。

15 年来，"路韵"为了提升合唱水平，普及合唱知识，邀请具备专业素养的专家授课，聘请资深合唱教育家段瑞玲老师、资深钢琴合唱伴奏何秦生老师等倾情加入，使合唱团演唱水平更专业。经过全体团员的努力，时间不长，"路韵"合唱艺术团成绩斐然，声名远扬，已跻身省市 C 级合唱团体。

如今，"路韵"已是集独唱、重唱、合唱与舞蹈表演、诗歌朗诵、器乐演奏与语言艺术于一体的综合性艺术团体，已成为陕西省合唱艺术协会团体会员单位、西安市合唱艺术协会团体会员单位，也初步形成了具有"路韵"特色的合唱风格。在自娱自乐、闲暇之余，"路韵"合唱艺术团多次参加公路交通行业庆典与慰问演出，多次参加省、市合唱协会组织的合唱比赛与展演，为丰富职工精神生活，陶冶情操，活跃行业与社区文化做出了应有的努力，取得了可喜的收获。

"路韵"的努力和追求，也赢得了多项殊荣：西安市迎接党的十八大暨纪念毛主席讲话发表 70 周年合唱展演表演奖；陕西省交通运输厅庆祝建党 90 周年歌咏比赛特别表演奖；"群众大舞台　有艺你就来"西安市合唱展演三等奖；"福彩杯"西安市首届老年文化艺术节总决赛三等奖；陕西省中老年文化艺术节暨第三届中国原点中老年文化艺术节合唱展演二等奖；陕西省第四届中国原点中老年文化艺术节合唱展演三等奖；"鼎盛果业杯"陕西省合唱展演雁塔杯；陕西省"爱心歌曲大家唱"决赛优秀奖；2019 第八届陕西省群众合唱展演三等奖；等等。

我和著名诗人商子秦先生曾有幸应邀，参加过"路韵"合唱艺术团的活动。商子秦先生的诗作朗诵受到热捧和赞扬，我的一首拙诗《十月的秋天——为知青上山下乡运动 50 周年而作》，被一位女团员声情并茂地朗诵，她的表演感染了我。作为一个以退休人员为主的业余合唱艺术团的团员，对艺术活动如此敬畏和投入、热忱和认真，实属难能可贵，令我敬佩和感动。

毛泽东主席说过："人是要有一点精神的。"人总是要老、要退休的。退休了，除了保养好身体、含饴弄孙、搓搓麻将、打打牌、散散步、逛山游水、和同学朋友聚聚之外，不妨在精神上多一些追求。读点书，胡乱写点什么，参加个合唱艺术团等，力求老有所乐、老有所爱、老有所为、老有所事，可真是不错的追求和选择。这也是颐养天年、抗衰益寿的秘方良药。

15 年的"路韵"，团员有加入有退出。但是，不论是走的，还是留下的或新加入的，他们激情依旧，活力不减。历经了"路韵"合唱艺术活动的实践和熏陶，新老团员们陶冶了性情，获得了快乐，忘掉了一时的生活琐碎中的烦恼，增添了艺术的细胞，何乐而不为呢！

孔子曰："吾十有五而志于学。"15 岁是人生的"志学之年"。15 年的"路韵"，正当少年，朝气蓬勃，勤勉志学。祝愿并相信在今后合唱艺术的道路上，"路韵"会越走越远，越走越好。

2022 年 6 月 24 日

欣慰·感慨·感激

金秋的季节，古城西安，秋高气爽，秋风飒飒，秋叶飘飘。经过酷暑煎熬的西安人，终于迎来了一年四季中最惬意、舒适和宜人的时节。

城中的古城墙巍巍环绕，护城河碧波粼粼，环城公园花红叶绿、鸟语花香，游人悠哉乐哉。在这个惬意的季节，信马由缰，在环城公园沿着古城墙根漫步就成为我最爱、最惬意的事情。

2022 年 9 月 21 日清晨，阳光和煦，当我信步走到被西安人称为"小南门"的门下，蓦然一抬头，惊喜地发现了"勿幕门"三个遒劲有力的大字。也不知这三个字什么时候被镌刻在门楣上的。"勿幕门"旁，一位西安城墙管委会的人员正在接受几位新闻记者的采访。围观的游客也好奇地聆听这位城墙管委会人员讲解将"小南门"恢复"勿幕门"命名的缘由和经过。

此情此景，不禁令我生发出极大的欣慰和庆幸、感慨和感激。

11 年前，我曾写过一篇小文《风烟勿幕门》，文中讲述了我们陕西籍辛亥革命元勋、被孙中山誉为辛亥革命"后起之秀""西北革命巨柱"的青年才俊井勿幕，为革命献出不到 31 岁的年轻生命的悲壮事迹。为了永久纪念这位陕西籍辛亥革命元勋，从 1939 年至 1947 年，陕西省西安市的国

生活杂品

民政府几经商议、更改，最终将"小南门"命名为"勿幕门"。新中国成立后，"勿幕门"湮没在了历史的风烟中，又将其改称为"小南门"。

我在文中末尾写道："2011年10月10日，恰逢辛亥革命百年纪念日，秋风飒飒，秋雨潇潇。笔者几经辗转，专程到井勿幕先生之墓前默哀，又在勿幕门前徘徊。抚摸着厚重的城门洞，呼吸着清新的空气，享受着生活的阳光，笔者呼吁和渴盼尽快恢复对勿幕门的命名，将'勿幕门'三个大字能早日醒目地镌刻在今日人们仍叫'小南门'的城门洞上，让后人世代铭记一个叫'井勿幕'的不到31岁的年轻人在这片土地上演绎的热血报国史剧。"

之后的11年里，我这篇《风烟勿幕门》小文分别见刊于中国公路网、《陕西交通报》《西北作家》等。同时，也分别收录在沈阳出版社出版的我著的散文集《幽夐含光门》以及《名人眼中的碑林》和陕西科技出版社出版的《西安城墙·文化卷》里。

好了，我现在也满意了。就在2022年9月20日上午，"盛世长安 守望文明"西安城墙门楣标志项目落成活动成功举行，尊重历史，倾听民意，运用社会力量，勿幕门的命名终于被恢复了。

我作为一个呼吁者和渴盼者，夙愿得偿，怎能不感到欣慰和感慨呢？

同时，这次还给只有名而无标志的文昌门、和平门、建国门三个城门都镌刻了门楣标志。至此，西安城墙现有的18座城门中，除解放门外，从永宁门开始，按顺时针方向依次为永宁门、朱雀门、勿幕门、含光门、安定门、玉祥门、尚武门、安远门、尚德门、尚俭门、尚勤门、朝阳门、中山门、长乐门、建国门、和平门、文昌门，它们都有了门楣标志。因解放门城门跨度太大，最终专家们决定不在解放门上设立门楣标志。

这次系统地恢复城墙门楣体系，既方便了市民和外地人，解决了他们在游览古城墙时容易混淆城门名的问题，更推动了城市标志规范建设，提升了城市品质和文明形象。

我作为一个长在西安城墙根下的古城墙的热爱者、游览者，对城门标志的规范化自然会生发不尽的欣慰、感慨和感激。

由此，我联想到，埃及开罗、希腊雅典、意大利罗马都保留着原名，

269

西安作为世界四大文明古都之一，唯独没恢复原名长安。我呼吁和期盼，可否尊重历史，倾听民意，运用社会力量，将西安恢复成"长安"原名？

2022 年 9 月 22 日

附：

风烟勿幕门

在雄伟壮阔的西安古城墙现有的 18 座城门中，以人名命名的城门有 4 座，即中山门、玉祥门、中正门和勿幕门。中山门和玉祥门，人们对它们的含义和由来早已耳熟能详了；中正门在中华人民共和国成立后已改为解放门；而人们对勿幕门的含义和由来却知之寥寥。中山门、玉祥门和勿幕门这三座城门的命名，寄托着西安人民对三位为中国民主革命做出重大贡献，并与西安历史发展有着重要关系的革命家的怀念和敬意。其中俗称"小南门"的勿幕门，是为纪念辛亥革命先烈井勿幕先生而特别命名的。

井勿幕，1888 年生，原名井泉，字勿幕，又字文渊，笔名侠魔，陕西省蒲城县（今属铜川市印台区）人，中国最早的同盟会会员之一。1905 年，受孙中山委派，17 岁的井勿幕，从日本留学回陕担任同盟会陕西支部长，发展同盟会员，开展陕西地区的反清革命工作。1906 年夏，他再度赴日，在东京联络陕西籍同盟会员，组建陕西同盟会分会。1908 年春，井勿幕二次回陕后，积极开展对哥老会、新军和刀客的工作，壮大革命力量。1910 年，井勿幕通过大雁塔盟誓等活动，联合同盟会、哥老会两方面力量，为西安和陕西发动反清武装起义做了大量的组织和力量准备。

在井勿幕等革命党人长期宣传革命思想的鼓动和秘密组织下，1911 年 10 月 22 日，西安在全国较早响应武昌起义，发动反清起义，并一举取得胜利。井勿幕功成名退，拒绝陕西大都督之位，而受任为"北路安抚招讨使"，在渭北一带组织民军开赴东、西两路战场，抗击清军的反扑，保卫陕西起义胜利成果。在此期间，同盟会陕西分会被改为"国民党秦支部"，井勿幕被推选为支部长。1913 年，井勿幕参加"二次革命"，讨伐袁世凯，

270

失败后一度避居日本。1915 年，他赴云南参加护国战争。他被孙中山誉为辛亥革命的"后起之秀""西北革命巨柱"。井勿幕曾任南京临时国民政府稽查局副局长，陕西靖国军总指挥，是陕西辛亥革命的先驱和杰出领导人之一。1918 年 11 月中旬，井勿幕一行前往凤翔慰劳率部援陕的云南靖国军第八军军长叶荃。当井勿幕返回三原途经兴平时，忽然接到靖国军郭坚来信，约井勿幕于 11 月 21 日赴兴平南仁堡参加军事会议。井勿幕明知赴会有险，但他认为"只要对革命有好处，我是不怕牺牲的"，并如期赴约。结果他一到就被与陈树藩勾结的靖国军内部败类、郭坚部属李栋材杀害，时年不到 31 岁。

井勿幕被害后，泾阳驻军团长田玉洁与陈树藩几经交涉，要回井勿幕的首级，与尸身一同临时被草葬于蒲城。时任陕西靖国军总司令于右任含泪握笔，将井勿幕生前事迹，上报广州大元帅府。呈文说："名家龙虎，关中凤鸾，奔走南北者十余年，经营蜀、秦者可百余战。慨虎口之久居，已乌头之早白。淮阴入汉，旋登上将之坛；士会渡河，胥慰吾人之望。武侯之指挥未定，君叔之志俱歼。于 11 月 21 日被刺于兴平之南仁堡，莫归先轸之元，空洒平陵之泪。"

经常委会决议，将井勿幕生平事迹，宣付国民党党史委员会立传，并由国民政府明令褒扬。又由著名民主革命家、国学大师章太炎撰《井勿幕墓志铭》。1930 年 12 月，时任陕西省政府主席刚一个月的杨虎城专为井勿幕烈士撰文《井先生纪念碑铭》，高度评价了井勿幕先生："先总理呼为后起之英，黄克强招为指臂之助""西北革命之先觉""以同盟始，以靖国终，始终忠于民党者，先生一人而已""壮游东京入同盟会""毅然回陕筹设同盟分会""奔走传宣，不遗余力"。"武昌起义，号召渭北健儿六七万，恢复陕西，招讨北路，援河东、战土桥，解咸、醴之危，应省垣之急。""讨袁之役，激义滇蜀，师兴问罪。""靖国军起，会滇师既下西、凤，复克扶、武，先生指挥靖国将领，意气之盛，西北不足平也！"

1918 年，广东大元帅府追赐井勿幕陆军中将衔。1945 年，国民政府再次追赐井勿幕为陆军上将。抗战胜利后，1945 年 11 月 19 日，陕西省党部经中央批准，为井勿幕卜地设于西安南郊少陵塬，并召开了公葬大会，蒋介石为其墓题写了"追赐陆军上将井勿幕先生之墓"的石牌坊。

为了永久纪念这位陕西籍辛亥革命元勋，1945 年 11 月，经于右任先生提议，陕西省政府决定，自 1946 年起，将 1939 年在四府街南端城墙开辟、为抗战期间防空而修凿的小南门，命名为"井上将门"，并同时将小南门至西大街的一段路，包括今天的南、北四府街和琉璃庙街改为"井上将街"。后因"井上将"这一称呼有议员提出异议，认为不是很准确。1947 年，西安市政府具体实施，又将"井上将门"和"井上将街"分别更名为"勿幕门"和"勿幕街"。今仍叫小南门的勿幕门为砖券门洞，有一孔门洞，总宽度 6.5 米，勿幕门外端门洞宽度所测为 4.6 米，位居含光门东、朱雀门西，城内北连四府街，城外南通红缨路。

今勿幕门址内昔为唐鸿胪客馆所在地，鸿胪客馆为唐用以接待各周边四夷来宾使者的馆舍，规模极大，每年耗费大量银两和粮食，专充客馆招待费用。勿幕门址外附近分别有"家有三千卷"的唐大臣、大文学家柳宗元和唐大书法家欧阳询的居宅遗址。

新中国成立后，又将"勿幕街"改回旧名，而"勿幕门"早已被湮没在历史风烟中，也被改称为"小南门"。静静安卧在今西安市长安区上塔村凤栖塬清凉山寺旁的井勿幕先生之墓之后又被毁，其遗骨也被"红卫兵小将们"抛撒了，棺板则被当地农民拉走卖了。直到 1981 年纪念"辛亥革命"70 周年之际，井勿幕墓地才得以重修。但据说里边只有一块遗骨，还是一位不知姓名的老者在井勿幕墓地被挖掘后，从散乱的遗骨中偷偷捡了一块藏起来的。

年轻的井勿幕先烈不仅是出生入死的革命家，还是个奇才，能写一手好诗文。不是共产党人的井勿幕，他所写的《20 世纪之新思潮》文章，不仅提出了要以人民大众的民主革命来推翻封建专制王朝的思想，还预见未来要实现社会公平、追求人民平等。他说："非采用社会主义，决不能达此目的。"指出资本主义制度已成"晚照斜阳，行将就没而黑云蔽空"，"冲天之大浪来者，即此社会主义新思潮也"。在当时还没有诞生共产党的中国，井勿幕的思想，不能不让当下的研究者为之震撼和惊叹。从所保留下来的为数不多的井勿幕诗篇中，依然能感到诗中表达出的冲天的雄心壮志和字里行间流淌出的殷殷报国之情。如他的遗诗《秋感·步少陵〈秋兴〉》：

叶落鸿归露满林，河山四战气严森。
白旗苒苒摩天汉，玄鸟飞飞恋岁阴。
因果能收瓜李种，恩仇不解虎狼心。
征夫莫问寒衣就，断肠西风野戍砧。

足可见先烈文学造诣的深厚，流畅的语言淋漓尽致地表达了作者的博大的胸怀、报国的宏志及做人的骨气和豪气。百年后我们读到这样的诗文，依然觉得振聋发聩，心潮激荡！

2011 年 10 月 10 日，恰逢辛亥革命一百周年，秋风飒飒，秋雨潇潇。笔者几经辗转，专程到井勿幕先生之墓前默哀，又在勿幕门前徘徊。抚摸着厚重的城门洞，呼吸着清新的空气，享受着生活的阳光，笔者呼吁并渴盼尽快恢复对勿幕门的命名，希望"勿幕门"三个大字能早日醒目地镌刻在今日人们仍叫"小南门"的城门洞上，让后人铭记一个叫"井勿幕"的不到 31 岁的年轻人在这片土地上演绎的热血报国史剧。

2011 年 10 月 10 日辛亥革命一百周年
（摘自 2013 年 7 月沈阳出版社出版的《幽夐含光门》一书）

古城人的文化家园

在全国纸媒发展大不景气，纷纷停刊、休刊的情况下，《西安晚报》迎来了创刊70周年的报庆日子。时光荏苒，岁月流淌，70年芳华，西安报业从一张报纸发展成为拥有《西安日报》《西安晚报》、西安新闻网、西安发布等众多类别产品的"参天大树"。

作为《西安晚报》的一个长久读者和作者，我见证和感受了这一风云激荡的发展和变革历程。古城西安，一个并非"北、上、广、深"那样特大的一线城市，罕见的是，不仅有日报，还有晚报，并且还办得风生水起，这不得不说是这座城市的幸运，是和这座历史悠久、文化灿烂的古城相匹配的。

我是一个办了20多年行业报的报人，因而对报纸情有独钟。当我还在岗工作时，每天翻阅全国各大报纸，但我阅读更多的是各有千秋的报纸副刊。像《人民日报》的《大地》副刊、《新民晚报》的《夜光杯》副刊、《文汇报》的《笔会》副刊、《羊城晚报》的《花地》副刊、《陕西日报》的《秦岭》副刊和天津《今晚报》副刊等。我以为，这些在全国有极大影响力的报纸副刊对提高这些大报、老报的美誉度、知名度起到了极大的作用。

　　作为一个老西安人，我更关注的是我们的《西安晚报》。进入互联网时代以来，纸媒遭遇到前所未有的冲击，《西安晚报》却能顶住风浪，迎难而上，开阔思路，学习和借鉴这些大报、老报副刊的经验，不但没有取消副刊，反而进一步强化了副刊阵地。丰富多彩的副刊栏目，浓郁的文化氛围，感染、吸引着我，让我与晚报结缘。退休10多年了，其他报纸我都无暇去看了，更不去订阅了，可是《西安晚报》是我唯一一直自掏腰包订阅的报纸。《西安晚报》的副刊不仅绚烂多姿，独具特色，而且在西部、在全国的知名度都很高，像《闲情》《荷尖》《曲江》《终南》等栏目，以及《文化周刊》《悦读周刊》大型文化品牌。阅读这些栏目的文章，不仅可以使不同年龄段、不同层次的读者获得精神、文化上的满足和需求，还可以提升报纸和市民的品位和气质。

　　多年以来，我从《西安晚报》副刊不断汲取营养，从一个忠实读者，变成了勤于动笔的作者。我先后在《西安日报》《西安晚报》不同类别的副刊，发表散文、随笔近30篇，其中，《西安晚报》还给我开办了两期专栏：《史话交通》和《小巷往事》。《西安地理》版竟以半个版和一个整版篇幅刊登了我的《风流朱雀门》和《消失的西安古城墙四关郭城》长文。我把晚报刊登的我的文章和我认为好的文章都剪下来，存入我的剪辑本收藏。

　　特别是近年来，《西安晚报》的副刊栏目不断锐意创新，以副刊为阵地举办多次中国报人散文奖、全国青年散文大赛等品牌文化活动，引来全国名家云集，报人荟萃，产生了良好的社会反响。大赛期间还组织了多种采风活动，使副刊作品有了更大的活力和影响力。一张晚报的副刊活动，影响和吸引了全国如此多的读者、作者关注和踊跃参与，这在全国都是极其罕见的。这已成了古城西安读者和作者的盛大节日。这些文化活动不仅使《西安晚报》名声大振，而且使千年古都焕发出勃勃生机。浓郁、丰厚的文化氛围，着实使《西安晚报》成了古城的文化名片，古城人的精神、文化家园。

　　著名作家、新闻学家金庸先生曾说："对于报纸而言，新闻为攻，副刊为守。"作为新闻媒体，《西安晚报》当然要肩负重任，不负众望，做好新闻攻城略地。作为《西安晚报》副刊的忠实读者和作者，也真诚地希望我们读者、作者和编者能共同努力，坚守住晚报的副刊阵地。愿我们的《西安晚报》副刊办得更大气、更有个性、更有品位、更有文化气质和影响力，使这棵"参天大树"更加根深、枝繁、叶茂。

（载于 2023 年 7 月 3 日《西安晚报》）

交通文学

交通文学断想

起这个题目似乎有些匪夷所思。

在当今市场经济高速发展的情势下，以前教科书上给文学下的定义，似乎早已不能满足当代人的审美需求和兴趣了；而偏偏这个时候，我在这里还要作茧自缚，给"交通文学"做个界定，那岂不是有些滑稽吗？

不管教科书上给文学下的定义是多么经典、多么高雅，其实文学不就是运用语言文字塑造形象，反映社会、自然和人的一种艺术嘛！一言以蔽之，文学就是语言文字的艺术。

早在新文化运动时期的1918年底，周作人就写有《人的文学》论著。他提出的"人的文学"主张，其实质是人性的，是"为人生的文学"，反映了他的人道主义文学观和他的社会理想，他想通过文学把人的发展同国家的发展结合起来。

周作人更多地思考与探讨新文学的思想内容建设，他还明确提出思想革命的主张。他认为："中国人如不真是'洗心革面'的改悔，将旧有的荒谬思想弃去，无论用古文或白话文，都说不出好东西来。"他强调："文学革命上，文字改革是第一步，思想改革是第二步，却比第一步更为重要。"他把新文化运动高扬的思想启蒙精神灌注于文学革命，把文学革命从偏重语言文字的变革推向思想内容的革新，对新文学界的建设起到了重要的影响。

著名作家高尔基的"文学即人学"的命题提出后，不少经典作家纷纷予以评述。有赞成的，有抨击的。

我国当代著名文艺理论家钱谷融先生写于 1957 年的《论"文学是人学"》中，不仅对高尔基的命题作了进一步的阐释，而且明确提出了文学自身的特点和规律。他"反对把反映现实当作文学的直接的、首要的任务；尤其反对把描写人仅仅当作是反映现实的一种工具，一种手段。我认为这样来理解文学的任务，是把文学和一般社会科学等同起来了，是违反文学的性质、特点的。这样来对待人的描写，是绝写不出真正的人来的，是会使作品流于概念化的"。

"人道主义"是钱先生这篇论文的关键词，在钱先生看来，"所谓人道主义精神，从积极方面说，就是要争取自由，争取平等，争取民主。从消极方面说，就是要反对一切人压迫人、人剥削人的不合理现象，就是要反对不把劳动人民当作人的专制与奴役制度。几千年来，人民是一直在为着这种理想，为着争取实现真正的人道主义——马克思说过，真正的人道主义也就是共产主义——而斗争的。而古今中外的一切伟大的文学作品，就是人民的这种理想和斗争的最鲜明、最充分的反映"。

钱先生的论文，字字珠玑，句句经典，其内蕴弥足珍贵。早在 20 世纪 50 年代的政治气候下就提出这样的观点，彰显了钱老先生与雨果、列夫·托尔斯泰大师那样的人道主义精神相通的内在气质和过人胆识。可为此，钱谷融先生受到了不公正的批判。

文学，你可以写社会变革，可以写人的奋斗，可以写人的情感和情绪，可以写历史人物和事件。当然，你也可以不写人，写鸡毛蒜皮的事情，写花草，写山水，写动物，写土地，写地球以外的种种幻想、梦想……这些都不该被人去横加干涉、反对和阻拦。

人类就是这么奇怪滑稽，许多事物越来越说不清楚，人们却还是喜欢给各种事物下定义。人对自己发明的、起源于人类的思维活动文学，在很长时间里也认识不清，却也一直定义着、争议着。

280

文学是绚丽多姿的，文学是斑驳陆离的。但是，不管你写什么，文学作品都是作者经过人的大脑思索而迸发出的精神产品。从这个意义上说，"文学就是人学"可真是不假了。

既然文学什么都可以写，只要是语言文字的艺术就都是文学的范畴。那么，交通文学又是什么呢?

其实，文学并不存在什么工业文学、农业文学、交通文学和军事文学……这样的分类。文学就是文学。

按载体可分为口头文学、书面文学、网络文学。

按表达体裁可分为诗词、小说、散文和剧本等。

按时间可分为古代文学、近代文学、现代文学和当代文学。

按地域可分为外国文学、中国文学。

按读者年龄群可分为儿童文学、少年文学、青年文学等。

按内容可分为严肃文学、通俗文学、民间文学、少数民族文学、科幻文学、宗教文学等。

既然无法给交通文学下一定义，那么我只好说，凡是人们写的关于交通题材的文学作品，都可纳入交通文学的范畴。准确地说，文学按题材可分为工业题材、农业题材、交通题材、军事题材、体育题材、妇女题材、历史题材……

文学与交通相伴而生，须臾不分，相辅相成。交通题材的文学，古已有之，积淀丰厚，源远流长。从传说中的黄帝发明车辆和指南车，到中国历史上被称为最早的"高速公路"的秦直道、发端于长安的丝绸之路，以至肇始于三秦的古老神奇的中国驿传制度和奇妙的历史名桥、关隘等，都无不浸透着浑厚、独特的文学、文化内涵。

我国最早的诗歌总集《诗经》中就有不少描绘"周道"的诗歌。譬如《诗经·小雅·四牡》的"四牡骓骓，周道倭迟"，是说四匹公马跑得累，大路遥远又迂回;《诗经·小雅·大东》的"周道如砥，其直如矢"，是说大路平如磨刀石，大路笔直像箭杆。从中也可见周道的不同。

而交通这个人类"衣食住行"中最基本的生存要素，它也一直作为最重要、最古老的题材，被诗歌、戏剧等文学形式所讴歌、所反映。用文学描绘、反映交通，交通就更有活力，就更能彰显其重要作用；用交通充实、反刍文学，文学就更有魅力，更有生命力。

然而，当今全国反映交通题材的文学作品太少，精品力作更少，交通题材文学作品的写作者还处于单打独干的状态，没有形成全国统一的组织机构，整体水平也参差不齐。这和改革开放 40 多年来交通建设高速度、高质量的发展极不相称，未能从文学角度彰显中国交通发展的新亮点和竞争力。

新的时代呼唤交通文学能和日新月异的交通建设同步发展和繁荣……

2021 年 4 月 2 日改写

交通文学的重要收获

——朴实长篇小说《交通局长》评介

丙申年初夏的一天，我应邀和著名作家莫伸参加了一个小型聚会。会上提到，近年来，在长篇小说中，缺乏工交题材的长篇力作，莫伸问我们陕西交通作协有无这类写作打算的作家。我当场表态：我们可以试一试。

回来后，我即刻找到我的好友——陕西交通作协副主席、公路分会主席朴实（蒲力民）先生，对他说："我们交通作协这几年虽然出了三套交通文学丛书，出版了不少散文、诗歌、报告文学和中短篇小说作品，但大都是碎片式的文学作品，缺乏反映波澜壮阔的交通建设的长篇力作。你务过农、做过工，在地方上担任过公安局局长、组织部部长、常务副县长、卫生局局长、交通局局长，现在又担任陕西省公路集团党委书记、董事长等职务，你'从小卖蒸馍，啥事都经过'，阅历丰富，精力充沛，有创作实力，可否弄出一部关于交通题材的大部头？"他犹豫片刻后表态说："可以试一试。"

这一试不要紧，老朴这个人，不干则已，一干就一发不可收。他鏖战了半年，一部一气呵成的长篇小说初稿《交通局长》就分别送到了我和几位作家朋友的手里。

我拿到初稿，一是感到震惊，二是感到震撼。

震惊的是，作者当过多年的党政领导，虽刚退休，但他还承担着《中国路谱》（陕西卷）的组织编写等工作。作为一名业余作家，他也是头一次上手创作长篇小说，总得有个适应过程吧！可他这么快就拿出了长篇小说初稿，能不让人震惊吗？

震撼的是，头一次创作长篇小说的朴实就出手不凡。他以"从小卖蒸馍，啥事都经过"的丰富阅历，凭借着比较扎实的文字功底和创作实力，将笔触直接延伸至长篇小说家族中，延伸至很少有人问津的波澜壮阔的交通改革建设大潮中。

我一拿到初稿，也是一口气，逐字、逐句、逐段地认真拜读了全部书稿，并且还做了笔记。小说以梦开头，又以梦结尾，这种表达方式一下就吸引了我。读完初稿，我的第一感觉是：这是一部故事情节跌宕起伏、人物个性鲜明、语言晓畅生动、主题扬善笞恶、充满正能量的长篇力作。怎能不令人震撼？

当然，刚拿到的《交通局长》毕竟只是初稿，是一部长篇小说的"毛坯"和雏形，它不可避免地存在这样和那样的缺陷或不足，还需要作家继续反复地推敲、打磨、充实和修改。我根据认真的拜读和所做的笔记，觉得小说的分量还不足、不够厚实，小说大有提升的空间。于是，我对小说《交通局长》初稿提出了详细的修改和补充意见。我对朴实说："作家们和大伙的意见，包括我的意见和一些领导的意见，你不可不听，也不可全听。作品如何修改，完全由你自己拿主意！一个作家应该始终保持应有的独立、自由精神，并自主完成自己的作品。"

朴实果然不负众望，经过几个月反复的补充修改，三易其稿，《交通局长》由原来的15万字初稿，变成了23万字的长篇力作，终于成稿。我有幸作为最早的读者，见证了这部长篇小说创作的全过程和作者所付出的艰辛劳作。

书稿交到一家出版社后，得到的答复是：题材敏感，不好出版。这是谁也不曾想到的结果……正当作者和我们大伙犯难，绞尽脑汁，不知怎么修改之时，上海文化出版社和《收获》杂志的编辑们独具慧眼，看中了这部作品，积极联系出版，并评价此书是正能量、正当时！随后很快和作者签订了出版合同。再后来，又及时在"人间职场浮世绘"公众号上推出了《交通局长》小说连载。最近，此书又由《收获》"故事工场"推出，在"懒人听书"网站上作为精品阅读书目进行有声书连播，同时还热力向网民推荐介绍说："这是一部特殊的行业小说。中国首部披露交通行业改革史、交通从业者奋斗史的年代小说。朴实的《交通局长》小说不同于以往只写奢靡、酒色、权钱交易的现代官场小说，它有极强的现实性，展示了交通局局长党森林这个正直的领导干部真实的困境和生活：岗位竞争的压力和处处防范，对老领导的尊重和改革的为难，作为父亲爱儿子又不被理解的苦恼……"

8月21日，作者朴实应邀出席了上海书展举办的新书发布会，受到了读者的欢迎，场面热烈。

修改定稿后的长篇小说《交通局长》，通过描写秦州市地震局局长党森林被选调担任市交通局局长期间经历的种种角逐、挑战、矛盾、阻力、危机和风波，艺术地展现了一幅当下国家重要基础设施之一的公路交通建设如火如荼开展的火热生活画卷。

时下，一些长篇小说过于故弄玄虚，云里雾里绕来绕去，就是不让人看明白。当然这也是一种写法。长篇小说《交通局长》，故事并不复杂，叙述也很明白。小说以不疾不徐、娓娓道来、慢慢洇开的平稳方式叙事，既凸显作家不显山露水的较高文字功力，又便于读者阅读，让读者在阅读小说中，不难感受到作家饱蘸激情、感情和温情的独具匠心和良苦用心。

讴歌、褒扬新局长党森林、老局长魏凡海、副局长钟秦州、司机王军瀚等一批普通交通从业者群体的胆识、忠诚、担当和智慧。

欣赏、喜爱省交通厅厅长梁智果敢、大智的领导风采，退休老干部冀俊杰的老成历练、沉稳缜密，女记者兼主持人冷燕的美丽善良、正直干练。

鞭笞、剖析副局长靳高明、个体老板于德利、市电视台台长王宝田、运输公司原总经理王凯佑、村委会主任牛金汉、常念错别字靠关系混入市电视台的夏白兰等负面人物贪得无厌、阴暗狡诈、弄虚作假和浅薄无知的嘴脸。

　　同时，对市委书记赵泽安、市长田富杰、纪委书记郑秉义、宣传部部长于纶等领导人物的描写，虽笔墨不多，但展现了当今一些官场领导干部的心态、现状和无奈，给人留下想象的空间。

　　总览《交通局长》，我觉得它不啻是一部难得的优秀长篇小说，是真正的交通作家写交通题材的长篇小说。《交通局长》是交通文学的一次重要突破、重要成果和重要收获，它对于我们一线的广大交通作者也是极大的鼓舞、鞭策和振奋。同时，《交通局长》也为当今陕西文坛增添了新的篇章，弥补了长篇小说家族中的一个空白。从这两点上说，《交通局长》的出版，意义非同寻常。

　　当然，朴实作为一名出色的业余作家，其创作长篇小说《交通局长》，正如他自己所说，是"大姑娘上轿头一回"。尽管小说已经过多次打磨、修改和充实，但我以为小说仍有提升的空间。

　　譬如，小说中有许多出彩生动的小段子、小故事，但似乎有些游离于整部小说主线脉络，而贯彻整部小说的主线脉络还可再集中突出一些。

　　又譬如，小说中的人物形象，新局长党森林始终不躁不火，沉稳大气，大智若愚，拿捏得很到位，但副局长靳高明、省交通厅厅长梁智和几个市委领导等人物形象还可更丰富、更复杂一些，人物性格可更多面性一些，小说的主题内涵可开掘得更深、更高一些。

　　我作为一名老交通人，一名几十年置身于波澜壮阔的交通改革建设大潮之中的业余作家，阅读着朴实这经过反复打磨、艰辛创作的 23 万字的沉甸甸的书稿，我为我们陕西省交通作协终于有了这样一部扛鼎之作而感到欣慰和满足，并表示热烈祝贺。衷心祝愿《交通局长》这部长篇小说能够获得广大读者、社会和文坛的喜爱、关注和重视，也祝福朴实和我们的交通作家们在文学创作上取得更新、更多、更大的成果，把脚下的路走得更稳、更好、更远！

2017 年 8 月 14 日

一个文学这根敏感神经兴奋的人

——读《半径知旅：高涛自选集》

高涛要出第二本书了。

在一个多年罕见的、酷暑难耐的、人们到处寻觅避暑地的 8 月天，文友高涛把他即将出版的书稿《半径知旅：高涛自选集》电子版给我发来，让我给他写序。

我一直认为给书写序，那是有资格的人干的事。让我写序，我诚惶诚恐，很茫然，没有底气。但经不住高涛的软磨硬缠，我竟贸然应允了。

我自去年 10 月退休，已完全离开工作岗位已一年多了，这一年多来，说闲还有些忙，说忙还有些闲。

回家的感觉真好，自由自在的感觉真好！

我也不知道忙啥，竟把给高涛新书写序的事撂到了一边，从炎夏推到了寒冬。我想这一推，写序的事拖一拖就过去了。可高涛不断地催促，最近又发微信，问序写好了没。

2016 年，古城西安第一场雪来得有些早、有些猛、有些遽然。在一个窗外北风呼啸、寒气砭骨、雪花漫卷的清晨，我只好无奈地坐在电脑前，思索给高涛的书稿写些什么。

高涛在陕西交通系统算是我的老朋友,我们相识20多年了。他原是高陵县(今高陵区)交通局的一名70后普通干部,陕西省作家协会会员、西安市作家协会会员、陕西省交通作家协会会员。他做过多年《高陵报》副刊编辑和"陕西·高陵"门户网站文艺编辑。由于他工作积极认真,为人厚道,作风朴实,辛勤耕耘,成果突出,遂被调往高陵区政府办公室供职。虽然高涛早已离开交通系统,我也早已退休,但我一直把他当作交通人,他也一直喊我丁老师,我们常来常往,友情常在。

我从上小学懂事起,就知道"泾渭分明"这个成语。我生在西安、长在西安,却从没见过泾河,也不知道泾河和渭河在哪里相汇,因此我很想到泾渭相汇处去探明、考察。

壬辰龙年炎夏,在高涛的邀请、安排下,我来到被誉为八百里秦川"白菜心"的西安市高陵县榆楚乡上马杜村参观、考察泾渭两河相汇处,这才了了我的心愿。有了那次参观、考察,我对"泾渭分明"这个成语有了新的认识和理解,对地方政府准备开发泾渭分明旅游资源提出了我的不同看法,回来后我便写了一篇《面对泾渭相汇处》的文章。高涛还把这篇文章发到了"陕西·高陵"门户网站上。

因此,我对高涛心怀感激。

前不久去世的一代文学大家陈忠实先生在他生前对青年作者说过:"喜欢文学的人,是因为对文学有一股敏感的神经。对文学敏感的神经越强烈,作家就越难切断这根神经,他的终生就为之兴奋并苦恼着。"

高涛就是这样一个文学这根敏感神经兴奋的青年作者。

他常年苦战在基层,热爱生活,热爱工作,热爱读书。他对写作、对文学,勤奋、执着、用心、兴奋,矻矻追求,10多年初心不改。他2000年开始发表作品,以"个体生命价值探讨"为方向,致力于故土地域文艺繁荣事业,立志"为我们这个社会尚为珍贵的正人正义正气正风竭尽全力地鼓与呼"。他先后在《人民日报》《陕西日报》《文化艺术报》《感悟》《陕西交通报》《榕树下》《新高陵》等报刊、网站发表散文随笔200余篇、新闻通讯近100万字。他参与编辑高陵交通局优秀作品集《路在延伸》《幸福之路》，出版有自己的散文集《日月翘望》，并获高陵首届文化艺术成果奖。散文《文化的价值》获县政协"我为高陵发展做贡献"征文奖，散文《二游红碱淖》获县政府"首届节水"征文二等奖。

高涛在高陵区也是个小名人了，正如他在书稿《耳边的陈忠实》一文中所说的"我不是没有一丁点小成绩也并非毫无天分，虽然不能和陈老师相比，但县城里的人都知道我是能写、会写、写得好的人"。

这次高涛将要出版的作品集，收录了他 2010 年至 2016 年 7 年间的散文、短篇小说、评论、通讯、相声、小话剧、诗歌等类文稿，洋洋洒洒 19 万字。集子收录的文稿很杂，这是由作者在基层的实际工作性质和状况决定的。作者在办公室工作，那就要拳打脚踢，十八般武艺样样都会，既要写领导讲话、工作总结、调查报告之类的文字，也要写通讯、评论之类的文章，还要抽闲写自己对生活、对人事、对读书、对社会、对文化、对交通、对土地及对家庭、婚姻、爱情的感悟和思考。

我通读了全部书稿，感觉书稿中的通讯、论文一辑，不少文章冗长，可以剔除，编入其他工作报告性质的集子中去。除此之外，集子里的散文篇中不乏我喜欢的佳作，譬如散文《银杏叶》《搬》《精神的支撑》《夜之梦》《被遗忘的人》《母亲当上了保洁员》《给女儿的道歉信》等作品，有味道，有悟性，有思考，有情调。文字平实自然，情感奔放真挚，恣意放飞想象和思想的翅膀。正像著名作家陈忠实所说的：这些作品剖析了一个热爱文学的青年作者，在对人世、生活、爱情和真善美的追索、探索过程中的兴奋、彷徨、自省、困惑和苦恼的内心世界。这是一个年轻作者在这茫茫人生路上的必经阶段。而正是这些文字描写，才是感染人、吸引人、打动人的地方。

一位著名作家说过：这是一个文学最好的时代，也是最坏的时代。最好的时代——现代社会给了作家极大的自由度；最坏的时代——也由此滋生了一些不好的现象。对青年作家而言，机遇与挑战并存，青年作家必须付出更多的劳动，才能有所收获。当然这些话也同样适合高涛。

我也曾在多种场合和多篇文章中说过，我们的交通文学虽取得了很大的发展，涌现出了一些小有名气的年轻作者，收获了斐然的成果，但是对这些年轻作者和他们的成果，当然也包括对勤奋写作的高涛过度的揄扬，都是对我们这支方兴未艾的业余作者队伍不负责任的表现。

我们必须清醒地看到：陕西交通文学的整体水平还较低，作者的知识水平参差不齐。摆在我们面前的亟须解决的问题是，要提高交通文学的水平，使其迈上一个新台阶。一方面，各级领导仍要一如既往地继续大力支持、扶植新人新作和精品力作；另一方面，正如著名作家贾平凹所说的"作家的创作毕竟是个体劳动"，包括高涛本人和交通作者们自己，要练好内功，写作视野和生活圈子应更广阔、更开放，读书学习的热情应更积极、更迫切，知识领域应更开阔，知识结构应更出新，题材、体裁应更多样化，立意构思应开掘得更高、更深，集子编选应更精当、更集中，作品语言应更凝练、更优美。

高涛还年轻，他的那根文学敏感神经还在兴奋期，因而他的文学创作之路还长着呢！衷心祝愿我的朋友高涛文学创作道路越走越远，越走越好！

也期盼高涛的这部新作早日付梓！

窗外依然寒风凛冽，洁白一片，但我心意已暖，一阵轻松。念与高涛小弟 20 年交情，写下了这篇迟交的文稿，不足为序，谨作读后感吧！

2016 年 11 月 28 日于西安家中

连通圣地的绿色人文纽带

金秋九月，在黄延高速公路扩能工程即将通车前夕，我怀着对已经早有一条210国道，后又建了一条与之平行的西延高速公路，现再建一条黄延高速公路扩能工程的好奇心，应邀和几个作家朋友参加了这条路的采风活动。

作为一个老交通人、一个从事交通史志编写和交通报纸采编30年的业余作者，我曾采写过太多的关于高速公路建设的文章。

从陕西第一条西三一级公路、第一条西临高速公路，到陕北的沙漠高速公路、黄土高原高速公路；从关中平原的高速公路、机场高速公路，再到陕南的山区高速公路和穿越秦岭的高速公路特长隧道……我们的每一条高速公路都凸显着各自不同的特点、难点和亮点，都在不断地与时俱进，进行着理念创新、科技创新、施工创新和管理创新。

每一次的采风、采访，我都会有不同的感受。

路越修办法越多，招数越多；路越修越绿色环保、低碳；当然路越修标准越高，造价也越高了。

当前我国的国民经济发展已进入从高速发展转入中高速发展的新常态，我们的高速公路建设和高速公路宣传工作，也自然要适应这种新常态。当然，对高速公路宣传工作的方式和着眼点，我们也要进行总结和反思。

撇开那些具体的工程设计、施工、管理和技术创新不谈，黄延高速公路扩能工程建设者们先进的修路理念，急老区人民所急，想老区人民所想，为老区人民办实事，修惠民路，修急需路，修绿色人文路的理念，让我再一次惊叹和感动。

这条双向六车道的高速公路，一头连着人文圣地中华人文始祖轩辕黄帝之陵寝黄帝陵，一头连着中国革命圣地延安，这就决定了修建这条路的必要性和特殊意义。延安作为中国革命的圣地，为中国革命和建设做出了巨大的牺牲和贡献。黄帝陵作为人文圣地、全球华人公认的老祖宗陵寝，每年都吸引着数以万计的中华儿女前来朝拜、祭祖。为两个圣地之间铺设一条绿色的、人文的、现代的高标准通衢大道，是交通增长的需求、老区人民的呼唤、时代发展的必然。它的紧迫性、重要性，是显而易见的！

2006年9月建成通车的老的西延高速公路黄陵至延安段，双向四车道、设计速度为80公里/小时，已经无法满足交通量日益增长的需要。新的号称黄延第二高速通道的高速公路，其设计等级、技术标准都远高于老的黄延高速公路。

它的建成，形成了一条陕北和关中地区独立快速的交通运输大动脉，不仅可以大大缓解原包茂高速西延段的交通压力，进一步完善国家和陕西高速公路网，而且对促进陕北国家级能源化工基地建设和延安、黄陵两个圣地的红色、人文旅游文化产业发展，加快陕北产业转型升级和老区人民群众脱贫致富步伐，都具有十分重要的意义。

黄延高速公路扩能工程，作为国家高速公路包茂线G65在陕西境内的重要路段、国家第三批绿色公路主题性试点项目、陕西省第一条绿色公路，工程建设者们在工程建设伊始，就明确走绿色环保节能发展之路，坚持把低能耗、低排放、低污染和高效率的发展理念贯彻于项目全过程，以实际行动贯彻国家"绿色"发展理念，助推中国高速公路未来发展模式的突破和转型创新。

在绿化施工中，同样是公路绿化工程，它却和别的工程不同。他们把握住了绿化工程的提前量，严格按照"边开挖、边防护、边绿化"的原则，在栽植完成后，同步进行整平、修整，确保"施工一段、成形一段、美化一段"。因此，金秋的黄延路上，山美路畅，天高气爽，一片葱绿，而且越往纵深越是草木菁菁，四野阒然。当我们一行采风者行驶在这条还未通车的路上时，看着路旁绿化树木茂盛的长势，这条路像是运营了几年似的。

在绿色能源应用方面，他们通过在高速公路管理分中心、停车区、服务区、养护区等建筑区域，采用光伏板太阳能热水供应系统，替代传统电热水器供应系统，实现建筑区域的节能减排，节约能耗折标准煤约226.05吨。

在绿色施工技术应用方面，他们仅在全线路面的上面层采用橡胶沥青混凝土，橡胶沥青路面总面积约为485.67平方米，消耗废旧橡胶粉约29043吨，约合579.2万条废旧轮胎，减少废旧轮胎堆积占地约50.6亩。在绿色环保和资源循环利用方面，全线的桥梁桩基、承台、系梁等低标号混凝土中掺加粉煤灰，在路面底基层、基层水泥稳定碎石混合料中增加一定比例的粉煤灰，减少生产水泥所需能耗约1.6万吨标煤，也减少了二氧化碳的排放量。

在绿色交通能力建设方面，他们建立高速公路能源监控管理系统，对运营管理中心、监控中心、隧道、收费站、服务区、养护区等部门的能源消耗，进行在线监测和统计，参考自然条件、交通特点等因素，制定合理的能源控制策略，每年可节约用电约598万度，节约用油约7万升，节约用水约3.63万吨。

理念的进步和先进太重要了。

特别令人赞叹和敬佩的是，黄延高速扩能工程主动适应引领新常态，坚持贯彻落实"共享发展"新理念。他们认识到，今天我们修建高速公路，不是一味要突破几千公里，也不是为了加快而加快。修建高速公路是为了人民群众，修建高速公路的好处和成果也要惠及人民群众。用实际行动换位思考，将心比心，兑现承诺，不断增强修路区域老百姓的获得感、幸福感和满意度。

和以往高速公路建设不同的是，项目管理处在强调施工难度时，并没有强调征地拆迁难，而是全力以赴为拆迁户、为沿线老百姓办好事、办实事，不因施工对周边老百姓的正常生活生产造成污染和影响。公路占地内的原生植被尽可能地被保护利用，最大限度地保留原地形和植被。

所有隧道均采用"零开挖"进洞施工，并将工业废渣、钢渣材料铺筑于隧道路面，实现了生态保护与公路的共同和谐发展。施工期间，新修筑的 343 公里便道在建设过程中是施工的保障线，现经过修整，已成为沿线人民群众的便民路，解决了以往雨雪天道路泥泞难行的问题。

为给沿线村镇经济发展提供便利通道，在建设后期，新修了的农村道路 267 公里。利用施工弃土为沿线村民谋取便利，通过变废为宝，改造耕地 5304 亩，既解决了耕地面积不断减少的问题，又为农民群众谋了一份福祉。

更为可赞的是，他们协助政府，为助推城乡一体化建设，在宝塔区、安塞区和黄陵县这三县区，按照新农村建设标准，建设了 13 个集中安置点，共安置拆迁户 560 户人家。安置房比以前的房子更敞亮、漂亮，极大地改善了老百姓的居住环境，切实让老百姓更多地享受到了高速公路发展带来的实实在在的好处，也以实际行动给老百姓作了"中国梦"贴切的诠释。

啊，一条绿色的人文纽带，穿越历史，穿越时空，连通圣地，传承现代文明，弘扬先进理念，造福老区百姓，彰显交通人的胸怀和风采！

2016 年 10 月 1 日

一条穿越秦岭的智慧之路

一晃眼，离开工作岗位已 8 个多月了。8 个多月来，做个自由人的感觉真好，回家的感觉真好！近日，作为自由人，应邀和几位作家朋友一同赴建设中的汉坪高速公路采风。

蓦然，我发现，这一次的采风感受和我以前在岗时多次采访高速公路的感觉、感受迥然不同。以前不管怎么说，都是交通人看交通，交通人写交通。这次，似乎有种局外人看交通的感觉，似乎是带着挑剔、存疑的眼光看高速公路建设，似乎也多了几分清醒和少有的新鲜感。

我们的高速公路建设到这份儿上，技术等级越来越高，造价也越来越高。高速公路建设的决策者、管理者和建设者也越来越精明，越来越老到，越来越有招儿了。

5 月的季节，秦岭山中夏花烂漫，水清树茂，郁郁葱葱，越往纵深，越被绿色的世界所包围，也越令人神清气爽！

我们采风的宝汉高速公路坪坎至汉中（石门）项目段，是国家高速公路银昆线（G85）的重要一段，又是陕西省规划建设的"2637"高速公路网中三条南北纵线之一的定汉线的重要组成部分，也是继西商高速公路、西康高速公路和西汉高速公路之后，穿越秦岭技术等级最高的六车道高速公路，这条高速公路完全在绿色的海洋中穿行。

和以往我采风的高速公路不同的是，汉坪高速公路项目管理处和施工单位的负责人在给我们介绍情况时，并没有一味地强调施工的难度和艰险。以往的高速公路项目办和施工单位负责人总是先喋喋不休地强调，征迁难、施工难、资金难和环境恶劣、地质复杂等这难那难、这险那险。

其实高速公路建设，尤其是进入了大山深沟施工，哪有不难不险的？不难不险是假的。不难不险那要我们交通建设者干啥？

可是，我们这次在宝汉高速公路坪坎至汉中项目段，听到的、看到的、感受到的却是一番新的景象。

新的建设理念，新的创造，新的亮点，新的施工进度，全都令人耳目一新。

建设者们突破传统的"先破坏，后恢复"的理念，实现"轻抚"大地，而不"重创"自然。为了保护环境，为了保护4000多年的植物活化石—— 一棵银杏树，建设者们修改了公路设计方案，为大树让路，给它留下更广阔的生长空间。科技引领，推动节能减排新进展。譬如对石门库区水源地的服务区、停车区全面采用中水循环利用系统，并在服务区增设天然气加气站及电动汽车充电桩。建设者们争先创建一条科技示范路、环保样板路、生态绿色路和智慧人文路。我们所看到的一个个施工点，无不展示着建设者们大胆创新和独具创造的成果。

在石门、牛头山隧道施工中，针对特长隧道掌子面通风除尘难的特点，首次采用水压爆破工艺，大大降低了爆炸时产生的粉尘，真正做到了环保施工，保护了工人的人身健康。同时，也首次应用隧道空气质量净化系统——负离子除尘设备对洞内空气质量进行试验和改进，改善隧道洞内施工期间的空气质量，减轻对人体的伤害，还提高了隧道开挖和出渣作业功效。

在桥梁工程中，针对山区梁场布设狭长的特点，箱梁预制在省内首次采用整体式液压模板施工工艺；同时，推行实验室标准养生工地化工艺，有效提高了箱梁预制的外观质量和施工效率。

还有像小型预制构件工厂化预制的新技术、新工艺，既美化了产品的外观，也提高了功效，在各个方面都有新的创造。

管理上也有新的亮点。为提高隐蔽工程的施工质量，项目首次采用了监理工作记录仪。通过监理工作记录仪，记录隐蔽工程施工全过程，杜绝了个别施工、监理人员的作弊行为。

特别令人赞叹和敬佩的是：一方面，建设者们不是为了加快而加快，而是尊重自然规律，有条不紊地科学办交通，不搞大轰大嗡、人声鼎沸，不盲目追求目标和进度，而是确保工程质量和安全施工；另一方面，真正把勤俭办交通作为建设理念，贯彻始终，不大手大脚乱花钱，以降低项目管理费用、降低工程造价和控制设计变更为重点，挖潜节流。

在结束采风后，与作家们和项目领导人的座谈中，我们就如何建成生态绿色路、智慧人文路等方面进行了互动交流，大家一致认为：一是应该继续保持和发扬文化引领、尊重历史，因地制宜地选择当地适生的桂花、银杏等树种，打造桂花林带、银杏林带等特色绿化带；二是保持清醒头脑，沉下心来，认真研究策划，本着勤俭办交通、量力而行的原则，拿出一个可行的道路文化方案。可首先在服务区做足文章，充分展示地域文化特点。

所以我认为：

这是一条穿越秦岭腹地的绿色生态长廊。

这是一条承载着千年文化底蕴的高速通道。

这是一条集所有坪汉高速建设者思想的智慧之路。

这是一个对陕西高速公路建设有启迪和引领作用的示范工程。

2016 年 6 月 10 日

再访汉坪高速公路所想到的

丙申年的初夏，我曾应邀和一群作家赴汉坪高速公路采风。一年过去了，丁酉鸡年的仲夏，我再次和一群作家采风、造访即将竣工的汉坪高速公路。

相隔一年，吸引作家们两次采风、造访一条高速公路，这是少有的，足以说明这条路的重要性和特殊魅力。

去年，从汉坪高速公路回来后，我把这条路称为"一条穿越秦岭的智慧之路"，并写了文章。今年写些什么呢？

作为一个老交通人、一个从事交通报纸采编20余年的老编辑、老作者，我曾采写过陕西大多的高速公路，对写高速公路建设的特点啊，难点啊，亮点啊，质量啊，环保啊，技术创新啊等雷同文章，我已产生了疲劳，不愿再重复写。

截至2016年年底，中国的高速公路里程已突破13.1万公里，规模、设施已跃居世界第一，高速公路建设的有些技术如桥梁、隧道技术也居世界领先地位。陕西的高速公路长度达到5181公里，已位居全国前列了，到2017年年底要达到通车里程5279公里，公路人还在为2020年年底实现县县通高速公路目标奋进。

面对这种新形势、新常态，我们再建高速公路，应该怎么宣传、宣传什么？

我以为，首先，要宣传建设一条高速公路的作用和意义。修建一条高速公路，不管是国家财政性资本投入，还是举借银行贷款本金等，其中都有纳税人的钱啊！我们当然应该告诉纳税人和全社会，花这么多钱再建高速公路的作用和意义在哪里。

我们的高速公路越建标准越高，造价也越高了，每公里早已突破1个亿了。88.172公里的坪坎至汉中高速公路，总投资147.89亿人民币，平均1公里1.67亿元。

这条高速公路的意义在于，它是国家高速公路银昆线（G85）的重要组成部分，又是陕西规划建设的"2637"高速公路网中三条南北纵线之一的定边—汉中线的重要组成部分。它自北向南连接连霍、十天和京昆三条国家高速公路，并沟通陇东、关中西部、陕南西部和川东等地区。它的建设将进一步密切陇东、关中西部、陕南西部、川东等区域的经济联系，对缓解陕西区域南北向的交通运输压力，进一步完善全省高速公路网布局，加快沿线资源开发利用，促进陕、甘、川经济合作，建设西部强省，都具有十分重要的作用。

这条高速公路的桥隧比例高达85.87%，这是其他高速公路所没有的，刷新了陕西高速公路建设的难度，填补了陕西西部南北高速公路缺失的空白，构筑起穿越秦岭南北的又一条标准最高的高速公路大通道。因而它的意义非同一般，造价当然也要比其他高速公路项目高了。这样，不论是陕北还是关中，也不论是银川还是陇东，穿越号称"天下之大阻"的秦岭，去祖国大西南就多了一条更便捷的大通道。这就是陕西交通人的贡献。

其次，要宣传高速公路建设为陕西、为国家创造了新的标准。我们的高速公路，一些硬件建设已超过了欧美等发达国家，而软件建设仍有差距，包括制定、创造有中国特色的高速公路施工标准，就是陕西交通人为"追赶超越"做出的贡献。汉坪高速公路在施工中尊重自然规律和科学规律，不搞大轰大嗡，不盲目追求工程目标和进度，再总结陕西以往高速公路建设的经验和实践，结合汉坪高速公路的特点，制定施工标准，积极推行标准化工艺，为全省、全国提供自己的标准和经验，用标准说话，靠标准施工。在实践中，汉坪高速公路项目管理处制定了《汉坪项目标准化指南》《工地标准化指南》《高速公路施工标准化技术指南》《汉坪项目标准化工艺手册》等10余种标准化手册。

从路基工程的原地面处治、填方挖方段路基、排水防护、涵洞到桥梁工程的钢筋加工场地建设、成品检验，再到梁板预制和小型构件预制、边坡防护等，都严格按标准化施工手册进行规范作业，有效地保障了项目建设和质量。

再次，要宣传高速公路建设中的"陕西交通工匠"精神。多年来，我们致力于宣传高速公路具体的技术特点和亮点，施工环境和难度，质量保障和环保等，这当然没错。但是每一条高速公路，特别是山区高速公路的建设，都是工人师傅们和一线建设，者们逢山凿洞、遇河架桥，风餐露宿，夜以继日，吃苦受累，用双手和智慧具体干出来的。

在这一点上，我们对筑路工人、一线建设者，包括农民工的辛劳工作和忘我精神的挖掘、宣传却做得不够。在他们之中，有许许多多能工巧匠，他们能干、会干、巧干，久经沙场，他们的实干和精细精神，可以说体现了"大国工匠"的精神。

汉坪高速公路建设管理处总工程师鱼江英和中交第四公路工程局有限公司的工匠师傅们，在汉坪高速公路控制性工程之一、西北首次采用最大跨径的石门钢管拱桥的建设中，一丝不苟，严谨专一，采用了主拱肋直管顶弯线性加工技术，替代了传统的以折代曲工艺，节省了90%的环向焊缝，提高了质量，降低了造价。这一工艺还取得了国家专利，为陕西和全国今后同类桥型建设积累了经验，创立了《石门钢管拱桥项目专用质量评定标准》，锻炼、造就了一批陕西的交通工匠。

宣传他们，也是讲好陕西故事、讲好中国故事的重要任务。

最后，要宣传新的科学运营管理理念。汉坪高速公路年底前竣工，下一步就面临着运营管理。汉坪高速公路的运营是否可以做到更人性化服务、科学化管理？高速公路能否真正发挥高速效应？花了巨资建高速公路，高速公路的作用却不明显，岂不是浪费？据交通运输部有关统计，我

300

国高速公路的利用率远低于一般国道和省道，也就是说，修了这么多的高速公路，实际对分担车流量、提升整体运营效率并没有起到很明显的效果。

前不久我赴欧洲旅游，春天气温骤降至零下 6 摄氏度，突遇大雪纷飞，雪下得很大，有好几厘米厚。但令人惊叹的是，不管是高速公路、普通公路，还是山间小路，不见警察的影子，却都是不封路、不堵车，一路畅通无阻。即将建成通车运营的汉坪高速公路，既然要建成"科技示范路"，可否也来个"追赶超越"，探索、制定出一套雨雪不封路、不堵车、减少事故的方案，总结出真正发挥高速公路作用的经验和办法来？

我们期盼着！

2017 年 7 月 5 日

造访宝鸡过境高速公路断想

在一个三伏酷暑高达 40 摄氏度的关中城镇，我又一次与作家采风团一起，走进正在建设中的高速公路——宝鸡过境高速公路。

处于关中西部的宝鸡市仍是酷暑高温，宝鸡过境高速公路工地上，正在摊铺的沥青路面温度竟高达 140 摄氏度。虽天气酷热，加之摊铺温度过高难熬，但建设者们却挥洒汗水，干得正热火朝天。

这是何等的辛劳、不易！

宝鸡，陕西第二大城市，关中平原城市群的重要节点城市，虽然已获全国文明城市、中国优秀旅游城市、国家森林城市、国家生态园林城市等头衔，但在 2017 年陕西各市 GDP 排行榜中，宝鸡仅 2179.81 亿元，远低于榆林市和咸阳市。

国务院《关中—天水经济区发展规划》将宝鸡确定为经济区副中心城市。

《陕西省国民经济和社会发展第十三个五年规划纲要》提出，要将宝鸡打造成为关中城市群的副中心城市。

2018 年 2 月，国家发改委、住房和城建部发布《关中平原城市群发展规划》明确提出，积极建设宝鸡全国性综合交通枢纽，进一步提升宝鸡等重要节点的综合承载能力。

关天、关中两个"副中心城市"和"全国性综合交通枢纽",这是国家和陕西省在新时期对宝鸡市功能的定位。

作为陕西第二大城市,宝鸡的经济实力与国家和陕西省对它的定位是不匹配、不相称的。宝鸡在全省国民经济和社会发展中有举足轻重的地位,它的一举一动都备受外界关注。

自古以来,宝鸡因交通而兴,也因交通而衰,可谓成也交通、败也交通。举目全国各地,基本上都有一种现象:交通资源在回收,往大城市、往省会城市集中。交通资源重新调整到各省会城市或大城市,可见新一轮交通地位争夺已达白热化,从某种程度上来说,交通地位已开始了重新洗牌。

宝鸡如何抢抓机遇"追赶超越"?如何承担和发挥好两个"副中心城市"的地位和作用?

很显然,当下的重中之重是交通问题,即加快"宝鸡全国性综合交通枢纽"建设。就公路而言,要加快完善宝鸡市东、西、南、北的高速公路网络建设,而要把这东、西、南、北高速公路网络连接起来,就需要加快建设好宝鸡绕城高速公路。

而目前投资 28.26 亿元,由陕西省高速建设集团承建,起于宝鸡潘家湾枢纽立交,止于苟家岭,与既有连霍高速公路相接,全长 25.048 公里,采用双向六车道的宝鸡过境高速公路,计划于 2018 年年底建成收官,就是加快建设宝鸡高速公路网的重要步骤。25.048 公里的宝鸡过境高速公路,实际上只是宝鸡南绕城高速公路。倘若以后条件具备,完全可建一条南绕城、北绕城合起来的完整的宝鸡绕城高速公路。

宝鸡过境高速公路是国家高速公路连云港—霍尔果斯线(G30)在陕西境内的重要组成路段。由于宝鸡市区特殊地形的限制,连霍高速线过境宝鸡公路,一直是一段不够畅通的"肠梗阻"。

从宝鸡南端修一条过境高速公路,彻底优化了这条高速路的结构,畅通完善了国家高速公路网主骨架,既有利于宝鸡市"追赶超越"快速发展,还有利于关中、天水经济区的发展乃至新丝绸之路的畅达。正如宝鸡过境公路管理处处长张永刚说的："这个项目的建成，对于满足西安至宝鸡高速'四车道改八车道'后的交通需求，服务长途过境交通，优化宝鸡路网结构，促进宝鸡高新开发区、高端装备制造业基地、区域性商贸物流中心建设，以及特色优势产业发展都具有十分重要的意义。"当然，这也是加快"宝鸡全国性综合交通枢纽"建设的重要措施，是为宝鸡人民带来福祉的民生工程。对宝鸡市民来说，建成了这条过境高速公路，宝鸡市民就可享受到和省会城市西安市民同样的便捷、舒适的交通服务。

这样，加快建设好宝鸡过境高速公路，它的意义和作用非同寻常，紧迫性、重要性是显而易见的！

可是，就是这样一条对宝鸡市意义非同寻常的过境高速公路，自2015年10月开工建设以来，却步履维艰，遇到了前所未有的难题。

项目地处城市开发区和人口密集区，征地拆迁难；特别是隧道施工，围岩差，施工难度大；工程紧邻国有大企业、宝兰高铁，跨越四条既有铁路，施工要求高，安全风险大；整个排水组织复杂，难以融入城市整体排水管网，绿色环保要求高，压力大等。

从1986年12月25日开工建设第一条高速公路西临高速至今，陕西的高速公路已建设近32年了。30多年来，高速公路建设到今天这种程度，新的矛盾无疑给决策者、管理者和建设者提出了新的思考方向和课题。

积30多年高速公路建设之经验，无论是陕北的沙漠高速公路、黄土高原高速公路、关中平原的高速公路、机场高速公路，还是陕南的山区高速公路和穿越秦岭的高速公路特长隧道……什么征迁难、施工难、资金难和环境恶劣、地质复杂等这难、那险，都已经被建设者们一一攻克了。

宝鸡过境高速公路桥隧比达60.61%，隧道工程围岩复杂多变，断面尺寸大，施工难度大，主要控制性工程厥湾隧道为分离式长隧道，左线长2214米，右线长2164米，施工中由于围岩多变，多次陷入了掘进困境。陕西省高速集团专程调来在隧道施工中磨炼出来的专家高贵轩攻坚克难。

就是这个满脑子都是掘挖隧道点子的山东大汉、高级工程师高贵轩，去年，在汉坪高速的连城山隧道，他引着我们走到了掌子面。

如今，高贵轩再一次引着我们，全副武装，深一脚、浅一脚踩着积水和泥浆，走进厥湾隧道的掌子面。面对厥湾隧道难啃的复杂围岩石质，他满怀自信地说："施工技术发展到今天，多难的工程摆在我们面前都没有干不成的！"这也告诫我们，高速公路发展到今天，再喋喋不休地强调这难、那险，已经没有什么意义了。

其实，这难题、那无奈，还有诸多矛盾，仔细分析、归纳起来，无非两条：拆迁数量多、难度大；环保要求高、压力大。建设者们应不急不躁，调整心态，换一个角度去思考问题。

宝鸡过境公路项目处于宝鸡南部的城乡接合部，这里既有大型企业、村庄良田、陵园墓地、成堆垃圾，又与多处高压走廊交叉，与宝兰高铁紧邻，征迁数量多、难度高、风险大，自然也矛盾重重。全线征地 3042 亩，拆迁企业 108 家，农户 284 户，迁改各类杆线 115 处，而宝鸡过境公路项目就是在任务重、工期紧、矛盾多的情况下完成的。这些问题、难题，在西安等绕城高速公路建设中当然也遇到过。

你要建设的高速公路要从人家既有的企业、村庄、陵园、垃圾场等经过，你当然要做好征迁的赔偿和处置工作；政府不让村民吃亏，按新的标准做好村民赔付和安置工作，也是完全正确的；搞工程、搞技术的人也要学会化解矛盾，做好最难做的人的工作；高铁和四条铁路线早已建好运营，他们要维护自己的正当经济利益，提出什么要求，也是无可厚非的。

宝鸡过境高速公路的北侧是渭河，不能污染渭河，这是谁也不可争辩的。建设者们只能以环保大局为重，积极想办法，甚至不惜付出代价，开挖出蓄积路面污水的坑塘，让这些雨水自然地流向贮存的地方，在烈日高温下蒸发。

为了环保，宝鸡当地的碎石加工场、石灰生产厂早已关停，施工所需的石灰、碎石原材料自然告急。施工面临困境，只能从邻省辗转购进价格竟高出水泥价格的石灰。虽然这是无奈之举，但是为了环保，为了宝鸡市民的健康，管理处和施工建设者们殚精竭虑，不得不做出最大的努力。

当下中国搞建设、谋发展，追求生态平衡，对环保的要求越来越高。无论是政府、企业、建设者还是普通百姓，绿色环保的理念已深入人心。中国的高速公路建设，环保要求越高，建设压力就越大。这何尝不是时代的要求和时代的进步呢?

面对这所有的难题,这支久经沙场、百炼成钢的高速公路建设队伍,不断地适应形势,正视现实,勇于应对,靠着智慧和汗水、忠诚和意志,积极克服。

恣情地讴歌、宣扬酷暑高温下建设者们辛劳坚守和默默奉献的精神;真诚地为社会、为百姓讲清、解析建设一条高品质宝鸡过境高速公路的意义、作用和目的,我想,这或许就是采风作家们的职责和义务。

2018 年 8 月 22 日于高新区儿子家中

北 行 散 记

戊戌狗年，三伏天，我刚从宝鸡过境高速公路采风归来，便应邀和著名作家莫伸参加了陕西省公路局党办组织的《陕西公路》杂志编辑深入一线北行，进行"四好农村路"和"美丽干线路"的采风活动。

真可谓"才过陈仓道，又走乡村路"。

2014年3月4日，习近平总书记指出，农村公路建设要因地制宜、以人为本，进一步把农村公路建好、管好、护好、运营好，逐步消除制约农村发展的交通瓶颈，为广大农民脱贫致富奔小康提供更好的保障。

2015年5月26日，交通运输部印发《关于推进"四好农村路"建设的意见》。《意见》提出，到2020年，全国乡镇和建制村全部通硬化路，养护经费全部纳入财政预算，具备条件的建制村全部通客车，基本建成覆盖县、乡、村三级农村物流网络，实现"建好、管好、护好、运营好"四好农村公路的总目标。

根据习近平总书记提出的"四好农村路"要求，交通运输部制定了实施建设"四好农村路"规划目标。

我们此行就是要看看今天陕西的"四好农村路"和"美丽干线公路"是啥样。

我们北行的第一站，直奔闻名全国的合阳县路井镇。这里有 20 世纪 50 年代国务院总理周恩来亲笔签署表彰的"路井道班"。

面对着眼前我来过多次、路井道班养护了 60 多年的"直似箭，平像毡，绿树鲜花排两边，行车快如飞，美丽赛花园"的 108 国道，令人不禁感慨惊叹。

如今，更上一层楼的 108 国道，打造成了"畅、安、舒、美"的最美干线公路。路井道班房也今非昔比，早已改建完毕，"路井道班"的牌子都不见了。这个美丽的花园建筑已成为介绍和见证眼前这条路发展变化的接待站和名片了。

还戴着"国家重点扶持贫困县"帽子的合阳县，在财力并不富裕的情况下，县财政每年拿出专项资金 1000 万元用于"四好农村路"建设，再整合涉农资金 3000 万元和各村通过"一事一议"筹措资金 2000 万元，统统用在"四好农村路"建设上。路井镇是合阳县今年重点创建的市级"四好农村路"示范镇，县上采取"典型示范、全面推动"的方式，使路井镇的"四好农村路"力求达到"以路美村，以村带路，路旁有景，景中有路，路景相融"的效果，在全县开花结果。

而我们看到的合阳县路井镇崔李杨村，就是合阳县把"四好农村路"建成畅通脱贫路的典范。

穿行在路井镇崔李杨村的农村公路上，我立马眼前一亮，耳目一新，震撼不已，仿佛走进了一条多姿多彩的艺术走廊，也仿佛走进了异国他乡的小镇。标识线分明的道路，宽敞整洁；各种点缀的景观，新颖别致；太阳能路灯，赫然醒目；行道绿篱，供村民休憩健身的器械、长椅、凉亭，一应俱全。这里是一派安逸、宁静、悠闲的小康村寨的景象。

我们常说的要不忘"乡愁"和"贫困"四字，在这里似乎已荡然无存了。

在路井镇崔李杨村，人们永远不会忘记一个叫李辉的著名实力派具象主义画家、企业家。生于合阳县崔李杨村的李辉，饮水思源，致富不忘父老乡亲。2014 年，他回到家乡，投资数千万元，一口气在家乡合阳县路井镇崔李杨村建设了 13 个欧式展馆，创建了"拉斐尔艺术庄园"。拉斐尔是意大利著名画家、建筑师，与达·芬奇和米开朗琪罗并称为"文艺复兴美术三杰"。给项目取名为"拉斐尔艺术庄园"，是因为李辉从小很崇拜拉斐尔。合阳县路井镇崔李杨村的普通百姓不出村，即可看到不同风格的城堡、教堂、庄园、农场等欧式建筑。

"拉斐尔艺术庄园"的创建，在悄无声息中给崔李杨村带来了巨大的变化，村民们不花钱就能享受异国风情，感受欧洲气息，陶冶文化情操，还可以让孩子们免费学习画画，与艺术结缘。2015 年 7 月，崔李杨村的拉斐尔艺术庄园等 13 个展馆陆续对外开放，成为渭北塬上的一道独特风景，每天从全国各地前来参观的人络绎不绝。

合阳县路井镇崔李杨村的人很精明、很聪慧。他们抢抓机遇，顺势而上，把建设"拉斐尔艺术庄园"和"四好农村路"建设捆绑在一起，作为全县"美丽乡村、文明家园"建设的示范工程，并列入全县"十三五"重点建设项目。一期工程已基本结束，二期工程也已顺利开工建设，预计投资 5 亿元，其中主体工程 2 亿元，装修及艺术品陈列 3 亿元。

崔李杨村地处渭北旱塬，周边地形破碎。过去，因为道路狭窄和硬化不到位，村里经常是"晴天土扑面，雨天泥裹脚"，收购农产品的大车进不来，村民只能"蚂蚁搬家"，用摩托车或者三轮车零敲碎打地搞外销，既辛苦又卖不上好价钱。如今，有了穿村而过的新路，路面也由过去的单车道变成了三车道。硬化、美化、绿化、亮化后的农村公路不仅解决了农产品的运输销售难题，使村里的黄桃和葡萄每斤比过去能多卖好几毛钱，还吸引了外来企业前来投资。

公路修好后，在崔李杨村建档立卡的贫困户刘俊丽成为一名村级女护路员。她的工作地点就在村子附近，每个月有近千元的收入。工作之余，她既能种粮也能照顾老人和孩子。在路井镇的兼职护路员中，有不少建档立卡贫困户。通过养护农村公路，贫困户的思想观念正在潜移默化地发生改变，主动脱贫的内生动力也在不断增强。

今天，合阳县已经形成了以林护路、以林养路、以林美路的"绿色生态走廊"，按照四季常青、三季有花、乔冠结合、草花相间的思路，高起点、高品质地建设了从镇区至拉斐尔艺术庄园的旅游观光公路，成为当地农民群众散步休闲、欣赏田园风光的亮丽风景线。

韩城，古老的文化名城，陕西首个省内计划单列市，副地级市。我们驱车一到这里，就被雄奇壮观的沿黄公路和山舞路弯、景美如画的干线公路所吸引。

省道 304 线韩城段，现已改为 327 国道，路段全长 33.496 公里，虽然沿线 19 个自然村，分布着薛峰水库、牛心瀑布、香山红叶、猴山村区等旅游景点，自然景观丰富，但地处山区，路段坡陡弯急，地质灾害严重，事故频发，通行环境差，一直被人称为当地"最危险"的公路。

但是韩城公路人硬是用智慧、真情和汗水，因地制宜，突出特色，创新思路，临山造地，见缝填土，依石栽竹，绿化美化，完善设施，打造出"公路设施美，路域环境美，养护管理美，出行服务美，行风人物美"的"五美"干线公路，成为陕西渭北最美的一条景观大道。

我们漫行在 327 公路上，观赏着路旁的美景。突然看见路旁的警示牌上，自动闪亮了"对面来车"四字，赫然醒目，我们便小心翼翼靠边行走。等车行过，警示牌又自动醒目地闪亮"弯道慢行"四字。原来这是韩城公路人为了确保山区弯道车辆行驶安全，大胆创新，采取创造性的措施安装的 8 套交通预警雷达装置。除此之外，还安装了反光道钉 300 个、轮廓标 1372 个、黄慢闪警示灯 16 个、诱导标 161 块等，以保障 327 国道韩城段行车的安全。

如今，在 327 国道韩城段上，绿化带栽植了樱花、银杏树、法桐、国槐、红叶李、紫薇、月季、冬青、石楠、黄杨等乔灌植物，铺设了草皮，路侧空间富裕路段投建了停车区、公交站、紧急停车带、公厕、休闲景观和服务区。

延安作为革命圣地，当然有其独特的政治地位和区位优势。"四好农村路"搞得好，也是情理之中和理所当然的。宝塔区更是拥有数个省和全国先进、模范头衔。

宝塔区交通局局长韩海军，一位关中大汉，毕业于西北农林学院的大学生，把自己的一生献给了延安老区的农业和交通事业。他如数家珍，又陪了我们一路，富有感情地介绍着他脚下熟悉的农村公路。

宝塔区交通人还真行，国家提出"互联网＋"，他们提出实施"农村公路＋"，为老区人民打通致富路的发展模式。所谓实施"农村公路＋"，即"农村公路＋脱贫攻坚工程""农村公路＋基层党建工程""农村公路＋红色旅游工程""农村公路＋特色产业工程""农村公路＋乡村振兴工程"五大工程。

截至目前，全区 626 个建制村（其中贫困村 51 个）已全部实现道路硬化，提前实现乡镇全部通二级、三级公路，村村路硬化、组组路畅通的目标，道路通畅硬化率达到 100％。吸收贫困户代表参与农村公路建设和质量监督，安排贫困户为乡道协管员和村道养护员，使贫困群众真正成为"四好农村路"的参与者和受益者。推动客运一体化发展，建立了农村公路物流体系，现建有大型物流市场和货运部，覆盖了宝塔区各乡镇、办事处。

有意思的是，宝塔区交通人利用革命老区的红色资源和优势，将客运招呼站和党建宣传站联合建设，建成"党建驿站""红色驿站"，以延伸基层党组织的服务触手。我们在几个农村公路旁看到了竖立着"党建驿站""红色驿站"字样的牌子和各种党建宣传栏。

在枣园至庙沟公路上，韩海军局长满怀信心地向我们介绍了枣园至庙沟公路将红色、人文、旅游、节能、环保等全新的现代元素融入公路建设，打造陕西第一条"红色智慧交通＋科技交通＋人文交通＋生态环保"示范路的情况。我惊喜地看到，农村道路上竟然还有水的循环利用系统，人行道、栈道、自行车道，道路排水采用"雨污分流"模式，污水进入污水管网统一收集处理后，直接用于浇洒绿化植被。

我们这次走访的延安宝塔区农村公路，真是非同一般。宝塔区的政府和公路交通人，别出心裁，创新推进，他们的工作经验最丰富，创造的成果最突出，提供的资料也最翔实。我们走访的冯庄乡康坪村、枣园庙沟村、万花山等乡村，一排排整齐划一的房舍，一条条宽敞的通村公路，一个个配置休闲广场、高标准绿化、太阳能路灯、公共厕所、小花园等设施齐全的村寨，让我看到了公路通真正给希望的田野带来的希望和变化。

北行，北行，继续北行。

离开延安，驱车北行直奔榆林市吴堡县，这是我们采访的最后一站。

吴堡，国家重点扶持的贫困县。全县已建成农村公路 629.723 公里。县上明确提出将公路绿化纳入建设内容，要求将工程质量、安全生产、排水设施和防护工程列为重中之重，落实县、镇、村三级管养责任，并纳入政府目标责任考核内容。6 个镇全部成立了农村公路管理所，具体负责通村路管护任务。县上采取示范引领，全面推进"四好农村路"建设。示范路寇家塬镇薛家塬村至辛家沟镇辛家下山村公路长 9.272 公里，2017 年 6 月完工，路基宽 6.5 米，是一条工程达到高标准的"畅、舒、洁、绿、美、安"的景观路。

几天短暂的采访活动就要结束，夜晚漫步在迷人、宽敞的吴堡沿黄观光路上，我不禁思绪万千。

我彻底退休离岗后的这几年，和作家们走访、采风最多的是陕西的高速公路。毫无疑义，已经通车里程达 5000 多公里的高速公路，为三秦大地的经济和社会跨越发展起到了无可替代的助推作用，让普通百姓可以便捷、舒适地出行。同样，数倍于 5000 多公里的陕西普通公路和农村公路，为农业、农村和农民实现现代化、脱贫致富、全面奔小康，铺筑了一条条快车通道。

眼下的"四好农村路""美丽干线路"的建设，给农业、农村、农民和城镇带来的变化是真实的，是看得见、摸得着的，勾勒出了一幅"车在路中行，人在画中游，安全又舒畅"的美丽画卷。

归途中，我不经意地吟出了一首小诗，以此作为文章的结尾：

三伏酷暑奈我何？
北行途中好景多。
乡村公路换新貌，
小康路上搭快车。

2018 年 8 月 12 日于高新区儿子家中

延安又一条高速大道诞生

今天的革命圣地延安，除黄龙县外，已经是县县通高速公路，便捷畅达，景美如画。

2020 年初秋，我应邀和几位作家及媒体记者赴延安采风，见证延安又一条高速公路的诞生和子长市不通高速公路历史的终结。

初秋的八月，秋风送爽。延安，路畅山美，树茂水清，天高地阔，一片葱绿，而且越往北行，越是草木菁菁，早已颠覆了以前的陕北黄土高原光秃秃、黄土土的老"黄"历。

2018 年 6 月开工建设的子长至姚店高速公路，虽全长仅 55.173 公里，但它却是陕西全省高速公路"十三五"规划的收官项目，是国家高速公路榆林至蓝田和长治至延安线的迂回通道，是陕西高速公路最大的 EPC（国际通用工程总承包）项目。而且，这是在一个特殊的历史时期，在 2020 年新冠肺炎疫情得到缓解、复工复产后来之不易的通车项目。

已经具备了竣工通车条件的子长至姚店高速公路，使得具有独特地理位置的子长市成为连接延安、榆林两大城市的交通枢纽。这对加快完善子长市城市服务功能，促进城乡公共服务一体化建设，大大提升延安北部地区的交通衔接能力和整个延安市区的运输条件，完善陕西全省路网布局结构，都将发挥十分重要的作用。

子长至姚店高速公路，由陕西省交通建设集团公司建设，陕西省交通规划设计研究院和陕西路桥集团公司等单位，按照 EPC 的模式，实施项目设计、施工、采购总承包。

实施项目总承包模式最大的优势在于设计与施工同步进行，形成了质量责任共同体，既能有效提升工程建设质量，又能有效缩短建设工期，而且能大幅降低工程变更和工程超概算现象的出现次数，有利于项目投资的总体控制。

采风中，我在工地上看到，子长至姚店高速公路项目中，许多东西让人眼前一亮。

项目施工中采用了许多创新的、先进的、智能化的技术、工艺和设备。

利用清洁能源，以天然气取代传统重油，燃尽率达到 99.99%；两座隧道照明采用太阳能光伏发电，每年可利用太阳能发电 20 万度，占隧道照明总用电量的 32%；增添拌合楼除尘系统，有效预防施工扬尘，减少工人施工尘土污染；钢筋弯箍机、钢筋弯曲中心都采用数控智能技术；桥面铺装采用激光摊铺机及自行式磨光机；使用世界领先的沥青拌合楼、国内产量最高的水稳拌合楼、混合料运输自动覆盖以及先进的检测设备和手段支撑；重点推行桥面激光摊铺机、路面无尘干洗机、路面无尘精铣刨机等技术；还和长安大学、西安科技大学联合开展有关桥址滑坡治理、公路交通标线质量控制和可循环高强基层沥青路面修筑技术等课题研究。这些既保证了工程的高质量，又提高了工期和工效，还实现了对工程造价的有效控制。

采风中，我看到，我们的建设者在紧张的施工中，始终紧绷环境保护这根弦，始终牢记做好农民和农民工权益保障。

施工全线实现环保管理工作全覆盖，通过弃土造田等措施，助力脱贫攻坚。全线弃土填沟造田 35 处，达 1872 亩，建设用地返还率达 31%。我看到高速公路旁沟壑里的一片片弃土造田，农民们都已种植上了葡萄，罩盖上了大棚，只等着来年丰收了。对施工易造成的环境污染，相关部门采取了施工区域围挡、雾炮机除尘、泥浆分层沉淀处理、铣刨料利用等措施，以维护生态平衡，保护碧水蓝天。

我还高兴地看到：项目经理部还专门设立了《农民工工资支付办法》，设立了农民工工资专管员，成立了农民工工资支付监管领导小组，给每个农民工开立了农民工工资专户。农民工每人手中都有一张银行卡，确保直接将工资足额按时打入银行卡，做到无投诉、无上访、无阻工事件发生，真正保障农民工合法权益。

这是一条助力延安—子长全面奔小康的致富大道。

子长现已初步形成了以煤炭、石油、天然气开发为主的工业体系，是陕北地区重要的能源接续地和支撑点。子长境内矿产资源丰富，主要有煤炭、石油、铁矿石等多种资源。据测，煤炭地质储量28.9亿吨，探明18亿吨，居延安市之首；石油储量3.26亿吨；天然气储量1000亿方；铁矿石储量64.8万吨。

子长山地苹果累计发展到28.3万亩，水果总产量5.02万吨，被列为陕西省优质苹果基地县。子长还是西北地区最大的薯类良繁基地，是全国首家"中国土豆之乡"，2012年被命名为"中国绿色马铃薯示范县"。

这条高速公路的建成，将促进延安市煤炭、石油、天然气、铁矿石等资源的深度开发，带动子长山地优质果业、马铃薯类等经济多元发展，使陕北革命老区全民奔跑在脱贫攻坚、全面奔小康的致富路上。

这又是一条连接延安—子长的红色旅游大道。

子长市是民族英雄谢子长的故乡，是中央红军万里长征的落脚点和抗日东征的出发地，土地革命后期中共中央和中华苏维埃政府所在地。这里红色文化资源丰富，红色旅游景点集聚：有彭德怀直接指挥的青化砭战役旧址；解放军西北野战军对陕北国民党军补给基地蟠龙镇进行的攻坚战遗址；红二十五军和陕北红军会师地永平镇；中共中央在子长县（今子长市）瓦窑堡召开的一次重要的政治局扩大会议原址；西北工农红军最早创始人之一的谢子长烈士纪念馆和谢子长故居及墓地；中共陕北省委和中央红军医院旧址等。

一条绿色的高速大道，一下把这些红色文化资源、红色旅游景点连通起来了。

绿色加红色，陕北延安又增添了一道熠熠闪耀的亮丽风景线！

2020 年 8 月 26 日

穿越大秦岭的超越

秋风缕缕，秋雨潇潇，秋叶缤纷，秋意温馨，让刚刚熬过酷暑的人感到少有的惬意、舒适和宜人。

汽车在银（川）昆（明）高速宝坪路段上奔驰。扑入我视野的是一马平川、山绿路敞、一步一画的壮景。

穿越一个又一个秦岭隧道，隧道里没有黑暗，一个光亮接着一个光亮，反而比隧道外还亮。在这样的高速公路隧道行驶，除了感觉像这季节一样令人惬意、舒适外，还平添了罕有的震撼、神奇和壮美。

这是我继 2016 年初夏、2017 年仲夏两次采风、造访宝（鸡）汉（中）高速公路坪汉路段后，辛丑牛年的中秋前夕，又应邀参加陕西省交控集团组织的宝坪高速公路采风的体验和感受。

宝鸡至凤县坪坎、坪坎至汉中高速，即宝汉高速公路，是国家高速公路网银川至昆明线陕西境内的最后一段，也是陕西省"2367"高速公路网定边至汉中线、宝鸡至汉中高速公路的重要组成部分，分期分段施工建设。坪汉高速公路 2017 年年底已建成通车，宝坪高速公路也在今年国庆节前已建成通车。

相隔 4 年，吸引我和作家们三次采风、造访一条高速公路，这样的经历是少有的，足以说明这条路的重要作用和特殊魅力。

4年前造访的88.172公里的坪汉高速公路，无论是在科技创新、生态环保，还是在文化传承、工匠精神等方面，都有新的超越。因而，我把它称为"一条穿越秦岭的智慧之路"。

宝坪高速公路建成后，宝鸡至汉中的车程由过去走普通公路260公里、用时5小时，缩短到全程高速161.4公里、用时2小时，行驶里程缩短了约100公里，节约时间约3小时，实现了国家银昆高速陕西境的全线贯通，成就了一条穿越秦岭的南北运输大通道。它在速度效率、建设规模、安全施工和引领示范等诸方面，都超越了早已建成穿越秦岭的京昆高速西汉段、包茂高速西康段、福银高速蓝商段和沪陕高速西商段，也比已建成通车的坪汉高速有了新的亮点，成为第五条穿越"秦岭，天下之大阻"，最快捷舒适、标准最高的高速公路。

这一超越，对于贯彻落实国家"一带一路"倡议和新一轮西部大开发，改善区域交通条件，促进关天、成渝两大经济区合作交流，推进宝鸡市和陕西省新时代追赶超越，都具有重大意义。

陕西是隧道大省，在隧道建设方面积累了丰富的经验。宝坪高速的建设者吸取以往的经验教训，首先在设计中提出以秦岭重丘区行车安全为首要追求目标，将控制性工程32公里隧道群最大纵坡控制在2.38%，平均坡度不超过1.8%，超越了其他四条穿越秦岭的高速公路的安全标准。在施工中运用科技手段保障安全，以"机械化换人，自动化减人"消除安全隐患。全体建设者克服秦岭地区路线线位高、地形地质复杂、隧道岩爆涌水和大坡度斜井运输等困难，通过科学施工、科学管理，创造了秦岭高风险区域工程建设了不起的无安全责任事故新纪录。

我们知道，"建设规模世界第一，中国公路隧道之最"，曾荣获国家科技进步一等奖的秦岭终南山特长隧道，已经是中国和世界公路隧道建设、运营的品牌。15.56公里天台山特长隧道是宝坪项目的关键工程。建设者们在吸取和借鉴秦岭终南山特长隧道经验的基础上，敢为人先，又有了新的优化提升和大胆超越。

宝坪高速公路以超长隧道群穿越秦岭而闻名。在宝坪高速项目控制性

318

工程中，秦岭天台山超长隧道群总长32公里，这在目前世界公路隧道建筑史上是罕见的。足见其难度、规模之大。32公里隧道群，由2座特长隧道、5座长隧道、3座中隧道和5座桥梁与4处高填路基组成，桥隧比高达98.1%。其中，长15.56公里的天台山特长隧道，穿越秦岭主脊，开挖断面巨大，比秦岭终南山特长隧道开挖断面还大。终南山隧道开挖断面为80平方米左右，而天台山隧道开挖断面达到120平方米，开挖总出渣量517万立方米，施工钢材用量5.6万吨，混凝土用量126万立方米。其工程的难度、工程量和建设规模，都超越了当今世界已建成的公路隧道，堪称世界第一。

终南山特长隧道是双洞四车道上下分行，天台山特长隧道是双洞六车道上下分行。

终南山特长隧道有三处150米长的特殊灯光带，用明亮的灯光和青山绿水、蓝天白云等图案，让司机感到汽车似乎已经开出了隧道。但图案是静止不动的。

天台山特长隧道的四处特殊灯光带，采用激光灯打在洞顶上，图案是可变化活动的：一会是鱼儿游弋的海底世界，一会是鸟儿翱翔的蓝色天空……汽车行驶至此，让人顿时惊呼振奋，心旷神怡。

终南山特长隧道，第一次利用西康铁路Ⅱ隧道，分四段打横洞，即"借隧打隧"，实现长隧短打。陕西第一个南水北调工程——"引乾济石输水隧洞"工程，又利用终南山公路隧道西线，采用同样的施工方法顺利完工。这种施工方式，开我国铁路隧道、公路隧道和水利隧洞建设相互利用、节约投资、循环互动、和谐发展之先河。

而天台山特长隧道，没有这个"福气"和便利。建设者们只有依据现场的地质地形条件，大胆创新，采用斜井、导洞进洞及"穿糖葫芦"方式进行施工。进口通过导洞迂回进洞，中间开辟两处大坡度斜井，增加工作面掘进；隧道出口采取反向掘进直接进洞施工，就这样攻克了特长隧道施工最高难题。

解决隧道通风问题是当今特长隧道建设世界性的主要难题。就是说，隧道即使打通，如果隧道的通风问题没有解决，那么，这座隧道的安全运营也无法保障。终南山特长隧道建有三个傲然挺立的竖井，风机不停地强制旋转，调节着隧道内的空气。竖井成为保障大隧道内空气流通、新鲜宜人的"生命线"。

天台山特长隧道有了新的改进：采用一个竖井，分送风竖井和排风竖井；两个斜井，分送风斜井和排风斜井。三个地下风机房，说是大隧道的附属工程，进去一看，乖乖，简直是一座恢宏的地下"宫殿"，比终南山特长隧道地下风机房工程还要浩大、震撼、壮观，还特别增设了自然风道，并以自然风道为主，强制通风为辅。这不仅将大大降低隧道运营通风费用，预计每年可节约电费1000万元，而且也是当前解决建设特长隧道通风问题一次突破性的超越，具有重大意义。

在隧道开挖中，宝坪项目组认真调研确定弃渣方案，做好弃渣资源化、生态化利用。临时占用的林地、耕地使用后全部复耕复绿，全线利用弃土造地1600余亩。全线通过路基填料、边坡防护和碎石加工等方式利用隧道弃渣185万立方米，实现了污水二次利用和废水"零排放"，隧道进洞施工"零开挖"。以前的隧道弃渣利用率仅20%到30%，现隧道弃渣利用率高达75%，远远超越了以往开挖隧道弃渣利用率，为最大限度地保护大秦岭原生植被做出了贡献，提供了宝贵经验。

最难能可贵的是，即使在2020年年初新冠疫情肆虐蔓延的严峻情势下，当人们还蜗居在家防控疫情时，宝坪高速的建设者却克服难以想象的困难，在做好疫情防控的同时，在全省率先实现复工复产。2020年10月，岩湾至坪坎段15.12公里提前建成通车。2020年12月底，中铁一局和中交第二公路公司，两支特别能吃苦、特别能战斗的筑路大军，在秦岭腹地973米的地下相拥会师，秦岭天台山特长隧道顺利实现贯通。

这是筑路者的胜利。

这是公路人的骄傲！

我为公路人为国解难、为民造福，在特殊时期依然在工作岗位上默默奉献和牺牲的精神，由衷表示深深的敬仰和谢意！

宝坪高速公路，代表了当下陕西公路隧道建设的最高水平。它不仅在三秦大地上铺就了一条高质量、高品质、现代化的高速公路，为三秦父老和全国人民交上了一份满意的答卷，而且通过秦岭天台山超长隧道群建设，造就了一大批高素质人才，涌现出了一批先进典型，收获了满满的科技成果，让我们看到了这一条条高品质、现代化高速公路的背后，是一支昂扬拼搏、超越自我、勇于奉献、千锤百炼的高品质队伍。

荣获"全国五一劳动奖章"的宝坪管理处副处长仵涛，荣获"陕西省五一劳动奖章"的宝坪管理处处长赵超志、中交二公局宝坪 LJ－11 合同段总工周佳等，就是这支英勇骁战队伍的代表。宝坪高速公路项目被交通运输部评为安全绿色科技示范工程，当属实至名归。

全线各参建队伍发明专利累计申报 14 项，授权 11 项，其中，有 7 项属陕西省高速公路建设的首次应用。已发表论文 20 篇，开发中 3 项等，就是这些成果的部分展示。

这是公路人和陕西的荣誉和自豪，引得省内外各行业人士来宝坪项目取经、交流考察。

在特长隧道施工的管理上，宝坪项目建设者探索出了一条隧道施工的集约化、模式化和智能化的路子，形成了一批先进适用、具有显著推广价值的技术规范和工艺方法，为陕西乃至全国隧道工程施工提供了先进经验和技术支撑。宝坪高速项目的一项项超越，也为今后全国公路隧道建设提供了陕西方案、陕西标准。

宝坪高速公路项目，历经 5 年多鏖战，穿越大秦岭，横亘大散关，险遇灵官峡，几度陈仓古道，联结川陕蜀道，与褒斜道、连云栈道和中国现代公路建设奠基人赵祖康主持修建的西汉公路、中国第一条电气化铁路宝成铁路，在这里，当下与历史惊人地相会了。

宝坪高速的万余名建设者们，为我们先人和前辈们的筑路精神和惊人智慧所感染，抚今追昔，继承遗志，不忘历史，牢记使命，超越自我，为民开路，提前一年建成了宝坪高速公路。

今天，我们的公路建设者超越了昨天的公路建设者，明天的公路建设者也必将超越今天的公路建设者。这是历史的必然，也是时代的进步。

面对"神州南北界，华夏分水岭，一脚踩南北，一水流两域"，雄浑巍峨，被尊为华夏文明的龙脉、中华父亲山的大秦岭；面对我们的先人和先辈们的艰辛劳作和聪颖智慧，我们首先是敬畏和感恩，然后要思考如何保护和穿越秦岭山脉，再考虑继承和超越前人成果，才能进步和发展。

中国一切实际问题的解决和事业的进步，首先靠发展；而要实现全民共同富裕，又必须有交通的高质量、率先发展。这正应验了伟人邓小平说的那句话，"发展才是硬道理"。

让我们在保护中穿越，在继承中超越，在超越中不断发展。

2021 年 10 月 5 日

镶绕大西安的快捷环线

2022 年 9 月 28 日，西安外环高速公路南段建成通车，这标志着一条全线长 270 公里、镶绕大西安的快捷环线终于诞生了。

这个被誉为世界四大文明古都的千年古城，在现代化的征程中，迅步迈入了快车道。

多年来，西安市民不以西安仅仅作为一个古都而满足。他们追赶超越，在建设现代化大都市的大道上，通过建设高质量、高品质的高速公路，拉动着大西安迅跑。

建设大都市、大西安，必须有能通往四面八方的快捷的、高标准的高速大环线来匹配。西安外环高速公路——镶绕大西安的快捷大四环，恰逢其时，应运而生。

我有幸随作家采风团造访并见证了这一神奇的、熠熠闪耀的大环线的诞生，不禁生发了不尽的感慨和敬畏之情。

这条镶绕大西安的快捷大环线，分南北两段，分期建成。其北段（亦称西咸北环线），起于临潼区零口镇以东，止于鄠邑区谷子砭，全长 122 公里，已于 2015 年 12 月 8 日建成通车。这次刚刚建成通车的南段 70 公里（其中高新段 17 公里，已于 2022 年 2 月 28 日建成通车），起于鄠邑区谷子砭，终点位于蓝田县沪陕高速蓝田东立交东侧。其东段借用沪陕高速 12 公里、渭玉

323

高速 40 公里、连霍高速 26 公里，合计 78 公里，形成了闭环。这样与南、北、两段加起来，全线总共 270 公里。

外环全线采用双向六车道高速公路标准设计，设计时速 120 公里，整体式路基宽度 34.5 米，桥隧比 56.3%。若与驰名的北京市环线相比，北京的四环长 65 公里，五环长 98 公里，而西安绕城高速全长为 80 公里。也就是说，西安绕城高速介于北京四环、五环之间，比北京的四环还要长。北京六环又叫作北京绕城高速 G4501，全程 187.6 公里。新建成的西安大四环比北京六环还要长。

如此巨大的规模，彰显了三秦交通人高品质建设大西安，高质量发展经济的气魄、力量和雄心，也表明了三秦交通人的责任、担当和奉献。

这条大西安大环线的北段也称西咸北环线高速公路，是"关中—天水经济区发展规划"和"西咸新区规划"确定的交通建设重点工程，也是环绕大西安、串联西安卫星城市和周边重要城镇的黄金大通道，可让处在渭北工业区周边的高陵、阎良、临潼与两到三个立交和高速公路衔接。阎良、临潼、鄠邑三个副中心之间将实现高速通道连接，方便渭南市和高陵、鄠邑百姓出行的同时，也有利于各自拓展发展空间。

西安大四环，全线经过西安市临潼区、高陵区、鄠邑区、高新区、长安区、蓝田县，咸阳市泾阳县、礼泉县、兴平市，渭南市临渭区；与京昆、包茂、银百、福银、连霍、沪陕、榆蓝 7 条国家高速公路相通，并连接 13 条对外高速辐射线；是陕西省"2367"高速公路网规划的两条环形公路之一，位于西安绕城高速以外直线距离 14 公里至 18 公里。这条大环线的全线建成通车能够及时分流货车及过境车辆，极大缓解西安绕城高速交通压力，是实现车辆快速转换的重要交通枢纽；方便群众出行，形成大西安经济走廊和综合交通运输体系；优化城市空间布局，加密和拉大陕西省和西安市发展骨架，是支撑国家中心城市西安通往全国各地和全国各地通往西安的公路交通，真正做到了四通八达、便捷畅通。这是加快形成大西安 1 小时通勤圈、关中城市 2 小时交通圈、国内 3 小时辐射圈、全球 3 日航空圈的立体化综合交通运输体系的浓墨重彩的一笔。

西安外环高速公路，作为陕西省高速公路网规划的重点工程和交通运输部"交通强国智能化高速公路建设运营管理"试点工程，起点高，规模大，理念新，创造多。陕西的高速公路建设到今天这份儿上，已经是与时俱进，精益求精，不断创新；已经是一条一个台阶，一条一个陕西经验、陕西标准；已经颠覆了人们的认识和想象。

当走在平坦宽敞、舒适美观的西安大四环公路上，朋友，你可知道这么漂亮、高质量的路面，绿化、美化得如此好的边坡防护，以及房建临建等工程施工中，都铺筑、使用了什么材料吗？

项目建设者们以高度的责任感和高度的环保意识，在地基处理、路基填筑、路面底基层、构件预制、边坡防护、房建及临建等工程施工中，大规模使用建筑垃圾再生材料，使建筑垃圾从粗放式的简单填埋，转变为资源化利用。这不仅是修路理念的转变，而且有效解决了西安市周边建筑垃圾处理的难题，取得了显著的社会效益、环境效益和经济效益，还确保了公路的高质量建设。

项目全线共应用建筑垃圾再生材料约1800万吨，其中北段约600万吨，南段约1200万吨。全线总折算约900万立方米。若与西安城墙相比，城墙总长度为13.74公里，墙高12米，顶宽12米至14米，底宽15米至18米，计算下来，西安城墙总体积约243万立方米。可以说西安外环高速公路利用的900万立方米建筑垃圾，相当于三个多西安城墙。据测算，项目消减建筑垃圾占地约6000亩，减少土地开挖面积3000多亩，减少二氧化碳排放约7000万立方米，减少建筑垃圾清运消纳费用约4.9亿元。

如此大面积、大规模地应用建筑垃圾再生材料，并且获得如此好的环境效益和经济效益，这不仅是陕西高速公路建设的首创，而且是开了全国公路建设项目大规模使用建筑垃圾之先河。

这怎能不颠覆人们的认识和想象？！

西安外环高速公路南段的子午服务区，更像是一朵流光溢彩的奇葩，颠覆着人们的想象和认识。此段利用关中环线独特的地理优势，将子午服务区打造成了西北第一个开放式、多业态、多功能现代化商业服务区。

一般高速公路上，行人和普通路上的车辆是不可能进入服务区的，但是子午服务区专门为游人和普通路上的车辆随时进入服务区享受服务提供了便利。服务区主体建筑占地面积约170亩，采用双侧分离式的整体布局，南、北两区通过如一道"漂浮红丝绸"造型的慢行道相连。南区服务楼被设计成一座综合体大楼，拟引入陕西高速服务区首个奥莱业态商业，集餐饮、购物、休闲于一体，同时顶部室外区域规划含有运动球场、生态花园等多功能平台。令人惊奇的是，司乘人员还可以在服务区里踢一场铁笼足球赛。北区则涵盖住宿、露营、加油加气等功能。集"娱、购、游、食、宿、行"于一体的子午休闲运动主题服务区，彻底改变了人们对服务区的传统印象。

之所以选择子午服务区，是因为这里具备最佳的地理区位，一方面向南距离关中环线不到500米，另一方面也临近"三河（灞河、渭河、沣河）一山（秦岭）"秦岭环山带，易吸引环山路沿线的休闲旅游人群。多样的主题沉浸互动、文化社交休闲等项目，让游客纵享都市里的大秦岭田园生活，穿越时空，还可感受大唐长安文化的风韵。

如此宏大壮观、富丽堂皇、风格别样的服务区，令人耳目一新，就是在一些发达的欧美国家，也并不多见。

一条西安外环高速大通道，首开全省隧道自动监控量测、3D无人摊铺技术、沥青路面无人化智慧施工等先进技术先例，示范引领全省交通运输高质量发展。

一条美化、绿化好的西安大四环，宛如一幅绚丽壮美的巨长画卷，镶绕在西安的周围，使这座古老又年轻的城市更加隽永美丽，更富有现代都市的活力和魅力。

一条用路串联起来的旅游文化大走廊，使秦汉雄风、大唐诗韵与关中风情浑然一体，大秦岭山水与繁华都市交相辉映，现代化公路与休闲旅游完美结合。

一条突破了数个创新、打开人眼界的交通大动脉，仿佛是镶套大西安的加速器，促使大西安加速追赶超越，高质量地向着新的更高的目标奋进……

2022年10月1日

横亘秦岭腹地的鼎新走廊

2023 癸卯年暮秋时节，我有幸应邀参加了即将建成通车的丹宁东高速公路丹凤至山阳段采风活动。

10 月的天气，秋高气爽，天高云淡，变幻多舛。

头一天还秋风飒飒，秋雨潇潇，放眼望去，公路两边一片片云雾缠绕着山峦，山峦也依偎着一片片云雾，仿佛一幅幅妖娆、美幻的水墨画，移动着展现而来。第二天返回时，天晴气朗，艳阳高照，晒得人暖洋洋的。公路两旁，再放眼望去，蓝天白云，静谧清新；银花河、丹江水碧波流淌；满山遍野的绿叶、红叶、黄叶，交相辉映，层林尽染；一排排高高耸立的崭新移民新居，分外抢眼……

面对如此植被茂密、静谧秀丽的秦岭最美地方，丹宁东高速公路全体建设者要在这里建设一条横亘秦岭腹地的鼎新高速公路，自然是，路，越修要求越高，越修越精，越修越美，越修越要与秦岭山河浑然天成。

丹（凤）宁（陕）高速公路作为陕西省"两环六辐射三纵七横"高速公路网新规划的 18 条联络线之一，是 G40 沪陕高速在陕西境内一条重要的东西向联络线。规划线路东起商洛市丹凤县竹林关镇接沪陕高速公路，西至安康市宁陕县，全长约 260 公里（商洛市境内 212 公里，安康市境内48公里）。其中与已建成通车的G70福银高速和G65包茂高速并线42公里，规划建设218公里，属省级高速公路。

丹宁高速公路分东、中、西三段建设其中：中段山阳至柞水，全长79公里，已于2018年12月建成通车；西段镇安至宁陕段，全长约100公里，估算投资162亿元，已完成工可研报告编制；目前，正在紧张、有序收官建设的是丹宁东即丹凤县竹林关至山阳段，全长38.5公里，投资61.4亿元，设计时速100公里/小时，采用双向四车道标准建设。丹宁高速公路横向连接G40沪陕、G70福银、G65包茂、G7011十天、G5京昆五条国家高速公路，可实现陕、豫、川、渝、鄂、内蒙古6省、自治区国家高速公路网高效便捷的互联互通，为国家发展战略提供有力支持。

项目建成后，将构架起秦巴山区迂回高速公路网，形成连接西北、西南、中原和华东、华南地区的重要通道和绿色经济走廊。对完善陕南高速公路网络，密切关中天水经济区与中原经济区沟通联系，发挥陕南生态优势，推进陕南绿色循环一体化发展，加快商洛"一都四区（中国康养之都、高质量发展转型区、生态文明示范区、营商环境最优区、市域社会治理创新区）"规划建设、促进经济发展和助力乡村振兴，都将具有十分重要的意义。丹宁项目的实施，对当前稳投资、保增长、促就业、保民生，推动商洛经济高质量发展也具有现实意义。

为了在秦岭最美的地方高质量、高速度建成这条重要的高速公路，由商洛市政府主导，鼎新建设模式，组建了陕西丹宁东高速公路有限公司。

这个鼎新的高速公路有限公司一改以往的建设管理模式，将省属国企交控集团、央企中铁五局集团、中铁建设投资集团、中交第一公路勘察设计院等八家交通行业一并容纳进来，"一个锅里搅马勺"。这样，管理、设计、施工、融资和运营等业务融为一体，避免和克服以往出现的施工中相互掣肘、扯皮，影响进度的现象，能够充分发挥社会资本和参建单位各自优势，促进融资主体多元化，实现了政府、企业同心协力，省、市和各参加单位合力共建，责任和风险共担，资源和成果共享，收益和荣誉共赢，进行专业化公司运作的新格局。

就是这仅38.5公里，建于秦岭深处的绿色走廊，拥有桥梁33座、长

25654.2米，隧道11座、长5947.3米，桥隧比达79.3%，互通式立交达6处。全线途经竹林关镇、土门镇、银花镇、中村镇和洛峪街5个镇。商洛是我省第一个县县通高速的市，现在这里全线5个镇，镇镇通高速，镇镇建有互通式立交，镇镇有出口了。中国高速公路的发展使山区百姓的出行更加方便了，真正体现了修路为民的大爱精神。难怪平均1公里造价高达1.5948亿元，这在其他高速公路工程是罕见的，足见工程之艰难、技术要求之高和服务水平之高。

新的建设模式就要有新的施工技术和要求。丹江上游，青山绿水，地处秦岭生态保护区，其中丹凤段13.5公里位于丹江湿地保护区，是国家南水北调中线工程水源涵养地，环境保护任务极重。项目公司落实"绿水青山就是金山银山"发展新理念，经过调研，制定公路施工《"大气污染防治"专项行动方案》，引进环保监理、检测单位，进行全方位管理。严格按照环评标准设置雨水收集、应急处理系统及噪声环保设施。边坡开挖采用工程与植物防护结合，沿线取弃土场建设防护排水设施，做好绿化恢复，坚决守护好蓝天碧水净土，使"一泓清水永续北上"。全线累计投入生态环保资金约1010万元，奋力保障建设秦岭腹地鼎新的绿色走廊。

新模式造就新工匠，创造新速度、新纪录。

公司充分发挥地方政府的作用，积极主动与陕西省自然资源厅沟通，协调解决了800亩耕地占补平衡指标。项目建设用地手续报批工作9个月内完成，创造了陕西省内高速公路报批项目用地手续批复最快纪录，确保了项目建设合法合规。同时，在一个月内办理了质量监督手续，两个月内完成了施工许可手续办理，使工程早日开工。

项目公司的参建者目标明确，不等待、不依靠，各自充分发挥联建集约的优势和主观能动性，形成合力，只争朝夕，加快建设。丹宁项目位于秦岭南麓山区，蜿蜒曲折的山脉使路线设计多为曲线型，这样就造成了架桥施工速度慢、效率低、成本高。有位丹宁项目工区长叫贾平，是一名贵州汉子，从平川到高原，从边疆到大漠，一座座桥梁，一个个隧道，一条条大道，都见证了他的韶华青春。他实干巧干，雷厉风行，思维超前，带领他的团队，展现了一个大国工匠的风范。他利用吊机先将梁体吊至中支腿位置，再以"接力"的方式进行最后一孔架设，仅用时 15 个月，顺利完成 28 座桥隧相接处架设任务。这一架设较计划工期提前了一个月完成，既保证质量，又降低成本，创造了多个第一。

截至目前，本年已完成投资 26.8 亿元，开工累计完成投资 57.9 亿元，占概算总投资 61.4 亿元的 94%。全线主体工程基本完成，附属工程正全力推进。鼎新的建设管理模式，为以后类似的高速公路建设项目提供了可复制、借鉴的经验。

短短的两天采风，商山洛水的自然美景令人惬意和陶醉。22 度的中国康养之都，惹人不得不深呼吸。公路建设者们忘我的奉献精神，惊人的智慧力量，以及对秦岭山水的敬畏，让人震撼和崇敬。

这条横亘于秦岭腹地的鼎新大道，将依偎在被称为中华父亲山大秦岭的怀抱，与华夏文明的龙脉大秦岭，浑然融为一体，为秦岭平添一景。一条绿色的经济走廊，将恒久造福和荫庇商洛和三秦大地……

2023 年 10 月 28 日

后　记

著名体制外作家王小波生前曾经感叹："出版一本书比写一本书要难得多。"

在当下，更是如此。

作为一名业余作家，我深有体会。但是，我为什么还要不知趣地硬着头皮出我的第五部散文集呢？

人活到了已过"人生七十古来稀"的这把年龄，出书就不是为了好玩，也不是为讨要什么名声，更不是要去评什么职称了，只是证明我还活着——有感而发，也是为我的业余写作生涯作以小结，给自己的人生留下一点儿东西。

于是乎，就有了这部散文集。

这部散文集遴选、汇集了 2016 年至 2023 年 8 年间我之所见、所闻、所感、所思的文字记录。这些文字涵盖了我童年、青少年时代居住生活的小巷往事，古老瑰丽的交通史话，行万里路的游侠履痕，生活杂品和交通文学这五部分内容。

在这些文章中，我追求的是朴素、平实，洗尽铅华的文风。

书稿编选好后，我特意选了书稿中一篇较长的《丝路之魂》散文的篇名作为集子的书名。要问有什么缘由？我只是喜欢而已。现在冠以"丝路"之名的文章或作品忒多，叫得也很响，但叫"丝路之魂"的还是罕见。于是，我就抢先将其作为我的书名了。

我多次说过，我给自己的定位是业余作家、半吊子文人。但即使是业余作家，我也要始终保持作家应有的独立、自由精神，读好自己的书，说好自己的话，写好自己的文章，做好自己的事，走好自己的路，过好自己的桥，要经常有一种宁静淡泊的心境。长久以来，我厌倦了说大话、套话、假话的官样文章和说教文章；我不会写盲目吹捧人或对别人说三道四的文章；也不喜欢矫情地写无病呻吟的文章。我喜欢不吐不快，有感而发。由于敝人是"业余作家、半吊之文人"，书中存在差错和疏漏在所难免，因此，只有恳请诸位方家、师友和读者见谅了。

感谢著名文化学者、文艺评论家、书法家肖云儒先生在繁忙之际，为本书题写书名；感谢著名作家、陕西省作家协会副主席、陕西师范大学长安笔会中心主任、陕西师范大学文学院教授朱鸿先生不顾教学、写作和社会活动任务之繁重，拨冗为本书作序。感谢远在南国、现为香港中文大学（深圳）著名驻校艺术家的邓康延先生在百忙中拨冗为本书撰写了《道路以远 文字纵横》的序文。

好朋友、著名作家莫伸先生为我出书一事费尽心思，帮我出谋划策，我深为感动和感谢；太白文艺出版社的编辑不辞辛劳审读、校对书稿，为作者服务，我谢谢她们；印刷厂的韩效祖先生和他的印务队友们忙前跑后，设计排版，精诚服务，保障了书的正常出版，我非常感激。

还有霜染鬓发、相濡以沫的妻子默默操持家务，我要说："老婆辛苦了，谢谢你！"没有她全力支持我写作，便没有这部小书的面世。

2023 年 10 月 31 日于西安含光门外